中華民国新闻史

（1912～1949）

倪延年　主編

第 10 冊

| 第五卷 |

民國南京政府後期的新聞業

（1945～1949）（下冊）

艾 紅 紅 等著

花木蘭文化事業有限公司

國家圖書館出版品預行編目資料

民國南京政府後期的新聞業（1945～1949）‧第五卷／艾紅紅
等著 — 初版 — 新北市：花木蘭文化事業有限公司，2020〔
民 109〕
目 6+266 面；19×26 公分
（中華民國新聞史（1912～1949）；第 10 冊）
ISBN 978-986-518-140-6（下冊：精裝）
1. 新聞業 2. 民國史
890.9208   109010355

中華民國新聞史（1912～1949）

第 十 冊　第 五 卷　　　ISBN：978-986-518-140-6

民國南京政府後期的新聞業
（1945～1949）（下冊）

作　　者　艾紅紅等著
叢書主編　倪延年
出　　版　花木蘭文化事業有限公司
發 行 人　高小娟
總 編 輯　杜潔祥
副總編輯　楊嘉樂
編　　輯　許郁翎、張雅淋　美術編輯　陳逸婷
聯絡地址　235 新北市中和區中安街七二號十三樓
　　　　　電話：02-2923-1455／傳真：02-2923-1452
網　　址　http://www.huamulan.tw 信箱 hml810518@gmail.com
印　　刷　普羅文化出版廣告事業
初　　版　2020 年 9 月
全書字數　411253 字
定　　價　共 10 冊（精裝）新台幣 30,000 元

中華民國新聞史（1912～1949）
第五卷・民國南京政府後期的新聞業
（1945～1949）（下冊）

艾紅紅　等著

目

次

第六章 民國南京政府後期的少數民族新聞業、軍隊新聞業和外國在華新聞業

　　民國南京政府後期，無論是國統區還是解放區的少數民族新聞業、軍事新聞業和外國在華新聞業，均在特殊的社會環境中蹣跚前行。這些誕生於不同領域、不同社會基礎上的新聞事業類型，一方面具有大環境影響下的共同底色，在兩極力量的撕扯中找尋生存空間；另一方面又襲承傳統、各具特色。

第一節 民國南京政府後期的少數民族新聞業

　　在相對偏遠的少數民族聚居地，雖然這一時期的新聞事業仍面對國民黨政府的高壓管控；但是在反抗與鬥爭的過程中，這一時期的少數民族的報刊業、通訊社、少數民族文字畫報新聞業，尤其是由人民主辦和創建的民族新聞事業仍有所發展，且對這些信息閉塞地區開啓民智、恢復和發展工農牧業生產、提高人民群眾的政治思想覺悟產生重要影響。

一、少數民族文字報刊

　　這一階段的少數民族新聞報刊有了較快的發展，我國人數較多的少數民族幾乎都出版了民族語言報刊。

（一）朝鮮文報刊

1.《韓民日報》

《韓民日報》，1945 年 9 月 18 日創辦於延吉。是日本投降後最先在我國

出版的朝鮮文報紙。該報為 8 開 2 版，龍井縣開山屯書堂堂長韓錫基（亦譯作「韓奭基」）為發行人、日本投降前的朝鮮《每日新聞》間島分社長崔文國任編輯、曾任偽滿洲國《萬順日報》間島地區社長的崔武負責印刷出版。《韓民日報》發行不足兩個月，共出版 34 期、1945 年 11 月 4 日終刊。《韓民日報》反對日本帝國主義的侵略行徑，但是其政治傾向並不鮮明，報紙的內容上，共產黨和國民黨、北朝鮮和南朝鮮等各方面的新聞通訊報紙都曾予以報導：既刊登《馬克思的〈資本論〉入門》，也登載中華民國國歌和國民黨黨歌；既有「金日成大校的獅子吼曾響徹白山頭」的報導，也有「李承晚博士會見記者團，號召三千萬同胞重建朝鮮」的消息；既有關於中國、朝鮮、蘇聯友好和民族團結等國內外重大新聞的宣傳，也登載「好得很！高學府胎動，延邊大學籌建委員會成立」地方新聞。該報的新聞主要來源於重慶、青島、東京、倫敦、華盛頓、莫斯科等地，還有來自南京、平壤、東京、莫斯科的廣播，因此其版面和新聞通訊比較客觀地反映了當時複雜的社會狀況；該報還刊有大量廣告：如創業廣告、刊物介紹、金山旅店住宿廣告、延邊大學招生廣告，還有文藝演出、尋人啓事等。

在《韓民日報》停刊日創刊的延邊民主大同盟機關報《延邊民報》上發表的《韓民日報：停刊辭》稱：如果不投入無限的熱情和必死的勇氣、並且承擔著言論界的重託，那麼發行這個報紙是完全不可能的。[1]衝破千難萬險、敲著前進鐘聲的《韓民日報》，對於當時信息閉塞的延邊來說，它是照亮前進方向的燈塔。《韓民日報》的誕生與成長，依賴於人民的後援與支持。這個報紙雖然停刊了，但卻迎來了延邊民主大同盟的機關報《延邊民報》的創刊。

2.《人民新報》

《人民新報》，1945 年 10 月 16 日創辦於牡丹江市，朝鮮文報紙，由高麗人民協會（後更名牡丹江市朝鮮人民主同盟）主辦。《人民新報》為 8 開 2 版的日報，以生活在北滿的朝鮮族農民為主要讀者對象、兼顧其他階層的讀者。1947 年 5 月報紙改為 4 開 4 版。韓松原開始擔任主編，後來一直由李浩烈（又譯「李宏烈」）、趙慶洪（又譯「趙景洪」）等主辦，鄭美正為第一任編輯局長，鄭龍淑、李宏舉、崔賢淑、任孝原、林永春、金太熙、金錦浩等人是骨幹編輯，出版局局長則由盧基浩擔任。《人民新報》的期發量為 7000 份，1948 年 3 月 2 日，該報終刊。

1　《韓民日報：停刊辭》，《延邊民報》，1945 年 11 月 4 日。

　　《人民新報》初創時，以中立的民辦報紙形象面世，其政治傾向並不鮮明；它與《韓民日報》有共同特點，即既刊登「金九臨時政府是朝鮮唯一的政府」和「偉人蔣介石」的報導，也載有中國共產黨第七次代表大會的消息和「世界和平領導國蘇聯加強軍備」的新聞。自 1945 年底開始，《人民新報》認識到自身在反日本帝國主義侵略和人民革命鬥爭中共產黨和人民政府的領導作用，因此在版面編排和報導內容上明確表現出擁護共產黨、人民政府、北朝鮮和蘇聯紅軍的傾向：如報紙刊載了揭露蔣介石的歷史罪惡和內戰陰謀的《蔣介石的又一賣國罪行》《召開偽「國大」與進攻延安就是蔣介石滅亡的開始》等文章，增加對朝鮮民主主義共和國的報導，同時刊髮毛澤東著作和中共中央文件。1948 年元旦的「新年特刊」，則全文刊載了金日成的新年祝詞並配發了他的照片。就在國內外形勢急劇變化的時候，該報及時發表黨政軍界權威人士所撰寫的「關於時局的講話」，以此澄清來各種流言蜚語、糾正了人們的模糊認識、引導人們正確認識國內外形勢。

　　針對舊社會遺留的封建迷信、嫖娼吸毒、酗酒滋事等醜惡、腐敗現象，《人民新報》1946 年 2 月 15 日發表社論《廢止娼妓》；1946 年 2 月 26 日再次發表《激烈的娼妓廢止運動》《展開禁煙運動》等文章，批評社會醜行以淨化社會環境、協調社會生活。此外，該報重視文化教育方面報導，經常報導民主同盟主辦的歌詠比賽、文藝演出、體育競技活動，促進朝鮮族文化教育事業的發展。1947 年（民國三十六年）後，該報圍繞土地革命、政權建設等中心工作組織報導和言論，尤其重視解放戰爭的報導。

　　《人民新報》先是利用日文牡丹江日日新聞社印刷廠和機器設備出版。由於朝鮮文字、紙張、油墨緊缺加上經常停電，報紙很難正常出版。1946 年（民國三十五年）1 月搬到平安區安木會社舊址後才有所改善。在經費緊張，採編、翻譯和技術人員工資收入不穩定等艱難環境中，該報堅持出版了兩年半，為提高朝鮮族人民的政治文化水平，正確認識中國共產黨的民族政策，動員人民群眾建設根據地，為解放戰爭勝利做出了很大貢獻。

　　3.《延邊民報》

　　《延邊民報》，1945 年 11 月 5 日創辦於延吉，為 8 開 2 版的朝鮮文日刊，延邊民主大同盟政治部主辦。「八一五」日本投降之後，蘇聯紅軍先遣部隊在東北抗日聯軍延邊縱隊配合下解放了延吉市，9 月 20 日成立間島臨時政府，9 月 23 日成立延吉市工人、農民、青年、婦女總同盟（後改名延邊民主

大同盟）。1945 年 11 月 21 日，中共延邊地委主持召開延邊各族人民代表大會、並成立延邊政務委員會，緊接著組建了延邊行政督察專員公署。11 月 24 日（一說 20 日），《延邊民報》改爲 4 開 4 版的公署機關報，主筆姜東柱、業務局長崔武、編輯局長崔文國。此外還有金炳龍、金夏權、吳風協、千一、玄南極、趙雄天、韓東禹、朴世英等人分別負責報社的其他部門的工作。1946 年 4 月底該報終刊，總共發行 104 期。《延邊民報》的內容豐富、版面多樣。該報設有《各地消息》《世界各地》《休閒時空》《韓文專欄》等欄目，《延邊民報》發刊之初聲稱「擁護國共合作，堅持共同建設祖國」。提出沒有鞏固的合作、鞏固的統一戰線是無法消滅日本帝國主義的，也就不會有民族解放和多數群眾的進步。建設眞正的民主政治和國家制度，只有依靠國共合作和廣大群眾的進步及努力；繼續內戰，不改變舊狀態，這是對孫中山先生的否定，是對偉大革命事業的踐踏，是對三民主義的否定。如果不想否定這些，就應當依靠廣大人民群眾，提高群眾的教育程度和文化水平。爲了實現這一任務，就需要各新聞團體聯合起來，進行廣泛的宣傳。該報還提出自身的出版發行就是「爲實現新民主主義的三民主義，體現絕大多數人民的要求，實現中韓群眾的相互提攜。」儘管創刊初期刊登過「蔣主席勉勵：沒有朝鮮的獨立，便沒有中國的獨立」「李承晚博士講話紀要：三千萬同胞同心同德，讓五千年歷史煥發光彩」等消息，但其主要內容仍是大量刊載各族人民團結和蘇聯紅軍、其他地方的新聞和消息。

　　1945 年 12 月後，《延邊民報》增加了對人民政權建設、中國共產黨和蘇聯紅軍的報導，其輿論導向日趨鮮明。比如新聞報導《把間島臨時政府改成市政務委員會》和《延邊政務委員會選舉大會專題》，號召各族群眾在政務委員會的旗幟下團結起來，建設、發展人民政權。該報還曾在顯要位置刊載過「在專員公署政務委員會的旗幟下團結起來！」的口號。1946 年 2 月 26 日，該報重點發表朱德《論解放區戰場》和《闡明東北問題，共產黨的主張和林楓同志的談話》等文章，宣傳共產黨的方針政策。對於蘇聯出兵東北、勝利撤軍一事，該報通過新聞報導歌頌中蘇友誼；爲歡送蘇聯紅軍撤離歸國，報紙還出版過號外（32 開）。在涉朝內容上，該報明確反對朝鮮託管、支持朝鮮爭取獨立在朝鮮問題上擁有鮮明的立場。

　　4.《吉東日報》

　　日本投降後，吉林省軍區決定在延吉建立「東北聯軍吉林省延吉軍分

區」。1946 年 5 月 1 日，《延邊民報》改爲《吉東日報》，並作爲吉東軍區政治部機關報出版，社長爲伊林，主編俞明善。《吉東日報》爲 4 開 4 版、週六刊的報紙。該報創刊詞宣告：用人民的言論反映自己的主張，用人民的目光判定是非眞僞；根據人民的意志指引人民的志向，追求建設和平民主的眞理；依靠人民的力量推行一切，戰勝一切。本報的使命是適應吉東的廣大人民的需要，並爲廣大人民服務，一切從人民的利益出發，一切爲廣大人民的利益負責，要以群眾的事業爲事業，以群眾的意向爲意向。由此動員、組織、團結廣大群眾，爲建設和平、民主、自由、幸福的新東北、新吉東而奮鬥。[1]概括起來，其宗旨就是爲廣大人民群眾服務，並團結廣大人民群眾建設新東北、新吉東。

　　《吉東日報》的內容充分體現了其宗旨。創刊號上除了發表創刊詞外、還刊載了社論《改造世界的勞動者的呼聲》、反映解放後舉行的第一屆國際勞動節的盛大紀念活動新聞通訊的《全世界勞動者團結起來吧》；還有「五・一節標語口號」等有關慶祝五一國際勞動節的報導和文章。需要注意的是，該報刊載了毛澤東論述五四運動歷史意義的文章和美國友好人士愛潑斯坦的文章《中國共產黨的偉大領袖毛澤東》。此外，地方新聞中有《東北聯軍進軍哈爾濱》《美國國務院宣布：駐長春美國記者安全無事》；還有紅五月中的節日介紹等等。該報在《徵稿啓事》中明確宣布，歡迎「肅清漢奸、進行土地改革、春耕生產、地方政權建設、社會活動及人民生活的變化以及有關紅五月的紀念活動的報導等內容」的稿件，並特別說明新聞、通訊、論文、書信、文藝等作品的題材不限但內容一定要充實、語言要通俗易懂。

5.《人民日報》朝鮮文版

　　《人民日報》朝鮮文版，1946 年 9 月 1 日創刊於延吉。該報爲 4 開 4 版，初爲每週六刊、後於同年 11 月 4 日改爲日刊。1947 年 3 月 1 日《人民日報》朝鮮文版更名爲《吉林日報》。1946 年上半年，蔣介石調動軍隊向東北解放區進攻。根據中共中央關於「讓開大路，佔領兩廂」，建立鞏固的東北根據地的指示，5 月 28 日，原駐吉林市的中共吉林省委隨解放軍撤到延吉。6 月，中共吉林省委機關報《人民日報》轉移到延吉市，與《吉東日報》編輯部合署辦公。8 月，吉林省委爲集合一切力量，強化新聞工作，兩報決定於 9 月 1 日合併；朝鮮文版《吉東日報》奉命併入吉林省委機關報《人民日報》後改出

1　《創刊詞》，《吉東日報》，1946 年 5 月 11 日。

《人民日報》朝鮮文版，由《人民日報》副總編輯林民浩、金平負責該報朝鮮文版的出版工作，主要負責報導有關解放戰爭、土地革命、生產建設等新聞，以展示民族和地方特色、貫徹黨的民族政策爲主。還兼顧通過出版報紙推動朝鮮語言、文字的使用和推廣，較好地體現了黨的民族政策。1946 年 9 月，省民主聯盟主持、人民日報社協助召開了紀念《訓民正音》發表五週年大會，《人民日報》（朝鮮文版）在對大會的報導中表達了全體朝鮮族人民的心聲、指出韓文面臨的窘境是在封建社會中長期不受重視、又受日本帝國主義文化政策的殘忍摧殘，導致它一直未能得到發展、甚至連朝鮮人也不能很好地運用的殘酷現實。

特別珍貴的是，《人民日報》（朝鮮文版）還刊載了新聞學的文章，如《新聞的寫作方法》（1946 年 9 月 5 日）、《如何寫文藝通訊》（1948 年 9 月 10 日）等，這些內容普及了新聞學知識，有助於提高採編人員的業務水平。

6.《吉林日報》朝鮮文版

《吉林日報》朝鮮文版 1947 年創刊於延吉市。4 開 2 版報紙。此報系《吉東日報》（朝鮮文版）的繼續，爲中共吉林省委機關報的組成部分，由吉林日報社副總編輯金平和林民浩擔任負責人。作爲朝鮮文最早的省委機關報，該報主要配合當時形勢，對解放戰爭、人民政權的建立，清剿土匪、進行土改和支前等項工作進行報導，因此報紙的傾向鮮明，且爲革命和建設作出了較大貢獻。例如，1947 年 11 月份吉林日報刊載的文章分類統計如下：社論 3 篇，公告 3 篇，評論 1 篇，指示 2 篇，軍事 26 篇，公糧 5 篇，參軍 26 篇，英模 7 篇，戰勤 4 篇，經濟 1 篇，群工 13 篇，朝鮮 3 篇，經驗 3 篇，蔣管區 5 篇，土改 11 篇，共委 1 篇，國際 9 篇，其他 3 篇以上分類未必科學。但是由此可以看出有關軍事、參軍參戰、戰勤等直接與解放戰爭有關的報導占總數比例最高，超過了二分之一。其次有關土改和生產建設的內容也不少。另外該報對於國際新聞也很重視，尤其是對於朝鮮國內的報導，專門設有「朝鮮消息」的專欄，專門詳細報導朝鮮國內的動態。

7.《團結日報》

《團結日報》，1947 年 12 月 25 日創辦於通化市，創辦人是李紅光（又名李弘海、李義山），朝鮮族；金信奎任社長，白南彪任主編。2 開 4 版，週刊。該報初名《團結時報》，後改名爲《團結日報》。該報創刊人李紅光生於朝鮮京畿道龍巖郡，是中國共產黨領導的最早的抗日武裝南滿游擊隊主要創

始人之一。李9歲時隨其父母逃荒到中國吉林，1926年定居吉林省伊通縣。1927年加入農民同盟會，開始學習和宣傳馬列主義。1930年加入中國共產黨。1931年任中共雙陽伊通特支組織委員，後被選爲磐石中心縣縣委委員。1932年組織赤衛隊和磐石游擊隊。1933年，楊靖宇在磐石組成抗日軍事委員會並成立聯合參謀部時李紅光任參謀長。1933年紅32軍南滿游擊隊改編爲東北人民革命軍獨立師時任參謀長。1934年任東北人民軍第一軍參謀長兼第一師師長。1935年5月上旬在與日僞軍戰鬥中身負重傷。5月12日在興京（今新賓）光榮犧牲。《團結日報》是李紅光支隊的機關報。該報以李紅光支隊指戰員和南滿朝鮮族爲主要讀者對象。1949年（民國三十八年）3月與延吉《延邊日報》、哈爾濱《民主日報》合併，在延吉出版《東北朝鮮人民報》。

8.《戰鬥報》和《民主日報》

《戰鬥報》，8開2版報紙，1947年3月由朝鮮義勇軍第三支隊創辦於哈爾濱市，總編輯金萬善。1948年4月與牡丹江市《人民新報》合併，並在哈爾濱市成立4開4版《民主日報》。《民主日報》初由朝鮮義勇軍第三支隊政治處領導，後改爲東北行政委員會民族事務處主辦，由李旭成任社長，金萬善爲總編輯。[1]該報以東北諸省朝鮮族群眾爲主要讀者對象，其宗旨是「成爲人民之友，給他們以力量」，1949年3月《民主日報》停刊。

9. 縣級少數民族文字報刊

這一階段，我國東北地區還辦有一些其他的縣級報紙，主要有《老百姓報》，1948年出版，中共吉林省汪清縣委主辦的漢、朝合刊，這是東北解放區最早的縣報；《學習與戰鬥》1947年軍政大學吉林分校創辦；《時事旬報》1947年～1948年在延吉出版；以及《新民日報》1946年5月1日創辦於哈爾濱市、《琿春報》1947年創刊於琿春、《和龍通訊》1947年創辦等。因是縣級報紙，因此這些報紙創辦時間短，影響比較小。此外還有1948年創辦於哈爾濱的《兒童報》，它是民主日報社主辦的少年週刊。

10. 韓國駐長春機構創辦的《東北韓報》

《東北韓報》，8開2版日刊，1946年由韓國駐我國代表團東北總辦事處

1　《東北新聞史》，黑龍江人民出版社，2001年版，第395、396頁。另外，崔相哲在《回顧我國朝鮮文報的四十個春秋》中寫到《民主日報》「1948年3月3日到1949年3月末發行於哈爾濱。」

在長春創辦，許禹成（又譯許雲星）任社長，玄泰均任編輯局局長。《東北韓報》的政治傾向是反蘇反共，主要刊載和報導朝鮮僑民的生活情況、反映國內國際形勢。1948 年該報遷至瀋陽出版，中華人民共和國成立後停刊。

（二）蒙古文報刊

1. 中國共產黨創辦的地縣級蒙古文報刊

（1）地委級中共黨報

根據中共伊克昭盟委員會決定，1949 年 9 月 1 日《蒙古報》更名《伊盟報》，油印改為石印。《伊盟報》為中共伊盟盟委機關報，社址設在伊盟札薩克旗（即現今的伊金霍洛旗新街鎮）。1944 年冬到 1949 年 9 月共出版報紙 53 期，蒙漢文兩版共發行 12000 份。該報在宣傳抗戰和解放戰爭的輝煌成績、內蒙古自治建設，鼓舞軍民鬥志方面發揮了重要作用。1950 年遷往東勝市，1951 年停刊。

《前進報》，1946 年 12 月在通遼創刊，中共哲盟地委機關報。社長先為方馳辛，後是王學仁。該報為 8 開 2 版，不定期出刊，蒙漢兩種文字出版，蒙古文版油印、漢文版鉛印。《前進報》報社人員中蒙古族、朝鮮族、漢族各占三分之一，此外還有達斡爾族、鄂倫春族、滿族、回族等。

《牧農報》，中共熱北地委（後為昭烏達盟）機關報。漢文版（週二刊）1947 年創刊、蒙古文版 1948 年 1 月 10 日創刊。《牧農報》為 8 開 4 版，分要聞、地區經濟、政文、副刊四版。熱北地區建立於 1946 年，轄巴林左旗、巴林右旗、阿音科爾沁旗、克什克藤旗、林石縣，屬熱河省北部的林東地區，地委機關駐林東縣城。該報創刊時赤峰尚未解放，熱北地委面對敵匪騷擾不斷的「拉鋸」環境，為了宣傳、教育、爭取、團結當地蒙漢族群眾而創辦了該報。《牧農報》創辦後以蒙古族牧民為主要宣傳對象，旨在向蒙漢族群眾宣傳黨的民族政策、國內外形勢，促進民族團結，調動和鼓舞廣大蒙漢族群眾革命和生產的積極性。除報紙外，這一時期該地還通過辦口頭廣播，自建文工團等多渠道、多形式展開宣傳。1949 年熱北地區劃歸內蒙古自治區，該報停刊，採編人員轉入內蒙古日報東部版。

《自由報》，創刊於 1946 年 7 月 5 日，社址設在海拉爾，為油印 8 開 1 版的三日刊。《自由報》的宗旨是反對國民黨對蒙古人民的奴役與同化，消除人民的痛苦，增強蒙漢團結。

　　《群眾報》1947 年 7 月創刊於內蒙古貝子廟，錫察行政委員會機關報。8 開 2 版，油印，不定期出版。《群眾報》主要刊登馬列主義基礎理論、時事要聞、地方消息等，同時附有少量報紙言論，發行量 500 份。

　　《牧民報》，創刊時間不詳，錫察行政委員會機關報；4 開 2 版，有 3 名兼職採編人員，他們除編稿外還負責翻譯、刻印、發行等工作。該報主要宣傳黨的民族政策，反映錫察地區革命形勢的發展與生產的恢復。期發量爲 500 ～1000 份。

　　《解放報》，興安省省府海拉爾創辦的油印報紙，1946 年 7 月 5 日出版，8 開 3 日刊。該報由瑪尼札布、道爾吉寧等人主辦，以反對國民黨反動派對蒙古族人民的壓迫、消滅人民的痛苦，增強蒙漢和睦爲宗旨。《解放報》主要內容來自漢文版的新聞譯稿、也有不少自編自採的稿件，因此深受讀者歡迎。1946 年 8 月 1 日該報改名爲《呼倫貝爾報》。

　　《呼倫貝爾報》，鉛印，8 開 2 版，1946 年 10 月 10 日在海拉爾創刊，是內蒙古自治運動聯合會呼盟分會機關報。該報主要介紹馬列主義和中國共產黨及黨的政策，報導解放戰爭形勢，反映牧區工作情況[1]。

　　（2）縣旗級蒙古文報《草原之路》和《西中報》

　　《草原之路》，1947 年夏創刊，是中共西科中旗委員會機關報。該報爲 8 開 2 版，不定期由蒙漢兩種文版同時刊行。《草原之路》主要結合當時的群眾運動，宣傳中國共產黨的各項政策，指導基層工作。1946 年 8 月該報改爲 4 開 2 版的《西中報》，仍爲蒙漢兩種文字出版，油印改爲鉛印。

　　（3）內蒙古人民革命黨東盟總部機關報《人民之路》

　　1945 年 8 月 15 日，內蒙古人民革命黨東蒙總部成立。1945 年 10 月 18 日內蒙古人民革命黨東蒙總部機關報《人民之路》，創刊於王爺廟（今烏蘭浩特），3 日刊（一說不定期），油印，8 開。該報宗旨爲號召蒙古人民奮起革命，在內蒙古人民革命黨領導下、爭取民族獨立與繁榮。該報的編輯有瑪尼札布、孟和畢力格、曹都畢力格等人。1946 年東蒙自治政府成立後、改由自治政府宣傳處出版，並發行百餘份。1946 年 2 月該報停刊。

1　此處係內蒙古圖書館 1987 年 3 月編印《建國前內蒙古地方報刊考錄》所提供的信息。《建國前內蒙古地方報刊考錄》，內蒙古自治區圖書館編，1987 年版。

2. 中國共產黨領導的統一戰線報刊及黨委機關報

（1）《內蒙古週報》

《內蒙古週報》，1946 年 3 月 15 日創刊。是中國共產黨領導創辦的內蒙古地區第一張統一戰線報紙，由蒙漢兩種文字並排對照印刷出版，報紙呈 16 開本書冊狀，封面有蒙古文刊名，沒有漢文。該報每期 20 餘頁，上半頁是蒙古文，下半頁是漢文，蒙古文篇幅較漢文要大一些。報紙成立初期，請幾位舊報人作蒙古文編輯，後晉察冀中央局派三四人任漢文編輯。1946 年 10 月《內蒙古週報》終刊，共出版約 30 期。《內蒙古週報》是內蒙古自治運動聯合會機關報。內蒙古自治運動聯合會是中國共產黨領導的由內蒙古各民族、各階層代表人物組成的領導蒙古族群眾開展自治運動的統一戰線團體。1945 年 1 月 25 日成立於張家口，烏蘭夫當選為聯合會主席兼軍事部長。聯合會成立伊始，急需機關報傳播信息，貫徹聯合會的綱領、路線，使黨的民族團結、區域自治政策深入人心。在烏蘭夫領導下，由勇夫[1]、石琳[2]、丁士義[3]、應堅[4]等具體籌劃《內蒙古週報》的相關事宜。

《內蒙古週報》在發刊詞中宣稱「本報是內蒙古人民的言論機關，它是為內蒙古人民服務的，它所做的，它要說的，將決定於廣大蒙古人民的意志。」[5] 該報明確宣布其肩負著貫徹執行內蒙古自治運動聯合會的綱領、路線之光榮使命；任務是喚醒廣大內蒙古人民，團結在內蒙古自治運動聯合會的周圍，為實現和平、幸福、團結的新內蒙古而奮鬥。《內蒙古週報》創刊號所載《四個月的蒙聯》（勇夫）一文介紹了內蒙古自治運動聯合會成立四個月來的活動全貌，文章不但指出內蒙古自治運動聯合會是促進蒙漢團結、獨立的組織；更提到「中國共產黨的少數民族政策經過具體執行有力證明了，中共真正關懷少數民族，幫助他們發展進步事業，誠心誠意希望各民族自己起來，擔負起中國各民族共同解放的任務。」

1　勇夫（1906～1967），原名巴圖，又名榮尚義，蒙古族、內蒙古土默特左旗人。1939 年加入中國共產黨。1946 年主持創辦《內蒙古週報》並任社長，解放後歷任內蒙古自治報社社長、內蒙古日報社社長、內蒙古大學副校長等職。

2　石琳（1916～？），1916 年出生於江蘇省溧陽縣，是《內蒙古週報》的創始人之一、時任總編輯。建國後曾任內蒙古文辦副主任兼高教局局長。

3　丁士義，生卒年不詳。四川成都人。該報社黨支部書記。

4　應堅，生卒年不詳。原是《解放日報》印刷廠工人。《內蒙古週報》創刊時任報社印刷廠廠長。

5　《內蒙古週報發刊詞》，內蒙古週報，1946 年 3 月 15 日。

　　《內蒙古週報》及時報導自治運動的每項成就和重大勝利、反映了人們最關心的內蒙古地區和國家大事。比如 1946 年 4 月 3 日在承德召開了「四三」會議及通過了《內蒙古自治運動統一會議主要決議》，標誌著內蒙古東西部地區長期被分割的歷史宣告結束，在中國共產黨領導下的內蒙古民族解放力量已經形成並將不斷壯大。「四三」會議的勝利，是黨的民族政策和統戰政策的勝利，而《內蒙古週報》對此進行了詳細報導。

　　《內蒙古週報》的報導和編輯具有鮮明的民族特徵與時代特色。如在《各盟報導》欄目中刊有《照這樣還有個活頭——正黃旗清算「毫利希亞」[1]勝利結束》這樣一則消息。「毫利希亞」是一個掠奪牧民財產的「合作社」，偽蒙疆政府以「救濟災民」為名巧取豪奪，把牧民捐贈的財物、牲畜等攫為己有。報導說正黃旗清算的結果是「毫利希亞」應退賠邊幣三萬萬元。在群眾自願原則下，追回的款項以二分之一歸還股東，餘下的二分之一中一半救濟貧民，一半作教育補助費。錫林郭勒盟和察哈爾盟人民政權剛建立，這樣歷史遺留問題既維護了人民群眾的利益，又懲治了侵吞牧民財務的舊人員，受到群眾的歡迎。《內蒙古週報》還報導了王爺廟（烏蘭浩特）五千群眾集會控訴蒙奸陳子善迫害人民群眾的罪行以及處決陳子善的消息，使人民揚眉吐氣。這些具有民族特色、時代特徵的報導體現了辦報人的思想水平和新聞價值觀。

　　《內蒙古週報》每期內容有 3 萬左右漢字、蒙古文占版面的 2／3～3／4，有的文章只有蒙古文而未譯成漢文。創刊之始，報社約有 20 多職工、能勝任蒙古文編輯工作的採編人員有十幾人，因稿源比較貧乏，因此發行量僅有幾百份。另外，該報採用本報記者採寫稿件和選發新華社電稿、由《晉察冀日報》供給新聞的辦法，使報紙內容越來越豐富、並辦出了自己的特色；同時發行範圍也逐漸擴大，錫、察盟所屬大部分旗、內蒙古東部地區和綏蒙地區（即綏遠地區）都有該報讀者，份數達 2000 份左右。

　　（2）《黎明》

　　《黎明》創刊於 1945 年 12 月 18 日，創辦人為蒙古族青年特古斯，係內蒙古人民革命青年團東蒙本部機關報，8 開 1 版。內蒙古人民革命青年團由追求革命和進步的蒙古族青年 1945 年 10 月 5 日在王爺廟成立。該報宗旨即是引導青年「為實現蒙古民族的自由、解放和獨立統一而團結奮鬥」。內容傾向中國共產黨，在宣傳蘇聯和蒙古人民共和國的同時，也宣傳馬列主義和中國

1　「毫利希亞」在蒙古語中是「合作社」的意思。

共產黨的民族理論、民族政策，介紹革命領袖人物，受到中共興安省委的肯定與讚賞。

1946 年 5 月 3 日該報更名爲《群眾報》，仍爲內蒙古革命青年團機關報。改名《群眾報》後，該報表明自身是「以支持群眾鬥爭爲目的，反映群眾的生活、爲革命群眾組織效力，促進群眾的政治認識和階級覺悟的提高」的辦報立場，旨在向蒙古族青年尤其是知識分子，宣傳革命道理、鼓舞他們在反對國民黨反動派的鬥爭中發揮很大作用。後經張策、胡昭衡等人提議，《黎明》改爲內蒙古自治運動聯合會東蒙總分會的機關報，該報最終於 1946 年 6 月停刊。

特古斯（1924 年～？）蒙古族，哲里木盟科左中旗人，是內蒙古蒙古文報紙的開拓者之一。求學時期就從事進步學生青年活動；日本投降後他團結蒙古族青年創立內蒙古人民革命青年團，任副秘書長（副書記）。爲宣傳團的綱領、路線，和哈斯額德尼、木倫、巴圖巴根等一起創辦了《黎明》報。《群眾報》改爲內蒙古自治運動聯合會東蒙總分會機關報後他則改任副社長兼總編輯，後調任中共內蒙古黨委青年工作委員會副書記、中共內蒙古黨委宣傳部副部長等職。

（3）《群眾報》

《群眾報》，1946 年 7 月 1 日在王爺廟（烏蘭浩特）創刊，鉛印，週二刊，爲內蒙古自治運動聯合會東蒙總分會機關報。《群眾報》由原東蒙政府機關報《東蒙新報》（漢文版）併入、原內蒙人民革命青年團機關報《群眾報》停刊後由內蒙古自治運動聯合會東蒙總分會創辦。《群眾報》由蒙、漢兩種文字出版，漢文版 8 開 2 版，蒙古文版 4 開 1 版、後改爲小 4 開 2 版。漢文版從創刊到終刊共計 59 期，蒙古文版出至 1946 年（民國三十五年）12 月 24 日共計 46 期。蒙漢兩種文版內容大同小異。內容主要爲：一是宣傳內蒙古自治運動聯合會的主張、方針、政策和具體活動，這是由《群眾報》性質決定的。該報是聯合會東蒙總分會的機關報，爲了讓新解放區的少數民族瞭解中國共產黨的民族政策，粉碎以「民族自治」爲名進行的分裂活動。如社論《偉大的一年》，真實地總結了聯合會在 1946 年（民國三十五年）中的歷史功績——「使分裂三百餘年的內蒙古得到統一」；又如《內蒙古解放的道路》一文，是內蒙古自治運動聯合會東蒙古總分會主任哈豐阿在北安軍政大學向教職員工所作的長篇報告，該報在一版分五期登完。報告詳細敘述了內蒙古民族求解放走過的艱難、曲折的道路。此外報紙還向讀者介紹中國共產黨及其領袖毛

澤東、朱德，深入講解革命道理，使黨領導的內蒙古自治運動愈發深入人心。二是報導人民解放戰爭。1946 年是我國解放戰爭的頭一年，解放軍在人民支持下採取「集中優勢兵力，各個殲滅敵人」的運動戰術，取得了一系列勝利。報社冒著敵機轟炸的炮火不斷把我軍勝利消息及時傳播給人民群眾，並刊發了《新四軍空前大捷——蘇北蔣軍兩萬被殲》《十月份蔣軍損兵八萬七千》《興安省主席談話——要徹底粉碎蔣軍的進攻》《東北民主聯軍殲滅蔣軍偽匪十四萬餘》等消息；還轉載《解放日報》社論《戰局開始變動》和《周恩來將軍發表談話——揭露「蔣記」國大陰謀》等重要文章，同時對敵軍起義、投降的消息進行報導。三是地方新聞。主要報導王爺廟地方各盟旗的活動：有關於農會活動的新聞、有支持前線的新聞，有內蒙古自衛軍與國民黨軍及土匪作戰和政府濟貧的新聞，具有較濃厚的地區特點和民族特點。其中較有特色的新聞當屬喇嘛參政與支前的新聞報導：錦州轄區的土默特左旗八大王廟活佛嘎拉倉因不滿國民黨歧視少數民族的政策，聯想起內蒙古人民自衛軍和民主聯軍對少數民族實行平等團結政策的情景，毅然把廟宇交給他人代管，自己參加了庫倫旗民主政府。還有一條消息報導王爺廟附近葛根廟喇嘛向自衛軍贈送三百張羊皮禦寒，還聲明爲前方勝利祈禱祝福。該報的新聞報導不僅反映了民心所向，群情所動，反映了黨的民族自治政策與宗教政策的正確，更充分表現出該報記者對新聞敏感。

（4）《內蒙自治報》

《內蒙自治報》，1947 年元旦在王爺廟（烏蘭浩特）由《群眾報》更名而來。該報沒有創刊號，只有首日刊；編號也承《群眾報》序列，從第 60 期開始；報紙以初級幹部和非文盲農牧民爲主要對象，讀者主要是蒙古族廣大幹部和有一定閱讀能力的蒙漢族同胞。報紙版面上，首日刊 4 開 2 版，文字豎排、從上到下，分 12 小欄，標題字號因內容而異、大小皆有，注意版面的編排，輕重得當、疏密適宜、美觀清晰。蒙古文版全部套紅印刷，內容與漢文版無異。

《內蒙自治報》首日刊的頭版刊載了社論《迎接 1947 年》。該文由胡昭衡提出要點、特古斯執筆；內容上文章肯定了 1946 年 4 月 3 日在承德召開的「四三」會議的重大意義和歷史貢獻，號召內蒙古各民族團結起來，反對共同敵人——國民黨反動派，求得蒙、漢、回等各民族的共同解放。社論下面左側有哈豐阿書寫的蒙古文題詞：「鞏固民族統一戰線，粉碎反動派的進攻」；

題詞右邊有 8 條新聞，主要是內蒙古人民自衛（1948 年 1 月改名為內蒙古人民解放軍，1949 年 5 月正式編入中國人民解放軍）解放哲盟伯吐鎮，並向南追擊蔣軍的消息等；二版則全部是新華社有關解放軍與國民黨軍作戰的新聞電訊稿。文章語言明快、犀利，論述精闢、嚴密。同時文中提出了新一年的工作任務、指明了歷史發展規律，具有一定的文獻價值。《內蒙自治報》的新聞報導具有鮮明時代烙印：如 1947 年 1 月 16 日頭版頭條新聞《在烏蘭夫主席直接領導下——西蒙同胞在奮鬥中》，報導了「四三」會議後，內蒙古中、西部地區的群眾工作、政權改造、軍隊建設，以及聯合會的組織工作等方面取得的成績。[1] 又如 2 月 4 日所載中共東蒙工委負責人張策《談發財》一文，從舊社會把「發財」與「作官」聯繫在一起，講到新社會發財之道有三：一是農民要下功夫種好地，要用人工換手工，牛工換人工，不誤工，不荒地，拜老農為師；二是種地之外可通過飼養、採集、打獵等辦法賺錢發財；三是各機關、部隊也要勞動生產，養雞、種菜、種糧食，開粉坊、豆腐坊、皮革廠及其他手工業等，幹部家屬也要參加生產。[2] 文章把發財與民生、國計、民族富強與人民翻身緊密聯繫起來，強調勞動致富才是「生財的大道」，目的是傳播「蒙古民族富強的道路，是勞動人民翻身的辦法」的理念。2 月 16 日，報紙的頭版頭條報導了烏蘭夫抵達王爺廟受到三千民眾熱烈歡迎盛況，還配發了烏蘭夫簡歷、木刻像及東蒙總分會《為歡迎烏蘭夫主席致王爺廟軍政幹部書》。這反映了廣大蒙古族同胞對自己民族領導人的由衷擁戴，充分揭示了烏蘭夫抵達王爺廟的政治歷史意義。1946 年 12 月 26 日，中共中央關於內蒙古實行自治的指示，首先使內蒙古東部地區活躍起來，該報也隨之作了幾次大型報導。隨著解放戰爭形勢的發生重大變化，解放軍在東北、晉察冀、晉冀魯豫地區轉入反攻並取得輝煌戰果，此時的內蒙古地區已成為堅固的後方。形勢的發展為召開內蒙古人民代表會議、成立內蒙古自治政府創造了有利條件，《內蒙自治報》也對此具有劃時代意義的重大事件作了生動、全面、透徹的報導。

　　第一、對內蒙古人民領袖烏蘭夫的宣傳報導。烏蘭夫抵達王爺廟的目的在於落實中共中央關於內蒙古實行自治、成立統一的內蒙古自治政府的指

1　《內蒙古日報五十年》編委會編：《內蒙古日報五十年》，內蒙古人民出版社，1998年版。

2　《內蒙古日報五十年》編委會編：《內蒙古日報五十年》，內蒙古人民出版社，1998年版。

示。《內蒙自治報》介紹了烏蘭夫的經歷、性格以及他創立和開展自治運動聯合會歷史功績。該報還轉載了烏蘭夫在一次歡迎會上的講話，熱情稱讚內蒙古革命青年是「一支生力軍」，起著「先鋒推動作用」。

第二、宣傳報導了內蒙古自治運動聯合會召開執委會擴大會議的消息。會議主要商討召開內蒙古人民代表會議，成立自治政府等事宜。會議期間聽取了聯合會、東蒙總分會及各盟負責人的工作報告；報紙摘發的大會發言內容豐富，從幹部培養、群眾發動到人民覺悟提高、政權建設、軍隊建設等多方面，為自治政府的成立奠定了基礎。4 月 23 日該報頭條報導了會議 21 日閉幕的消息：會議通過了自治政府的施政綱領、政府組織大綱草案，參議員候選人名單；同時報紙還刊發了內蒙古人民代表大會開幕的消息和社論《慶祝人民代表會議開幕》，指出代表會議完成了歷史賦予使命，將成立一個能團結蒙古族各階層與內蒙古地區各民族的民族團結政府，為實現自治提供保證。

第三、隆重報導了內蒙古人民代表大會。為及時把會議消息傳播給讀者，《內蒙自治報》在內蒙古人民代表會議召開期間改三日刊為日刊，在 10 天會期中套紅印刷連續報導會議召開情況。報紙報導了盛大開幕典禮上的烏蘭夫致開幕詞，中共西滿分局、西滿軍區，臨近省份的代表致賀詞，刊登中共中央東北局、東北行政委員會、中共西滿分局、中共遼吉省委的賀電；4 月 27 日該報又摘發了烏蘭夫的政治報告。4 月 28 日該報報導大會發言，農民代表講「發展生產，減租減息」；軍隊代表講「軍隊應成為人民的軍隊」；青年代表講「培養青年幹部應成為今後政府施政方針」；婦女代表講「實行一夫一妻制」；礦業代表講「積極開發內蒙古礦業及創辦各種技術學校」等等。

第四、報導了內蒙古解放史上著名的「五一」大會。內蒙古自治政府於 1947 年 5 月 1 日宣告成立，並向毛主席、朱總司令及蘇聯斯大林、蒙古人民共和國喬巴山總統發了致敬電。因此，報紙在 5 月 6 日摘發的《自治宣言》向世界宣告內蒙古自治政府是蒙古民族各階層、聯合內蒙古區域內各民族，實行高度區域性自治的地方民主聯合，並非獨立自治政府；內蒙古自治政府確保人民宗教、信仰、言論、出版、集會、結社、居住、遷移、通訊的自由；自治政府頒發「第一號布告」把 5 月 1 日定為內蒙古自治政府紀念日。

內蒙古自治政府是我國第一個少數民族區域自治的政府。它的成立是全國人民的一件大喜事。自治政府收到來自全國各地的賀電，其中最為引人注

目的是 5 月 28 日毛主席、朱總司令向內蒙古人民代表會議的賀電。電文說：
「曾經飽受苦難的內蒙古同胞，在你們領導之下，正在開始創造自由光明的
新歷史。我們相信：蒙古民族將與漢族和國內其他民族親密團結，爲著掃除
民族壓迫與封建壓迫，建設新蒙古與新中國而奮鬥。」[1]

（5）中共內蒙古黨工委機關報《內蒙自治報》

根據內蒙古共產黨工作委員會決定，自 1947 年 9 月 1 日起《內蒙自治報》
成爲內蒙古自治區黨委機關報，這標誌該報由統一戰線性質轉變爲黨委機關
報、並成爲我國第一張省（區）級少數民族文字的中國共產黨黨報。

《內蒙古共產黨工作委員會關於〈內蒙自治報〉的決定》在《內蒙自治
報》頭版頭條刊出：「內蒙自治報創刊以來，對於內蒙古民族自治事業與人
民解放事業，曾努力做了很多工作。今後爲了加強與發揮內蒙自治報的作
用，使之爲內蒙古民族人民的徹底解放做更多的工作，真正服務於革命事
業，服務於人民，成爲一個蒙古人民的報紙，決定內蒙自治報由內蒙黨委直
接領導。」[2]《決定》規定該報三項任務[3]：第一，「發揚民族正氣與革命傳統，
提高民族解放的自信與民族氣節，號召蒙古人民堅決粉碎蔣美進犯軍，表揚
民族英雄，揭露一切蒙漢奸蔣特等民族敗類的陰謀活動，加強蒙漢人民親密
團結，動員各民族人民支持前線爭取自衛戰爭的勝利，報導內蒙古人民自衛
軍作戰與人民支持前線的實況，聲援蔣占區人民反對美蔣暴虐專制的鬥爭。
號召內蒙古人民埋頭苦幹，實行民主自治，繼續奮鬥爭取自決，爲實現新內
蒙和新中國而奮鬥。」第二，「全力反映內蒙各地人民的鬥爭與呼聲，以最大
的熱情鼓舞與支持群眾翻身運動，鼓舞與支持革命青年與一切革命工作者參
加到群眾中去，堅決進行反封建壓迫的鬥爭，熱心鼓勵生產運動，思想改造
運動及翻身群眾的自衛、挖匪、反奸、識字等積極活動，表揚人民的英雄與
革命工作模範，總結並交流工作經驗，推動各種工作，貫徹人民報紙爲人民
服務，爲工農牧兵服務的基本精神。」第三，「宣傳黨與政府的各種革命政策，
批評一切革命工作中的缺點。發揚工作優點，號召群眾爲實現黨與政府的各

---

1 《毛澤東、朱德給內蒙古人民代表大會的賀電（一九四七年五月十九日）》，《黨的
   文獻》，1997 年第 2 期，第 8 頁。

2 內蒙古日報社：《內蒙古共產黨工作委員會關於〈內蒙自治報〉的決定》，載《內蒙
   古新聞資料選編》，第一集，1987 年版，第 159 頁。

3 內蒙古日報社：《內蒙古共產黨工作委員會關於〈內蒙自治報〉的決定》，載《內蒙
   古新聞資料選編》，第一集，1987 年版，第 160 頁。

種革命政策而奮鬥。」表示加強報紙與群眾的聯繫，希望社會各界、各級黨團組織積極組織各自的成員為自治報寫稿、讀報，把蓬蓬勃勃的自衛戰爭、自治運動、翻身運動和鬥爭事實報導出來，介紹學習工作經驗，把報紙辦成人民的報紙。在 9 月 1 日這天的《內蒙自治報》發表了一篇重要社論《把報紙辦好》，明確提出了「大家辦報」的方針，這表明我國少數民族新聞工作者對報紙輿論作用的認識達到了一個新高度。「大家辦報」的方針是共產黨長期提倡和堅持的「全黨辦報」「群眾辦報」原則的生動表述，也該報發展的方向、和未來道路，因此這一提法對如何辦好《內蒙古自治報》具有開創性的指導性意義。

　　五一大會前後，原《內蒙古週報》社同志陸續抵達王爺廟。內蒙古共產黨工委決定《內蒙古週報》併入《內蒙自治報》，並成立《內蒙自治報》新的領導班子，由勇夫任報社社長、晉察冀日報社調來的秋浦[1]任總編輯、東北日報社調來的程海洲[2]任副總編輯，蒙文編輯部由洛布桑[3]同志負責。這一時期，《內蒙自治報》報社先後從東北軍政大學、內蒙古軍政大學和其他單位調進一批年輕人，充實編輯、後勤、工廠、電臺等部門。如蒙古文編輯部裏調進了道布頓、奇日麥拉圖、敖德布・吐勒瑪札布、胡日亞奇・欽德門等，其中奇日麥拉圖是內蒙古蒙古文報紙的第一位女編輯。日本佔領東三省時期曾就讀於王爺廟女子中學，師從著名蒙古族文學學者額爾頓套格圖，有深厚的蒙古文功底，主要負責科教文衛版面的編輯工作。她採訪報導過錫林格勒、察哈爾支持解放戰爭的女子代表羅日瑪責德等 4 人的先進事蹟、以及察哈爾女英雄巴亞瑪，並產生過重要影響；胡日亞奇・欽德門在張家口讀書時學過蒙、漢、日文。民國三十四年秋參加革命，具有較高寫作水平，是內蒙古地區散文寫作的首創者。

1　秋浦（1919 年～？）江蘇丹陽人。1938 年在延安抗大學習，抗日戰爭期間先後在《挺進報》《晉察冀日報》任記者。1945 年 9 月到內蒙古地區採訪，自治政府成立後，調《內蒙自治報》任總編輯。

2　程海洲（1917 年～？）山東曹縣人。1936 年參加革命工作，1938 年投奔延安後在解放雜誌社任校對。1945 年 10 月離開延安到張家口任《晉察冀日報》記。1947 年被任命為《內蒙古自治報》副總編輯。

3　洛布桑（1925～2013），蒙古族，蒙古文報刊的創始人之一。1925 年 11 月生於內蒙古哲里木盟科左中旗哈爾虎村（今通遼市郊區）。1946 年參加革命並加入中國共產黨，負責中共內蒙古黨委和內蒙古自治區人民政府機關報《內蒙自治報》蒙古文版編輯部工作，1955 年洛布桑被任命為《內蒙古日報》副總編輯，1959 年調離。

　　此時，報社共有 60 多人，且增添了電臺和印刷設備，報社遷至成吉思汗廟山腳下的原僞滿時期興安醫院。作爲全國第一張省（區）少數民族文字黨報，《內蒙自治報》像一座革命大熔爐，爲我國培養和造就了一大批少數民族新聞工作者。

　　《內蒙自治報》從原來的統一戰線性質報紙轉變爲內蒙古黨委和政府的機關報後，報社力量加強，新聞宣傳出現了新面貌、新氣象。1947 年 9 月 1 日，報紙由 3 日刊 2 版改爲 2 日刊 4 版，11 月 15 日又改爲日刊 4 版；同時增設新聞工作、本市新聞、信箱、簡訊、國際一周、黨派介紹、醫藥常識和文藝副刊等欄目，且經常發表社論、評論、調查報告、通訊特寫及帶有指導性的文章與新聞報導。解放戰爭進入大反攻階段後，報紙以二分之一版面報導劉鄧大軍挺進大別山、陳粟大軍進軍魯西南等重大戰事新聞，對內蒙古黨委、自治政府、臨時參議會聯合祝賀我軍取得重大勝利的電報加花框在頭版頭條醒目位置發表；此外，該報還及時報導自治區發動群眾進行土改、黨政建設等等方面的進展；介紹馬克思、恩格斯、毛澤東、朱德、彭德懷、陳毅、林彪、賀龍、劉伯承、聶榮臻、魯迅等人的革命事蹟。1947 年 7 月 7 日第一次發了毛主席和朱德的木刻像。

（6）中共內蒙古黨委機關報《內蒙古日報》

　　1948 年元旦，《內蒙自治報》改名爲《內蒙古日報》，社址仍在烏蘭浩特。《內蒙古日報》，蒙古文版，對開兩版，隔日刊。《內蒙古日報》是中國共產黨領導下第一個實行民族區域自治的內蒙古地區創辦的第一個省（區）級少數民族文字的黨委機關報。該報讀者對象主要是初級幹部和懂蒙古文的農牧民。1948 年 12 月 29 日終刊，共出報 156 期。

　　烏蘭浩特是當時內蒙古自治政府和中共內蒙古黨委駐在地。烏蘭浩特時期的蒙古文《內蒙古日報》以解放戰爭和農區土改、牧區民主改革爲報導中心。該報根據《中國土地法大綱》精神，並結合內蒙古地區的特有的民族、地區、和經濟特點，用較多版面宣傳牧區的民主改革和改革總方針：「依靠勞動牧民，團結一切可能團結的力量，從上而下地進行和平改造和從下而上的發動群眾，廢除封建特權，發展包括牧主經濟在內的畜牧業生產」，實行「牧場公有放牧自由」；「不鬥不分、不劃分階級」和「牧工牧主兩利」的政策。《內蒙古日報》通過報導推動內蒙古農村土改和牧區民主改革，在宣傳國內大好

形勢，宣傳民族區域自治政策，傳播科學文化知識等方面都取得了顯著成績、發揮了輿論指導作用。

（7）外國人創辦的蒙古文報刊《蒙古人民》與《民報》

《蒙古人民》，1945 年 10 月創刊於長春，4 開 2 版、不定期出版的蒙古文鉛印報刊。該報創辦人為蘇聯紅軍的德列科夫‧桑傑少校，編輯為塔欽。《蒙古人民》主要以宣傳和歌頌蘇聯紅軍，介紹蒙古人民共和國現狀為主。稿件多來源於俄文報紙和長春《光明日報》。為避免國民黨政府抗議「干涉中國內政」，報紙未署主辦者和社址。

《民報》，1945 年 11 月 13 日創刊，為鉛印 4 開 4 版的蒙古文週刊，由「滿洲國圖書株式會社」出版發行。《民報》內容主要以宣傳歌頌蘇聯紅軍、介紹蒙古人民共和國現狀，號召蒙古人民奮起謀求民族解放為主。

（三）少數民族文字時政期刊

1. 中國國民黨創辦的蒙古文時事政治期刊《新蒙》半月刊

《新蒙》，1947 年由月刊《新綏蒙》改辦，16 開，半月刊，蒙漢文合璧，漢文鉛印、蒙古文石印。發行序號與《新綏蒙》相連續，即始於 3 卷 4 期。社址仍在歸綏新城元貞永街 20 號。該刊以「研究當前蒙旗各項問題，從事宣傳政令及改進蒙胞文化，增進蒙旗福利」為宗旨，設有社評、論述、時事解說、介紹常識、特載、半月大事記、本會消息等欄目。蒙、漢文版內容基本一致，因蒙漢文字容納量不同，一般蒙古文篇幅較多，有時占漢文的一倍還多。

傅作義非常重視《新蒙》半月刊，專門對該刊編輯方針做出兩項十條「指示」：（1）編輯要領六題：① 增進蒙旗福利；② 促進地方自治；③ 剷除日寇分化遺毒；④ 提高蒙胞文化；⑤ 培植蒙族青年參加政治工作；⑥ 取稿原則四項：改良牧畜；提倡合作；發展教育；推廣衛生事業。（2）對以上原則又加注釋：① 為復興蒙旗六項原則；② 為建設蒙旗四項要政。該刊對傅作義指示以「本刊編輯綱要」形式用蒙漢文分別登在刊物首要位置且長期刊載；對蒙旗問題──政治的改革、經濟的振興、教育的普及、宗教的改良、畜牧的改善、衛生的推進、人口的增加，工廠的開發、交通的開闢，均有所報導。報刊立場反動，肆意誣衊共產黨，離間共產黨與蒙旗的關係。在銷售方面該刊零售一冊為當時貨幣 3000 元，對蒙旗機關贈閱、蒙旗人士減價，投稿者酬以本刊。

2. 中國共產黨創辦的蒙古文時政期刊

這一階段中國共產黨所屬地方組織創辦的少數民族期刊，主要以蒙文為主，除一種在北平創辦外，大多數在內蒙古地區。

（1）《內蒙古》

《內蒙古》，蒙古文，旬刊，由共產黨領導的海拉爾興安報社於 1946 年 7 月創刊，16 開油印。主要內容為興安省政府法規、國內外時事、革命常識、蒙古人民共和國介紹等。

（2）《人民知識》

《人民知識》，1948 年 4 月 1 日創刊於烏蘭浩特，由共產黨領導的內蒙古日報社蒙文版編輯部創辦，是內蒙古自治區成立後創辦的第一個蒙文刊物，蒙古書店發行。16 開，鉛印，蒙古文月刊，每期 40 頁左右。主要讀者以初級幹部和農牧民為主，主要任務是宣傳貫徹黨的路線、方針、政策，向讀者系統地有針對性地介紹國內外大事；介紹政治常識，生產知識及各種科學知識；傳播國外進步文化，用豐富的內容滿足廣大讀者的不同需求，以達到提高蒙古民族的文化水平和政治覺悟的目的。刊物融知識性、實用性、理論性和趣味性於一體，內容包括時事新聞報導、政治常識和科學知識介紹及文藝作品、新聞寫作知識、組織讀報活動等方面。1949 年元旦《人民知識》終刊，共發行 10 期。

（3）《內蒙週報》

《內蒙週報》，1949 年元旦由《內蒙古日報》蒙古文版與《人民知識》（蒙古文）合併後創刊於呼蘭浩特。以新聞為主，16 開，綜合性週刊，每期 40 頁左右。《內蒙週報》的讀者對象是農牧民群眾（包括小學教師及區以下幹部），主要任務是向廣大讀者系統地介紹政治常識、科學知識，以提高群眾的政治文化水平；指導當前工作，交流各地生產經驗。主要內容有地方新聞、包括生產建設、建黨、建政、文化教育、一周時事、地理常識、科學知識、文藝作品等方面。設有要聞、國際時事、一周戰況、地方新聞、文化生活、黨的生活、青年生活、文藝、婦女生活和新舊蒙文等欄目。辦報風格以潑辣見長，深受讀者歡迎。

《內蒙週報》在呼蘭浩特出至 53 期，第 54 期起在張家口出版。這一時期正是解放戰爭取得大決戰勝利、中華人民共和國籌備成立的重要時期，該

刊除熱情報導這一重大轉折外，還注意用革命理論和科學知識武裝群眾。如第 5 期翻譯刊登《中共中央主席毛澤東關於時局的聲明》，大力宣傳八項和平條件，爲全國進軍擂鼓助威。1951 年元旦停刊，共出 91 期。《內蒙週報》及《人民知識》）雖僅初具期刊形式，但在少數民族新聞史上具有重要的地位、閃耀獨特光彩。

（4）《內蒙古自治運動聯合會成立大會會刊》和《內蒙古人民代表會議特刊》

《內蒙古自治運動聯合會成立大會會刊》，由內蒙古自治運動聯合會宣傳部 1945 年在張家口編印。屬會議期間的文件彙編，蒙漢文對照，16 開本。《內蒙古人民代表會議特刊》，蒙漢文合璧，於 1947 年 5 月 1 日內蒙古自治區人民政府正式成立時出版，是內蒙古人民代表大會有關資料彙編。這兩種出版物在嚴格意義上都缺乏現代期刊標準「特刊」應有的規範性，但它們還是以開風氣之先者的地位佔據了內蒙古自治區期刊發展史的第一頁。[1]

3. 中國共產黨創辦的朝鮮文時政期刊

東北解放後，延吉地區和牡丹江市的朝鮮文報社、期刊社、出版社迅速增加。如 1945 年末在牡丹江市發行的不定期時事政治性雜誌《社會科學講座》和延邊文化社 1947 年編輯出版的《時事順報》較爲著名。此外，這一時期的朝鮮文馬列主義時事政治性期刊也日漸增多，較著名的有《延邊通訊》《民族工作通訊》《農民的喜悅》《新農村》等，其中又以《農民的喜悅》《新農村》更有影響力。

（1）《農民的喜悅》

《農民的喜悅》，1949 年 7 月 1 日創辦於延吉，由東北朝鮮人民日報社編輯出版，月刊。該刊的主要內容譯自中共中央東北局主辦的《農民的喜悅》（漢文版），但又增加了地方稿件，因此是一個在朝鮮族讀者中影響較大的綜合性期刊。該刊辦刊宗旨爲提高農村基層幹部和農民大眾的政治思想覺悟和文化水平，推進各項事業的發展。創刊號的內容主要有政治時事、合作化、擁軍優屬、學習、生產消息、科學常識、農村衛生，還有民歌《生產之歌》《鋤草之歌》等。1949 年 9 月 25 日出版至第 4 號後停刊。

（2）《新農村》

《新農村》月刊，1949 年元旦由《農村的喜悅》改辦創刊，是中共中央

1　戈夫、圉英：《內蒙古期刊事業》，內蒙古文化出版社，1990 年版，第 3 頁

東北局主辦的《新農村》的翻譯版。《新農村》先後由東北朝鮮人民日報社、延邊教育出版社、延邊人民出版社負責出版發行。1949 年 2 月第 3 號後改為半月刊。

《新農村》致力於提高農村幹部和黨員的政治覺悟和政治水平，在創刊號中，《發行創刊號之際》一文中稱《新農村》的目的是「以更加充實的內容即根據同志們所在地的情況告知每個時期的政策和革命知識，交流工作經驗，提高人們的政治覺悟和工作能力、掌握政策的水平和文化水平」。該刊第二號的欄目設置可看出其內容主要包括政治解釋、基層指導經驗、互助合作經驗、學習、蘇聯集體農場介紹、東歐國家介紹、繪畫、歌曲等。1949 年 3 月停刊。

《新農村》停刊後，中共延邊地委宣傳部在其基礎上創辦了《支部生活報》，該報系中共吉林省委《支部生活報》朝鮮文翻譯版。約發行 4～5 期後根據中共中央東北局宣傳部指示停刊。這些朝鮮文期刊的共同特點是重視黨的建設，致力於提高黨員政治思想素質和文化水平。

（四）民國南京政府後期的少數民族漢文報刊

1.「三區革命」時期的少數民族報刊

解放戰爭後期，在新疆伊寧、塔城、阿勒泰三個地區爆發了反對國民黨壓迫、推翻國民黨統治的武裝鬥爭並成立了臨時政府。這場鬥爭是反對國民黨統治的中國人民民主革命的一部分，國民黨政府稱其為「伊寧事變」、共產黨則稱為「三區革命」。在「三區革命」時期，新疆地區一共創辦了三種報刊。

（1）《阿圖什報》

《阿圖什報》，1947 年在阿圖什市創刊。由東土耳其斯坦青年聯合會主辦。以配合新疆伊寧、塔城、阿勒泰三區革命，動員阿圖什地區人民推翻國民黨反動統治為其宗旨。1946 年 1 月三區人民和國民黨政府代表張治中簽定了和平協議。11 月，三區革命領導人阿合買提江和阿巴索夫[1]等在南京見到了中國共產黨代表董必武后與中共中央建立了聯繫。後經中央批准，董老請童小鵬派電台臺長彭國安帶上秘密小電臺隨阿巴索夫來到三區革命領導機關所

---

1 阿巴索夫〔1921～1949（民國十年～民國三十八年）〕維吾爾族，新疆阿圖什人。全名阿不都克里木・阿巴索夫。「三區革命」領導人之一。曾任三區革命政府內政部長、宣傳部長，新疆省聯合政府副秘書長、新疆民主革命黨主席。1945 年曾作為三區革命政府代表與國民黨省政府談判。

在地伊寧，用這個電臺抄收新華社新聞，並通過報紙向新疆傳播解放戰爭勝利的消息。該報刊載的新聞、言論及詩歌等都爲宣傳、組織、動員阿圖什地區人民的鬥爭發揮過積極作用。

（2）《民主報》

《民主報》，週刊。1947 年 4 月創刊於新疆伊犁。4 號字編排，爲對開半張兩版報紙，《民主報》是地下革命組織新疆民主革命黨在「三區革命」中伊犁地區創辦的機關報。1947 年 1 月，新疆三區革命組織與迪化地下組織新疆共產主義者同盟（後改稱戰鬥社並出版《戰鬥》雜誌）合併建立新疆民主革命黨後，《民主報》改爲 4 版，5 號字排版，三日刊。1949 年春天前該報由李泰玉主編，後來由陳錫華、范邱仲先後任主編。此時參加《民主報》創辦的還有中共中央駐南京代表董必武指示童小鵬派往新疆的彭國安（化名王南迪）、刻字技工何銳利，負責排版的於春盛。由於條件限制，該報發行量最高不到 1000 份，一般只有 300 份。新疆和平解放後，該報停刊。

《民主報》以消除民族對立爲重點宣傳內容，以開創包括漢族在內的各民族團結一致共同反對國民黨反動派統治的新局面爲主要任務。該報以漢族名義發表的《告民族同胞書》，闡明了民族問題的階級本質，指出民族壓迫說到底是階級壓迫；在新疆歧視、壓迫少數民族，實行獨裁統治的國民黨反動派是漢族與廣大少數民族群眾共同的敵人，號召各族人民團結起來，反對國民黨反動派。1947 年月 25 日迪化市發生了國民黨軍警特務一手製造的「二・二五」流血事件，《民主報》迅速轉載了事件發生後新疆民主革命黨散發的傳單，揭露國民黨當局指使新疆聯合政府中某些人挑撥漢族與維吾爾、哈薩克等少數民族的兄弟關係，製造流血事件的眞相。

《民主報》對內地國統區爭取民主和平的愛國學生運動也在顯要位置予以報導，並對國民黨軍警殘酷鎮壓愛國學生的行徑予以譴責，並大力宣傳解放戰爭的勝利消息。《民主報》的這些內容，旨在說明黨領導的、以推翻國民黨反動統治爲目標的人民戰爭是不分民族的、是中華全民族的解放事業。另外，該報有計劃地報導黨的民族政策和解放區民族團結的生動事實，用通俗語言講解毛澤東《論聯合政府》中提出的解決民族問題的基本原則和具體政策及黨中央的有關規定。

《民主報》的主要內容曾譯成少數民族文字進行宣傳，收到了良好效果。1948 年 8 月 1 日，該報報導新疆保衛民主和平同盟成立時發表文告，提出包

括漢族在內的各民族聯合起來的口號，這對改善民族關係起了重要作用。該報在新疆和平解放前夕還印發了大量傳單在迪化散發，國民黨政府機關及其官員中看到此報與傳單後驚恐不安。

（3）《戰鬥週報》

《戰鬥週報》前身是 1944 年創刊於新疆共產主義同盟的手抄不定期地下抄刊物《熔砂》（1945 年改名為《戰鬥》，出版三期後停刊）。《戰鬥週報》為秘密刊物，由新疆民主革命黨迪化區委員會於 1948 年 11 月油印，由維新任總編輯，於振武負責評論，涂治、羅志先後主持報社工作。該報發刊詞指出「我們辦這個刊物的目的，是宣傳群眾，組織群眾，把他們緊密地團結在共產黨的周圍，為徹底解放新疆各族人民而奮鬥」；報紙的具體任務是（1）提高黨員思想覺悟和對形勢的認識，堅定黨員必勝信心，重點宣傳黨的各項方針政策。（2）消除國統區人民對三區革命的誤解，在思想和組織方面做好解放新疆的各項準備工作。

《戰鬥週報》以刊登新聞和時事評論為主，主要報導人民解放戰爭的勝利消息、解放區的生產建設活動、黨在國統區領導的人民群眾的政治鬥爭、重大的國際事件以及中共中央的重大決策等等。據統計，從創刊到 1949 年 9 月 28 日第 45 期止，《戰鬥週報》共刊登有關解放戰爭、解放區生產建設的新聞報導 600 多條。採編人員不惜冒著生命危險，秘密抄發解放區電臺的廣播和電訊稿，運用一切手段搜集中共中央領導人的講話、指示、報告等等資料，粉碎國民黨反動派的新聞封鎖。同時以評論形式及時揭露國民黨的造謠污蔑，以正視聽。1949 年該報發表評論《駁蔣介石元旦文告》，戳穿蔣介石的假和平的詭計；文章《前帳未清，免開尊口》則揭穿國民黨政府所謂財政金融改革是變相搜刮民脂民膏、進行反人民的內戰的實質。此外，《戰鬥週報》在報導解放戰爭勝利的同時還配發評論，闡明戰爭勝利的意義和發展趨勢。如《淮海戰役第二階段的偉大勝利》和《論徐州會戰》，結合程潛、陳明仁湖南率部起義，配發評論《看戰局，論新疆》，著重指明新疆國民黨軍事當局應當認清形勢做出正確選擇。為了迎接新疆解放，1949 年 2 月 7 日該刊第 10 期發表了題為《新工作、新任務》的評論，在號召全疆人民起來開展革命活動的同時還提出四條建議：（1）深入工廠、企業，密切聯繫工人群眾，保護物資設備，完整無損地交給人民；（2）瞭解、發現、爭取人才，凡有技術專長者都要把他們團結在自己的周圍；（3）積極調查和統計特務名單，防止未逃跑

者僞裝進步，混入革命隊伍，從內部破壞；（4）調查敵軍的番號、數量、武器裝備、軍事調動、官兵士氣等等。

《戰鬥週報》的編輯出版工作是在極端困難、極爲險惡的情況下進行的，負責發行的同志甚至冒著很大風險把刊物送到國民黨機關內部。因此《戰鬥週報》雖然是地下刊物，但在迪化社會各界仍有很大影響。當時的省政府主席包爾漢在回憶中說，「這些組織都是爲了新疆的解放而進行工作的。他們散發了大量的以少數民族文字和漢字寫成的宣傳品。」爲了揭穿國民黨「騎五軍蘭州大捷」的謊言，該報用老五號字在印好的毛主席《約法八章》和朱總司令的《渡江命令》傳單中間套印加邊的《蘭州解放的特大號外》，一夜間散佈到迪市各個機關、學校、工廠、部隊。

由於內容上的改進，從第 46 期開始，報紙把塑印機打印改爲鉛印，從每期只能印 25 份增至 350 份；後改爲 16 開本，每期由 11 頁增至 30 多頁，發行量由初期的數十份、數百份一直增加到 2000 多份。《戰鬥週報》的宣傳十分有效，它不僅使國民黨新疆當局心神不安，他們認定市區有一支共產黨領導的武裝；更對人民群眾作了很好的宣傳教育工作，宣傳了共產主義思想，使群眾對中國共產黨有了比較深刻的認識、鼓舞了人民群眾對敵鬥爭的信心和勇氣。《戰鬥週報》通過宣傳教育，團結了一批進步青年、造就了一批進步幹部，爲新疆和平解放奠定了基礎，其戰鬥作用和歷史功績值得肯定。

在三區革命時期從事過新聞工作的少數民族同胞，不少人後來成爲著名的文學家、詩人和革命家，其中比較知名的有尼米希依提和艾斯海提·伊斯哈科夫。

2. 全國唯一的錫伯文報《自由之聲》（1946 年）

《自由之聲》音譯《蘇爾凡吉爾千》，1946 年 7 月創辦，爲八開油印、每週二出刊，報社在新疆伊寧市。該刊是當時伊寧、塔城、阿勒泰三區革命政府機關報，以宣傳民族民主革命的方針、政策爲主要內容。《自由之聲》第一次喊出了飽受帝國主義、封建主義、官僚資本主義壓迫奴役的錫伯族勞苦大眾追求自由的聲音，並得到三區革命政府的肯定，和維吾爾、哈薩克文《新路報》等一起成爲三區革命政府機關報之一。1948 年後一度改爲石印，因經費緊張又恢復油印。

從 1946 年到 1951 年，該報始終擔負著伊犁地區專員公署和伊犁地區執行委員會機關報的職責，及時宣傳黨的思想和反映人民群眾的呼聲和要求，

僅在 1951 年一年內就出版報紙 108 期，發行 497 份。另外，它是現今全國唯一的錫伯文報《察布查爾報》的前身。

3. 和田地區的新聞報刊

（1）《塔克拉瑪干之花》（1949 年）

《塔克拉瑪干之花》，1949 年 9 月由和田地區省立委員會下屬青年社會服務局文化部創刊，鉛印，週二刊，每期 2 張。該報的消息主要來源於中央社，由國民黨駐和田第八師政治部翻譯。新疆和平解放前夕，《塔克拉瑪干之花》曾廣泛宣傳解放軍進駐新疆的新聞，因此在和平解放新疆中發揮了較大作用。1950 年 1 月，青年社會服務局被撤銷，《塔克拉瑪干之花》隨之停刊。

（2）《和田報》（1949 年）

《和田報》，1949 年 4 月在解放軍十五師政治部倡導下，由軍政委員會決定創刊。該報為鉛印的 8 開 4 版報紙，每週二出版。1954 年《和田報》《阿克蘇報》與喀什的《天南報》合併。1958 年《和田報》復刊，4 開 4 版，隔兩天發行一次。

4. 哈密地區的報刊

《哈密報》，1946 年在哈密創刊，創辦人不詳，石印，8 開 4 版。《哈密報》以宣傳「十一條和平協議」、喚醒人民為其宗旨。1947 年春於國民黨反動派撕毀和談協議後停刊。

5. 新疆地區的縣報

民國南京政府後期，新疆地區已有縣級報紙的出現。這可能也是新疆地區最早的縣級報紙。主要有：

（1）《焉耆報》

新疆維吾爾文化促進會為了喚醒民眾於 1945 年（民國三十四年）創刊。4 開 4 版，塑印機打印。期發量 100 份左右。由促進會把報紙通過郵局發行到各地。1946 年（民國三十五年）更名為《星星報》，期發量不足 100 份。因宣傳進步思想，1948 年（民國三十七年）被國民黨政府下令停刊。

（2）《博湖報》和《塔克拉瑪干報》

1946 年維吾爾文化促進會在庫爾勒縣和尉犁縣塑印出版，期發量均為 100 份左右。由於宣傳進步思想，1948 年被國民黨政府查封。

二、少數民族通訊社與新聞社團

歷來人們認為西康是個荒涼不開化的地方。有些人甚至說成「西康是一片尚未開發的處女地，在歷史上又是一個佛化較深的邊陲，所謂『五明以外無學術，寺廟以外無學校，喇嘛以外無教育』」[1]，似乎根本沒有報紙可言。但事實並非如此，從西康出現第一種報刊，到 1949 年為止，在 30 年時間裏約計出版 120 種報刊。而且，康藏地區不僅有形形色色的報刊，而且還有通訊社和新聞社團。其中，比較重要的有康藏通訊社康定分社、康定記者公會等。

（一）康藏通訊社康定分社

康藏通訊社康定分社，創辦於 1946 年 4 月，屬康藏通訊社的分支機構。由西昌文化界人士發起籌建的康藏通訊社於 1940 年 11 月 12 日在西昌誕生，該社成立後便與西昌、成都、雅安等地建立密切聯繫。1946 年 7 月 23 日康藏通訊社康定分社正式發行鉛印新聞通訊稿，主要報導當地新聞，受到省內外新聞界和研究邊疆問題專家學者的歡迎；1947 年 8 月分社改出電訊稿。康藏通訊社總社還在康定聘請特派員、特約撰稿人以擴大報導面，加強分社工作。解放前夕，該社自行解散。建省前康屬地區已有西康新聞社，社長曹良璧。1941 年春，康定又成立有西康通訊社，「與成、渝、港、滇各地交換新聞消息，處理通訊編輯事項」。1947 年前後，康定還有爐邊新聞社、建國新聞社、拓邊新聞社」。在雅安地區也曾先後出現過幾家通訊社，如 1935 年由地下黨成員和成孝（何克希）辦的川康通訊社、1945 年由國民黨雅安縣黨部辦的康東通訊社、1946 年由西康省訓團主辦的力行新聞社及同年 4 月康藏通訊社在雅安所設的分社。此外，還有西康建設通訊社、編務通訊社。[2]

（二）康定記者分會

康定記者公會，發起於 1946 年 9 月 1 日，由西康日報社的戴廷耀負責籌備、辦理省會康定的記者調查登記工作。經過一年籌備，1947 年 9 月 1 日宣布康定記者公會正式成立，聲稱要「文心一致，群策群力，為宣揚政令，達表民疾，建立三民主義的新中國而努力」。為慶祝記者公會成立，《西康日報》

1　王綠萍：《解放前四川西部少數民族地區的新聞事業》，載《西南民族學院學報》，1999 年第 6 期。

2　王綠萍：《解放前四川西部少數民族地區的新聞事業》，載《西南民族學院學報》，1999 年第 6 期。

還發表題為《康定市記者公會成立感言》的社論，並出版「九一記者節暨康定市記者公會成立大會特刊」。

康定記者公會成立之初有新聞記者 40 餘人，推舉戴廷躍擔任常務理事。戴廷躍曾任《西康日報》著名副刊《毛牛》和《百靈鳥》主編，在西康新聞界頗有威望和影響。1947 年 9 月推舉周馥昌為常務監事。1948 年 1 月 22 日，戴廷躍辭職後推舉時任西康日報社副社長的理事徐廷林繼任其職。1945 年雅安也成立了新聞記者公會，有會員 20 多人。1940 年 9 月 1 日，西昌新聞協會成立。1948 年 8 月，西昌新聞記者公會成立。

三、民國南京政府後期的少數民族文字畫報

民國南京政府後期，在東北、內蒙古等地，出現過不同類型、不同特色的少數民族文字畫報。這些畫報內容不僅涉及人們的日常生活，更以通俗淺顯的語言和生動有趣的畫面宣傳進步思想、政治主張。這些畫報極大的引起文盲、半文盲的興趣，在一定程度上為黨的方針宣傳、政策深入人心做出了貢獻。

（一）《通俗畫報》

鉛印 4 開，日刊，創刊時間不詳。在歸綏出版。是民族地區最早的畫報。楊令德在《綏遠報業簡史》中介紹「《歸綏日報》本附有綏遠名畫家梁翁所繪的石印畫報一張。《歸綏日報》停刊以後，畫報單獨印行，名《通俗畫報》不久即停刊。」[1]《通俗畫報》的主要內容是宣傳戒煙、戒賭、放足、識字等，畫報中畫面生動，並附有簡要白話說明。該畫報的總編輯為北平來綏的學生富良沄。雖稱為總編輯，但實際上編輯部只他一人。1946 年初《通俗畫報》停刊，這可能是民族地區迄今為止最早的畫報。

（二）民族地區最早的少數民族文字畫報

《人民之友》，8 開的大眾畫報，1946 年春天由東蒙古自治政府宣傳處主辦、在被譽為草原紅城烏蘭浩特油印發行。在內容上，該畫報以宣傳東蒙古自治政府的主張、政策為宗旨，這是目前所知我國民族地區最早具有現代意義、並宣傳進步思想的少數民族文字畫報。

---

1 楊光輝、熊尚原等人編輯：《中國近代報刊發展概況》，新華出版社，1986 年版，第 446 頁。

　　《蒙漢聯合畫報》，爲 4 開 2 版石印畫報，由蒙漢兩種文字撰寫說明，1946 年 10 月 10 日由尹瘦石、張凡夫、張紹何等人創辦於林東（巴林左旗）。《蒙漢聯合畫報》的內容主要是號召蒙漢人民團結起來，粉碎國民黨反動派進攻；同時還介紹了察哈爾盟太卜寺右旗群眾與拉木札普作鬥爭的情況。

　　戈夫、團英主編的《內蒙古期刊事業》中還提到，這個時期由蒙疆資料社主辦，在張家口出版過一個名爲《蒙古畫報》（蒙漢文版）的鉛印刊物。其目的是收集保存資料並對蒙疆進行綜合研究。亦稱「是內蒙古地區最早的畫報」。因創刊時間不詳無法比較，暫存疑於此。

（三）特色與影響顯著的《內蒙畫報》

　　《內蒙畫報》，尹瘦石於 1948 年 5 月創辦，由內蒙古日報社出版，先是由齊齊哈爾市《嫩江農民畫報》社印刷。4 開，石印月刊，散頁，說明以蒙漢兩種文字寫作，畫作以三種顏色套印。該畫報創辦時，人民解放戰爭已轉入全面戰略反攻階段，當時農牧地區還有相當多的文盲、半文盲，爲了宣傳發動人民群眾，使黨的方針政策深入人心，因此就創辦了《內蒙畫報》。

　　《內蒙畫報》的主要內容包含以下幾項：① 突擊送糞加緊春耕；② 男女齊動員；③ 圍剿地主武裝；④ 春耕謠等詩歌。[1]「畫報」以大量的美術、攝影作品配以簡練通俗的蒙漢文字說明，報導了人民解放戰爭的節節勝利；傳達黨對農村、牧區民主改革的一系列方針、政策，深受群眾歡迎。由於翻身後的農民牧民迫切需要在文化上翻身，他們紛紛訂閱畫報，僅興安鎮嘎查一地就有 200 多訂戶。畫報還爲內蒙古地區培養了大批美術工作者。1951 年，畫報已發展成爲攝影圖片、美術作品爲主圖文並茂的大型畫報，受到中共中央宣傳部通報表揚，在爲恢復和發展工農牧業生產，提高人民群眾的政治思想覺悟起到了積極作用。事實上，該報所完成的歷史任務是其他報刊無法替代的。

　　該報主要創辦者尹瘦石（1919 年～1998 年），原名尹錦龍。江蘇宜興人。曾任中國書法家協會理事、中國美術家協會北京分會主席、中國書法家協會北京分會副主席、北京市畫院副院長、全國文聯副主席等職。1919 年 1 月出生，1937 年 11 月來到大後方。1940 年 9 月，時年 22 歲的尹瘦石來到文化名城桂林，結識了柳亞子、徐悲鴻、田漢、熊佛西、歐陽予倩等文化界名流，

1　《內蒙古日報》，1948 年 4 月 21 日，第 1 版。

並與之結下了忘年之交。在重慶期間爲毛澤東、柳亞子、沈鈞儒畫過像，尤其爲毛澤東畫像很下工夫。因此他不僅深得毛澤東認可，就連向來頗挑剔的柳亞子也題詩讚曰：「恩馬堂堂斯列健，人間又見此頭顱。龍翔鳳翥君勘喜，驥附驂隨我敢籲？嶽峙淵亭眞磊落，天心民意要同符。雙江會合巴渝地，聽取驩虞萬衆呼。」1945 年，該詩和毛澤東畫像一併在重慶中蘇友協和成都少城公園舉辦的「柳詩尹畫聯展」上展出，毛澤東、郭沫若、茅盾、徐悲鴻等都寫過讚揚文章，《新華日報》專闢特刊並全部發表。應中共內蒙古黨委機關報《內蒙自治報》領導邀請，尹瘦石到該報任美術編輯，他經北京、張家口、錫林郭勒草原來到王爺廟（即烏蘭浩特）籌辦《內蒙畫報》。尹瘦石書風瀟灑跌宕，明健有力，有書卷氣。《內蒙畫報》剛創刊時只有他一人作畫，後來才調來的烏恩、齊兵、文浩、邢璉、超魯、烏勒、宮布、桑吉雅等人，除超魯有一定美術功底外，其他人都是邊幹邊學。在尹瘦石的帶領下，《內蒙畫報》爲自治區美術、攝影隊伍的形成與壯大，爲少數民族文字報刊的創建和發展，作了不可取代的重要歷史貢獻。

第二節　民國南京政府後期的軍隊新聞業

　　軍事新聞業的發展，源於特定的社會環境。民國南京政府後期，國共兩黨走向最終對決，因此戰事頻仍、社會動亂，且出於戰事宣傳的需要，國共兩黨的軍事新聞業均有各自的發展；同時，歷史遺留問題、當時的政治形勢和國際關係也導致外國軍隊駐華或留於疆土內，因此，外軍主導的軍事新聞業也爲當時的中國留下特殊的時代烙印。

一、國民黨軍隊新聞業

　　國民黨軍的新聞業，包括國民黨軍主導的報刊業、廣播業、通訊業和電影業四方面。與其他新聞事業的發展軌跡大致相同，抗戰結束後國民黨軍新聞業隨著主權恢復與接收淪陷區而有了一定程度的擴大、迎來了發展的短暫繁榮期。但是進入解放戰爭後期，隨著國民黨軍在戰場上的敗退，其軍事新聞業也日漸萎靡，並於最終與國民黨政府一同遷至臺灣發展。

（一）國民黨軍報業的膨脹與衰敗

　　抗戰勝利後，國民黨的軍報業抓住恢復淪陷區，接收敵僞、日僞報刊業

的機會，實現國民黨領導下的軍事報紙的續出、新創與復刊。但是，在解放戰爭中後期，一方面國統區社會失序、混亂腐敗；另一方面

1. 國民黨軍報業的短暫膨脹

抗日戰爭勝利後至解放戰爭爆發前，國民黨軍報業抓住良好的發展機會，趁著國民黨政府收復敵偽新聞事業、擴大輿論宣傳的機會實現了軍隊主導的軍報業的短暫膨脹。

（1）國民黨軍報刊的繁雜

由於抗戰勝利的刺激，1945 年 9 月開始國民黨軍隊的新創報刊與復刊報刊接踵而至。例如新編第六路軍在江蘇徐州創刊《雲臺日報》（9 月 1 日）；第49 軍在浙江吳興創刊《掃蕩報‧湖州版》（9 月）；第四路軍的《民族日報》在廣州復刊（10 月 26 日）；閻錫山指使第二戰區長官司令部成立合謀社，出版《晉風》雜誌（10 月）；第十戰區在河南創辦《中原日報》（12 月）；第十戰區臨泉指揮所創辦《中報》（10 月）；第 8 軍在山東青島創刊《軍民日報》（11 月 25 日）。

抗戰期間各戰區出版的《陣中日報》，停刊、續出及新創不一。第四戰區政治部在柳州出版的《陣中日報》，1945 年 11 月遷至廣州，以《中正日報》爲名復刊。第三方面軍進駐上海後，1945 年 11 月 22 日創刊《陣中日報》，由孫元良兼任社長、副社長俞爾華、總編輯張葆奎。1947 年 3 月初，國防部新聞局批准在開封創辦《陣中日報》，並委派姜顯楷、賓煥有爲正副社長。1945年 12 月，第七戰區面向社會發行的《建國日報》由老隆遷來廣州出版，社址在光復中路，發行人爲李育培，總編輯先後爲李子誦、李少穆。同時，《掃蕩簡報》擴大出版規模，掃蕩簡報班序號逾百。

爲了便於對日本戰俘、日本僑民管理，國民黨軍專門爲滯留與遣送期間的日俘日僑出版了日文報紙。如第三方面軍在上海創辦《改造日報》（1945年 10 月 5 日）和雜誌《導報》（1945 年 11 月月 20 日）；《和平日報》武漢版增出副版《正義報》；東北行轅日僑俘管理處創刊《東北導報》（1946 年 3 月7 日）。

1946 年 5 月，國民政府國防部成立新聞局，出版《士兵週刊》《新風半月刊》《國防月報》和畫報。1947 年元旦，國防部新聞局局長鄧文儀將重慶《中國時報》遷來南京，宣稱該報有公正的言論，獨特的報導，內幕的新聞，新穎的副刊，甚至提出「現代軍人不能不看，公教人員尤應細看，全國國民人

人應看」。[1]1947 年 11 月 28 日，國防部新聞局在中央訓練團舉行為期 10 天的全國新聞工作檢討會，全國各綏靖區及各級部隊、新聞處負責人出席，檢討會上檢討新聞工作得失、研究如何加強軍隊新聞工作。

1946 年 6 月，國民黨軍全面進攻解放區，全國內戰爆發。在此前後，國民黨軍又創辦了一批報刊。如華北「剿總」在北平創刊的《平明日報》（11 月）；第 13 軍在河北承德創辦《長城日報》；陸軍第二編練司令部創辦《正氣中華報》；海軍第一軍區司令部創辦《海軍戰士》；熱西綏靖區新聞處創刊 16 開《熱血》半月刊（1947 年 9 月）。

西南地區，駐紮四川漢中的青年軍第 206 師創辦《崑崙日報》（1947 年 1月）；第 16 集團軍在廣西柳州創辦的《大時代報》，社長為章元鳳（廣西大學教授）、總編輯黃志勳。該報為對開 4 版的鉛印日刊，社址設在東臺路，由柳州鳳凰印刷廠承印；第 56 軍在廣西柳州創辦《南天日報》（1948 年 12 月），軍長、柳州警備區司令馬拔萃任董事長，政工處副處長鄧選塵兼任社長。該報為 4 開 4 版，初為軍中報紙 、後擴大對外發行。[2]

西北地區，第一戰區政治部政治部主任顧希平命人在陝西西安創辦《大風晚報》（1946 年 9 月），社長兼發行人屬廠樵，副社長兼採訪主任趙鈞；國民黨陝西省政府委員兼陝北行署主任顧希平，命西安綏署新聞處副處長屬廠樵創辦《同仁日報》（1947 年 3 月）；西安綏靖公署主任胡宗南命廖伯周在西安創辦《戰鬥日報》（1947 年春）。太原綏靖公署主任兼山西省政府主席閻錫山將民族革命日志會流動工作隊，改為太原綏靖公署特種警憲指揮處，下設平民日報社（1946 年 10 月）。太原綏靖公署軍官收訓總隊創刊《雪恥奮鬥》半月刊（1948 年 3 月 16 日）；第 21 師創辦《大同報》（1947 年 5 月）。

在東部沿海，第 31 軍政治部在杭州創刊《政訓》半月刊（1946 年 2 月）；京滬杭警備總司令部在上海創刊《自由戰士日報》（1949 年 1 月 18 日）；青年軍第 208 師第 9 團在青島創刊《青年軍》週刊（1947 年 3 月 29 日）；國民黨軍 9322 部隊在青島創刊《長風報》（1949 年 2 月 24 日）；衢州綏靖公署創刊《新風日報》（1948 年 8 月 1 日），對開 4 版，社址在衢城府山，發行人先後為葉子銘、莊念慈。

1　南京報業志南京市地方志編纂委員會：《南京報業志》，學林出版社，2001 年 6 版，第 65 頁。

2　廣西壯族自治區地方志編寫委員會：《廣西壯族自治區通志‧報業志‧第五章‧軍警憲特報紙》，廣西人民出版社，2007 年版，第 103 頁。

（2）國民黨軍報刊在東北

解放戰爭前期，東北一度成爲國民黨軍集中出版報刊的新區域。1946 年初，國民黨軍大批湧進東北。國民黨軍東北保安司令部中將政治部主任余紀忠、兼任國民黨中央宣傳部駐東北特派員，負責接收日本南滿洲鐵道株式會社機關報《滿洲日日新聞》社的設備，並於 1946 年 3 月 5 日在瀋陽創刊《中蘇日報》。該報爲對開 4 版，余紀忠兼任社長，主筆和主要採編人員由將、校級軍官充任，賀逸文應邀出任總編輯，最高發行量逾 5 萬份；此外，新 6 軍（軍長廖耀湘）於 1946 年 5 月在瀋陽和長春創刊《前進報》；1946 年 9 月 9 日，國防部保密局在瀋陽創刊《正義報》，發行人文強、社長陳澤如。國民黨軍在東北地區還出版了東北保安司令部的《新生命報》；第 52 軍（駐安東）的《光華報》《新聲報》和《掃蕩報·安東》；第 53 軍（駐鞍山）的《遼南日報》；新 6 軍第 22 師的《湘潮日報》；青年軍第 207 師（駐瀋陽）的《新報》《青年報》等。1948 年底，國民黨軍在東北公開出版發行的報紙隨著戰敗先後消失。

（3）《掃蕩報》的改名與集團化發展

1945 年 12 月 12 日，《掃蕩報》改名《和平日報》。1945 年 8 月 29 日至10 月上旬，國共兩黨在抗日戰爭勝利之際進行和平談判。參加國共和談的軍委會政治部部長張治中，提議並力壓不同意見，將「掃蕩」改名「和平」。此舉獲得中共的讚賞，但國民黨內的反對者也大有人在。《掃蕩報》報名雖改，但反共「掃蕩」依舊，如該報連續發表體現戰鬥精神的社論《有什麼理由破壞交通》《論所謂解放區》《反對內戰乎？助長內亂乎？》等文章。《裁兵與統一》發表後，蔣介石侍從室第二處主任、國民黨中宣部副部長陳布雷查問最近幾篇抨擊共產黨的社論是何人所寫，並索要執筆人的履歷。就這樣，主筆李士英被蔣介石召見並嘉勉。

1946 年，《和平日報》總社下設直接經營的南京、上海、漢口、重慶、蘭州 5 個分社，擁有受總社指導、統屬於國防部新聞局的昆明、廣州、瀋陽、臺灣、海口 5 個《和平日報》地方版。此外，《和平日報》同時在東北、西北、西南、華南、華東五個地區的 10 個城市出版，形成了中國報業特色鮮明、統屬不一的報業集團或報業系統。

1945 年 11 月 12 日《掃蕩報》桂林版改名爲《和平日報》廣州版。該報於 1946 年 3 月 25 日出版，由廣州行營政治部新聞處經營，發行數百份。抗

戰勝利後《掃蕩報》重慶總社委派陳縱才到海南接收敵產創辦《掃蕩報》，《和平日報》海口版創辦，後又改名《海南日報》。1945 年 10 月，第 46 軍渡瓊受降並接收敵產《海南新聞》社和海南出版印刷株式會社，後遂創辦《和平日報》瓊崖版。《和平日報》汕頭版，1947 年 5 月 5 日創刊，1949 年 6 月 1 日，《和平日報》汕頭版與汕頭《大光報》《嶺東民國日報》等 7 家報紙聯合出版《汕頭各日報聯合版》。

　　1945 年 11 月 12 日，《和平日報》武漢版在接收敵產《大陸新報》和 2 個印刷所的基礎上創刊，這也兌現了該報 1938 年 10 月 25 日對武漢「再見」的承諾。《和平日報》武漢版發行 2 萬份，但是於 1947 年 3 月 1 日，緊縮篇幅，5 個副刊由減至 1 個，另新出週末「星期版」。《和平日報》上海版，為對開 8 版報紙，1946 年 1 月 1 日創刊於接收的敵產《大陸新報》基礎之上，6 月改組革新。《和平日報》瀋陽版於 1946 年 4 月 1 日創刊，建立在偽滿的立花印刷所的基礎之上。該報 1947 年 5 月 1 日另創 8 開小型《和平晚報》並於 10 月 23 日併入《中央日報》瀋陽版。1946 年 11 月 12 日《和平日報》蘭州版創刊，以張治中為主任的西北行營給予支持，該報發行 6000 份，並另出《蘭州和平日報週刊》。1947 年 4 月，4 開 4 版的維吾爾文版、蘭州版、青海版的《和平日報》創刊。1946 年 5 月 4 日，由國民黨軍第 70 師《掃蕩簡報》發展而來的《和平日報》臺中版創刊，發行約 1.2 萬份。

　　《和平日報》南京版，建立在接收的敵產《大陸新報》基礎上，1945 年 11 月 12 日與淪陷八載的南京同胞見面。創刊伊始，《和平日報》南京版發表社論《永為和平奮鬥！》。1948 年冬，《和平日報》南京總社開始將設備器材運往臺灣。1949 年 1 月 21 日，該報以蔣介石引退文告原句製作頭版頭條標題「不惜以在野之身與共產黨周旋到底」。遷臺之際，該報出現出版空歇、報紙版面壓縮、廣告客戶減少，遣散大部人員等現象。此時，南京分社編輯部只有五六人、且無正規的辦公場所，因此不得不借用農民銀行戶部街的宿舍、繼續編輯出報。

（4）傅作義主辦的《奮鬥日報》與《平明日報》

　　1938 年 7 月 1 日，《奮鬥日報》創刊於山西河曲，由第 35 軍（首任軍長傅作義）1938 年春創辦的《新聞簡報》改名而成。該報取名於傅作義提出的戰鬥口號「艱苦奮鬥」，初為油印報紙。1939 年 8 月 1 日改鉛印；11 月報紙由 16 開擴大為 8 開；1942 年 5 月，報紙擴大為 4 開。

　　抗戰勝利，奮鬥日報社於 1945 年 8 月隨軍東進，遷入綏遠省會歸綏（今呼和浩特）；並接收偽蒙疆新聞社厚和支社，出版了 8 開的《奮鬥日報》綏遠版。1946 年 10 月 11 日，傅作義部進佔張垣（今張家口），10 月 16 日創刊《奮鬥日報》張垣版。此時，《奮鬥日報》張垣版被張貼在牆上、以吸引了張垣街頭行人的目光。1947 年 1 月，該報使用了從北平購買的對開印刷機，報紙也由 4 開擴大爲對，並在蘭州、西安、寧夏、太原、綏包、青海、迪化等地邀聘特約記者撰寫通訊。

　　傅作義重視輿論，他曾說：「所謂輿論，就是社會上共同的褒貶，大家用同一的觀點、以道德的力量，給予善者一種表揚、對惡者加以制裁」。[1]因此，傅作義主辦的報紙，以官報的立場、取民報的作風，以大字標題怒揭嗜好鴉片的貪官，打擊囤積居奇發國難財的奸商，在興利除弊、澄清吏治等方面發揮了重要作用，也因此博得讀者的廣泛好評。

　　此外，《奮鬥日報》還開辦《草原》《文藝》《青年》《戰友》《讀書》《綏遠婦女》《駝峰》《奮鬥》《二十世紀》《家庭與婦女》《國防科學》《遊藝春秋》《西北通訊》等多種副刊，開墾綏西地區文化。

　　此後，景昌之、王華灼、崔載之、閻又文又歷任《奮鬥日報》社長。他們率領全社工作人員，以戰鬥的姿態屹立前線，隨軍轉戰、奮鬥進擊。民國南京政府後期，《奮鬥日報》同時於內蒙古陝壩、呼和浩特和河北張家口三地出版，構成了傅作義主導的軍政事業的一個重要部分。1949 年 9 月，綏遠和平解放。傅作義集團所屬部隊接受人民解放軍的改編，此後，《奮鬥日報》停止出版。

　　1946 年 11 月，「華北剿總」總司令傅作義命人主辦的《平明日報》創刊於北平，此舉實現了他抗戰勝利後到大城市辦報的想法。

　　「平明」寓意和平光明及切盼黎明。《平明日報》的社長崔載之，副社長兼總編輯楊格非，主筆梁客若、李中偉，工作人員多來自《奮鬥日報》，社址在宣武門內石附馬大街浸水河 9 號。該報以民營面目出版報紙，爲國家負責、替人民說話；在辦報宗旨上主張政治民主、經濟平等、團結統一、和平建國。《平明日報》大量發表潘光旦、費孝通、朱自清、翦伯贊、沈從文、黎錦熙、孫鈺、唐嗣堯、王芸生、袁敦禮、馬衡、賀麟、張恨水、焦菊隱等教授、學者、社會名流撰寫的專論、星期論文、副刊文字和特約專欄文章，報紙的日銷量大致爲 5000 份。

1　《我們是怎樣成長的——奮鬥日報九週年紀念冊》，1947 年版，第 1 頁。

1947 年，《平明日報》遵照傅作義的指示，組織教授參觀團、由社長崔載之陪同到張家口訪問、講學。1948 年 12 月，社長崔載之奉傅作義之命，在採訪部主任、中共地下黨代表李炳泉陪同下，出城與中共進行和平談判。1949年 1 月 22 日，該報用特號大字標題在頭版頭條公布《關於和平解決北平問題的協議》。此後傅作義認為已無繼續出版報紙的必要，命社長崔載之、總編輯兼總經理楊格非等將報社自動解散，工作人員由人民政府分配到各單位工作。

2. 國民黨軍報業的迅速衰敗

民國南京政府統治後期，貨幣貶值，物價猛漲，國民黨軍報紙面對複雜的社會狀況，出版日益艱難。隨著國民黨政府敗走大陸，國民黨軍報業迅速衰敗，只有少數報刊遷移臺灣、金門等地繼續出版。

（1）軍報接連停刊

1946 年 9 月，國民黨軍第 13 軍在河北承德出版《長城日報》，但是該報在創刊後每月連續虧損。至 1947 年 10 月，《長城日報》累計虧損約 3000 萬元。1947 年 12 月 31 日，該報刊登「明天停刊啟事」，告知讀者該報經費支絀、復刊無定期。1947 年 3 月 30 日，西安綏靖公署出版的《同仁日報》《戰鬥日報》因紙價飛漲而虧損嚴重，因此它們聯合西安《國風日報》《民眾導報》《自由晚報》等 15 家報紙，組團赴京請願，要求自 1948 年第一季度起，將每月的政府配給紙由 10 噸增加為每季 100 噸。

軍事委員會軍訓部主導的南京《軍事雜誌》，在抗戰期間先遷至湖南衡陽、後遷至四川重慶、璧山出版。直到 1948 年《軍事雜誌》才北返金陵，但是同年 7 月便在南京停刊。《黃埔日報》是國民黨軍院校最為資深的報紙，持續出版 22 年，但在 1949 年 12 月於成都停刊。國民黨軍駐江蘇吳江、由第 252醫院主辦的《榮光報》，於 1949 年 4 月 30 日出版第 56 號後停刊。

徐蚌會戰後期，國防部新聞局局長鄧文儀堅持將自己在南京主持出版的《中國時報》送往前線。他聲色俱厲地要求專責運送報紙的人及時運到、否則便殺頭處置；而專責運送報紙的人送報回來說：「所有送到蚌埠的報紙，都堆積在李彌的司令部裏。那些官員說，這些報紙所報導的戰事新聞，與前線狀況不符，沒有人看。」[1]

---

[1] 李廷芳：《解放戰爭期間的南京政府國防部新聞局（政工局）見聞點滴》，中國人民政治協商會議廣東省委員會文史資料研究委員會：《廣東文史資料》，第 48 輯，廣東人民出版社，1986 年 1 版，第 96 頁。

　　隨著國民黨軍部隊接二連三地被殲滅，國民黨統治區的城市被逐一解放、國民黨軍部隊出版的報刊也煙飛灰滅。這些報紙包括：青年軍第 206 師在洛陽戰役（1948 年 3 月）中急創的《革命青年》週刊；第 35 軍在新保安被圍殲（1948 年 12 月）時的《陣中日報》；新 6 軍在遼瀋戰役（1948 年 10 月）中全軍覆滅，中共瀋陽地下組織有效地保護了前進報社印刷設備，在《前進報》舊址創辦中共瀋陽市委機關報《工人報》（12 月 20 日創刊，今《瀋陽日報》前身）[1]；1949 年 5 月 6 日，浙江衢州解放，衢州綏靖公署《新風日報》的印刷設備由解放軍接收後交軍管會；5 月 25 日，國民黨軍撤離上海。《和平日報》上海分社電訊主任萬超北帶領職工護廠、阻止將設備器材運往臺灣；後來報社在出版了三天《解放報》後，報社被移交上海市軍管會主管部門。

（2）國民黨軍報刊在臺灣金門繼續出版

　　民國南京政府後期，國民黨軍不但將少數報刊遷移臺灣、金門等地繼續出版；還在臺灣創辦新的報刊。1949 年 4 月 23 日，《和平日報》南京版在出版完最後一張報紙後撤離南京，並途經上海遷移臺灣。《和平日報》南京總社撤離南京時，還派人前往國民政府尚在的廣州、接洽有關報紙籌備合作出刊《和平日報》，但最後因廣州情況紊亂作罷。在此前後，《和平日報》各地方版，隨著國民黨軍的敗守撤離，或撤離或停刊。《和平日報》廣州版 1948 年 3 月 28 日停刊。《和平日報》上海版在 1949 年 5 月 28 日移交上海市軍管會主管部門。《和平日報》汕頭版於 10 月 24 日發表社論《歡迎解放軍》，並刊登新華社電訊和本報記者採寫的汕頭市民迎接解放軍入城的特稿，11 月該報停刊。

　　1949 年 7 月 1 日，《和平日報》南京版以原名《掃蕩報》在臺北復刊。同年冬，《掃蕩報》南京總社遷來臺北與《和平日報》臺中版合併，此時總社社長為蕭贊育，總編輯許君武，顧問毛一波。在臺北，《掃蕩報》人事更迭、人力分散、財力支絀，1950 年 7 月 7 日而被迫停刊。同時，該報的報社經理部留下少數人、利用印刷廠對外營業，但結果仍是一再虧損。1950 年 9 月掃蕩出版社成立，該社保持了原有常務理監事會以備他日復刊之需。

　　1949 年 5 月 1 日，陸軍第二編練司令部在江西南城創刊《正氣中華報》，該報為 8 開 3 日刊。11 月 23 日報紙遷至福建金門，兩天後正式出版 4 開日報。

1　梁利人：《瀋陽新聞史綱》，瀋陽出版社，2014 年版，第 37 頁。

1950 年，該報發行量增至 4500 份、並免費供應全島軍民閱讀。至此，這份軍隊報紙蛻變為地區性的報紙。[1]

1948 年 2 月 22 日，陸軍訓練司令部在臺灣鳳山創刊《精忠報》，日出 8 開 1 張。該報的社長為張佛千、總編輯馮愛群。1952 年 3 月改為陸軍總司令部主辦，1968 年改名《忠誠報》。1949 年 11 月 22 日，澎湖防衛司令部的《每日新聞》、馬公要塞的《新聞導報》和守備團的《白沙日報》合併為《建國日報》，該報為油印 4 開、「兼有軍報和地方報的特色」。[2]

（二）國民黨軍事電影業的調整

民國南京政府後期，國民黨軍事電影業的命運與其新聞業一樣，隨著政府的戰敗與退守而南遷臺灣，其中，以國民黨軍事電影業的代表——中國電影製片廠的遷移與調整最為典型。

1.「中製」遷寧擴建

1945 年 11 月 13 日，中國電影製片廠長蔡勁軍調職，羅靜予接任廠長。[3] 1946 年，「中製」遷至南京，負責接收南京日偽電影事業、上海偽中華電影股份有限公司的部分財產和上海金司徒廟的前藝華攝影場，並在上海再建分廠。同時「中製」聘請美國電影顧問進行設計、並接收了一批美國援助的電影設備。

國民黨軍委會改組為行政院國防部後，「中製」業務分別劃入國防部新聞、民事、監察三局；又被改組為軍教電影事業管理處，主要編譯美國援助的 1100 餘種軍事科學教育影片。1947 年 4 月，軍教電影事業管理處撤銷、「中製」恢復。此後，南京總廠專事軍事教育影片攝製與編譯，上海分廠負責故事影片的攝製與發行。在此期間，「中製」攝製了故事片《萬象回春》《擠》和宣傳片《鐵》《共匪禍國記》《共匪暴行實錄》等。

2.「中製」遷至臺灣

1949 年初，「中製」派員攜運部分設備赴臺。4 月，全廠奉命撤離大陸、前往臺灣。袁叢美等 20 餘人及部分設備撤退臺灣，先在臺灣南部的岡山、後遷臺北附近的北投競馬場，以拍攝軍事新聞片和軍事教育片為主業。1952 年

---

1 曾虛白：《中國新聞史》，臺灣三民書局，1984 年 5 版，第 540 頁。

2 曾虛白：《中國新聞史》，臺灣三民書局，1984 年版，第 542 頁。

3 嚴彥：《抗日戰爭中內遷重慶的中國電影製片廠圖考》，西南師範大學碩士學位論文，2006 年。

夏天，庫房因無空調設備，所存影片夜半自燃，十餘年積累的故事影片、新聞紀錄影片等盡爲灰燼。1955 年，該廠恢復攝製故事影片。

1946 年至 1949 年間，「中製」多次改隸，曾先後隸屬聯合勤務總司令部特種勤務處新聞局、聯合勤務總司令部通信署、國防部新聞局、聯合勤務總司令部特種勤務署。1949 年秋，聯勤總部併入國防部，「中製」再次轉隸原特種勤務署改組的國防部特勤處，且在這一時期縮減規模，放映隊、中國萬歲劇團均劃歸至國防部新聞局。1950 年，「中製」劃歸國防部政治部；1990 年，「中製」關閉。

（三）國民黨軍通訊業的集中發展

民國南京政府後期的國民黨軍通訊業，最爲主要的發展是創辦了隸屬國防部的軍事新聞通訊社（簡稱軍聞社）。

1. 軍事新聞社的架構

1946 年 6 月 26 日，全面內戰爆發。國防部新聞局爲加強報導軍事新聞而創建了軍事新聞通訊社。該社由新聞局局長鄧文儀提議、經蔣介石批准、於 1946 年 7 月 7 日在南京成立，社址初設在碑亭巷 19 號，不久移到國府路 72 號（後改名林森路 75 號，今長江路）。

軍事新聞通訊社（下文簡稱軍聞社）的成立初期約有 40 人，全社實行軍事化管理，設社長、副社長和總編輯、總經理，轄採訪、編輯、經理 3 個部和總管理處；社長爲少將軍銜，各部門主任爲上校、中校軍銜，編輯、記者、幹事、電務員等爲中校至上尉軍銜，書記、司書、打字員等爲中尉至準尉軍銜。軍聞社的首任社長爲楊先凱，編輯部主任言宋元，採訪部主任王鑒萍，經理部主任羅錫圭[1]。1947 年 1 月後，軍聞社經國防部批准擴大編制：南京軍聞社改稱總社，並在瀋陽、北平、上海、鄭州、蘭州設立 5 個分社，主任授上校、中校銜；在徐州、濟南、天津、長春、漢口、張家口、海州、青島、銀川、西安、西寧、承德、迪化設立 13 個通訊站，主任授少校銜。此時，軍聞社下屬分支機構，人員編制 5 至 20 人不等，較大的瀋陽分社鼎盛時有 28 人。

1947 年 8 月，軍聞社因記者過早洩露參謀總長陳誠將赴東北主持軍事的消息，被勒令整頓、暫停公開發稿，原直轄參謀總長的軍事新聞發布組與軍

---

1 郭必強：《淮海戰役前後的軍事新聞通訊社》，《淮海戰役新論——紀念淮海戰役暨徐州解放 50 週年學術討論會論文集》，1998 年。

聞社合併辦公，以軍事新聞發布組人員接掌軍聞社的主要職權。軍事新聞發布組組長、國防部發言人張六師兼任軍聞社社長，楊先凱改任副社長兼總編輯，經理部經理閔聖墀，編輯部主筆操農、石華、鄒琳玲、何時珍，採訪部主任何鴻生、副主任張濟輝。1948 年 4 月，國防部政工局局長鄧文儀請准軍聞社恢復公開發稿。

2. 軍事新聞社的任務

軍聞訊社以採集與報導軍事新聞為基本工作任務，被賦予直接採訪中央及各地軍事首腦機關、軍事長官的權力。該社除了向國民黨軍報刊和廣播電臺供稿，還負責為國防部新聞局、國民黨中宣部新聞局、國防部發言人舉行記者招待會、提供書面報告；同時還會為國民黨高級軍政首腦提供「絕密」信息。

軍聞社主導編輯、主要報導軍事情況的《一周戰況》，主要用於國防部政工局局長鄧文儀與國民黨中宣部新聞局局長董顯光舉行聯合記者招待會的書面報告。軍聞社編寫的不定期出版的《答記者問》，供國防部政工局局長或國防部發言人在記者招待會上散發。軍聞社還負責摘編綜合性的日刊《中外要聞》，並於每晚 12 時後送交國防部設立的軍中之聲電臺廣播；此外，軍聞報編寫的、供內部傳閱的《匪情週報》，專送國民黨高級軍政首腦參閱。

3. 軍事新聞社的毀譽

軍聞社成立之前，承擔著國民黨軍事新聞宣傳的中央通訊社，在報導「圍剿」工農紅軍中、報導國民黨發起的「戡亂」戰爭中，因捏造事實、傳播虛假新聞而口碑不佳。但軍聞社仍倣仿中央社的報導方式。1947 年 8 月 2 日、7 日，第 13 軍《長城日報》第一版所刊載的、來源於軍聞社發布的兩條消息《戰時驚人秘密 毛（澤東）岡（村寧茨）簽訂神池密約》和《共軍總崩潰在即 二十餘萬人投誠》，均為聳人聽聞的虛假新聞。

軍聞社非常積極地報導徐蚌會戰。軍聞社記者對第 2 兵團司令邱清泉製造的所謂「徐西大捷」「徐東大捷」；對徐州「剿總」副司令兼第 8 兵團司令劉汝明製造的所謂「固鎮大捷」尤感興趣、甚至在戰地採訪向南京發布消息進行報導。另外，軍聞社捏造戰況的通電告捷，被各大報轉發，國民黨倣仿美軍成立的軍聞社，並沒有按照美軍宣稱的要說真話的客觀性原則來報導軍事新聞。軍聞社這種不顧客觀事實捏造的戰況、戰績；不分青紅皂白攻擊、詆毀解放軍、掩蓋國民黨軍的失利；企圖通過連續發布虛假的軍事新聞激勵

士氣的做法，其結果適得其反。可以說，軍聞社及國民黨軍傳媒實施的虛假軍事新聞宣傳，是國民黨軍在大陸戰敗的助推器。

4. 軍事新聞社的撤離

1948 年底，國民黨統治區大幅度縮小，軍聞社在濟南、瀋陽、北平、長春、徐州等地的分社和通訊站因所在城市的解放已不復存在；此後軍聞社又在廣州設置了分社，安置一些先期撤離南京的人員。

1949 年初，軍聞社總社由南京遷往重慶；4 月，遷往臺北。抵達臺灣時，員工僅有數人、新聞業務全部停頓。1950 年 4 月，國防部成立總政治部，由李士英籌劃恢復軍聞社，重新開始發稿。1951 年 6 月，漆高儒繼任社長，充實設備、擴充編制，使軍聞社的業務逐漸展開。[1]

（三）國民黨軍廣播業的喧囂與冷寂

民國南京政府後期，國民黨軍依靠其不同系統與部門合作，創辦了多樣的廣播電臺、以滿足國民黨政府後期鉗制輿論、強化新聞管制的需求。這些廣播電臺，有的經歷複雜、有的以民營面目出現，但是生存時間多較短暫。其中，作為國民黨軍廣播業核心的軍中之聲廣播電臺和明顯帶有應對中共軍事廣播宣傳之意而創辦的空軍之聲廣播電臺，是國民黨軍長時間開播並遷移臺灣繼續播音的兩個廣播電臺。隨著國民黨軍對敗走臺灣，國民黨軍的廣播電臺也隨著戰敗而覆滅。

1. 國民黨軍廣播業集中於大城市

民國南京政府後期的國民黨軍廣播業，和這一時期中國官營與民營廣播電臺一樣，主要聚集於寧、滬、平、津等大城市。

在華北地區，國民黨軍在北平開辦了軍中之聲廣播電臺、「國防部第七十二廣播電臺」、勝利廣播電臺（第 11 戰區司令長官部）、中國廣播電臺（軍統局北平特警班主任樓兆元任董事長）、民生廣播電臺（軍統局北方經濟建設協進會）和軍友廣播電臺（北平警備司令部）。此外，國民黨軍在天津開辦了軍聲廣播電臺、陣中廣播電臺、中國廣播電臺（天津警備司令部嚴家浩任董事長）。

在滬寧地區，上海是中國廣播業的發源地和抗戰勝利後的聚集地。抗戰結束後，國民黨軍總部和部隊蜂擁滬上，自 1945 年 12 月至 1948 年先後在上

1　曾虛白：《中國新聞史》，三民書局，1984 年版，第 624 頁。

海開辦忠義廣播電臺（忠義救國軍），軍政廣播電臺（第三方面軍），勝利廣播電臺（憲兵司令部），鐵風廣播電臺（空軍供應司令部），和平廣播電臺（和平日報館），滬軍廣播電臺（上海師管區司令部），凱旋廣播電臺（陸軍整編第 63 師 186 旅），遠征廣播電臺（青年軍第 202 師 162 旅），公建廣播電臺（淞滬警備司令部）和陸總（民本）廣播電臺（陸軍總司令部）等 20 多個廣播電臺。

在江蘇，1945 年秋青年軍第 202 師政工處與國民黨江蘇省吳縣縣黨部聯合創辦了蘇州青年廣播電臺，每晚播音 2 小時；1946 年春，無錫軍政廣播電臺創辦。該電臺每天播音 2 次共 11 小時 30 分鐘，經費主要靠廣告收入；1948 年 3 月 3 日，南通正聲廣播電臺建立，此後每晚播音 2 小時）。

2. 軍中之聲廣播電臺

1945 年 9 月，軍中播音總隊派員抵寧接收日軍設在南京漢中門蛇山 10 號的通訊電臺。

1946 年 5 月 6 日，軍中播音總隊從重慶遷移南京，10 月 10 日正式播音，並定名南京軍中之聲廣播電臺，隸屬後勤司令部特種勤務總署，臺址在南京漢中門蛇山 10 號。此時，臺長為徐復華，並設指導、技術、總務三科，共 60 餘人。軍中播音總隊使用 2 個頻率，每天 7 時至 23 時 3 次間歇播音共 8 小時。同年，軍中播音總隊增設擴音總隊，在南京新街口、夫子廟、挹江門外過境軍人接待站及中山陵新聞訓練班設立 4 個擴音站、使用 50 瓦擴大機和 25 瓦高音喇叭，收轉軍中之聲廣播電臺的節目。

1947 年 7 月，國防部新聞局奉准增設北平、瀋陽、漢口、西安四個軍中之聲廣播電臺[1]。這些廣播電臺連同已有的廣州軍中之聲電臺，統歸南京軍中廣播電臺管轄，隸屬國防部新聞局。軍中之聲廣播電臺以國民黨軍官兵為主要對象，11 月間，南京軍中之聲廣播電臺全天 3 次間歇播音共 10 個小時，播出節目大致分為四類：新聞評論節目有「新聞」「時事評論」「戰地通訊」「軍事消息」「一月戰況」「一周時事述評」等，談話節目有「軍中晨話」「軍中夜話」「軍學講座」「特別演講」「戡亂動員」等，音樂娛樂節目有「軍樂」「國樂」「平劇」「中外樂曲」「時代歌曲」「雜曲」等，服務節目有「對時」「軍人服務」「軍人園地」「氣象報告」「預報明日節目」「記錄新聞」等。

1　《國防部增設・軍中廣播電臺》，《長城日報》，1947 年 8 月 2 日。

1949 年 4 月，南京解放前夕，臺長徐復華匆匆離去，行前宣布由指導科科長康暉午、梁培麟任代理臺長和副臺長。5 月，南京軍中之聲廣播電臺被中國人民解放軍南京市軍事管制委員會接管。

3. 空軍之聲廣播電臺

1946 年 12 月 1 日，空軍廣播電臺在南京成立，臺址在南京市珠江路小營。該電臺隸屬國民黨軍空軍總司令部，負責人是李建元、范昱。12 月 15 日，空軍廣播電臺正式以空軍之聲開播，呼號「XGAF」，它使用 1000 千赫、7100 千赫、11680 千赫 3 個頻率，每天 7 時至 23 時、分 3 次間歇播音 8 小時 45 分鐘。

據空軍之聲廣播電臺 1948 年元旦實行的廣播節目表，播出「新聞」「警策語（嘉言錄）」「航空講壇」「軍中花絮」「交通消息」「康樂消息」「兒童」「衛生」「家庭」「各種常識」「電信常識」「英語新聞」「科學新聞」「航空消息」「物理化學」「生物」「歷史地理」「英語教學」等節目。「各種常識」節目中有家庭婦女、史地、理化、生理衛生、生物農業等內容。「航空講壇」中有空軍戰史、國防科學、航空學術、空軍生活、滑翔常識等。播出的文藝節目，有「國樂」「中西樂」「軍樂」「中國歌曲」「中國舞曲」「西洋舞曲」「平劇」等。

1948 年 11 月 1 日，空軍之聲廣播電臺遷至臺北，1949 年 2 月 1 日恢復播音。1953 年，空軍之聲增加對大陸廣播節目。1958 年 12 月 1 日，該臺成立第二廣播部分，專門對大陸廣播。[1]

4. 華中軍政長官公署廣播電臺

1946 年 11 月，華中軍政長官公署廣播電臺在漢口開播。此電臺由華中「剿匪」總部創辦，呼號 XMPO、周率 1070 千周，日間歇播音 3 次共 4 小時 30 分。

1949 年 5 月 9 日，華中軍政長官公署廣播電臺從漢口撤至桂林，改名桂林綏靖公署桂林廣播電臺，臺址在桂林市桂西路尾（今桂林市解放西路）。8 月 10 日試播，9 月 1 日正式播音。此電臺短波發射機功率 1 千瓦，呼號 DEL7，周（頻）率 11500 千周；中波發射機功率 500 瓦，呼號 BEL5，周（頻）率 830 千周。這一時期，電臺的代理臺長是丁作超，電臺設總務、工務、傳音三科，全臺 24 人、工友 7 人。每天 19 時至 23 時播音 1 次共 240 分鐘。所播出

1　曾虛白：《中國新聞史》，臺灣三民書局，1984 年版，第 650、657 頁。

的廣播節目中，新聞節目時間占 45%，選播中央社播發的稿件，《特別節目》播出桂林綏靖公署和國民黨華中軍政長官公署提供的稿件和專題演講；文藝節目時間占 55%，播出音樂、歌曲、戲劇（川劇、漢劇、湘劇、楚劇、平劇、越劇、粵劇、桂劇等）和曲藝（墜子、幫子、相聲、大鼓、彈詞等）。11 月初，恢復原名；11 月 23 日該臺停止播音、並遷往南寧。

1949 年 12 月 4 日，南寧解放。該臺代理臺長丁作超和總務科長胡傑遙向南寧人民解放軍天津第二支隊三七部隊政治處報到。電臺被南寧市軍管會文教接管部接收。在此基礎上，廣西人民廣播電臺籌建與開播（1950 年 5 月 1 日）。

二、共產黨軍隊新聞業

民國南京政府後期，人民解放軍新聞業有了較爲全面的發展：軍隊報業仍然是主體，軍隊電影業進行了重大調整仍有發展；新華社軍事分支機構建立，人民解放軍的軍事通訊業被創建。

（一）共產黨軍隊報業

這一時期，人民解放軍的各大野戰軍、軍區及所屬的野戰部隊、地方部隊、特種兵部隊、後勤衛生部隊、學校紛紛出版報刊，部隊成建制出版報刊並不罕見。如，第三野戰軍所屬第 20 軍至 35 軍分別出版了《前鋒報》《拂曉報》《麓水報》《戰地》《火線報》《武裝報》《戰旗報》《勝利報》《前哨報》《戰線報》《戰號報》《進軍報》《戰鬥生活》《進軍》《建軍》《前進報》等報刊。除此之外，基層作戰部隊在前線普遍地出版形式各一的火線報、戰壕報、捷報等，迅即將戰時信息傳送至指戰員手中。解放軍在這一時期出版的報刊數量之多，難以準確計數。

1. 各大野戰軍、軍區出版的報刊

第一野戰軍、西北軍區主要出版了《野戰軍》（1949 年 5 月）、《人民軍隊報》（1949 年 7 月 15 日），《人民軍隊畫報》（1949 年 8 月 1 日），《戰鬥報》（1949 年 4 月復刊）等報刊。第二野戰軍、中原軍區主要出版了《人民戰士》（晉冀魯豫野戰軍），《人民的軍隊》報（晉冀魯豫軍區），《軍政往來》（中原軍區、中原野戰軍政治部），《中原畫刊》，《戰鬥與工作》（第 3 兵團），《經驗交流》（第 4 兵團），《連隊生活報》（第 5 兵團）等報刊。第三野戰軍、華東軍區出

版了《軍政週報》（新四軍兼山東軍區），《華東前線報》（華東野戰軍），《人民前線》（華東軍區），《前導》（山東軍區），《華東前線》（第 7 兵團），《長江》（第 9 兵團），《解放前線》（第 10 兵團）等。第四野戰軍、東北軍區主要出版了《自衛》報（東北民主聯軍），《戰士生活》（第四野戰軍），《前進報》（東北軍區），《部隊生活》報（第 12 兵團），《戰士小報》（第 13 兵團），《連隊生活》（第 15 兵團）等報刊。華北野戰軍、華北軍區出版的報刊主要有：《戰友報》（冀魯豫軍區），《華北解放軍》（華北軍區），《戰場快報》（第 3 兵團），《人民子弟兵》（第 18 兵團），《人民子弟兵》（第 19 兵團），《戰場報》（第 20 兵團）等報刊。

2. 兵種後勤衛生部隊出版的報刊

（1）解放軍特種兵部隊出版的報刊

人民解放軍在解放戰爭中迅速壯大，炮兵、裝甲兵、騎兵、鐵道兵等特種兵部隊相繼湧現，特種兵部隊出版了《特種兵》報（華東野戰軍特種兵縱隊政治部，1948 年 1 月），《特種兵》（第四野戰軍特種兵司令部，1949 年），《鋼鐵戰士》（第二野戰軍特種兵縱隊，1949 年 8 月 1 日），《人民炮兵》（華北軍區炮兵旅，1946 年 10 月 10 日），《骨幹》報前線版（東北民主聯軍炮兵，1947 年 1 月 24 日創刊），《炮兵報》（第四野戰軍第 40 軍），《保衛》（東北野戰軍高射炮三團），《戰車》師直版（第四野戰軍特種兵戰車師，1949 年，），《坦克手》（東北野戰軍特種兵司令部戰車一團），《坦克手》（東北野戰軍特種兵司令部戰車四團），《鋼甲報》（東北野戰軍特種兵司令部戰車五團）、《人民騎兵》（東北軍區內蒙古軍區，1949 年 4 月）等報刊。

解放軍鐵道部隊出版的報紙多次變更報名。1948 年 3 月，東北民主聯軍護路軍創刊《護路報》。1948 年 10 月 15 日，東北人民解放軍鐵道縱隊政治部同時出版《鐵軍》報和《鐵軍》報增刊。1949 年 8 月 13 日，《鐵軍》報改名《鐵軍報》、並改用毛澤東題寫的報頭。

（2）解放軍後勤衛生部隊和學校出版的報刊

解放軍後勤部門出版的報刊，主要有：《參戰工作》（冀魯豫軍區後方總指揮部），《後勤導報》（東北民主聯後勤部），《後勤》報（東北軍區後勤部），《戰勤報》（華東軍區後勤部），《西北後勤》報（西北軍區後勤部兼第一野戰軍後勤部），《後勤導報》（第二野戰軍後勤部），《後勤生活》報（第四野戰軍

兼中南軍區後勤部），《後勤戰士》報（第四野戰軍兼中南軍區後勤部），《後勤小報》（東北野戰軍炮兵縱隊後勤部）等。

解放軍衛生部門出版的報刊，主要有：《戰士衛生》（新四軍兼山東軍區衛生部），《醫院生活》（山東軍區渤海軍區後方醫院），《衛生前線》（華中軍區衛生部），《部隊衛生通訊》（晉冀魯豫軍區衛生部），《醫情通報》（晉察冀軍區衛生部），《衛生導報》（冀察熱遼軍區），《衛生建設》（華北軍區衛生部），《野衛生活》（華東野戰軍後勤部衛生部），《衛生建設》（華北軍區衛生部），《華北醫刊》（華北軍區後勤部），《醫工通訊》（山東軍區衛生部），《野戰衛生》報（第四野戰軍兼中南軍區後勤部衛生部），《部隊衛生》（華東軍區、第三野戰軍衛生部），《中南衛生》報（第四野戰軍兼中南軍區後勤部衛生部），《修養家庭》（華北軍區後方醫院），《學習報》和《榮軍報》（華東榮軍總校）等。

解放軍學校出版的報刊，主要有：《人民軍隊》（晉察冀軍區幹部學校），《學兵通訊》（新四軍兼山東軍區學兵訓練處），《學習通訊》（晉綏軍區軍政幹校），《學習生活》報（第三野戰軍軍政幹校），《經驗往來》（西北軍區軍政幹校），《工兵生活》（東北人民解放軍工兵學校），《炮校》（東北軍區朱瑞炮兵學校），《炮兵生活》（西北炮兵學校），《軍校生活》報（西北軍區軍政幹校），《學習》雜誌（冀魯豫軍區軍政大學），《軍政大學》（東北軍政大學），《華北軍大》，《學習生活》報（第二野戰軍軍事政治大學），《華東軍大》，《西北軍大》等。

（二）共產黨的軍事通訊業

人民解放軍的通訊業，主要是指以中共新華通訊社為中心的軍事新聞採集和發布系統，其中包括新華社的野戰分社、部隊分社。

中共主辦的報社和新華社派出的隨軍記者、組建的前線野戰分社和野戰部隊組建的「記者團」是共產黨軍事通訊業的組織淵源；新華社的野戰分社、部隊分社等名稱的演變，反映了人民解放軍在各大戰區的艱苦轉戰；它的發展壯大，伴隨著解放戰爭波瀾壯闊的勝利進程及人民軍隊由弱變強的歷史性發展。

1. 新華社成立野戰前線分社

（1）新華社晉冀魯豫野戰軍分社

1946 年 7 月 14 日，晉冀魯豫野戰軍指揮部成立。7 月中旬，新華社晉冀魯豫前線記者團成立，配備電臺，齊語為負責人，其他 22 人分別來自從中共

中央晉冀魯豫中央機關報《人民日報》、新華社晉冀魯豫總分社和中共冀魯豫區委機關報《冀魯豫日報》（冀魯豫分社）等。1947 年 7 月下旬，晉冀魯豫前線記者團改建爲新華社晉冀魯豫野戰軍分社（亦稱鄂豫皖野戰分社），27 人組成。社長李普、副社長謝文耀。

（2）新華社華東野戰軍前線分社

1946 年 6 月底，新華社淮北前線分社成立，社長是康矛召（山東野戰軍政治部宣傳科科長），副社長戴邦。7 月，華中野戰軍發起蘇中戰役，新華社華中總分社成立了屬於新華社編製序列的華中野戰軍前線分社。1947 年 1 月底，華東野戰軍前線分社正式組建，康矛召、鄧崗分任正副社長。半年後，華東野戰軍分兵作戰，華東野戰軍前線分社隨華東野戰軍主力部隊（亦稱西線兵團）出擊外線，轉戰中原；堅持內線作戰的山東部隊（亦稱東線兵團）和留在蘇北作戰的部隊（亦稱蘇北兵團），分別成立了以陳冰、徐進爲社長的東線兵團分社、蘇北兵團分社。

1947 年 10 月，新華社華東野戰軍前線分社擁有正副社長、正副主任、編輯、記者、報務等工作人員 30 多人，轄 9 個縱隊支社。華東野戰軍前線分社所屬的縱隊支社，一般配備 2 至 3 名編輯和 3 至 5 名記者，還有的配備了攝影記者、相當充實的無線電臺和年青力壯的報務人員。

新華社總社副總編輯陳克寒根據新華社總社的派遣到達魯西南前線，他實地考察總結華東野戰軍前線分社工作，撰寫的考察報告被新華社總社加編者按轉發各地總分社和野戰分社。新華社總社在按語中指出：華東前線分社的考察，對各野戰分社的工作，有很大參考價值，盼吸取其好的經驗，加強軍事報導。[1]

華東野戰軍前線分社落實「立足本軍，面向全國」口號，其具體做法有：第一，根據本軍當前任務，及總社和總分社全國宣傳意圖，確定各時期宣傳的方向和重點，布置和組織宣傳報導。第二，報導戰時戰役和戰鬥、代表本軍對外宣傳，以滿足全國宣傳要求爲主；同時，照顧部隊的實際情況，服從本軍的軍事要求和利益。平時報導部隊整訓工作，爲部隊中心工作服務，提高部隊的思想和技術，也由此提煉有全國意義的新聞。第三，在火線附近出版捷報，利用電話宣傳棚、包紮所的聯繫，瞭解火線情景；戰鬥進展和英雄主

1　萬京華：《解放戰爭時期新華社軍隊分社的創建與發展》，《軍事記者》，2007 年第11 期。

義的事蹟，立時刊登出來、轉送火線，進行鼓動，新聞活動直接地成爲火線的政工活動之一；同時，在火線宣傳工作中，逐漸積累材料，寫作外宣新聞。第四，將本軍和總社廣播的重要新聞、文章，編成新聞提要，作爲時事和政治教育材料播發部隊。華東野戰軍前線分社的這些工作經驗，對其他戰區人民解放軍的新華社野戰分社、支社的建設，具有積極的指導意義和示範作用。

2. 成建制設置新華社軍事分社

（1）關於部隊野戰分社的規定

1947 年 8 月 10 日，新華社總社發出《反攻部隊野戰分社工作條例（草案）》，對反攻部隊野戰分社的組織體制、主要任務、工作方式、下設機構等作出了規定。條例指出：前線反攻部隊設立隨軍野戰分社，是所在部隊政治部的一個組成部分。受部隊首長或由部隊首長指定若干人員組成的報導委員會負責領導，並決定其人員編制、工作分工；由政治部實施行政、供給、生活等管理，業務上接受新華社總社直接領導，野戰分社人員調作其他工作，須經政治部及新華社總社同意。按具體情況在各縱隊設立支社，在支社未建立前，每一縱隊至少應派遣一個記者隨縱隊行動，成爲各縱隊報導工作的中堅；野戰分社配備 1 至數臺無線電，並逐步做到各縱隊支社或派遣記者設置專門的新聞電臺。野戰分社人員經部隊首長或政治部許可，可以列席有關會議和閱讀有關文件。新華社總社的指示與部隊首長、政治部或部隊報導委員會意見有分歧時，按後者意見執行，須立即報告新華社總社。[1]

這則條例規定了反攻部隊野戰分社的三項工作任務：第一，負責前線軍事報導，在戰地地方通訊工作未建立前，兼顧並協助報導地方情況與工作。第二，與部隊報紙共同努力建設部隊通訊工作，培養部隊新聞幹部，使軍事宣傳工作成爲群眾性活動。第三，開闢戰地地方新聞工作，建立新解放地區的地方報紙與新華社總分社。[2]

（2）建立野戰分社、改進戰報發布

1948 年 6 月 24 日，中共中央軍委、中宣部聯合發出《關於建立野戰兵團新華分社、改進發布戰報辦法的指示》。

---

1 新華社新聞研究部：《反攻部隊野戰分社工作條例（草案）》，《新華社文件資料選編（1931～1949）》，第 1 輯，第 186～187 頁；新華通訊社史編寫組：《新華通訊社史》，第 1 卷，新華出版社，2010 年 1 版，第 351～352 頁。

2 新華社新聞研究部：《反攻部隊野戰分社工作條例（草案）》，《新華社文件資料選編（1931～1949）》，第 1 輯，第 186～187 頁。

這則指示要求必須改進戰報遲發的現象，重申各野戰兵團均須成立新華分社，尚未成立者由各總分社負責於短期內選派可靠、適當的人員建立；在未建立前先指派專門、合格記者與總分社聯絡。其二，各野戰兵團分社的工作，由總分社與野戰兵團首長共同領導，一般通訊工作主要由總分社管理；其三，戰報的發布（戰報內容、發布方法與發布時間）必須由各野戰兵團首長完全負責管理，前線分社的一般新聞均經總分社發往總社，重要戰報由分社直發總社，以求及時廣播。

3. 解放軍統一軍事通訊機構

（1）關於野戰軍新華社的規定

1949 年 3 月 5 日，為適應人民解放軍編製序列的調整，中共中央軍委、總政治部和新華社總社聯合發出《關於野戰軍各級新華社名稱、任務的規定》。規定指出：鑒於各野戰軍新聞業務發展的需要，特別是南征後各野戰軍在廣闊的新區分散作戰的需要，現有各野戰軍新華分社應即擴充為野戰軍總分社，各兵團設分社，軍設支社；各野戰軍總分社應與有關的地方總分社保持必要的聯絡，在報導工作上密切配合，互相主動合作；野戰軍總分社與兵團分社、軍支社進入新區，在地方分社未建立前，同時負責地方的報導工作，並幫助建議地方通訊工作。[1]

（2）形成三級軍事新聞通訊網

1949 年 3 月至 5 月，人民解放軍各野戰軍執行中共中央軍委、總政治部和新華社總社的聯合規定，完成了對新華社各野戰分社的調整。其中，西北野戰軍野戰分社、中原野戰軍野戰分社、華東野戰軍野戰分社和東北野戰軍野戰分社，分別擴建為第一野戰軍、第二野戰軍、第三野戰軍和第四野戰軍總分社。此後，共產黨軍事新聞業形成了由野戰總分社、野戰分社和野戰支社組成的軍事新聞通訊網。

（三）共產黨的軍事電影業

民國南京政府後期，共產黨軍事電影業的力量構成有了重大調整：八路軍延安電影團的主要力量前往東北，接收偽滿電影、脫離部隊建制、成立東北電影製片廠；新成立的晉察冀軍區政治部攝影隊則負責拍攝與放映電影，為時短暫。

1　萬京華：《解放戰爭時期新華社軍隊分社的創建與發展》，《軍事記者》，2007 年版，第 53～55 頁。

1. 晉察冀軍區政治部攝影隊

1946 年 10 月 15 日，晉察冀軍區政治部攝影隊（簡稱華北電影隊）成立於河北淶源。華北電影隊的隊長是汪洋，攝影師是從蘇聯電影學院畢業回國的蘇河清。1947 年冬，延安電影團攝影師程默在前往東北路途上路過剛解放了的石家莊時加入華北電影隊。

華北電影隊的人力、物力有限。在電影拍攝、製片工作很難開展的情況下，華北電影隊的同志們發揮高度的熱情和創造性，克服了種種困難，使用手工作業方式攝製新聞紀錄影片。他們把大部分機器設備隱藏在山洞裏，將電影後期製作必要的洗印、錄音等設備，裝在一輛兩匹牲口拉著走的膠輪大車上，和戰鬥部隊一樣隨時隨地的移動。也正因爲如此，華北電影隊享有「大車電影製片廠」的美譽。1949 年 8 月，中央電影局局長袁牧之在新聞紀錄電影工作總結會的報告中稱：華北電影隊「從三里外挑水沖片子，天氣熱，大家就用扇子扇片子，錄音要靠摩托車發電，拷貝機用舊的攝影機代替，不能調光，沒有自動回轉。所有的這一切，唯一的辦法只有用手來解決困難」。[1]

1947 年 11 月，石家莊解放，華北電影隊有了製作影片的固定廠址。1948 年 3 月，華北軍區政治部領導成立石家莊電影製片廠。1949 年 4 月 24 日，在北平軍管會接管的「中電三廠」的基礎上，東北電影製片廠新聞片組和華北軍區合組成立北平電影製片廠。根據華北軍區的指示，華北電影隊保留放映隊，其餘人員攜帶設備轉入北平電影製片廠，1949 年 10 月 1 日改名爲北京電影製片廠。

2. 華北電影隊攝製的紀錄片

華北電影隊攝製了 2 部新聞紀錄片：《自衛戰爭新聞》第一號（又稱《華北新聞》第一號），分別有《鋼鐵第一營授旗式》《解放定縣》《正定大捷》《向勝利挺進》4 個主題。；自衛戰爭新聞》第三號，主要報導了清風店戰役和石家莊戰役。此外，華北電影隊拍攝的《晉中戰役》《濟南戰役》《淮海戰役》等新聞素材，在 1949 年 7 月被北平電影製片廠用於《解放太原》和《淮海戰報》短紀錄片之中。

1　袁牧之：《關於解放區的電影工作》。這是 1949 年 8 月中央電影局局長袁牧之在新聞紀錄電影工作總結會上作報告，原文刊載於《中華全國文學藝術工作者代表大會紀念文集》，1950 年 3 月中華全國文學藝術工作者代表大會宣傳處編輯出版。

石家莊解放後，華北電影隊住進剛解放的石家莊南兵營，把拍攝的素材洗印編製紀錄片《自衛戰爭新聞》，並由抗敵劇社音樂組長張非配音解說。該片在部隊放映時，受到野戰軍首長和廣大指揮員的熱烈歡迎。1949 年 3 月初，解放石家莊的影片在人民禮堂上映時，場場爆滿。[1]

三、外國在華軍隊新聞業

由於民國南京政府後期特殊的社會形態與國際關係狀態，在國共兩黨決戰的背後、也暗藏著當時的世界局勢——美蘇崛起、並逐漸走向兩級對立。抗戰期間，反法西斯國家借著抗戰的名義對華派兵；抗戰結束，以美蘇為首的兩國軍事勢力並未離華、而是直接的介入中國內戰。因此，這一時期，支持國民黨政府的美國和傾向共產黨的蘇聯均有軍事力量在華、並直接構成了民國南京政府後期外軍新聞業的主體。

（一）美軍駐華期間的新聞業

美軍駐華期間，美軍及附屬單位在各個駐軍地創建廣播電臺以供美軍娛樂休閒；1950 年 6 月，由於朝鮮戰爭爆發、蔣府與美國的「勾結」，美國重返中國並進駐臺灣。隨後，美軍在臺灣建立廣播電臺。這不僅滿足了當時的「聯絡」需求，也在一程度上為臺灣廣播業的發展奠定基礎。

民國南京政府後期，美軍在中國開辦廣播電臺的區域由南向北遷移。日軍投降後進駐中國的美軍直接和間接地介入中國內戰。1945 年 10 月 1 日，美國海軍陸戰隊第 1 師登陸塘沽，進駐天津、北平、秦皇島等地；10 月 9 日，美國海軍陸戰隊第 6 師登陸青島。

1945 年 8 月，日本投降後，太平洋戰爭爆發後被侵華日軍以「敵性」電臺為名接管並改名的上海東亞廣播電臺，被美國接管、為美軍導航。日本投降後，偽治安軍李卓雄部被國民政府授予番號「華北先遣軍」第 3 軍，偕同天津的日軍繼續控制天津。天津廣播電臺也被華北先遣軍第 3 軍人員所控制，每天幾次轉播重慶中央廣播電臺的新聞節目，播放西樂、軍樂的唱片，用英語播報方位為趕赴華北的美國軍艦導航。1945 年 10 月 1 日，美國海軍陸戰隊第一師人員來到天津廣播電臺，參與控制廣播節目的同時帶來了些鋼絲錄音機、爵士樂唱片，並恢復了一些節目的廣播。同月，進駐天津的美軍，不顧

---

1 《在血與火中見證歷史——三路新聞縱隊全景記錄石家莊解放》，http://sjzrb.sjzdaily. com.cn/ html/2014-11/12/content_1123266.htm.

國民政府公布的有關規定，「設立了一座廣播電臺，除作軍用之外，還播送一些爵士樂之類的節目，使用頻率爲 1500 千周。」[1] 12 月，美國海軍陸戰隊廣播電臺在北平開播，呼號 XGOY，使用頻率 1250 千周播出節目，發射功率 50 瓦，供駐北平美軍娛樂。國民政府 1945 年 10 月接收日僞北京廣播電臺改辦爲北平廣播電臺，每天聯播美國海軍陸戰隊廣播電臺的節目，直至 1947 年 1 月美軍撤離北平。[2] 1946 年，美軍廣播電臺由四川遷到南京，使用頻率 1540 千赫、4275 千赫，發射機功率分別爲 250 瓦、500 瓦。臺址在南京市黃埔路。每天播音 3 次，全部爲英語，主要對象爲駐華美軍。[3]

1947 年 1 月底，美軍撤離北平，但在南京、天津、青島的美軍廣播電臺繼續播音。隨著美軍撤離中國，美軍在華廣播電臺陸續停播。1949 年 5 月 25 日，美軍撤離青島，美國軍事力量才全部從中國大陸撤出。

（二）蘇軍在東北出版的報刊

蘇軍在華新聞事業以報刊業爲主、且集中於東北地區。在蘇聯駐華軍隊的建立的新聞業中，以《實話報》最爲典型著名。

1. 蘇軍出版的蒙古文報刊

1945 年 10 月，由蘇軍軍官負責創辦的蒙古文《蒙古人民》報在長春創刊，該報 4 開 2 版、不定期刊出，蘇軍少校德列科夫·桑傑爲負責、編輯人爲塔欽。《蒙古人民》主要宣傳內容是宣傳蘇聯紅軍幫助中國打敗了日本侵略者、介紹蒙古人民共和國的現狀和蘇聯的情況。其中，報紙的稿件來源於俄文報紙和長春《光明日報》，桑傑摘錄、塔欽翻譯。報紙出版了七八期後，因國民政府抗議該報「干涉中國內政」而改變刊名《人民》，不在報上署主辦者和地址。[4]

11 月 13 日，蒙古文《蒙古人民》報改爲《民報》週刊，社長壽明阿，主編塔欽。《民報》週刊主要是宣傳和介紹蘇聯、蘇聯紅軍的情況及蒙古現狀，旨在號召東滿人民奮起，謀求民族解放。該報社址在長春市原僞滿洲國圖書株式會社。1946 年 1 月，蘇軍撤離長春，《民報》停刊。[5]

1 周啓萬：《解放前天津的廣播電臺》，《現代傳播·中國傳媒大學學報》，1985 年第 1 期。

2 宋鶴琴：《解放前的北京廣播事業》，《現代傳播》，1984 年第 2 期。

3 《美軍廣播電臺·慶祝週年紀念》，《中央日報》，1945 年 7 月 29 日，第 3 版。

4 白潤生：《白潤生新聞研究文集》，中國文史出版社，2004 年版，第 221 頁。

5 田秀忠：《吉林省報業大事記》，吉林人民出版社，2015 年版，第 196、199、205 頁。

2. 蘇軍出版中文《實話報》

（1）《實話報》出版始末

1945 年 8 月 14 日，在美國的壓力下，國民政府同蘇聯政府簽訂了《中蘇友好同盟條約》及《中蘇關於大連之協定》《中蘇關於旅順口之協定》。8 月 22 日，蘇軍開始進駐旅順和大連。至 8 月底，進駐旅大地區的蘇軍已經約有萬人。

1946 年春夏之交，駐中國旅大地區蘇軍後貝加爾軍區第 39 集團軍向蘇聯武裝力量總部提出申請，要求在旅大地區創辦一份中文機關報。7 月 6 日，蘇共中央書記處討論通過這一請求、並上報蘇共中央獲得批准。因此這份中文報紙的發行範圍限定在旅大地區，由蘇聯駐軍指揮部政治部地方居民處籌建報社。

同年 7 月，蘇軍第 39 集團軍發布命令：正式組建實話報社；設蘇聯部、國際部、地方新聞部（擁有內外勤記者和一位蘇軍上士擔任的攝影記者）、翻譯部、編輯部（分設社論組、蘇聯生活組、國際生活組、中國生活組、文學藝術組，附資料室和校對科）、經理部（附發行科和印刷廠）；任命瓦．維.西季赫緬諾夫（中文名爲謝德明）中校爲社長兼總編輯，列別辛斯基（蘇籍華人李必新）少校爲副社長兼副總編輯，克里楚夫少校爲秘書長（次任社長和秘書長爲格魯金寧中校、羅津中校）。

1946 年 8 月 14 日，遼東半島蘇軍指揮部機關報《實話報》在大連創刊，刊文《慶祝中蘇友好同盟條約簽訂一週年》。大連蘇軍警備司令官克章諾夫少將、中共大連地委書記韓光、旅大職工總會主席唐韻超爲《實話報》創刊題詞：蘇軍面向大連的中國讀者出版報紙，「取名《實話報》，其用意深遠。俄文直譯爲眞理之聲，與蘇共中央機關報《眞理報》同名，表明它要繼承和發揚列寧、斯大林創辦的眞理報之傳統。中文則與第二次國內革命戰爭時期我黨創辦的蘇區中央局機關報《實話》（共青團蘇區中央局機關報《青年實話》）同名，表明要傳播眞理之聲，要講實話。」[1]

《實話報》，是一份綜合性中文報紙，初爲 4 開 4 版雙日刊，第一版登載蘇聯領導人的講話，介紹馬列主義知識，報導蘇聯戰後和平建設情況；第二版報導國際時事；第三版登載科學、文化教育、文學藝術等方面的文章；第

1　吳滌：《尋覓〈實話報〉》，《大連實話報史料集》，大連出版社，2003 年版，第 484～485 頁。

四版登載地方新聞、中國作者撰寫的文章及廣告。1947 年 3 月 1 日該報改爲日刊，周 6 刊，星期一休刊，對開 2 版，第一版載社論、專論、馬列主義理論文章和蘇聯新聞，第二版載國際時事、地方新聞、文學藝術作品。設「小鏡頭」「國際述評」「來論」「地方新聞」「電影評介」「蘇聯話劇」「蘇聯電影」「文藝」等欄目。刊登的少量廣告中，文化廣告居多。1950 年 6 月 1 日由豎排版式改爲橫排版式。

報社成立後，蘇軍在報社的 20 多位工作人員，除打字員等個別人從社會雇傭，其他均爲蘇聯現役軍人。「所有領導人和許多工作人員都精通中文，都受過專門的東方學高等教育：格魯金寧和薩班諾夫畢業於莫斯科納里曼塔夫東方學院中國系；西季赫緬諾夫和羅津畢業於海參崴遠東國大學東系；安東諾夫、列略科夫、雅科夫列夫畢業於軍事外語學院。對李必新來說，中文是母語。」[1]實話報社社址初設大連市安陽街 529 號，1949 年 2 月遷至明澤街 67 號，6 月再遷至民康街 2 號。

《實話報》出版一個月後，把自己擔負的工作任務概括爲三個方面：第一，系統的向東北人民介紹蘇聯人民政治、經濟、社會文化生活一切方面的成就和建設的經驗，戰勝敵人的眞實情形和原因。第二，介紹蘇聯紅軍從德國法西斯手中解放出來的歐洲許多國家和由日本帝國主義侵略壓迫下掙扎出來的東亞人民，進行民主改革的經驗。第三，介紹國際和國內愛好和平的民主人士對中國時局的主張和意見，揭穿中國內外法西斯反動派互相勾結阻礙建立和平及實行民主改革，干涉中國內政的陰謀。[2]

1950 年 2 月 14 日，中國與蘇聯簽訂《中蘇友好同盟互助條約》和《中蘇關於中國長春鐵路、旅順口及大連的協定》，規定：「不遲於 1952 年末蘇聯將中蘇共同使用的中國長春鐵路移交給中國；不遲於 1952 年末蘇聯軍隊即自共同使用的旅順口海軍根據地撤退，並將該地區的設備轉交中華人民共和國政府」。[3]1951 年 8 月 1 日，《實話報》終刊。當天早晨，前來上班的中方工作人員走進報社時，突然被告知報紙停刊。

---

1 弗‧伊‧安東諾夫：《〈實話報〉時間、事件、人物》，大連市史志辦公室：《大連實話報史料集》，大連出版社，2003 年版，第 448～449 頁。

2 大連市史志辦公室：《實話報‧本報召開通訊員座談會》，1946 年 9 月 14 日。《大連實話報史料集》，大連出版社，2003 年版，第 335 頁。

3 大連市史志辦公室：《大連實話報史料集》，大連出版社，2003 年版，第 5 頁。

（2）《實話報》的內容與發行

《實話報》刊登的稿件大部分是摘選蘇聯《眞理報》《消息報》《紅星報》《共青團眞理報》《布爾什維克》《新時代》《爭取持久和平，爭取人民民主》《星火》《鱷魚》等報刊、書籍或蘇聯在大連駐軍政治部及本報蘇方人員的撰稿，譯成中文發表；另有一部分是報社的中國記者、通訊員的撰稿和約請大連黨政領導人、群眾團體負責人和社會名流的撰稿。該報刊用的電訊稿，大部分是蘇聯駐軍內部俄文報紙和電臺接收的蘇聯塔斯社俄文電訊稿，有一些是莫斯科蘇聯新聞社直接提供的電訊，還有的是中共旅大地委所屬的關東通訊社接收的外國英文電訊稿和新華社電訊稿。1949 年下半年，報社有了自己的中文速記員、專門收錄莫斯科電臺的中文廣播稿。

《實話報》的實際發行範圍超出了蘇共中央限定的旅大地區。「駐在旅大地區的中共各解放區辦事處，以及爲購買武器彈藥而專程前往旅大地區的中共人員，在每次離開旅大之際都會購入大量《實話報》帶回各自所在地區」。[1]各解放區及國統區的上海等大城市甚至香港，「也通過各種渠道得到《實話報》。據統計，《實話報》發行的最高份額達 2 萬份以上。」[2]大連、瀋陽、北京等地的新華書店，彙集《實話報》發表的《馬克思列寧主義社會形態常說》《斯大林全集介紹》《黃色魔鬼的城市》《高爾基譯文選》等文章出版單行本。《蘇聯學校教育講座》（作者索科洛夫），1949 年 4 月由新華書店發行 6000 冊，1951 年、1952 年兩次修訂，被中央人民政府教育部和出版總署指定爲師範學校教材。

（3）《實話報》謹慎對待兩國兩黨關係

中華人民共和國成立之前，蘇聯與中華民國政府保持著外交關係。《實話報》作爲蘇軍駐旅大部隊的機關報，傳達蘇軍對旅大地區的指導思想、體現蘇共中央的意志，謹慎地對待蘇聯與中國的兩國關係、蘇共與中共的兩黨關係。

創刊初期，《實話報》一般不刊用新華社稿件和中共正面抨擊國民黨的文章；很少報導中國解放戰爭，一概不使用「打倒美帝國主義」「打倒蔣介石匪幫」之類的詞句；一概不刊登有關「土改」和「反霸」的稿件；隻字不提國

1　鄭成：《國共內戰時期東北地方層面上的中蘇關係——以旅大地區蘇軍〈實話報〉爲例》，《冷戰國際史研究》，2008 年版。

2　大連市史志辦公室：《大連實話報史料集》，大連出版社，2003 年版，第 5 頁。

共兩黨軍隊在東北展開的猛烈爭奪戰。報社的蘇方領導堅決拒絕中方工作人員多次提出的加強批判國民黨和國共內戰報導力度的建議，理由是「本報是蘇方的報紙，只能服從蘇聯政府的外交方針，只能按照蘇軍指揮部的指示辦報」。[1]

中共旅大組織對於蘇軍創辦《實話報》，給予了極大關注和全方位的支持。報社所使用的 60 多位中方人員，半數以上是中共旅大組織派出。蘇軍與報社的中方人員簽訂雇傭合同並按時支付薪金，中方人員以雇員的身份協助蘇軍出版中文報紙，無權過問報紙工作的辦報方針、業務指導和行政管理，無緣參加領導層的重要決策。實話報社內的蘇共和中共兩個支部，互不往來，彼此間沒有正式的溝通渠道，雙方的黨員互不打聽對方組織的活動內容，僅有中方工會成了雙方溝通的橋樑。

第三節　民國南京政府後期的外國在華新聞業

民國南京政府後期，國際國內政治形勢發生劇烈的變化，在華新聞業與國際局勢密不可分、也與中國對外關係關聯密切。

一、英國在華新聞業的終結

抗戰勝利後，英國在華新聞傳播事業逐漸恢復生機：《字林西報》在上海復刊；路透社在上海的遠東分社也恢復活動。但好景不長，上海解放後，外國人雖然被允許繼續經營報刊，但《字林西報》因不實報導受到上海市軍管會的處罰，最終於 1951 年 3 月 31 日停刊；包括路透社在內的外國通訊社也遇到諸多問題，工人不斷罷工要求增加工資、同上海報界的關係逐漸惡化、生存空間逐漸縮小。最終各外國通訊社除塔斯社外在上海解放前夕全部撤離。

（一）《字林西報》的復辦

1945 年 8 月 16 日，《字林西報》在葛立芬的主持下復刊，總經理臺維斯、主筆是在抗戰期間被日軍關進集中營的格蘭佛斯。該報 10 月份正式復刊，最初以號外的形式發行，每日發行 4 頁、後增至 12 頁，銷量最高達到 8000 份，讀者主要是英國的僑民和中國的知識分子。

1　歐陽惠：《我在報社當記者》，大連市史志辦公室：《大連實話報史料集》，大連出版社，2003 年版，第 518 頁。

　　復刊後的《字林西報》風格與戰前一樣具有英國貴族的派頭。蔣介石發動內戰後，《字林西報》覺得中國的形勢變幻莫測，所以報導儘量小心謹慎、以求客觀公正，立論也更加隱蔽戒備。但是即便如此，也難免遭受麻煩。1949年 4 月 24 日，該報因刊登「共軍攻陷蘇州、常熟的消息」，被國民黨軍事當局以「在緊急時期刊登失實消息、混亂聽聞」為由停刊三天。

　　1949 年 5 月解放軍進入上海。根據中共中央的部署，上海同樣採取北京、天津那樣勒令所有報紙一律停刊的辦法、除國民黨所屬之外的報刊可以繼續出版，但需重新進行申請核准。此後不久，《字林西報》就因報導失實受到處罰：6 月 10 日，《字林西報》在頭版刊登文章《本埠航運停止》，文中稱吳淞口已被布置水雷、與實際不符。為此，上海市軍管會向《字林西報》提出抗議。起初《字林西報》以新聞自由為藉口進行自我辯解，這種態度引起了報館內中國職工的憤慨，職工們自發組織起來向英國經理提出抗議：「今後如果報紙再有反對中國人民利益的文章，我們拒排拒印！」[1]6 月 23 日，總編輯葛立芬迫不得已、正式向市軍管會鄭重道歉：「竊查本報於六月十日刊載：揚子江口佈設水雷不正確之報導，以及對於航運及貿易之不良影響。敝人對此深為關切，茲謹函貴會鄭重道歉，並願保證嗣後決不使有同樣錯誤發生。專此函達，即冀鑒察。此呈外僑事務處處長章，轉呈上海市軍事管制委員會鈞鑒。總編輯葛立芬謹呈（簽名）。再呈者，敝報對此消息極願加以更正，並在報端道歉。是否有當，並祈示覆為感。」[2]6 月 24 日，上海市軍事管制委員會主任陳毅、副主任粟裕發布命令：「查英商《字林西報》於本月十日開始刊載國民黨反動政府在吳淞口敷設水雷之新聞。此後，並繼續傳播，危言聳聽，純出捏造。全市人民對該報此種悖謬舉動極為痛憤。紛紛籲請本會嚴加制裁。本會認為群眾此種要求完全正當。該報錯誤甚大，惟念該報負責人葛立芬昨日已向本會書面承認錯誤，保證今後不再重犯，特從寬處分，予該報嚴重警告一次，並著該報將其悔過之呈文及本會命令，同時在該報第一版顯著地位刊出。此令。」[3]

　　失實報導事件發生後，《字林西報》的讀者流失，生存環境逐漸惡化，最終於在 1951 年 3 月 31 日自動停刊。

1　賈樹枚主編：《上海新聞志》編纂委員會編：《上海新聞志》，上海社會科學院出版社，2000 年版，第 515 頁。
2　馬光仁主編：《上海當代新聞史》，復旦大學出版社，2001 年版，第 6 頁。
3　王文彬編：《中國現代報史資料匯輯》，重慶出版社，1996 年版，第 859 頁。

（二）路透社在中國的命運抉擇

抗日戰爭勝利後，國共兩黨就中國未來的發展前途、建設大計在重慶進行的一次歷史性會談，即「重慶談判」。蔣介石先後三次發往延安電報，邀請毛澤東赴重慶談判。1945 年 8 月 28 日，毛澤東率領中國共產黨代表團從延安飛抵重慶。這一消息震撼重慶全城，萬人空巷。重慶談判期間（1945 年 8 月 29 日至 10 月 10 日），路透社積極開展了採訪毛澤東活動。

9 月，英國路透社駐重慶記者甘貝爾向毛澤東提交了 12 個問題的書面採訪提綱，涉及和談前景的展望、中蘇條約的態度、解放區問題，國共合作、軍隊國家化等棘手問題，尖銳犀利。12 個具體問題如下：（一）問：是否可能不用武力而用協定的方法避免內戰？（二）問：中共準備作何種讓步，以求得協定？（三）問：中央政府方面須作何種的妥協或讓步，才能滿足中共的要求呢？（四）問：你對談判會達到協定甚至只是暫時協定一事，覺得有希望嗎？（五）問：假若談判破裂，國共問題可能不用流血方法而得到解決嗎？（六）問：中共對中蘇條約的態度如何？（七）問：日本投降後，你們所佔領的地區，是否打算繼續佔領下去？（八）問：如果聯合政府成立了，你們準備和蔣介石合做到什麼程度呢？（九）問：A. 你的行動和決定將影響到華北多少共產黨員？B. 他們有多少是武裝起來的？C. 中共黨員還在些什麼地方活動？（十）問：中共對「自由民主的中國」的概念及界說為何？（十一）問：在各黨派的聯合政府中，中共的建設方針及恢復方針如何？（十二）問：你贊成軍隊國家化，廢止私人擁有軍隊嗎？[1]

9 月 27 日，毛澤東對英國路透社駐重慶記者甘貝爾的採訪問題一一作了答覆。在答覆中，毛澤東明確指出：不用武力而用協定的方法避免內戰，符合中國人民的利益。目前中國只需要和平建國一項方針；在實現全國和平、民主、團結的條件下，中共準備作重要的讓步，包括縮減解放區的軍隊在內；中共中央要求國民黨政府承認解放區的民選政府與人民軍隊；對談判結果有充分的信心，中共堅持避免內戰的方針；同意中蘇條約，要求政府實行國民黨所早已允諾的地方自治，如果聯合政府成立了，中共將盡心盡力與蔣介石合作以建立獨立自主富強的新中國，徹底實行孫中山先生的三民主義。甘貝爾採訪毛澤東後，對中國的共產主義似乎有個更加真切的認識，他對毛澤東說：看來你是一位溫和的共產主義者，你給我留下了美好的印象。

1　《答路透社記者甘貝爾問》，《新華日報》，1945 年 9 月 27 日。

隨著國民黨遷都回南京後，路透社也隨之遷回上海。與其他通訊社相比，路透社更多著眼於中國的經濟新聞，特別是金融、國際貿易。所發新聞比較準確、迅速和簡要，爲中國經濟金融界所重視，路透社所發的國際新聞，質量明顯優於其他西方通訊社，所以中國報紙採用路透社的國際新聞電訊特別多。[1]

隨著國統區物價飛漲、供應緊張、治安惡化等，路透社也遇到了很大困難。1946 年 4 月，路透社的中國員工要求增加工資，被外方拒絕後全體罷工。7 月，路透社等外國在華四通訊社同時發生工潮，要求增加工資，被拒絕後發動聯合總罷工。

1947 年 4 月，路透社等提出從 12 月起，《申報》《新聞報》《中央日報》《大公報》四份大報應提高計算稿費標準，經多次協商，雙方暫時達成新的協議。1948 年 7 月，路透社等向上海報業公會提出《申報》《新聞報》《中央日報》《大公報》四家報社的新聞稿費，應變更計算標準，並按美元支付。並聲稱若不答應，即從 7 月 26 日起停止向上述四家報社供稿。上海報業公會召開緊急會議，決定本會所屬全體報館成員全部暫停使用該兩社稿件，以示抗議，並發表聲明詳述理由。路透社等在內外矛盾的夾擊下，陷入越來越嚴重的困境。

隨著解放戰爭的逐步勝利，中國共產黨政府對外國在華新聞傳播事業採取一些限制措施。1949 年 2 月 27 日，中國人民解放軍北平市軍事管制委員會通停止所有在平的外國通訊社及外國記者的活動，路透社包括在內。

上海市解放後，路透社採訪活動並沒有受到限制。6 月 9 日，路透社駐上海記者還發布電訊說：怡和洋行董事卡斯域克今日接見本社記者表示意見，謂現在困苦上海之問題雖廣泛，但將可獲得解決之方。……認爲上海仍應維持其繁榮地位，但欲達此目的，則新當局須請外國協助。卡氏評論禁止外幣流通條例謂，如欲達成最後之政府，此舉實不容已，且屬合理。[2]6 月 15 日，路透社駐上海記者報導說：今日爲上海「解放」第四星期之開始，共有大事兩件，革除此間警察之首長及派兩漁船（配有必要之掃雷裝備）前往長江口掃除可能爲國民黨布下之水雷是也。[3] 7 月 3 日，大公報還刊登了《上海三日

---

1 馬光仁主編：《上海新聞史（1850～1949）》，復旦大學出版社，1996 年版，第 1053 頁。
2 《大公報》（重慶版）1949 年 6 月 9 日。
3 《大公報》（重慶版）1949 年 6 月 17 日。

路透社電》：上海電車公司司理普樂在解放日報刊登道歉啓事，對於該公司總稽查馬修遜（英人）曾毆打一華人職員一事，深表遺憾。[1] 7 月 16 日，上海市軍管會制定了《國際電訊檢查暫行辦法》公布施行，限制了路透社採訪活動。

路透社駐滬機構關閉後，在廣州的採訪活動得到了加強。8 月 18 日，路透社駐廣州記者綜合採訪報導了中國人民解放軍解放華東向華南挺進的新聞，「福建省城福州、及贛南重鎮贛州均已解放。同時，劉伯承的大軍聞已在跨過贛粵邊境後向前挺進。另一支解放軍據說已抵達十庚的近郊。按大庾在贛南，係到南雄的重要戰略門戶，距廣州約一百七十五哩。」[2] 9 月 1 日，路透社駐廣州記者發出電訊：廣東、湖南邊境上的惡戰，將於最近數日內展開。14 日，還報導了《港英軍發生逃亡》消息。隨著廣州市解放，英國駐廣州領事館關閉，路透社駐廣州記者站隨之前往香港，繼續關注並道中國大陸新聞。

（三）其他外國通訊社的結局

抗戰勝利後，在華通訊社紛紛回遷上海。這些外國通訊社，將中國及遠東的重要新聞發往總社、並向中國報紙提供國際新聞，因此它們採寫的新聞較中央通訊社更為豐富，上海的私營報紙購買較多。1948 年，在上海的外國通訊社除英國路透社外，還有美國的合眾社、美聯社和蘇聯的塔斯社。

起初在華各通訊社分社的活動還比較正常，但隨著國內物價飛漲，紙張供應緊張，社會治安惡化，這些外國通訊社的活動遇到很大困難。1946 年 4 月，路透社、美聯社的中國員工要求增加工資，被外方拒絕後全體罷工。7 月，路透社、合眾社、美聯社、法新社四社同時發生工潮，四社的中國員工因為增加工資的要求被否決後發動聯合總罷工。內外交困的情況下，1947 年 8 月，法新社宣布停止發稿。

各通訊社和報紙簽訂的供稿合同中，要求稿費一般按美元結算。但抗戰勝利後國統區物價飛漲、各報社已經無法獲得美元，因此只好改為付法幣。1947 年 4 月，上海各報社通過上海報業公會同西方各通訊社重新簽訂供稿合同，確定了稿費基數、每月的稿費標準以當月群眾生活指數的漲落結算。不久後，路透社、美聯社提出自 12 月起，《申報》《新聞報》《中央日報》《大公報》四份大報提高計算稿費標準，多次協商後，雙方暫時達成新的協議。1948 年 7 月，路透社、美聯社向上海報業公會提出《申報》《新聞報》《中央日報》

1　《大公報》（重慶版）1949 年 7 月 5 日。
2　《大公報》（香港版）1949 年 8 月 18 日。

《大公報》四家報社的新聞稿費，應變更計算標準、並按美元支付。此外，這兩社聲稱若不答應，即從 7 月 26 日起停止向上述四家報社供稿。因此，上海報業公會召開緊急會議，決定本會所屬全體報館成員全部暫停使用該兩社稿件、以示抗議，並發表聲明詳述理由。因此，在華各國通訊社在內外矛盾的夾擊下，陷入越來越嚴重的運營困境。至上海解放前夕，除塔斯社外，其他在上海的外國通訊社基本都停止了活動。[1]

　　1949 年 7 月 16 日，上海市軍管會制定的《國際電訊檢查暫行辦法》公布施行。其中規定：凡經由滬市國際電臺發出的電訊、口語廣播稿本，均須經軍管會電訊檢查組檢查，加蓋放行戳記後始得發出和播送。其內容不得直接或間接述及解放區之氣象、匪機轟炸與掃射地點及損害情形、防空設施狀況及機場所在地勢狀況，人民解放軍駐地、人數、番號、供應、輜重、調動、電臺及軍事性質設備，各工廠的情況和軍管會、人民政府及其他一切黨、政、軍機關、人民團體之所在地點。如有違反，得按情節輕重予該發電人以適當處分。[2]

　　隨著解放戰爭勝利推進，新政府對外國的在華新聞傳播事業採取了一些限制措施。1949 年 2 月 27 日，中國人民解放軍北平市軍事管制委員會通令停止所有在平的外國通訊社及外國記者的活動，並送達給當事人。通令全文如下：

　　　　由於目前軍事時期的情況，所有外國通訊社及外國記者，均不得在本市進行活動。所有外僑，均不得在本市主辦報紙或雜誌。爲此本會特通告現在北平的美國新聞處自即日起停止發布新聞稿的活動，各外國通訊社及外國報紙雜誌的記者，自即日起停止採訪新聞及拍發新聞電報的活動。望即遵照毋違。中國人民解放軍北平市軍事管制委員會主任葉劍英。一九四九年二月二十七日。

　　　　現在北平的外國記者名單如下：（一）基昂——合眾社（美國）。（二）穆薩——聯合社（美國）。（三）步雅各——生活畫報、時代雜誌、自由週刊（美國）。（四）史蒂祿——紐約先驅論壇報（美國）。（五）霍根——天主教通訊社。（六）盧百桑——基督教科學箴言報、

1 黃仁偉主編：《江南與上海·區域中國的現代轉型》，上海社會科學院出版社，2016 年版，第 496 頁。
2 《滬軍管會公布國際電訊檢查辦法　並命令美英新聞處停止活動》，《人民日報》，1949 年 7 月 19 日。

紐約星報（美國）、倫敦每日郵報（英國）。（七）來琪瑛——紐約時報、北美報紙聯盟（美國）。（八）羅德——民族週刊（美國）、明星週刊（加拿大）。（九）羅德夫人——鹿特丹報（荷蘭）。（十）哈丁——哈特福時報（美國）。（十一）鮑大可——芝加哥日報（美國）。（十二）溫遜德——甘史萊系報紙（英國）。（十三）安伯生夫人——倫敦觀察報（英國）。（十四）路易遜——倫敦泰晤士報（英國）。（十五）鮑薩爾——呾利克新報（瑞士）。（十六）倪斯初——斯托各爾摩旴報（瑞典）。（十七）張麟申——法國新聞社（法國）。[1]

二、美國在華新聞業的最後命運

美國在華的新聞事業並沒有因爲太平洋戰爭期間的中斷而徹底結束。戰爭結束後，上海聖約翰大學和燕京大學的新聞教育迅速恢復，並繼續將密蘇里新聞學院的教育模式實踐下去；直到 1952 年全國院系調整，這兩所教會大學才被撤銷，這也宣告了美國在華新聞教育的結束。在新聞業務方面，這一時期中國的道路選擇成爲當時社會熱議的話題，美國各報的駐華記者也紛紛報導此事。在此時期，《密勒氏評論報》和《大美晚報》也得以復刊、積極報導戰後中國重建的情況。但是，《密勒氏評論報》最終因爲失去大量訂戶而停刊，《大美晚報》則因勞資糾紛轟動一時。

（一）美國在華新聞教育事業的恢復與結束

抗戰勝利後，上海聖約翰大學和北平燕京大學先後復校，兩校的新聞教育也隨之恢復。雖然經歷了戰時的艱難歲月，但兩校的新聞教育工作者們並未放棄，他們利用手中有限的資源努力經營，使兩校的新聞教育最終又煥發出新的生機。

1947 年，上海聖約翰大學報學系復建，武道繼續擔任系主任，此時的任課教師還有黃嘉德、梁士純、汪英賓三位教授。這三人都有豐富的教學或實踐經驗：黃嘉德 1931 年畢業於上海聖約翰大學英文系，之後留校任教，歷任助教、副教授、教授、文理學院副院長、文學院副院長；梁士純早年留學美國，曾在美國的報紙工作，回國後也擔任過《基督教科學箴言報》和《時代》雜誌駐上海記者。汪英賓，1921 年畢業於上海聖約翰大學，1924 年取得哥倫

1　《北平軍管會發出通令，停止外國通訊社及記者活動》，《人民日報》，1949 年 3 月 1 日。

比亞新聞學院碩士。汪英賓曾長期在上海《申報》工作、也曾在上海南方大學報學系、光華大學報學科、滬江大學新聞學系任教，新聞工作和教學經驗同樣豐富。

　　1948 年春、秋兩季，報學系招收的新生、加上轉入學生，總數爲 50 多人。這一時期，黃嘉德擔任新聞學概論、報業史等課程的教師；梁士純的課程有採訪與寫作、輿論與宣傳、國際宣傳等。汪英賓的課程是廣告學、報業管理等內容[1]。1948 年 3 月，報學系成立了新聞學會，該協會由報學系的同學組織，宗旨爲「聯繫同學、服務同學」。凡是該系同學皆可入會，全體會員組成的全體會員大會是協會執行機構。該會經常舉辦的事務有每隔兩星期出版壁報《新生代》，舉辦參觀報館和郊外旅行等。[2]上海解放後，報學系的教學開始調整：以前一直秉持的密蘇里教育模式被摒棄，在教學內容上加入了許多具有當時中國特色的內容。1950 年，報學系原主任武道的離去、《約大週刊》停刊。後來雖又創辦中文《約翰新聞》，但影響力大大減弱。此外，聖約翰大學新聞系的授課也改用漢語，同時課程內容的調整，使得革命、階級色彩加重。例如：當時通識類的課程中就有新民主主義論、政治講座、時事分析、蘇聯政府、聯共黨史、黨史、辯證唯物主義、時事討論、馬列史學名著選讀、歷史唯物論等。在具體的新聞專業課程中，則強調課程內容爲人民、爲革命、爲新民主主義社會服務，比如課程中，第一學期有「新聞政策（並報紙的性質及做法），新聞報導（從什麼叫新聞談到新聞在報紙中的作用及地位、新聞的基本條件及資產階級新聞觀點批判等）」；第二學期則有「人民記者的條件、採訪及採訪對象、如何進行新聞寫作」等內容。而在課程目標中則強調「通過講授與實際採訪，使同學瞭解新民主主義制度下的新聞做法，知道什麼是新聞，如何採訪及如何把新聞寫好，如何寫通訊。（《新聞採訪與寫作》課程目標）」外，這一時期聖約翰大學報學系還注重理論與實踐結合，在其課程的主要教學方法中強調「課堂講授，結合實際例子討論，並參加約翰新聞採訪工作。若有可能。到外面採訪」。[3]

1　徐家柱：《新聞系的最後五年》，見徐以驊主編：《上海聖約翰大學（1879～1952）》，上海人民出版社，2009 年，第 312 頁。
2　熊月之、周武主編：《聖約翰大學史》，上海人民出版社，2007 年，第 315 頁。
3　《聖約翰大學文學院新聞系課程教學大綱（1951 年度第一學期）》上海市檔案館館藏資料 Q243-1-566，000010，000012，轉見馮烈駿：《聖約翰大學新聞教育初探》，《中國外資》，2009 年版，第 287 頁。

　　雖然 1949 年以後的教育環境改變很大，但報學系的教師們依然堅持將聖約翰的新聞教育繼續下去。在課程設計上：新聞專業教育、新聞史論的基礎上，突出新聞業務（技能）科的比重：新聞必修課程六門，包括：新聞學導論（3 學分）、新聞採訪和寫作（6 學分）、報紙編輯（6 學分）、評論文寫作（6 學分）、中國新聞事業史（4 學分）、外國新聞事業史（4 學分），總計 29 學分。其中，新聞史論課程學分總 11 學分，新聞業務課程 18 學分，百分比例爲 38％和 62％。[1]

　　燕京大學方面，1945 年燕京大學在北京復校，但新聞系到了 1946 年才重新開課。開課後，從成都遷回的蔣蔭恩、張琴南、張明煒三人開班授課，但專職教師只有蔣蔭恩一人；張琴南此時受聘爲《大公報》總編，在新聞系兼授中國報業史和報紙社論兩門課程；張明煒任北平《華北日報》社長，兼授報業管理。蔣蔭恩一人承擔新聞學概論、新聞採訪與寫作、編輯三門課程。此前任職燕大新聞學系的教師中，劉豁軒去擔任《益世報》總編輯，講授英文新聞專業課的孫瑞芹就任英文《北平時事日報》總編兼代理社長，斯諾被國民黨政府禁止來華，因此大量的工作只能由蔣蔭恩一人承擔。

　　由於密蘇里新聞學院與燕京大學新聞系的密切聯繫，過去燕大新聞學系多得密蘇里新聞學院的支持，但這一時期已成歷史。儘管如此，密蘇里新聞學院仍然承認燕大本科學歷、並接受畢業生進修，如李肇基、曹德謙等在 1947年赴密蘇里新聞學院深造。面對這種情況，新聞學系開始對教學方針進行調整，更多的依託燕大自身的有利資源，讓新聞學系的學生進修外文、文史、政治、法律、經濟等和新聞學科密切相關的專業，學好副修專業，並利用實習機會加強新聞實踐，達到「廣泛的知識基礎和新聞理論、業務能力相結合」的要求。[2]

　　1946 年 11 月 18 日，燕大新聞系系報《燕京新聞》中文版也得以復刊。在復刊的發刊詞《我們又回來了》中，該報宣布將「專載全國教育文化消息，同時也是教育文化界的喉舌」，並表示「我們所服膺的，只有眞理和正義。凡是合乎眞理不背正義的，我們樂於登載；反之，凡是不合眞理，違反正義的，

1　《聖約翰大學一九五一學年度第二學期新聞系畢業生成績》，上海市檔案館館藏資料 Q243-1-934。轉見馮烈駿：《聖約翰大學新聞教育初探》，《中國外資》，2009 年版，第 287 頁。

2　張瑋瑛等主編：《燕京大學史稿（1919～1952）》，人民中國出版社，1999 年版，第 136 頁。

我們尤不惜揭發」。[1]該報從 13 卷開始，13、14 卷都從學年開始出到暑假，每週一期，4 開 4 版，暑假休刊。

　　秉著文化教育界喉舌的宗旨，復刊後的《燕京新聞》大量報導學界的愛國運動，不論是反飢餓反內戰，反對迫害保障人權，「搶救教育危機」，保衛華北學聯，還是反對美國扶植日本等運動，該報都做了詳盡報導。《燕京新聞》還經常請到學界和文化界的知名學者發表文章或談話，例如郭沫若、沈鈞儒、茅盾、朱自清、費孝通等人的名字都曾出現在《燕大新聞》上。

　　《燕大新聞》的主要辦報經費來自讀者的訂閱費，報紙前期發行兩千份，後增至三千多份。據參與過報紙工作的學生回憶，爲了做好收訂工作，工作人員往往全體出動，到學生宿舍收款。受通貨膨脹的影響，訂費收齊後必須立馬變成物資、以減少損失，但這也仍敵不過物價飛漲。到了 1948 年，每份報紙定價達到五百元，且預訂價一星期調整一次；到了下半年，平津地區的訂費已經高達 12 期 150 萬元的天文數字。在如此艱難的情況下，《燕京新聞》仍堅持出版，一直到 1948 年 11 月北平解放前才停刊。[2]

　　解放之後的燕京大學新聞學系較之前更爲壯大：蔣蔭恩放棄美國的研究工作，返校任教；1949 年 4 月，孫瑞芹前來任教；10 月聘請陳翰伯爲新聞系教授，張琴南、包之靜爲兼任教授。此外，還增設新聞講座，邀請胡喬木、鄧拓、吳冷西等人前來開講。新聞系在重視基本理論、基礎知識與新聞實踐的基礎上，堅持對主修、必修和副修課程的安排和要求，此時的主修課程已經開到了 10 門，整個新聞系空前壯大。因此，當時新聞系的人數也是最多的，號稱「第一大系」。

（二）小鮑威爾與後期的《密勒氏評論報》

　　鮑威爾在日軍的集中營裏被折磨到雙腿殘疾，1943 年作爲交換戰俘回到美國。但《密勒氏評論報》並沒有就此結束，他的兒子小鮑威爾在抗戰勝利後又復刊了《密勒氏評論報》。小鮑威爾原名威廉・鮑威爾，1919 年 7 月 2 日生於上海，後回到美國上學。他畢業於密蘇里州哥倫比亞市的黑曼高中（*Hickman High School*）。1938 年他進入密蘇里大學攻讀新聞學專業。1940 年，小鮑威爾中斷學業來到中國。1940 年 10 月到 1941 年 7 月期間，白天小

1　我們又回來了，《燕京新聞》，1948 年 11 月 18 日，第 2 版。
2　張瑋瑛等主編：《燕京大學史稿（1919～1952）》，人民中國出版社，1999 年版，第 140 頁。

鮑威爾在《大陸報》工作，晚上到《密勒氏評論報》改寫電稿撰寫新聞。珍珠港事件發生前，小鮑威爾爲繼續學業，搭上了戰前最後一班開往美國的輪船。

1942 年 4 月，他再次從密蘇里新聞學院退學，前往華盛頓的聯邦通訊委員會下的對外廣播監控部工作。7 個月後，他加入戰時新聞處。1943 年，戰時新聞處海外部派他到重慶、桂林和昆明擔任地方代表、做新聞編輯工作，並負責把從紐約辦公室收到的消息發給中國報紙。

1945 年 10 月 20 日，他復刊《密勒氏評論報》並擔任主編。這一時期，該報的報紙欄目與之前相似，主要分爲社論、特稿（*Special articles*）和各類專欄三個部分，其中舊有的「中國名人錄」（後改爲「英語學習」）得以保存。該刊復刊後第一期的社論就聲明，「本刊反對那些對編輯部意見施加影響的企圖，並將盡我們所能，從事忠實、公正的報導。」後多次重申，其報導和評論「不是基於政治，也不是基於成見或私人考慮，而只是基於事實。」[1]

《密勒氏評論報》復刊後就刊登一系列文章、在各大欄裏抨擊時弊、披露社會黑暗面，批評國民黨政權低效無能、大小官員官僚化貪污腐化；還接連發表社論，激烈抨擊國民黨政府的新聞檢查制度，要求新聞自由。《大美晚報》在 1947 年 7 月 7 日號的第二版上四分之一版面介紹了美聯社記者埃索伊曼（*Essoyman*）對小鮑威爾的採訪。當時的《新聞週刊》稱他「英勇無畏」，並形容他爲「最瞭解中國情況的新聞人之一」。[2]

小鮑威爾對中國人民解放戰爭作了許多客觀公正的報導，如：《華北戰爭的最後一站──紅軍向南京進軍》《攻克北京──人民不慌張，無價之寶都完整》《國民黨與中國歷代王朝，南京是注定落入共產黨手中》等。同時，他領導《密勒氏評論報》對解放區人民的生活和各項建設做了眞實的介紹。在《中國解放區的話》一書中，《密勒氏評論報》用《華北解放區老百姓的話》《蘇北解放區旅行記》《山東解放區旅行記》《開封解放區目擊記》《開封解放十日記》《鄭州解放前後記》等 15 篇報導詳細描述了解放區的情況。在序言中，該書對其價值和意義做了詳細的介紹，「這裡所選譯的文字共 15 篇，其中有的是解放區旅行記，有的是解放當時的目擊談，有的記述共產黨在解放區所

---

1 崔維徵：《後期〈密勒氏評論報〉述評（1945～1953）》，《新聞學論集》，第 5 輯，1983 年，第 202 頁。

2 黃愛萍：《論〈密勒氏評論報〉在中國的終結（1949～1953）》，清華大學碩士論文，2003 年版，第 18 頁。

施行的政策等，都屬說理淺顯，內容充實，讀了極感興趣的作品，而『新中國的展望』一文，預言中國在全部解放後各方面發展的新希望，更使我們對於中國的前途增加了無上的信心與勇氣。國民黨反動派當局對於解放區造成了許多無稽的謠言，有些人對於這些誹謗也不免抱了將信將疑的態度，現在讀了這本書各篇很客觀而公正的敘述，一切過去的懷疑都可因此冰釋了。」[1]

上海解放後，小鮑威爾仍旗幟鮮明地支持中國人民的新生政權。《密勒氏評論報》向美國公眾介紹新中國的情況，要求美國承認中華人民共和國、放棄阻撓恢復新中國在聯合國合法席位；它還報導亞洲人民的立場與言論，公開評論時事、批評帝國主義的一些政策。因此該報一直是以美國對華政策的批評者而著稱，在國際上很有聲譽，深得國內外讀者歡迎。[2]

（三）《大美晚報》的復辦與停刊

抗戰勝利後《大美晚報》由美國隨軍記者瑪諾主持復刊，主筆高爾德返回上海主持報館事務，並聘請吳嘉棠、袁倫仁為編輯。每日出版兩大張，「對有關美國商情消息報導迅速詳實，廣告也以美商為主。對當時中國如火如荼的反內戰、反獨裁群眾運動只做簡單報導，不加評論」。[3]1943 年 1 月 1 日，《大美晚報》的紐約版曾繼續出版，但在 1947 年 12 月 27 日紐約版即停止出版，報導重心和報導力量全部遷回上海。1947 年 12 月，該報為了奪取《大陸報》的銷路、擴大自己的影響力，曾在 12 月 24 日的《大陸報》上刊登廣告，聲稱《大陸報》的讀者，如欲改定《大美晚報》，一律按每月 20 萬元（但是國民政府的紙幣）的特價優待。[4]

上海解放後，《大美晚報》繼續出版，此時高爾德本人對國民黨政權已不抱希望，但對共產黨也持謹慎觀望態度。6 月 8 日，《大美晚報》爆發勞資糾紛，五位勞方代表要求將工資恢復到 1946 年的水平。至 11 日，談判仍然在工資漲幅問題上爭執不下。勞方要求的工資漲幅意味著將工資提高三倍，資方對此不能接受。隨後《大美晚報》管理層將此事上報上海市勞動局，請求其出面調停。勞動局答覆稱希望勞資雙方繼續保持協調。14 日，高爾德一行人

---

1 高爾松編譯：《中國解放區的話》，上海平凡書局，1949 年，第 1 頁。
2 陳其欽：《回憶密勒氏評論報》，《社會科學報》2006 年 3 月 9 日。
3 賈樹枚主編：《上海新聞志》編纂委員會編：《上海新聞志》，上海社會科學院出版社，2000 年版，第 515176 頁。
4 王文彬編：《中國現代報史資料匯輯》，重慶出版社，1996 年版，第 862 頁。

被人堵在報社大樓內，最後上海市總工會的代表出面協調才得以解決。但是，雙方的矛盾並未徹底解決，之後因一篇報導爆發了更激烈的衝突，最終導致《大美晚報》停刊。

　　勞資雙方的談判原定於6月15日下午4點。報紙的印刷通常在3點前開始，就在此時，高爾德得知印刷工會的代表要求將高爾德所寫有關談論新政府執行的工資模式給企業造成的風險的報導從版面拿下，之後才能印刷。[1]這項要求被高爾德強硬回絕，他還發布書面命令，要求工人必須按原樣印刷。當晚6點，《字林西報》與高爾德取得聯繫，雙方協商那篇未能登出來的文章將在6月16日的《字林西報》上刊登。當晚事件再次發生反轉，但當晚工會通知《字林西報》的編輯部，文章不能刊登、否則報紙不予印刷。最終，這篇稿子未能刊登出來、這天的報紙也沒有出版，《大美晚報》也永遠停留在了6月14日

　　爆發勞資糾紛的同時，《大美晚報》也被另一件事情困擾。6月10日，《字林西報》刊登吳淞口被布置水雷的失實報導後，當天下午的《大美晚報》轉載了這則報導，並刊出合眾社東京所報導的美國西太平洋海軍司令白吉爾的談話。白吉爾一面說「國民黨軍並未在揚子江下游放置許多水雷」，同時卻下斷語「該江面確已對商業航運存在危險」。此後，這則新聞又被《自由論壇晚報》等中文報紙轉載。消息見報後，上海市軍管會向《大美晚報》提出抗議，同時接管了《自由論壇晚報》；工會也向上海市社會局上報相關證件，要求去聲討高爾德；《大美晚報》的職工還創作了《高爾德，真缺德》一詩來嘲諷高爾德：「高爾德，真缺德：不講理，良心黑。大美晚報發了財，還不是天曉得。財產一大堆，都是職工血！而今關了門，你要回美國。腰間麥克又麥克，不管職工肚子X。欺騙嚇詐沒有用，人民眼睛亮如雪，帝國主義勿吃香，全靠工人來團結。」[2]

　　《大美晚報》停刊後，美國助理國務卿亞倫就該報停刊發表談話稱「中共區內不允許出版與他們意見相反的報紙」。[3]針對此事，6月28日，上海市委給中央發電，文中就《大美晚報》停刊後美國方面言論，提出「對美副國

1 王毅：《〈大美晚報〉的停刊於中國新聞的轉型》，出自倪延年主編：《民國新聞史研究2014》，南京師範大學出版社，2014年版，第233頁。
2 楊孔嫻編：《上海工人詩選》，勞動出版社，1950年版，第91～92頁。
3 賈樹枚主編：《上海新聞志》編纂委員會編：《上海新聞志》，上海社會科學院出版社，2000年版，第515頁。

務卿的談話擬用報界記者會出面駁斥,《解放日報》仍暫保持緘默,俟美帝各方面反動叫囂暴露後,再行給予總的反擊」。6 月 30 日,中共中央就《大美晚報》停刊一事作出指示,這份題為《中央關於〈大美晚報〉停刊事件給上海市委的電報》的文件全文如下:

> 上海市委並華東局:
>
> 儉電悉。完全同意你們對《大美晚報》高爾德及美帝副國務卿談話的處理辦法,並準備在條件成熟後給予總的反擊。[1]
>
> 中央
>
> 已陷

這份文件由周恩來手書,文中「完全」二字是毛澤東閱後加上的。[2]雖然報紙已經停刊,但勞資雙方的談判仍在繼續。6 月 21 日,勞資雙方再次進行談判,高爾德要求印刷 25 份 6 月 15 日的報紙,並要求印刷工人不能干涉報社的編輯工作,勞方代表拒絕了高爾德的要求。7 月 1 日,6 名職工代表前往高爾德的住所索取欠薪,雙方發生爭執,四名職工代表受傷。次日,上海市公安傳訊高爾德,並要求他向被打工人道歉。7 月 3 日,《解放日報》和《字林西報》上刊登了高爾德的道歉信,全文如下:「高爾德道歉啓事:七月一日大美晚報的工人到我的寓所來協議工資事宜,我打傷了四個工人,現在我謹向受傷工人道歉,並保證以後不會再發生同樣的事件。」7 月 4 日,高爾德又到報社當面向受傷工人道歉。在這之後,雙方又進行了數輪談判。高爾德最終支付了工人的欠薪。9 月 8 日,高爾德夫婦回國,工廠大部分設備被賣掉、工人撤離報社,轟動一時的《大美晚報》事件就此結束。

(四)美國記者在華的新聞採訪活動

戰後仍有許多美國記者活躍在中國。他們對中國的熱情絲毫沒有因戰爭的結束而減弱,甚至許多記者都非常關心戰爭後中國的走向,「中國人到底選擇哪條道路」成為當時熱議的話題。

1946 年,斯特朗第五次訪問中國,這一年她已經 61 歲。8 月 6 日,斯特朗在延安楊家嶺見到了毛澤東。在這次談話中,毛澤東提出了著名的論斷「一

1　中共中央文獻研究室,中央檔案館編:《建國以來周恩來文稿・第 1 冊・1949 年 6 月～1949 年 12 月》,中央文獻出版社,2008 年版,第 38 頁。

2　中共中央文獻研究室,中央檔案館編:《建國以來周恩來文稿・第 1 冊・1949 年 6 月～1949 年 12 月》,中央文獻出版社,2008 年版,第 38 頁。

切反動派都是紙老虎」，他講到「原子彈是美國反動派用來嚇人的一隻紙老虎，看樣子可怕，實際上並不可怕。當然，原子彈是一種大規模屠殺的武器，但是決定戰爭勝敗的是人民，而不是一兩件新式武器……一切反動派都是紙老虎。看起來，反動派的樣子是可怕的，但是實際上並沒有什麼了不起的力量。從長遠的觀點看問題，真正強大的力量不是屬於反動派，而是屬於人民。」[1]後來，斯特朗將毛澤東的談話整理成文章發表在美國《美亞》雜誌上，這一著名的論斷因此得以在全世界傳播。此外，斯特朗還發表了《毛澤東的思想》一文，首次向西方介紹了「毛澤東思想」。

重慶談判時期，曾參加中外記者西北參觀團的愛潑斯坦正在重慶報導此事。談判期間愛潑斯坦寫了《這就是毛澤東中國共產黨的領袖》一文，發表在美國的報紙上。這篇文章以贊許的口吻大致回顧了毛澤東的革命生涯，並提及毛和蔣談判的情況。文中稱毛澤東的主要特徵是「深思熟慮」，還說毛澤東「在預測中國會發生什麼事情的時候，一直永遠是準確的。在一九三五年，他預言了未來中日戰爭的過程和戰略發展。」[2]

美聯社的記者也就「中國是戰是和」的問題採訪了毛澤東。1946 年 2 月 9 日，政治協商會議召開後，毛澤東單獨向美聯社記者談話。他講到：「政治協商會議成績圓滿，令人興奮。但來日大難，仍當努力，深信各種障礙都可加以掃除。……時至今日，我們必須以全部信仰寄託於人民，人民的力量是不可抵禦的，一部美國史，即其證明」，在談到共產黨的責任時，毛澤東表示「革黨當前的任務，最主要的是在履行政治協商會議的各項決議，組織立憲政府，實行經濟復興。共產黨於此準備出力擁護。……共產黨對於政治的及經濟的民主，將無保留出面參加。」[3]這次談話是毛澤東從重慶回到延安後首次同記者談話，當時他已閉門數月，極少和外人見面。

（五）《密勒氏評論報》停刊

新中國成立後的一系列政治經濟形勢和社會變化，特別是商業環境惡化，使得《密勒氏評論報》的廣告面臨嚴峻的局面，甚至發生了第一次停刊危機。《字林西報》和《大美晚報》的相關事件也促使小鮑威爾考慮是否還能

1　《毛澤東選集》（第四卷），人民出版社，1990 年版，第 1136 頁。
2　愛潑斯坦等：《毛澤東在重慶‧第 3 版》，合眾出版社，1946 年版，第 4 頁。
3　王占陽等主編：《中外記者筆下的第一代中共領袖》，長春：時代文藝出版社，1992
　　年版，第 199～200 頁。

將新聞事業繼續下去。1950 年 7 月 15 日，《密勒氏評論報》刊出社論，預告該報將於 8 月 5 日停刊。但朝鮮戰爭的爆發，使小鮑威爾認為有必要使報紙成為一個「和平志士」的論壇，反對美國在朝鮮的「冒險政策」，因此他決定自 1950 年 9 月起將週報改為月刊繼續出版。

1950 年 8 月 5 日，《密勒氏評論報》發表社論，宣布繼續出版發行並闡述了兩大理由：第一，讀者的要求，「我們的讀者大規模地表達出遺憾並一致地請求我們找些辦法來戰勝困難」；第二是「和平的力量和戰爭的力量之間的鬥爭加劇」。他認為西方國家的人民越來越注意亞洲的局勢。但由於西方媒體「報導」中國的記者都在殖民基地香港，並且他們的新聞幾乎完全依據國民黨製造的謠言，加上流言蜚語和不滿那些自稱為「難民」的人傳播的一些缺乏價值或實質的東西，人們非常需要來自這個國家的客觀報導。[1]

在報刊的內容方面，《密勒氏評論報》改為月刊後，客觀地報導新中國在各方面取得的成就、也曾對中國人民在解放後很短時間內取得的成績表示欽佩和讚賞。該報還曾開闢了「答國外讀者」專欄，及時地問答海外讀者的疑難問題、幫助他們更好地瞭解新中國。此外，《密勒氏評論報》批評美國對華政策，揭露了美國在朝鮮戰場上搞細菌戰投放凝固汽油彈等罪行。1952 年 4 月起，《密報》曾先後發表過 10 篇文章及多組照片，詳實報導了美軍在朝鮮和中國東北地區使用細菌武器的情形，同時嚴厲譴責了侵略者的這一野蠻行為。它還經常登載美軍戰俘名單和一些戰俘寫給家人的信件，使成百上千的美國家庭得以獲知他們親屬的真實消息。[2]

《密勒氏評論報》的親華態度招來了美國政府的敵視。自 1952 年下半年起，大量寄往美國的《密勒氏評論報》被美國郵政當局無理沒收、且沒收的情況日益增多，美國讀者紛紛給該刊去信抱怨他們經常收不到刊物。緊接著，美國財界取消在《密勒氏評論報》上登廣告，報紙的財源被切斷；美、英、日等國不准《密勒氏評論報》進口。由於美國當局禁郵，《密勒氏評論報》失去了大量訂戶，因此不得不於 1953 年 6 月宣告停刊。該報的停刊號上這樣寫到：「中國人民從苦難的生活中經過長期的奮鬥，最終取得了成功，新中國幾

1　黃愛萍：《論〈密勒氏評論報〉在中國的終結（1949～1953）》，清華大學碩士論文，2003 年版，第 20～21 頁。

2　崔維徵：《後期〈密勒氏評論報〉述評（1945～1953）》，《新聞學論集》，1983 年第 5 輯，第 212～213 頁。

年的成就，超出了該報 30 年歷史上曾經想像過的中國的成就，最高興的是親眼目睹了中國人民結束了混亂不堪的舊中國，並已開始了建設人民的新生活，我們感到特別幸運的是能夠看到如此好的結局。」[1]

《密勒氏評論報》的停刊，不僅意味著美國在華新聞傳播事業的終結，也標誌著從《察世俗每月統記傳》以來長達 130 多年的外國在華新聞傳播事業就此退出歷史舞臺。

三、蘇聯在華新聞業的結束

「九・一八」事變前，布爾什維克黨和白俄在中國東北都曾出過一些報刊；日寇侵佔東北後，布黨報刊活動受到限制，白俄的新聞活動則有續開展。此後各派的新聞活動都漸趨沈寂，直到 1945 年日本投降後，蘇聯才又在東北迅速創辦了一系列報刊。而同一時期的上海，俄文報刊仍有一定的發展。

（一）蘇聯在上海的新聞傳播活動

抗戰期間，蘇聯在華新聞活動以重慶的塔斯社遠東分社為中心，後將新聞活動中心轉向上海。1945 年 8 月 8 日，蘇聯對日宣戰的次日，塔斯社上海分社被日本查封，社長羅果夫及工作人員被捕。直到日本宣布投降後才被釋放，該社亦恢復活動。1946 年 9 月國民黨政府國防部召集有關部門開會，研討外國人在華廣播電臺問題並通過《取締外人在華設立廣播電臺決議案》，明文規定「凡外人在滬設立之廣播電臺，根據《廣播無線電臺設置規則》第四條之規定，同時一律取締（美國軍用廣播電臺不在此限）。交通部上海電信局要求「蘇聯呼聲」廣播電臺於 1946 年 12 月 31 日停播和拆機。蘇聯塔斯社遠東分社社長羅果夫致函上海電信局表示該臺「係蘇聯國家財產」，「沒有莫斯科的命令，我們不能承擔停止電臺工作的責任」。[2]經協商無效，塔斯社無線廣播電臺 1947 年 1 月 7 日停播。

蘇聯還支持中共以書商名義開辦時代出版社。在日寇侵佔的租界，時代出版社憑藉蘇商名義和蘇日正常外交關係，成為唯一能夠繼續揭露德軍的暴行、報導蘇軍戰績和宣傳蘇聯文化、衛國戰爭文學的出版機構。時代出版社的成立使蘇聯和中國共產黨具備了反法西斯宣傳的相應手段，打破了敵人在上海乃至東南淪陷區所設的輿論屏障，使廣大的中國民眾與英美僑民瞭解戰

---

1 陳其欽：《回憶密勒氏評論報》，《社會科學報》，2006 年 3 月 9 日。
2 趙玉明主編：《中國廣播電視通史》，中國廣播電視出版社，2014 年版，第 88 頁。

爭的進程、增強了堅持鬥爭的勇氣。1945 年 5 月，蘇聯戰勝德國，《時代》衝破日偽禁令、自動復刊，繼續報導蘇聯在歐洲戰線上的消息；但到 8 月 9 日蘇聯對日宣戰那天，時代出版社及其一切刊物全被日憲兵查封，工作人員均遭暫時監禁。不幾日，在蘇軍雷霆萬鈞的進攻之下，日本宣告投降，時代出版社又重新恢復出版工作。[1]1946 年，蘇聯時代出版社《每日戰況》名《Daily War News 每日新聞》繼續出版。

1945 年 8 月 16 日時代出版社創辦中文日報《新生活報》，1945 年 9 月 1 日改名為《時代日報》，並聘請在出版社工作的中共黨員姜椿芳出任報紙總編輯。《新生活報》成為戰後上海最早由中共黨員主編、反映國統區人民和平民主呼聲的報紙。[2]

1946 年～1947 年間，社會上通貨膨脹嚴重，物價一日數漲，金融混亂，民不聊生。上海工人學生以及各界群眾展開了轟轟烈烈的「要和平，反內戰」「要民主，反獨裁」「要飯吃，反飢餓」「要民族獨立，反對美帝侵略」的鬥爭。此時，街上常常有遊行示威的隊伍高喊口號，並與軍警發生衝突。這時《時代日報》作為僅存的一份站在人民方面為人民說話的報紙，不得不謹慎地對這些情況作一些有限的報導，以延長壽命盡可能多為群眾服務。國民黨當局過去還勉強容忍《時代日報》的出版，到了 1948 年前後則愈來愈把它看做眼中釘：「尤其是在軍事上，該報巧妙而無情地揭露「國軍」的失敗、「共軍」的大勝，再也不能容忍了。」[3]《時代日報》在國民黨統治的上海，堅持戰鬥到 1948 年 6 月 3 日，終以所謂「擾亂金融」「鼓動工潮、學潮」「歪曲軍情」和「破壞治安秩序」等罪名被國民黨淞滬警備司令部查封。[4]

1947 年初至 1948 年夏，在上海各種進步報刊大多遭國民黨當局封殺後，中共黨員姚溱以「秦上校」「薩利根」「馬可寧」等筆名，在《時代日報》《時代》週刊上連續發表「半周軍事述評」，巧妙地介紹解放戰爭各戰場的形勢、分析戰局的發展變化，因此在讀者中有很大的影響。[5]《時代日報》停刊後，

---

1 褚曉琦：《民國時期塔斯社上海分社在華宣傳活動》，《史林》，2015 年版，第 151 頁。
2 彭亞新主編：《中共中央南方局的文化工作》，中共黨史出版社，2009 年版，第 281 頁。
3 姜椿芳：《姜椿芳文集・第 9 卷〈隨筆三・懷念・憶舊〉》，中央編譯出版社，2014 年版，第 324 頁。
4 《編輯記者一百人》，學林出版社，1985 年版，第 127 頁。
5 彭亞新主編：《中共中央南方局的文化工作》，中共黨史出版社，2009 年版，第 281 頁。

國民黨當局沒有禁止《時代》雜誌，《時代》《蘇聯文藝》《蘇聯醫學》及許多單行本的書一直繼續出版。1949 年 5 月 27 日，時代出版社在北京建立分社，在南京、杭州建立分店，在上海建立門市部，其發行業務有了進一步的發展。1956 年底，該社併入商務印書館。[1]

（二）蘇聯在東北的新聞傳播活動

1945 年 8 月 8 日蘇聯宣布對日作戰，至是月下旬東北全境獲得解放。蘇聯紅軍進駐哈爾濱後，逮捕了俄僑文化人 270 餘人，哈爾濱白俄的報刊從此結束了存在的歷史。蘇軍在其所攻佔的東北地區，很快創辦了一批中文報刊。主要有哈爾濱的《情報》（蘇軍撤離後改為中共松江省工委機關報《松江新報》）、大連的《實話報》等；在長春，蘇軍則創辦了蒙古文的《蒙古人民》刊物。此外還有一批蘇聯僑民創辦的俄文報刊出現，如哈爾濱的《保衛祖國》《蘇聯青年》等。[2]上述一些報刊在新中國成立以後，有的還在繼續出版。

1945 年 9 月，蘇軍駐哈爾濱衛戍司令部出版了 4 開中文日報《情報》，主要刊載蘇聯塔斯社的電訊稿。出版至 1945 年 11 月 14 日，該報移交給當地中共黨組織、改出中共松江省工委機關報《松江新報》（日報，8 開 2 版，發行 3000 份）。[3]《情報》由蘇軍衛戍司令供稿時只發表塔斯社新聞；改為《松江新報》時才出現新華社電訊稿和中共方面的言論，成為抗日戰爭勝利後黨在哈爾濱出版的第一張報紙。[4]

1946 年 8 月 14 日，駐大連的蘇聯紅軍出版中文報紙《實話報》。該報創刊於旅大，蘇聯紅軍旅大指揮部主辦，謝吉赫敏諾夫中校、格魯金寧中校先後任社長兼編輯，李定坤、趙節、陳山歷任副總編輯。該報旨在宣傳蘇聯第二次大戰後的和平外交政策和馬列主義在蘇聯的實踐；刊載國際要聞，介紹蘇聯社會主義建設成就和科學，文化藝術、歷史、地理、風俗，[5]在當時較有影響。蘇軍通過這份報紙對外展開了全面宣傳蘇聯的工作，對維持、鞏固蘇聯在旅大的軍事佔領起到了不可低估的作用。另外，《實話報》作為為數不多

---

1 許力以主編：《中國出版百科全書》，書海出版社，1997 年版，第 594 頁。

2 王繼先著；倪延年主編：《中國新聞法制通史·第 2 卷·近代卷＝General history of Chinese journalism legal system》，南京師範大學出版社，2015 年版，第 349 頁。

3 趙永華：《俄蘇在華辦報追溯》，《國際新聞界》，2001 年第 1 期，第 79 頁。

4 中共哈爾濱市委黨史研究室編：《中國共產黨哈爾濱歷史》（第一卷），黑龍江人民出版社，2001 年版，第 507 頁。

5 張憲文等主編：《中華民國史大辭典》，江蘇古籍出版社，2001 年版，第 1289 頁。

的中共與蘇聯合作基層機關，其人員構成及運營情況，反映了當時典型地中蘇合作體制的特點。囿於行業特點，中共與蘇軍的採編人員需要在日常工作中不斷進行頻繁的意見溝通，其緊密程度在各種行業中當屬特殊。[1]隨著蘇軍《實話報》於 1951 年 8 月底的終刊，中文外報的歷史結束了。

日本投降後，哈爾濱許多僑民取得蘇聯國籍，成為蘇聯僑民。一些僑民起而創辦俄文報紙，具有較大影響的是俄文日報《保衛祖國》。該報於 1945 年 11 月創刊於哈爾濱，發行 8000 份。1946 年 4 月蘇軍撤走回國後，俄文日報《保衛祖國》改名為《俄語報》繼續刊行。同一時期，哈爾濱蘇聯青年團出版了月刊《蘇聯青年》。1956 年 7 月 15 日，《俄語報》刊出最後一期。該報的結束，不僅標誌著自身歷史的終結，也結束了哈爾濱俄僑報刊的歷史。[2]

俄蘇的新聞事業與新聞傳播活動，在哈爾濱有著久遠的歷史，大批白俄僑民旅居上海後也隨之創辦了不少報刊。縱觀整個民國新聞史，可以發現蘇聯國家通訊社及一些進步刊物，突破西方國家在華通訊社的新聞壟斷，給中國社會帶來了曙光，也將中國的社會革命消息傳向全世界。蘇聯政府和布爾什維克黨，在中國出版的報刊雖然很少，但它切合中國革命的需要，意義非同尋常。

四、其他國家在華新聞業的終結

日本投降後，日本在華的新聞業被人民和國民政府接管而壽終正寢，德國在華新聞業也由於其法西斯主義性質被國民黨政府接收。英、美、蘇等國在華新聞業在中華人民共和國成立後，由於自身諸多不適應和政府管理的原因逐步瓦解而消亡。至於其他國家也由於自身的因素逐步結束了該國在華新聞業及其新聞活動。

1945 年 9 月，上海的法國戴高樂主義者認定《法文上海日報》在戰爭期間充當了替維希政府宣傳的喉舌，反對該報重新出版，並扶植起了新的報紙《中國差報》（Le Courrier de Chine），創辦人為查爾斯·格羅布瓦（Charles Grosbois），他是法盟（Alliance Français）的代表。另外兩人是 Pignol 和 Pontet，該報 1945 年 9 月 16 日出版，只有一頁，但由於當時正值貨幣貶值，該報定

1　鄭成：《國共內戰時期東北地方層面上的中蘇關係——以旅大地區蘇軍《實話報》為例//李丹慧：《冷戰國際史研究 7》，世界知識出版社，2008 年版，第 158 頁。

2　趙永華：《俄蘇在華辦報追溯》，《國際新聞界》，2001 年第 1 期，第 79 頁。

價爲 1000 元。1947 年該報成爲週刊，1949 年停刊。[1]

　　1945 年底，法國政府在哈瓦斯通訊社的基礎上成立了法國新聞社，並委派前哈瓦斯通訊社記者庇亞到上海設立分社，張翼樞出任中文部主任，張氏逝世後，由儲玉坤接任。意大利斯坦芬通訊社也曾在意大利駐滬總領事館內設立過上海分社。凡與意大利相關的政治、經濟、文化活動，該社均與報導。

　　1949 年 7 月 16 日，上海市軍管會制定了《國際電訊檢查暫行辦法》公布施行，規定：凡經由滬市國際電臺發出的電訊、口語廣播稿本，均須經軍管會電訊檢查組檢查，加蓋放行戳記後始得發出和播送。其內容不得直接或間接述及解放區之氣象、匪機轟炸與掃射地點及損害情形、防空設施狀況及機場所在地勢狀況，人民解放軍駐地、人數、番號、供應、輜重、調動、電臺及軍事性質設備，各工廠的情況和軍管會、人民政府及其他一切黨、政、軍機關、人民團體之所在地點。如有違反，得按情節輕重予該發電人以適當處分。[2]

　　此後，法新社上海分社、意大利斯坦芬通訊社上海分社紛紛撤離上海，遷往廣州及香港開展新聞採訪活動。9 月 25 日，法新社在廣州發出電訊：解放軍林彪部第 38 軍在湘西向西南挺進，已解放芷江東北六十四公里的懷化，現在繼續向西推動，直向芷江。按芷江係湘築公路上的重鎮，據昨夜確悉：芷江北四十公里麻陽的國民黨軍已經起義，但未經官方證實。[3]隨著中國人民解放軍解放廣州及華南全境，法新社前往香港，關注並報導中國大陸新聞。

1　李君益：《黃德樂時期的《法文上海日報》（1927～1929）》，上海師範大學，2014年版，第 45 頁。

2　《滬軍管會公布國際電訊檢查辦法‧並命令美英新聞處停止活動》，《人民日報》，1949 年 7 月 19 日。

3　《大公報》（香港版）1949 年 9 月 26 日。

第七章 民國南京政府後期的新聞管理體制與新聞業經營

　　抗日戰爭結束後，隨著國民黨撕毀國共兩黨代表簽署的《國民政府與中共代表會談紀要》（史稱「雙十協定」）和政治協商會議通過的《關於政府組織問題的協議》《和平建國綱領》《關於軍事問題的協議》以及《關於憲法草案問題的協議》等文件[1]，國共內戰第一槍打響，國共兩党進入最後的決戰階段。1949 年 4 月 23 日，人民解放軍佔領中華民國首都南京，南京政府的歷史宣告終結，蔣介石的國民黨集團敗退臺灣。同年 10 月 1 日中華人民共和國中央人民政府在北京宣告成立，中國歷史自此走出了「近代史」的時段而進入了當代。在 1945 年 9 月至 1949 年 9 月的「國共決戰期間（1945～1949）」，國共兩黨新聞事業此消彼長，國民黨新聞事業伴隨著國民黨政府統治的終結而在大陸最終崩潰；共產黨的新聞事業則取得了主導地位、並於最終建立起了人民新聞事業。

第一節　民國南京政府後期的新聞業管理體制

　　民國南京政府後期，各方政治力量圍繞要不要、如何進行「和平建國」而進行了艱難的博弈，最後在解放戰爭中分出了勝負：國民黨敗退臺灣，共產黨領導召開了「新政協」、並於 1949 年 10 月 1 日宣布在北京建立「以工農聯盟爲基礎、以工人階級爲領導」的中華人民共和國中央人民政府，由此，中國新聞業及新聞業管理體制也進入了新的發展階段。

1　張憲文等著，《中華民國史》（第四卷），南京大學出版社，2005 年版，第 38～41 頁。

一、國民黨新聞管理體制的變化

抗戰結束後，戰時實行的新聞出版統制制度已經不再符合戰後國內新聞出版管理的實際需要，於是國民政府根據戰後人民言論自由的呼聲及憲法和相關法律，對戰時新聞出版管理體制進行了調整和修正。但是，由於全面內戰的爆發，國民政府在控制新聞輿論的同時又頒布了一些新聞出版管理法規與制度，以加強新聞審查，強化新聞管制。

（一）宣布廢止戰時新聞檢查制度，取消新聞檢查

隨著抗日戰爭取得全面勝利，1945 年 9 月 12 日，國民黨中宣部部長吳國禎向外國記者宣布「自 10 月 1 日起，除收復區外，廢止戰時新聞檢查制度。」[1]1945 年 9 月 22 日，迫於「拒檢運動」的強大壓力，國民黨中央第十次常委會通過了《廢止新聞出版檢查制度的決定與辦法》，提出自 1945 年 10 月 1 日起，廢止戰時出版品審查辦法及禁載標準、戰時書刊審查規則及戰時違檢懲罰辦法。這實際上是宣布結束對新聞界的「戰時管制」措施，撤銷履行「戰時新聞檢查」職責的「軍事委員會戰時新聞檢查局及其附屬機關」，標誌著中國新聞界由此進入非「戰時」的正常狀態，恢復享有「人民」有「通訊、通電秘密」「結社集會」「發表言論及刊行著作」等「自由」。此外，該辦法還宣布了廢止非「軍事戒嚴區」的「新聞檢查」；對現行《出版法》進行「酌予修訂」以適應戰後「民主建國」的實際需要；由「出版負責人」對新聞媒介「將行刊載之言論與消息是否合法」問題負全責等內容。1947 年 1 月 1 日南京政府頒布《中華民國憲法》，第十一條規定「人民有言論、講學、著作及出版之自由」；第十二條規定「人民有秘密通訊之自由」；第十四條規定「人民有集會及結社之自由」；第二十四條規定「關於以上所列舉之自由權利，除爲防止妨礙他人自由，避免緊急危難，維持社會秩序，或增進公共利益所必要者外，不得以法律限制之」。1947 年南京政府啓動修正《出版法》，刪掉了原有的相關處罰條款並全面予以修正，但因內戰爆發而未能頒行。但是，這些政策出臺，一定程度上還是體現了國民黨當局在新聞事業管理體制變革中的積極表示和歷史進步。

1　宋原放：《中國出版史料·現代部分》（第二卷），山東教育出版社，1994 年版，第288 頁。

（二）宣傳部主導接收淪陷區敵偽新聞設施

國民黨中常會於 1945 年 9 月通過的《管理收復區報紙、通訊社、雜誌、電影、廣播事業暫行辦法》對淪陷區、敵偽機關新聞事業的接收作出規定：第一，敵偽機關或私人經營之報紙、通訊社、雜誌及電影製片、廣播事業，一律查封，經核准登記之後逐步恢復公開運營；第二，附逆報紙、通訊社、雜誌及電影事業，先由宣傳部通知當地政府查封，聽候處置；第三，宣傳部、政治部、各級黨部、政府等，在原收復區、淪陷地所辦之報紙、通訊社，應在原地迅即恢復出版，以利宣傳；第四，各地淪陷前之商辦報紙、通訊社，按照優先程序，經政府核准後得在原地恢復出版；第五，收復區出版之報紙及通訊社稿，在地方尚未完全平定以前，應由當地政府實行檢查。[1]

在此辦法中，國民黨「宣傳部」被賦予舉足輕重的地位：查封的財產「由宣傳部會同當地政府接收管理」；「附逆之報紙、通訊社、雜誌、電影事業」由「宣傳部」通知當地政府查封」；印刷品內容是否含有「敵偽宣傳之毒素，違反抗戰利益」須「經宣傳部審查後」由「地方政府予以銷毀」；對「沒收查封的敵偽或附逆報紙、通訊社、雜誌、電影製片、廣播等」機器設備及其他財產，由宣傳部報經「中央核准」才能會同當地政府啓封利用。需要強調的是，這一時期國民黨政府仍舊是沿用原來的國民黨總裁（兼國民革命軍總司令）→國民黨中央常會（國民黨中央軍事委員會）→中央宣傳部（指導）→軍事委員會戰時新聞檢查局→各地戰時新聞檢查所→（具體）新聞媒體的「黨治新聞」管理體系。

（三）構建以行政院新聞局為執行機關的「全國統一管理宣傳及新聞出版業行政系統」

1947 年 3 月 24 日國民黨六屆三中全會通過關於行政院設立新聞局的決議；同年 4 月 17 日，政府擴大改組並正式成立行政院新聞局，職責爲「主管政府政令政績之宣揚，輔助新聞事業之發展，指導地方政府宣傳業務，及政府於（與）新聞界聯繫事項，並交換國際新聞資料，溝通中外輿論」。[2]爲了保持國民黨在新聞輿論領域的話語權，由原國民黨中央宣傳部長期主管對外宣

---

1 《管理收復區報紙、通訊社、雜誌、電影、廣播事業暫行辦法》（民國 34 年國民黨中常會通過）（頒布年月不詳），劉哲民編：《近現代出版新聞法規彙編》，學林出版社，1992 年版，第 508～510 頁。

2 行政院新聞局大事記，《行政院新聞局局史——四十年紀要》，臺灣行政院新聞局印行，1988 年 8 月，第 111 頁。

傳事務的副部長董顯光出任行政院新聞局首任局長。新聞局下設一、二、三處，這三處分別負責管理來訪、新聞發布；報紙、通訊社、雜誌登記、調查；管理編撰各種英文刊物、通譯外文電訊廣播、攝製新聞片及紀錄影片；研究國際問題、編譯國際對華輿論並編撰宣揚政績政令書刊；搜集保管與供應資料，輔導廣播、電影、戲劇等工作。這一行政機構的變化，表明南京政府對新聞事業的管理從「由黨務序列的國民黨中央宣傳部直接管理」，改為「由政府序列的行政院新聞局行使社會新聞業的管理權」（儘管新聞局的局長是由原國民黨中央宣傳部副部長轉換身份後出任的）。這樣一來，便形成了南京政府後期對社會新聞業實施行政管理的運作體系：（中華民國）總統（兼國民黨總裁，國民革命軍總司令）→行政院→新聞局→新聞局（業務處室）→（具體的）新聞媒體的「行政管理」運行體系。

（四）制定新的統制新聞輿論的法令法規

國共內戰全面爆發後，為了遏制反對內戰和反對迫害的新聞輿論浪潮，國民黨當局制定並頒行了一系列統制新聞輿論的法令法規，如 1947 年 7 月 4 日的《戡平共匪叛亂總動員令》；同年 7 月 19 日的《動員戡亂完成憲政實施綱要》；1948 年 5 月 10 日的《動員戡亂時期臨時條款》；以及 1947 年 5 月 19 日修正後公布施行的《戒嚴法》、1949 年 5 月 24 日公布實施的《懲治叛亂罪犯條例》和 1947 年 12 月 25 日公布實施的《戡亂時期危害國家緊急治罪條例》等。這些法令法規無不加大了對新聞宣傳違法犯罪行為的處罰。如修正後公布施行的《戒嚴法》中規定：在戒嚴地區停止集會結社，並可由負責戒嚴的軍事長官決定「取締言論、講學、新聞雜誌、圖畫、告白、標語暨其他出版物，認為與軍事有妨害者。」[1] 這些條例實際上是國民政府加強新聞統制、強化言論管控的一種表現，在此之後，新聞界又再次陷入了「極度不自由」的狀態中。

（五）政府有關部門發布行政規章，加強控制新聞出版業

如國防部新聞局 1947 年 8 月 25 日公布施行《陸海空軍聯勤各級部隊學校醫院暨特種獨立兵團隊新聞（訓導）機構工作督導系統劃分辦法》；1947 年 9 月 13 日國防部同時公布《國防部各級新聞（訓導）工作指導考核辦法》和《國防部各級新聞（訓導）單位工作聯繫辦法》；時隔不久，1947 年 9 月 23

---

1 中國第二歷史檔案館編：《中華民國史檔案資料彙編‧第五輯‧第三編‧文化》，江蘇古籍出版社，1996 年版，第 236 頁。

日國防部又迅速頒行《各級部隊新聞單位對所屬工作報告審核辦法》。1948 年 6 月，先是由國防部、內政部共同發布《軍事新聞採訪發布實施暫行辦法》，後行政院改爲《動員勘亂期間軍事新聞採訪發布辦法》並通令全國實施；1947 年 9 月 5 日，國民黨政府行政院臨時會議公布施行《新聞紙雜誌及書籍用紙節約辦法》及 1947 年《特種營業管製辦法》。其中《特種營業管製辦法》將書店業、印刷業與理髮業、洗澡業等歸入「特種行業」予以「管制」；而《新聞紙雜誌及書籍用紙節約辦法》則通過行政手段控制報紙、雜誌、圖書出版的紙張供求，進而控制全國新聞輿論。[1]

　　隨著 1949 年中國大陸政權的轉移，中華民國南京政府及國民黨中央所有關於新聞業的管理體制停止實施，代之以新中國的新聞管理體制。

二、共產黨新聞管理體制的完善與發展

　　自 1945 年 9 月開始至 1949 年 9 月底爲止的「國共決戰期間（1945～1949）」，國共兩黨新聞事業此消彼長，中國共產黨領導的新聞事業在全國範圍內取得主導地位。對新聞事業的管理活動較從前更加細緻、完善，並迅速確立了全國範圍內的人民新聞業管理體制。

（一）在新解放城市建立人民新聞事業管理體制

　　「接受、安置並妥善管理新解放城市中的新聞事業，通過實施特定的管理政策、在新解放城市建立人民新聞事業管理體制」是這一時期共產黨新聞管理體制建設工作中最核心的工作。共產黨在新解放城市建立人民新聞事業管理體制主要包括制度運行、傳播內容和人員安置等方面。

　　第一、建立人民新聞事業的體系和運作制度。1948 年 11 月 8 日，中共中央頒布《中共中央關於新解放城市中中外報刊通訊社處理辦法的決定》：「沒收」國民黨反動政府及其地方政府系統下的各類新聞事業，「保護」民主黨派和人民團體所創辦的，反對美帝國主義以及國民黨反動派的報紙刊物等；對那些私人經營和社會團體名義下的新聞事業則分別採取「調查後處理」「保護登記」及「登記後依靠自己力量繼續出版」，並規定那些在新解放城市中繼續開展新聞活動的新聞媒介，必須「一律向當地政府登記」或「聽候審查」後分別予以「停刊」「登記復刊」「有條件的登記復刊」；同時明確外國人在解放

1　《新聞紙雜誌及書籍用紙節約辦法》（民國 36 年 9 月 5 日行政院臨時會議通過），
　　劉哲民編：《近現代出版新聞法規彙編》，學林出版社，1992 年版，第 513 頁。

區的新聞活動應得到人民民主政府「許可」。[1]共產黨開始對新解放大中城市的國民黨、敵偽、外國和私人的新聞事業進行有序、嚴肅又慎重地接收，並進一步在新解放的城市中建立起由共產黨組織機關報為主導、民主黨派和人民團體所創辦的反對美帝國主義及國民黨反動派的報紙刊物等為主體、私人經營及社會團體名義下的新聞事業為補充的「人民新聞事業體系」。

此後，中共中央又對新解放城市中的新聞業接管、改造和管理等方面陸續作出補充性指示。如在《中共中央關於處理新解放城市報刊、通訊社中的幾個具體問題的指示》中規定「對民營報刊通訊社在軍事管制時期，也實行事後審查」；「黨與政府報刊通訊社的經濟來源，除銷售與廣告收入外，可注明由黨與政府補助」；「人民政府是各級民主政府的正式名稱，如華北人民政府等，民主政府是泛稱，在正式公布文件中用法應統一，在某些地方混用亦無妨」。[2]又在《中共中央對處理帝國主義通訊社電訊辦法的規定》中要求「各地所有私營報社及通訊社，一律不得擅自設立收報臺抄收各外國通訊社電訊」；「各地所有公私報紙、刊物，一律不得登載各帝國主義國家通訊社的電訊，一切國際新聞，均須根據新華總社廣播稿發表」；「各地新華分社或黨報報社，可以將新華總社廣播的新聞參考資料，或自行抄收的外國通訊社電訊，印成專頁，發給黨的高級幹部及其他在工作上必須閱讀的人員，並可發給與我黨合作的高級黨外人士及必須閱讀的工作人員，以作參考之用」；「對它們必須施以嚴格的管制，這是中國人民利益所完全必需的」等。[3]

第二，建立媒介傳播內容的管理制度。為了營造一個良好有序的新聞運行氛圍，保證新聞媒介在社會生活中發揮良好的引導作用，共產黨人十分注重對新聞媒介內容的積極引導，並嚴格禁止一些對人民群眾根本利益有害的內容傳播。1948 年，中共中央在《關於新解放城市中中外報刊通訊社處理辦法的決定》中明確規定對於登記許可出版的報紙、刊物與通訊社，民主政府對他們實行事後審查制度，但必須在事先對新聞媒介明確「不得有違反人民政府法令之行動；不得進行反對人民解放戰爭，反對土地改革，反對人民民

1　《中共中央關於新解放城市中中外報刊通訊社處理辦法的決定》，《中國共產黨新聞工作文件彙編》（上），新華出版社，1980 年版，第 192 頁。

2　《中央關於處理新解放城市報刊、通訊社中的幾個具體問題的指示》，《中國共產黨新聞工作文件彙編》（上），新華出版社，1980 年版，第 192 頁。

3　《中共中央對處理帝國主義通訊社電訊辦法的規定》，《中國共產黨新聞工作文件彙編》（上），新華出版社，1980 年版，第 265～266 頁。

主制度的宣傳；不得進行反對世界人民民主運動的宣傳；不得洩漏國家機密與軍事機密」。[1]《中央對北平市報紙、雜誌、通訊社登記暫行辦法》中也對新聞媒體的傳播內容做了明確的規定，要求「甲、不得有違反本會及人民政府法令的行動；乙、不得進行反對人民民主事業的宣傳；丙、不得洩漏國家機密與軍事機密；丁、不得進行捏造謠言與蓄意誹謗的宣傳」。[2]此外，還有一些文件譬如《關於未登記報紙施行新聞管制給華中局、華東局、西北局的指示》《對處理帝國主義通訊社電訊辦法的規定》中明確要求各新聞事業單位在傳播內容上不得違反人民政府法令、不得反對土地改革和民主運動、不得鼓吹第三次世界大戰，同時禁止新聞媒體在報導新聞過程中洩露各項國家秘密和軍事機密，不能造謠誹謗等。

　　第三，建立原有新聞媒介從業人員的管理制度，實現進步新聞人員在新聞隊伍中的主體和主導性。《中共中央關於新解放城市中中外報刊通訊社處理辦法的決定》中根據新聞媒體的具體情況，對其媒介從業人員的接收和改造進行了明確的規定。前文「對民國時期新聞報人的接收和改造」中提到，共產黨對已經登記、已被接收和停刊的新聞媒介、針對其不同人員的不同性質，分別採取不同方針、按表現情況處理：對於已經登記許可之舊有報紙、刊物、通訊社的新聞工作人員，除已指名撤換的反動分子外，一般採取爭取、團結與改造的方針；已被接收、沒收及停刊之報紙、刊物、通訊社中：反動者不用、其中特務分子應按一般特務分子處理；明顯的進步分子與確有學識的中間分子留用、一般地應先任用於次要工作和內勤工作，根據進步程度，逐步提升；一般的編輯與記者，其比較容易改造者、應經過短期教育後分別留用，然亦不應輕易使其擔任編輯與記者工作；其思想頑固、生活腐化不易改造者，應聽其或助其轉業；技術人員（例如出版、經理、廣播、電務等方面的技術人員），則按對待一般技術人員的方針辦理。

　　這樣建立起來的人民新聞事業隊伍實際上就是以中共黨員及進步分子為領導、「留用」的明顯進步分子與確有學識的中間分子為主體、「經過短期教育後分別留用」的人員為補充等三部分組成，而這樣的新聞隊伍毫無疑問是可以勝任人民新聞事業運行要求的。

1　《中共中央關於新解放城市中中外報刊通訊社處理辦法的決定》，《中國共產黨新聞工作文件彙編》（上），新華出版社，1980年版，第192頁。

2　《中央對北平市報紙、雜誌、通訊社登記暫行辦法的批示》，《中國共產黨新聞工作文件彙編》（上），新華出版社，1980年版，第192頁。

（二）完善請示報告制度，建立保密制度

1948 年 6 月 5 日，「為了嚴格統一黨的宣傳，在宣傳部門中消滅或多或少存在著的無政府狀態或無紀律狀態」，[1]中共中央發布《關於宣傳工作中請示與報告制度的決定》。在此決定中，中共中央對新聞事業作出以下幾點紀律規定：

首先是請示制度。宣傳部門需明確：重大事項在通過新聞媒介對外發表前，必須按照規定向有關上級（直至黨中央）「請示」；規定「各地黨報必須執行毛主席所指示的由各地黨的負責人看大樣制度，每天或每期黨報的大樣須交黨委負責人或黨委所指定的專人作一次負責的審查，然後付印」；「各地黨報的社論及編者對於新聞的政治性和政策性的按語與對於讀者政治性和政策性的問題的答覆，必須由黨委的一個或幾個負責人閱正批准後才能發表。凡該級黨委所不能負責答覆的問題，應請示上級黨委或新華總社，而不應輕率答覆」；「凡各級黨委及其負責人，對於帶有全國性或全黨性的問題的言論，凡其內容有不同於中央現行政策和指示者，均應事前將意見和理由報告中央批准，否則不得發表」；「凡各地新華社稿件交新華總社向全國廣播者，新華總社有斟酌情況予以必要的增刪或修改之權」；「凡各地用黨及黨的負責同志名義所出版的書籍雜誌，在出版前，應分別種類送交黨的有關部門審查。」[2]

其次是報告制度。明確規定各根據地黨委在規定時間內必須向黨中央詳細具體「報告」有關情況，以便黨中央及時瞭解和掌握各地實際情況；「各中央局、分局宣傳部，除每兩個月應向中央宣傳部作一次政策性的報告外，並應從本年七月份起，每半年作一次系統的情況報告。報告的主要內容包括：「黨的與非黨的報紙種類，發行數，編輯、記者、通訊員的數目等幾項，黨的與非黨的書籍、雜誌出版發行狀況，書店工作狀況與經濟狀況，黨的與非黨的學校數目與狀況、教員與學生的約數，廣播播送與收聽情況、如廣播電臺和收音機的數目分布與作用等，文藝活動情況與城鄉群眾中的宣傳情況，如戲劇·牆報、夜校等活動的動向，主要宣傳幹部姓名和情況。」[3]

---

1 《中共中央關於宣傳工作中請示與報告制度的決定》，《中國共產黨新聞工作文件彙編》（上），新華出版社，1980 年版，第 186 頁。

2 《中共中央關於宣傳工作中請示與報告制度的決定》，《中國共產黨新聞工作文件彙編》（上），新華出版社，1980 年版，第 186～187 頁。

3 《中共中央關於宣傳工作中請示與報告制度的決定》，《中國共產黨新聞工作文件彙編》（上），新華出版社，1980 年版，第 187 頁。

在執行黨中央制定的「請示與報告制度」過程中，中共中央西北局宣傳部爲貫徹中央規定，於 1948 年發布了《關於宣傳制度的具體規定》，明確「各分區黨報，每期稿件須經地委宣傳部長作負責的審閱，其中有關政治性和政策性的重要社論或稿件，須經地委書記或地委幾個負責同志的閱正，然後付印」；「各級黨政負責幹部向黨員或群眾作重要報告或發表帶政治性和政策性的文章時，須事先經過各該黨委的討論修正，求得統一宣傳，集體負責」；「各地委宣傳部每兩月應向西北局宣傳部作一次政策性的報告（中心要反映宣教工作中主要情況和問題），每半年作一次系統的情況報告（包括報紙、雜誌的發行數目，編輯、記者、通訊員數目）」等。[1]西北局宣傳處通過一系列具體措施的出臺，將中央關於「請示報告制度」的決議落到了實處。

再則是建立新聞報導的「保密制度」。新華社總社在審閱東北總分社的《介紹劉伯承工廠》《勞動旗幟甄榮典》等稿件時，認爲這類稿件「有的暴露了我們的軍事工業所在地，有的暴露了軍火供應的範圍及軍火取給的來路，有的暴露了某一戰略區對另一戰略區的械彈供應情況，有的暴露了工廠的大概規模和組織系統」[2]，存在保密意識不強的問題。爲此，新華總社於 1948 年 8 月 3 日向各地分社發出通報，要求各地分社在新聞報導中防止純新聞的觀點、注意實施保密制度。這則通報明確要求「凡是足以洩漏我們的秘密，或引起敵人的警覺，或便利敵人得出教訓與採取對策者，不論是屬於軍工建設，或屬於戰略意圖（如每次戰役），或屬於部隊的番號、組織與裝備（如某一單位配備那些武器多少等等），或屬於戰術創造、戰鬥教練（如攻城、破堡、越壕塹、平鹿寨等等），或屬於戰鬥技術的發明與現有水平的消息，均應在避免之列」。[3]

1948 年 8 月，新華總社再次就保密問題做出指示，將新聞報導的保密範圍從原先的「側重於軍事秘密」、拓展到「生產中的秘密」，規定「報導生產力的發展和提高，不要用具體的數目字說明（尤其是軍事工業），只報導比以前增加了百分之若干」；「地名、廠名不要具體寫上，只寫什麼業別，如紡織、鐵工、榨油等。同時在報導業別時，也不要過分詳細，如化學即概括一切，

1　《中共中央西北局宣傳部關於宣傳制度的規定》，《中國共產黨新聞工作文件彙編》（上），新華出版社，1980 年版，第 209 頁。

2　《新華總社關於保守軍事秘密問題的通報》，《中國共產黨新聞工作文件彙編》（上），新華出版社，1980 年版，第 241 頁。

3　《新華總社關於保守軍事秘密問題的通報》，《中國共產黨新聞工作文件彙編》（上），新華出版社，1980 年版，第 241 頁。

不必具體指出熬硝、製磺等」。[1]爲了強化各級領導和一般幹部戰士對「政情軍情」的保密意識，1949年2月10日中共中央專門下發《關於嚴防帝國主義分子反動新聞記者測探政情軍情的指示》，明確規定「凡屬黨員及戰士未奉命令，未獲上級批准，一律不得和帝國主義分子及反動新聞記者接近和交談」。[2]從上述文件中，我們可以清晰地看到：共產黨的新聞保密制度經歷了從建立到不斷完善的過程，也就是從軍事機密逐步拓展到生產秘密；從側重於高中級幹部逐步向一般的黨員幹部和戰士延伸，逐步實現全面保密和全員保密的覆蓋，以在錯綜複雜的革命鬥爭形勢中最大限度地維護和保護人民利益。

　　保密制度的建立，有助於在新聞工作中規避涉及國家機密、特別是軍事機密的重要信息；有利於配合整個革命戰鬥的大語境。在國共決戰、國內外形勢異常複雜的社會情境中，保密制度的建立與實施具有極重要的現實意義。

（三）建立新聞報導工作的基本規範

　　爲了提高新聞報導工作的質量和水平，適應迅速發展的革命形勢對新聞宣傳工作的新要求，民國南京政府後期，中國共產黨開始進入「建立新聞出版活動（成品）基本規範」的階段。爲此，中共中央、中共中央宣傳部以及新華社等新聞宣傳職能機構先後發布有關文件，對新聞內容進行科學管理，強化新聞宣傳內容的正確性、準確性，使新聞報導始終能夠圍繞黨的中心工作和路線方針展開。這一階段對新聞報導工作基本規範的建設主要包括以下幾個方面：

　　第一，關於新聞宣傳內容的規範，明確要求新聞宣傳要完整理解和執行黨的路線方針及政策，而不能「片面」地或「孤立」地宣傳某一方面。中共中央在1948年2月11日下發的《關於糾正土改宣傳中左傾錯誤的指示》中明確要求，在土改宣傳中不能「孤立地宣傳貧雇農路線」，而是應當宣傳「依靠貧雇農、鞏固地聯合中農、有步驟地分別地消滅封建制度的路線」；在土改問題上要「既反對觀望不前，又反對急性病的宣傳」；在工商業及工人運動方針上則存在著「嚴重的左傾冒險主義」錯位，必須改變。[3]此後，中共中央宣傳

1　《新華總社關於嚴守軍事與生產秘密防止單純新聞觀點的指示》，《中國共產黨新聞工作文件彙編》（上），新華出版社，1980年版，第251頁。

2　《中共中央關於嚴防帝國主義分子反動新聞記者測探政情軍情的指示》，《中國共產黨新聞工作文件彙編》（上），新華出版社，1980年版，第251頁。

3　《中共中央關於糾正土改宣傳中左傾錯誤的指示》，《中國共產黨新聞工作文件彙編》（上），新華出版社，1980年版，第182～183頁。

部下發的《中宣部對〈人民日報〉發表〈全區人民團結鬥爭，戰勝各種災害〉新聞錯誤的指示》《中宣部、新華總社關於不可輕易宣傳敵軍起義及利用被俘匪官進行宣傳的指示》；新華社發布的《對洛陽戰役報導的意見》和《關於被俘投誠敵軍軍官報導指示兩則》。1949年中宣部發布《關於限期報告對宣傳工作中右傾偏向的指示》、中共中央華北局宣傳部發布了《關於宣傳朱占魁標語口號的錯誤》、新華總社發布了《關於淮海戰役報導中幾個重要缺點的指示》《新華總社指出在爭取新聞的時間性中必須防止的偏向》等文件，都對宣傳報導中存在的偏差明確指出問題、提出批評。這些文件提出了新聞內容「正確性」的基本規範，由於這些文件是同時下發到有關單位和媒介、所以對全國各根據地新聞宣傳報導都具有直接的指導意義。

　　第二，對新聞工作的導向問題提出規範性要求。黨中央明確要求新聞報導必須配合黨的路線和戰鬥環境，如新華社1948年發布的《關於改進軍事報導與加強對敵鬥爭的指示》提出：「對每一戰役勝利的意義，有扼要的詳述」；「對被殲敵軍和被俘軍官的歷史特定與被攻克和解放的城市，地區的軍事政治經濟重要性，有簡要介紹」[1]等要求。再如《新華總社關於必須大大加強對工人、工廠和工業的報導》《中宣部、新華總社關於平津新聞工作指示》《中共中央財經部、新華總社關於報導經濟新聞辦法問題給天津分社的指示》《中宣部、新華總社轉發第三野戰軍新華總分社關於新解放城市中報導問題的指示》《中宣部關於城市報紙應注意的問題給中原局宣傳部的指示》及《新華總社關於改進新聞報導的指示》等文件，都從議題設置、宣傳導向、內容重點和具體報導方法等方面對新聞報導做出了規範性要求。

　　第三，在新聞用語方面確立使用規範，突出「準確性」的要求。1948年發布的《新華總社經中央批准關於新聞用語的指示》中，詳細規定了常用方言、專門術語、簡稱、地方性的度量衡、不為全國所熟知的行政劃分等具體用於在新聞報導中的使用辦法，[2]明確提出「我們一切發表的文字，必須以最大多數的讀者能夠完全明瞭為原則」「無論我們編輯、我們的造句文法或我們的選詞用字，都必須使人人能懂」。[3]同年，新華總社明確要求各根據地有關部

1　《新華總社關於改進軍事報導與加強敵對鬥爭的指示》，《中國共產黨新聞工作文件彙編》（上），新華出版社，1980年版，第253～254頁。

2　《新華總社經中央批准關於新聞用語的指示》，《中國共產黨新聞工作文件彙編》（上），新華出版社，1980年版，第256～257頁。

3　《新華總社經中央批准關於新聞用語的指示》，《中國共產黨新聞工作文件彙編》（上），新華出版社，1980年版，第258頁。

門和新聞媒介在使用統計數字時要學習列寧的精細作風、要能夠通過數字「來準確地說明問題」[1]；1949 年發布的《新華總社轉發中原總分社關於新聞寫作的指示》，則對新聞報導的目的進行了規範。

（四）這一階段共產黨新聞管理體制的主要特徵

縱觀這一階段共產黨領導不斷建立和完善的新聞管理體制，可以看到「黨性」原則是一以貫之、不可動搖的思想紅線，是統攝整個新聞管理活動的精神綱領；「全黨辦報」和「群眾辦報」是「黨性」原則的實踐化路線；「組織性」與「宣傳性」是紅色新聞管理的內在特徵、也是中國共產黨新聞管理體制能夠發揮強而有效的實踐效果的顯在保障；「徹底性」與「多元性」則是紅色新聞管理的外在特徵、也是中共新聞管理活動能夠發揮一以貫之並深入到新聞活動各個面向的重要支撐。

1. 以「黨性」為根本的「全黨辦報，群眾辦報」思想

「黨性」是根本，無論是在報紙媒體還是廣播媒體上；無論是在採訪寫作還是發表言論上；無論是文字工作還是發行工作，無論是機構設置還是人才培養，紅色新聞事業的各項管理舉措無不堅守「黨性」原則，堅守「全黨辦報，群眾辦報」的實踐路線。

自「一大」決議開始，「黨性」原則便是共產黨管理新聞事業的精神內核，是紅色新聞事業管理體制中始終是不可動搖的基礎。在共產黨新聞宣傳實踐中，「黨性」與「人民性」是有機結合在一起，紅色新聞業不僅要為黨說話，更要為人民說話。「我們的報紙是中國共產黨的黨報，是人民大眾的報紙，這是我們報紙的第一個特點」[2]堅守「黨性」，堅持為黨和人民說話，這是紅色新聞事業管理的精神內核，不可動搖。「黨性」原則在新聞管理實踐中，首先體現為「全黨辦報」思想。《解放日報》提出的「全黨辦報」思想，在黨的新聞事業史上有極其重要的作用。正是通過「全黨辦報」，「報紙的脈搏就能與黨的脈搏呼吸相關了，報紙就起到了集體宣傳與集體組織者的作用」[3]。

1　《新華總社在使用統計數字時要學習列寧的精細作風的指示》，《中國共產黨新聞工作文件彙編》（上），新華出版社，1980 年版，第 262 頁。
2　《本報創刊一千期》，載張之華主編：《中國新聞事業史文選》，中國人民大學出版社，1998 年版，第 273 頁。
3　《本報創刊一千期》，載張之華主編：《中國新聞事業史文選》，中國人民大學出版社，1998 年版，第 274 頁。

黨的報紙同時也是人民的報紙、黨的利益與人民的利益緊密聯繫。為此，堅守「黨性」也是要堅守報紙的「人民性」，而「群眾辦報」正是共產黨將「黨性原則」與「密切聯繫群眾結合」在一起的重要表現。正如陸定一所說：「我們辦黨報的人，千萬要有群眾觀點、不要有「報閥」觀點。群眾的力量是最偉大的，這對於辦報毫無例外。不錯，他們是沒有技術的，但技術是可以提高的，這需要長期的不倦的教育。我們既然辦報，我們不盡這個責任、倒叫誰來盡這個責任呢？我們在這方面還有很多事情要做，而且還需要創造許多新的辦法出來。」[1]

2. 以「組織性」與「宣傳性」為特徵的新聞管理體制

「黨報不僅是集體的宣傳者與鼓動者，還是集體的組織者。」共產黨領導的人民新聞事業管理體制的兩大內在特徵是「組織性」和「宣傳性」，前者指向結構層面、後者指向了功能層面。

所謂「組織性」，不僅指新聞工作的開展要與黨組織的工作要求密切配合，也指新聞事業本身就是一個有組織、有紀律、有原則的事業。《黨與黨報》一文曾對「組織性」問題進行闡釋：「集體宣傳者、集體組織者，決不是指報館同仁那樣的『集體』，而是指整個黨的組織而言的集體。黨經過報紙來宣傳，經過報紙來組織廣大人民進行各種活動。報紙是黨的喉舌，是一個巨大集體的喉舌。在黨報工作的同志，只是整個黨的組織的一部分，一切要依照黨的意志辦事，一言一行、都要顧到黨的影響。」[2]正是「組織性」的意義，使共產黨領導的人民新聞媒介與「同人報」有了明確的區分。前者的「集體」是指中國共產黨「這一個巨大集體的喉舌」，後者則只是「報館幾個工作人員的報紙」。而要貫徹黨的報紙的「組織性」，就要拋棄那種無組織的「同人」觀念。因為「同人報」強調的是「一切按照報館同人或工作人員個人辦事，不必顧及黨的意志；一切依照自己的高興不高興辦事，不必顧及黨的影響。辦報辦到這樣，那就一定黨性不強，一定鬧獨立性、出亂子，對於黨的事業，不但無益、而且有害」。[3]黨的新聞事業是有組織的新聞事業，人民新聞事業的

1　陸定一：《我們對於新聞學的基本觀點》，載張之華主編：《中國新聞事業史文選》，中國人民大學出版社，1998年版，第265頁。

2　《黨與黨報》，載張之華主編：《中國新聞事業史文選》，中國人民大學出版社，1998年版，第258頁。

3　《黨與黨報》，載張之華主編：《中國新聞事業史文選》，中國人民大學出版社，1998年版，第258頁。

管理體制是黨組織領導下的新聞管理體制，「無組織」「鬧獨立」的做法在黨的新聞管理中不會有市場。

所謂「宣傳性」，是指黨的新聞事業具有堅定的無產階級革命立場。新聞工作要為「無產階級立場」服務，替黨和人民做宣傳。管理人民新聞事業就是要將黨報真正塑造成黨和人民的喉舌、真正為黨和人民的利益做宣傳。黨和人民的報紙「應該首先是中國人民與反動派進行全國範圍宣傳鬥爭的武器，是幫助全國人民每天瞭解世界動態、國內動態、解放區動態的最重要的武器」。[1]在「宣傳性」方面，黨既明確要求黨報具有宣傳（導向）功能，也要求新聞工作者應理直氣壯而無需遮遮掩掩、吞吞吐吐。「宣傳性」要解決的是「能不能正確的宣傳」而非「要不要宣傳」的問題。「正確的宣傳」要站在黨和人民即無產階級的立場上，這一點不可動搖，新聞媒介要正確看待各項社會事件，正確理解黨的路線、方針與政策，不能想當然信口胡說，更不能片面地看待問題；要全面、客觀站在唯物主義立場上看待新聞，既不隱藏事實、逃避問題，也不能無立場、無原則地「客觀主義」。

3. 以「徹底性」與「多元性」為外在特徵

「徹底性」指的是在人民新聞事業的管理中，新聞工作的方方面面都應該無條件地體現「黨和人民的新聞事業」這一本質；「多元性」指的是黨的新聞管理體制隨著時代大潮不斷前行、靈活應對，積極調動各類新聞管理舉措。因此，徹底與多元不但提出管理的深入，更強調管理的靈活。

「徹底性」要求：對黨的事業和人民利益有高度責任心。「報館的同人應該知道，自己是掌握黨的新聞政策的人，自己在黨報上寫的每一句話、每一個字，選的消息和標的題目，直到排字和校對，都對全黨負了責任。如果自己的工作發生了疏忽或錯誤，那並不是僅僅有關一個人或幾個人的問題，而是有關整個黨的工作和影響的問題。」[2]在新聞工作的各類問題中，共產黨人要能夠及時發現新聞宣傳中存在的問題，並通過自身的努力糾正問題、使之回到正確的軌道上。因此，新聞管理中的「徹底性」不僅體現在路線、方針、政策等宏觀層面中，也體現在對報刊內容、媒體形式、出版發行乃至新聞用語等微觀層面的管理上。1942 年《解放日報》改版後，逐漸將舊有的「不完

1　《檢討與勉勵》，重慶新華日報編輯部，載重慶《新華日報》，1947 年 1 月 11 日。
2　《黨與黨報》，載張之華主編：《中國新聞事業史文選》，中國人民大學出版社，1998 年版，第 258 頁。

全黨報」形塑爲「完全黨報」，報紙的版面設計、新聞報導、文藝作品、各項言論都緊緊圍繞黨的工作開展，並且牢牢站在黨和人民的立場上看待問題。正是因爲具有「徹底性」，黨的新聞事業才能夠始終堅定立場、眞正貫徹新聞事業的「黨性」原則。

　　「多元性」則更多地體現在新聞管理方式的靈活與路徑的多元上。新聞事業的管理不是「教條主義」的工作，它必須結合具體社會語境，結合新聞工作具體特徵而有區別地對待。只知道高喊「黨性」原則的新聞工作者依然不足以做好黨的新聞工作，因此人民新聞事業的管理就是要在各類現實問題面前採用多元靈活方式以解決現實問題。此外，「多元性」還表現在新聞事業的靈活開展上。共產黨的人民新聞事業不能只盯在報刊、雜誌、廣播上，還需要積極調動各種宣傳方式和宣傳手段如牆報、黑板報。「黑板報」是靈活有效的新聞宣傳方式，它不僅充分體現了黨在新聞宣傳中的「群眾路線」，更使黨在現實語境中找到了「密切結合群眾、積極引導群眾」的有效方式，因此在中國新紅色聞事業中佔有重要的一席之地。

　　人民新聞事業的管理體制改變，對於中國共產黨的新聞事業乃至對於黨和人民各項事業的順利開展都貢獻了一份力量。囿於時代的或管理工作者認識程度之侷限，其缺憾與不足固然存在，因此我們既不可也不必否認。至於人民新聞事業應如何揚長避短，調整新聞管理的具體方式，使得新聞事業朝著新的方向努力，在 1949 年之後有了進一步的改進和發展。

第二節　民國南京政府後期的新聞業經營

　　解放戰爭時期，隨著國民黨政治上的腐敗和軍事上的節節潰敗，處於發展巔峰的國民黨黨營新聞事業也迅即走向衰落；與此同時，中國共產黨的新聞事業則從農村轉向城市，迎來新的發展時機；而戰後民營報業報團的出現、股份制經營的逐步深入，使報業在現代企業管理制度方面卓有成效。但在國民黨新聞統制政策和幣制改革的重壓下，民營新聞業仍然日益呈現出衰敗的頹勢。[1]

1　戰後國民黨對紙張進口實行限額，由國家統籌分配，民營報紙立場只要與當局不合，在配額上就會給予處分。受此影響，民營報紙不得不再三縮減版面，但仍入不敷出。1948 年 10 月幣制改革宣告失敗後，原料價格飛漲，民營報業受限價影響仍無法適時調整售價，大多不堪重負。參見曾虛白：《中國新聞史》（下冊），臺灣政治大學新聞研究所 1966 年版，第 455～501 頁。

一、國共對決時期的新聞業經營

民國南京政府後期，國民黨黨報實施企業化的經營管理體制是中國新聞事業史上具有標誌性意義的大事，但國民黨報團組織的出現也是戰後國民黨黨營新聞事業發展的一個重要現象。與此同時，中國共產黨新聞事業則進入了調整、擴展階段，在辦報思想、經營管理等方面頗有建樹。民營新聞業的股份制經營逐步深入，不乏可圈可點之處。

（一）國民黨報團組織的出現

抗戰勝利後，國民黨中央宣傳部直轄黨報、國民黨系統的團報、軍報快速恢復並得到了發展。其中，較早恢復的有上海《中央日報》、南京《中央日報》、北平《華北日報》等。除此之外，在各級軍政機關的大力扶植下，國民黨各級各類黨報利用收復區敵偽報業的設備資財，也實現了迅速發展。「如果說，從抗戰結束到 1946 年底是中國報業的『復興時期』，那麼從 1947 年起中國報業則進入了所謂『擴充時期』。」[1] 在「復興時期」，國統區登記出版的報紙只有 984 家，發行量在 200 萬份左右，不及戰前水平；但到了 1947 年 8 月，登記出版的報紙總數增加到 1781 家，其中主要是各級各類國民黨黨報。

戰後國民黨黨報體系主要包括四個系統：一是以南京《中央日報》及其各地分版為核心的中央直轄黨報系統，共 23 家，總發行量在 45 萬份左右，占全國報紙總發行量的 20%；二是以《和平日報》為首的軍隊黨報系統；三是地方黨報系統；四是以國民黨黨員個人名義主持的「民間黨報」系統，戰後約有 20 家，總發行量在 50 萬份以上，其社會影響力遠勝於一般中央直轄黨報。其中以《中央日報》為首的國民黨直轄黨報實施企業化改革，面向市場自負盈虧，報社以獨立的經營主體參與報業競爭，從而改變了之前「報館像衙門，辦報像作官」的機關作風，在黨報經營模式上前進了一大步。南京中央日報社股份有限公司成立後，國民黨各大型黨報都紛紛組建了報業股份有限公司，在此基礎上形成了一個個報業集團。其中，中央日報報業集團和和平日報報業集團的規模最大。中央日報報業集團擁有 12 家報紙，以《中央日報》分版的名義在南京、上海、重慶、貴陽、昆明、桂林、長沙、福州、廈門、海口、瀋陽、長春等 12 個城市同時出版。軍報《和平日報》也發展成

1　蔡銘澤：《中國國民黨黨報歷史研究》，團結出版社，1998 年版，第 267～268 頁。

爲一個擁有南京、上海、漢口、重慶、蘭州、廣州、瀋陽、臺灣和海口等 9 個分版的全國性大型報業集團。《武漢日報》《中山日報》《東南日報》等也發展成小型的報團組織，在一些城市也出了分版。

值得注意的是，實施了企業化經營管理體制的國民黨黨報並沒有從根本上改變黨報的依附性，因而不可能改變與黨一榮俱榮、一損俱損的命運。自 1947 年下半年開始，軍事上的節節敗退和日益嚴重的經濟危機使得國民黨黨報體系很快走向瓦解。1948 年，大約有 70 家黨報停刊。1949 年春隨著國民黨軍事上的大潰敗，國民黨黨報尤其是中央直轄黨報紛紛停刊。至此，戰後國民黨報團組織的出現及其企業化經營的努力終成曇花幻景。

（二）共產黨新聞事業的收縮與發展

抗戰勝利後，除《新華日報》繼續在重慶合法出版外，中共在「收復區」也創辦了一批報刊，影響較大的有《聯合日報》《建國日報》《文萃》週刊等。原有報刊力量得到進一步加強，《晉察冀日報》遷張家口出版，並成爲晉察冀解放區的第一張城市大報；晉綏解放區的《抗戰日報》改爲《晉綏日報》，擴大了發行地區。1946 年 5 月 15 日中共晉察魯豫邊區中央局機關報《人民日報》在邯鄲市創刊。這時期隨著一些城市和工礦區的被解放，城市報刊和工礦報刊也應運而生，成爲戰後解放區報業發展的最令人矚目的新現象之一。[1]

1946 年 6 月全面內戰開始後，人民解放軍以消滅敵軍有生力量爲主要目標，決定主動放棄一些地方，解放區人民新聞事業遂由發展轉爲收縮。在解放區，延安《解放日報》和新華社是中共新聞事業的神經中樞，肩負著「黨和人民喉舌」的功能。1946 年由於國內政治形勢的變化，黨的工作重心的調整，《解放日報》的廣告進入了全面萎縮階段，第四版廣告常常只有一兩欄的篇幅，有時甚至數天不登廣告。1946 年 6 月，國民黨悍然向解放區發動進攻。自 1946 年 11 月起，《解放日報》開始疏散工作。在中央撤離延安後，該報仍堅持在史家畔一帶出版了短暫時間，最終因軍情緊急環境惡化，於 1947 年 3 月 27 日終刊。

1947 年下半年，人民解放戰爭由戰略防禦階段轉入戰略進攻階段後，解放區人民新聞事業也由收縮階段轉入再發展階段。隨著一些城市相繼解放，

---

[1] 黃瑚：《中國新聞事業發展史》，復旦大學出版社，2006 年版，第 263 頁。

解放區新聞事業獲得更大的發展，其中心逐漸從農村轉移到城市。1948 年 6 月 15 日，中共中央華北局機關報《人民日報》在平山創刊，由原《晉察冀日報》和晉冀魯豫《人民日報》合併改組而成。

（三）民營新聞事業的擴張與萎縮

抗戰勝利伊始，民營新聞事業一度呈現出繁榮、活躍之勢。但不久隨著國民黨新聞統制的日益嚴酷，民營新聞事業的發展很快陷入沈寂並日益萎縮。

戰後初期，原有的民營報刊很快得到恢復，並有了較大的發展。發展較好的有《大公報》《新民報》《益世報》《文匯報》《華商報》和《世界日報》等。《大公報》在戰前出有天津版和上海版，抗戰期間先後遷漢口、重慶出版，並一度出版香港版和桂林版。戰後，該報除了繼續在重慶、香港出版外，還恢復了戰前的上海版和天津版，並且設立臺灣辦事處負責對上海版航空印行。至 1948 年，《大公報》發展成為一個擁有五個地方版的報業集團。《新民報》戰前僅在南京一地出版，抗戰期間在重慶、成都兩地同時出版，戰後也發展成為一個擁有南京、上海、北平、重慶、成都 5 個分社和 8 種日、晚刊的報業集團，報刊總銷數達到約 12 萬份。「世界」報系、《益世報》等在戰後初期也得到一定的發展。民營廣播電臺也一度重現繁榮。以上海為例，抗戰期間上海民營廣播電臺遭到日偽的大肆摧殘，戰後陸續恢復，至 1946 年初發展到 43 座。

隨著國民黨統治集團在軍事上的節節敗退，國民黨日益強化了在國統區的新聞統制政策，對民營新聞事業的迫害也日益嚴酷。置身白色恐怖下，國統區進步報刊以及一切不利於國民黨統治的民營新聞事業遭到國民黨當局的大肆迫害與摧殘。至 1946 年 6 月，上海 54 家民營電臺被封閉，僅剩 22 家民營電臺繼續播音，其中絕大多數電臺必須同其他電臺合用一個頻率。期間，對鼓吹「第三條道路」[1]的報刊的鎮壓，使國統區民營新聞事業失去了最後一塊爭取民主、自由的陣地。繼查封了《文匯報》《新民報》後，1948 年 12 月，國民黨當局又查封了鼓吹「第三條道路」的《觀察》週刊。

---

1 所謂「第三條道路」，就是既反對國民黨的獨裁統治，又反對共產黨的人民政權，試圖在中國實現英美式的資產階級專政，式一條代表資產階級和上層小資產階級利益的道路。以《觀察》週刊為代表的鼓吹「第三條道路」的報刊的出現，是國共兩黨對決時期國統區新聞界出現的一個重要現象。

二、政黨報業經營改革

　　戰後國民黨報團組織得到進一步擴張，並實施了企業化改革，取得了比較顯著的成效。但隨著國民黨大陸統治末日的來臨，剛剛走向巔峰的國民黨黨營報刊迅即走向無可挽回的衰敗命運。與此同時，作爲無產階級黨報理論的經典成果，「全黨辦報」理論得到進一步完善。

（一）《中央日報》企業化經營管理體制的確立與實施

　　1947 年 5 月，《中央日報》改組爲股份有限公司。1949 年該公司遷往臺灣，3 月 12 日在臺北續刊。馬星野時期的《中央日報》建立起企業化經營管理制度，一度重煥生機。但隨著國民黨政權的腐化沒落，作爲中央黨報的《中央日報》的革新氣象也漸漸蕩然無存。

1. 企業化經營管理體制的確立及其意義

　　戰後國民黨黨報經濟實力得到快速增長，國民黨中央通過報業股份有限公司的形式，既可以合法有效地佔有和使用所接收的敵產和民產從而「平息民怨」，又能鞏固業已取得的政治、經濟地位。[1]另外，爲了減少黨部經費的負擔，同時通過改變靠黨養報的現狀來改善黨報形象，黨報企業化經營的構想應運而生。1947 年初國民黨實行黨報企業化，各地《中央日報》先後成立董監事會。南京《中央日報》是國民黨黨報實施企業化經營管理過程中規模最大、組織最完備者。1947 年 5 月 30 日，南京中央日報社股份有限公司正式宣告成立，馬星野任社長兼發行人，黎世芬爲總經理。《中央日報》股份制企業化經營管理體制的確立，具有積極的理論意義。「如果說，1932 年春天《中央日報》實施社長負責制在經營管理體制上向企業化民營報業邁進了一步，那麼，1947 年國民黨黨報實施企業化經營管理則在經營管理體制上向企業化民營報業邁出了關鍵性的一大步。」[2]這使得報社在組織形式上基本趨同於民營企業化報紙，實現了財產所有權和經營權的分離。

1　蔡銘澤：《中國國民黨黨報歷史研究（1927～1949）》，團結出版社，1998 年版，第 286～287 頁。

2　蔡銘澤：《中國國民黨黨報歷史研究（1927～1949）》，團結出版社，1998 年版，第 288 頁。

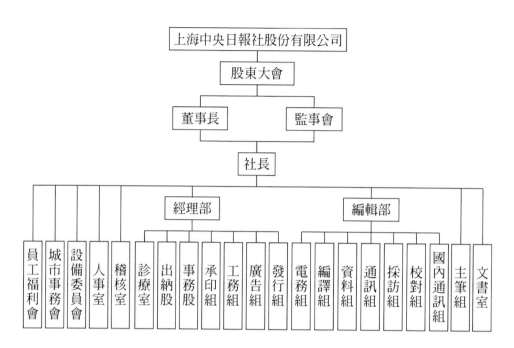

上海中央日報社企業經營組成系統表（1947 年 5 月制定）[1]

　　首先，改組後《中央日報》雖然仍然是國民黨的政治宣傳工具，但已被視爲「以經濟自給自足爲最高營業方針」[2]的企業了。其次，該報的組織結構更趨於合理。不僅條理清晰，各負其責；還便於相互溝通，相互監督。報社最高權力機構爲股東大會選舉產生之董事會，董事會下設社長，社長之下設主筆室、編輯部、經理部、會計室、稽核室、人事室、設備委員會、社會事務委員會、員工福利委員會，並設主任秘書協助社長工作。組織機構的優化帶來的是精幹的隊伍，能更有效地面對激烈的報業競爭。經過全社員工的努力，該報由 1947 年 4 月每日發行 34000 份，增加到 1947 年 12 月每日發行 51700份，其發行量位居上海申、新、大公之後，且與第 3 位相差無幾，超過第 5位的一倍以上。[3]再者，實行股份制企業化經營後，《中央日報》由原先單純依靠黨和政府撥款轉而由黨和政府以法人名義投資入股和公開吸收社會閒散資本，資金來源有所擴大，經濟實力大大增強。比如上海《中央日報》試行企

1　《上海中央日報社業務報告及檢討事項（1947 年）》，第 58 頁。轉引自蔡銘澤：《中國國民黨黨報歷史研究（1927～1949）》，團結出版社，1998 年版，第 290 頁。
2　黎世芬：《我們的營業作風》，南京《中央日報》，1946 年 9 月 10 日。
3　《上海中央日報社業務報告及檢討事項（1947 年）》，第 55 頁，上海市檔案館檔案，全宗號 006，卷號 22。

業化經營管理前，1946 年 1 月資本總額僅 7 億元；1947 年 5 月正式成立股份公司後，其資本總額迅速增加到 16.8 億元。[1]

當然，這種體制也存在不健全、不合理的地方。比如，股票形式和股額比例分配採用的是記名股票，並且股票不能自由買賣或轉讓。還有，國民黨中央明確規定「黨股」必須占到 75%以上，因而這種公司實質上帶有極大的壟斷性。此外，總體來說，戰後黨報的企業化經營是一種自上而下的人為改制，宣示意味大於改制實質。[2]

2. 企業化經營管理體制的實施及其成效。

實施企業化經營管理後，《中央日報》規模有所擴大，業務有所發展，面貌也有所改觀。

首先，基礎設施進一步得到完善。1946 年先後投入資金建築職工宿舍、職員眷屬宿舍和能容納 200 噸捲筒紙的倉庫一座，又投資法幣興建一幢鋼筋水泥三層大廈和一所四層大廈印刷廠。[3]基礎設施的擴建、完善和印刷技術設備的更新，為該報業務的全面拓展奠定了堅實的基礎。

其次，在廣告、發行業務方面繼續依託黨政軍實力「力求自給自足以報養報，發行改革過去機關報作風，而置重心於發行廣告方面之爭取」[4]，同時著手建立全國性發行網絡。該報的銷數也隨之直線上升，由 1946 年 1 月的 35000 份增加到 1948 年 8 月的 150000 份（此數據存疑）[5]。在廣告方面，《中央日報》主動調整廣告價格，除了增加廣告版面外，還提高了同樣版面的廣告價格。因此，廣告營業額大幅度增加：1946 年 1 月廣告所佔篇幅為 1 版半，到同年 12 月即增加到 3 版半；廣告收入則由 14096892 元上升到 218469920 元，到 1948 年 9 月「廣告營業在本市得以獨佔」[6]。

1　《上海中央日報社業務報告及檢討事項（1947 年）》，第 55 頁，上海市檔案館檔案，全宗號 006，卷號 22。
2　向芬：《國民黨新聞傳播制度研究》，中國社會科學出版社，2012 年版，第 72 頁。
3　黎世芬：《邁步走上第四年程——告關心本報的讀者》，《中央日報》（南京）1948 年 9 月 10 日，第 7 版。
4　《南京中央日報社股份有限公司業務報告書（1948 年）》，第 10，7 頁，南京中國第二歷史檔案館檔案，全宗號 656（4），卷號 5613。
5　《本報三十五年度工作報告書》，第 32 頁及《報學雜誌》創刊號廣告。轉引自蔡銘澤：《中國國民黨黨報歷史研究（1927～1949）》，團結出版社，1998 年版，第 295 頁。
6　《南京中央日報社股份有限公司業務報告書（1948 年）》，第 10、7 頁，南京中國第二歷史檔案館檔案，全宗號 656（4），卷號 5613。

第三，在新聞業務方面，一方面《中央日報》擴大報導範圍、充實報紙版面、實行「報紙雜誌化」的方針，相繼開設了《中央副刊》《地圖週刊》《婦女週刊》《兒童週刊》等專刊，以滿足不同層次讀者的閱讀需求，另一方面密切關注物價、房荒等民生問題，猛烈抨擊貪污腐化等不良現象，直面甚至迎合民眾革新政治的強烈訴求，以弱化之前相對僵化的意識形態宣傳色彩。

南京《中央日報》公司制改革前後的營業情況（單位：百萬元）[1]

時　間	發　行	廣　告	印　刷	副　業	總收入	總支出	收　益
1945 年 9～12 月	6.40	8.79	24.07		39.26	61.46	－22.2
1946 年 1～6 月	271.47	298.17	13.70	0.80	584.14	476.31	107.79
1946 年 7～12 月	820.69	1157.97	25.00	51.66	2055.32	1970.25	85.07
1947 年 1～4 月	1184.93	993.33	22.37	123.70	2324.33	1852.90	471.43

從賬面來看，轉變為股份制的南京《中央日報》營業收入大增。該報甚至宣稱，若按報紙的生存依賴於其營業收入來定義民營報的話，「本報是百分之百的民營報」，「一點沒有『官報』或是『機關報』的作風，更沒有所謂黨報之依賴性」[2]。實際上，自該報開始企業化改革後，國民黨中央便在經濟、政策上給予了一系列的支持。可以說，《中央日報》通過企業化改革成立了股份公司並取得了經濟獨立，但這些成績的獲得離不開國民黨政策的扶持。換句話說，在國民黨黨報企業化運營的背後，確實存在著無關乎企業與市場的黨政干預。

（二）延安《解放日報》的內部運營

抗戰勝利後，延安《解放日報》在組織機構上進行了大改組，報業經營環境和狀況得到進一步完善。

初創時期，解放日報社的機構設置十分簡單，人員不固定。報社分編輯部和經理部兩個大部，編輯部內實行各版主編制，又設採訪通訊科、材料室（後稱資料室）、校對科和編輯部辦公室，經理部內設總務科、會計科、發行科和廣告科。直接領導報社的是中央黨報委員會，主持社務工作的是編委會。

---

1 數據來源於日本中央大學人文科學研究所編：《民國後期中國國民黨政權の研究》，第 178 頁。1945 年印刷與副業為合併統計數字。轉引自江沛、馬瑞潔：《戰後國民黨黨媒企業化變革述論（1945～1949）》，《安徽史學》2014 年版。

2 黎世芬：《邁步走上第四年程——告關心本報的讀者》，《中央日報》（南京）1948年 9 月 10 日，第 7 版。

　　當時黨中央機關報、通訊社和廣播構成黨的新聞事業即「三位一體」，其中以黨報為主。從報紙創刊之日起到解放戰爭全面爆發以前，報、社兩家領導合一，業務各自獨立又相互聯繫，統一由以博古為首的編委會領導。當時《解放日報》刊登的國內外重要新聞，都是由新華社供給的，當時新華社每天能發三、四千字的中文稿[1]。

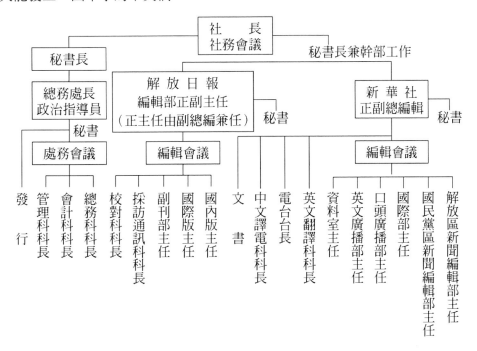

新華社、解放日報社組織系統圖[2]

　　抗戰勝利後，為了適應新形勢，貫徹黨中央「全黨辦社」的方針，1946年初夏，解放日報、新華社進行了機構大改組。黨中央批准的《新華社、解放日報暫行管理規則》規定，在中央之機關通訊社與機關報、兩社隸屬問題、在內部組織機構上均有所規定。此外，該規定還指出，黨務、行政和電務三者統一管理，下設黨務、行政和電務三個辦公室，由秘書長統一領導。[3]這次機構大改組經歷了整整一個月的時間，完成了中央關於「全黨辦通訊社」的戰略部署，為迎接中國革命高潮的到來打下了可靠的基礎。

1　吳文燾：《清涼山懷舊──紀念新華通訊社建社五十週年》，1981年11月5日《人民日報》。
2　王敬主編：《延安〈解放日報〉史》，新華出版社，1998年版，第90頁。
3　王敬主編：《延安〈解放日報〉史》，新華出版社，1998年版，第90頁。

三、民營報業的集團化發展

抗戰勝利初期，國民黨當局表面上尚承諾給予人民以言論、出版的自由權利，加之大片國土的光復，民營新聞事業獲得了較廣闊的發展空間。一些民營大報經擴張很快並逐漸形成報團組織、繼續推進股份制經營，尤其是《大公報》《新民報》和天津《益世報》等民營報紙，在現代企業管理制度等方面取得較突出的成效。

（一）《大公報》：報團初現，組織更趨完善

抗戰勝利後，《大公報》財力增強，組織系統更為複雜龐大，由此進入股份制經營管理的後期。1945 年 4 月，胡政之利用赴美出席聯合國創立大會之機，在美國採購了三部輪轉印報機和部分通信器材、捲筒紙及辦公用品，為戰後大發展做好了必要的物質準備。1948 年 3 月 15 日香港版復刊，並設立臺灣辦事處負責對上海版航空印行。至此，《大公報》可覆蓋香港、臺灣、上海、天津、重慶五地，發展成為一個擁有五個地方版的報業集團。

1946 年 7 月，經董事會決定成立大公報社總管理處，下設秘書、總稽核、業務研究機構等，並通過《大公報社總管理處規程》，並統攝上海、天津、重慶三館的工作。總管理處運行一年，管理績效顯著，內部組織機構更顯精細周密。總管理處的設立增強了報社的宏觀調控機能，各部門既能各司其職又相互配合制約，使整個報社形成了一個反應快捷、調度從容的有機系統。

（二）《新民報》：「五社八版」形成，管理更加精細

抗戰勝利，大後方的內遷各報都紛紛重振旗鼓，期待復員後在京滬平津復興報業。此時的《新民報》為恢復南京版、創建北平版和上海版，在資金、人才等方面早已有了深謀遠慮的籌劃和布局。早在 1944 年 5 月南京新民報股份有限公司就增資為 1200 萬元；1945 年 3 月抗戰勝利在望，又一次增資 2000 萬元為南京版復刊做準備；1945 年 6 月間另組「重慶新聞公司」，集資 3000 萬元，用以創辦上海《新民報》日晚兩刊。這時陳銘德麾下人才濟濟，有享譽新聞界的張恨水、張友鸞、張慧劍和趙超構，有重慶新聞界「四大名旦」之一的浦熙修，還有主筆總編輯級的程大千、姚蘇風、秦瘦鷗、趙純繼和一大批年輕有為的編輯記者。經過考慮，最終兵分四路：鄧季惺、張友鸞、程大千等去南京復刊；張恨水、方奈何、鄒震等去北平創辦北平版；趙超構、趙敏恒等赴上海創辦上海版；羅承烈、趙純繼等則留守重慶、成都主持工作。調度完畢，總管理處也隨之遷往南京。

　　《新民報》拓展到擁有南京、上海、北平、重慶成都 5 個分社、報紙 8 種的報團，號稱「五社八版」，擁有 300 多名職工，報紙日銷總量達 12 萬份，成爲大後方發行量最大的一家報紙。規模擴大後的《新民報》經營管理人員約占一半，但帳目清晰，極少出現貪污瀆職等經濟問題。這自然得益於此時期更加科學嚴密的管理機制。在經營管理上總管理處統轄五個分社，並向各分社派出常駐稽核，各分社連報銷單據都要按月寄到南京總管理處以備查考的，且各分社職工任免、薪金和報銷費用等都有明細條文。[1]精細化的管理使《新民報》各項工作均有章可循，井井有條，避免了無謂的人事內耗。

（三）《益世報》：廣告經營，「以小博大」

　　復刊後的《益世報》在政治上標榜「不偏不倚」以爭取讀者，並得到較快的發展，同時在天津、北平、南京、上海、重慶等地出版，日銷量達 8 萬餘份。廣告一直是《益世報》著力經營的重要部分。據統計，1930 年代，天津《益世報》全張面積 4864 英寸，新聞面積占 955 英寸，廣告面積占 3616 英寸，廣告面積幾乎是新聞面積的 4 倍多。其中又以商務類爲最多，占 2539 英寸；社會類次之，占 359 英寸；文化類又次之，占 80 英寸；交通類又次之，占 12 英寸；雜項占 26 英寸。其中以醫藥類廣告爲最大，占 1426 英寸，可見醫藥廣告是該報廣告收入的大宗。[2]1947 年 6 月王研石主編後，《益世報》更加重視頭版新聞信息量，甚至不惜縮小報頭，儘量刊登戰時民眾關心的硬新聞。

　　但從 1948 年 3 月 5 日開始，《益世報》原本被新聞和評論占滿的頭版開始全部變成廣告，每版新聞都進行集納並明確分類。儘管《益世報》的頭版廣告一度從原來的 1／4 版左右減少到了 1／30 版左右，數量上大大縮水；但是頭版廣告的位置被改變了，原來頭版廣告處於版面位置最弱的最下方、並且放置至少 8 條廣告左右。王研石時期，將廣告位置調整爲報頭正下方，也就是相當於今天的「報眼」位置；而且頭版每天只放置一條廣告。這種稀缺性必然帶來廣告客戶的競爭，導致廣告價格的攀升，最終以最小的版面博取最大的經濟效益，同時這也保證了頭版新聞信息量又使經濟效益最大化。自 1948 年 3 月 5 日開始，除了留有報頭，頭版幾乎全部被廣告佔據。這樣情況的出現與當時辦報環境的惡化有關，由於天津受戰火影響更甚，生存愈發艱難，注重廣告的辦報思維是在因時而動，這幫助《益世報》維持了特殊時期的生存和發展。

1　楊雪梅：《陳銘德、鄧季惺與〈新民報〉》，中華書局，2008 年版，第 26～27 頁。
2　黃天鵬：《中國新聞事業》，上海聯合書店 1930 年版，第 71～72 頁。

第八章　民國南京政府後期的新聞團體、新聞教育與新聞學研究

　　民國南京政府後期，無論是在國民黨統治區還是共產黨領導的抗日民主政權管轄區（後稱爲解放區），新聞團體和新聞教育以及新聞學研究都有不同程度的發展和變化。

第一節　民國南京政府後期的新聞團體

　　民國南京政府後期是中國政局大震盪、大轉折的時期，也是國統區新聞團體活動風起雲湧的階段。新聞同業人員團結共聚以抵抗外力，通過著力恢復、發展和組建新的新聞團體，以團結共對波雲詭譎的社會變局。

一、新聞職業團體

　　這一階段，新聞團體在面對國民政府的高壓管控、外部動盪的社會環境以及媒體行業內部凸顯的問題時，一方面表現的更爲活躍，新聞從業者聯合同業人員發展新聞團體以爭取自身權益、呼喊新聞自由，新聞學術團體則在高校紛紛回遷的背景下得以繼續發展；另一方面，隨著國民政府對新聞活動的控制和管束加強，新聞團體的活動一定程度上受到限制，全國性的新聞團體始終未能組建。在國民政府走向潰敗、新民主主義政權即將確立的背景下，新聞團體更多轉向新民主主義性質，新聞業界、學界的團體活動也圍繞新生政權展開。

（一）這一時期的主要新聞團體

抗戰勝利初期，在混亂的社會環境下，快速擴大的記者群體良莠不齊，部分新聞記者以貪賄爲生財之道，憑藉職業特權招搖撞騙、敲詐勒索的亂象時有發生，戰後社會轉型期的混亂使新聞業發展阻力大增。與此同時，抽離戰爭漩渦的國民政府卻將工作重心轉移至國共內戰部署上，對新聞業的控制加深並企圖將其作爲喉舌工具緊握手中。此時國民黨政府一邊接收和改造淪陷區、僞政權控制下的新聞宣傳機構，搶先在收復區擴張新聞事業，扶持帶有官方背景的新聞團體；一邊高壓管控新聞事業，強化對新聞輿論的控制，爲其發動內戰作輿論準備。而隨著全面內戰臨近，國民政府逐漸撕毀「假和談、真內戰」的面具，通過強化新聞事業統制，以暴力手段嚴控新聞界活動，一步步打壓進步報刊和報人的反抗、鎮壓共產黨和民主人士的活動。國民黨政府大廈將傾的最後關頭，對新聞事業的管制也由間接干預發展到直接迫害。

1. 新聞同業團體的發展

抗日戰爭結束初期，國內要求「和平與民主」的呼聲鼎沸，國民黨爲了爭取時間準備內戰，表面上答應「和談」，並承諾進入結束訓政、進入憲政，並召開政治協商會議。這些爲緩和國內壓力的舉措，使新聞界贏取了片刻喘息時機，新聞團體也開始恢復和發展。

國統區方面：國統區的新聞事業恢復一方面以國民黨接收敵僞、日僞的新聞事業爲主：1945 年 8 月下旬至 1946 年 5 月，國民黨中央廣播事業管理處共接收敵僞電臺 21 座，大小廣播發射機 41 部，總髮射電力爲 274 千瓦[1]；報紙方面，國民黨中央直轄的黨報共 23 家，總發行數約 45 萬份，國府報人直接主辦的報紙多達 40 萬份[2]。另一方面，隨著國民黨政治重心重回東南，新聞業重心也轉移至東南一帶，上海、南京成爲新聞團體的集中地。以上海的新聞事業發展狀況爲例，抗戰結束後，不少媒體紛紛回遷原址或遷往東南城市繼續發展：如由卜少夫等人主辦、創刊於重慶的《新聞天地》抗戰勝利後遷回、「蘇聯呼聲」廣播電臺在上海恢復播音；1945 年間上海新聞記者公會恢復；1945 年 8 月 18 日《文匯報》在上海復刊時，初期僅日出 8 開 2 版，以「號外」形式發行；1945 年 9 月，中國新聞攝影社在上海成立。

1 方漢奇主編：《中國新聞事業編年史》（中），福建人民出版社，2000 年版，第 1505 頁。

2 方漢奇主編：《中國新聞事業通史》（第二卷），中國人民大學出版社，1996 年版，第 989 頁。

解放區新聞團體方面：1945 年 1 月，羅光達擔任社長的冀熱遼畫報社正式成立，並出版《冀熱遼畫報》。該刊試刊兩期後於 1945 年 7 月 7 日在冀東地區正式創刊；1945 年 6 月 24 日，抗戰結束前夕，華中解放區新聞界聯合通電，建議成立解放區新聞記者聯合會。當年 8 月 9 日，蘇北部分新聞單位（如《蘇北報》《淮海報》、新華社蘇北分社和淮海分社）的代表舉行會議，成立蘇北新聞記者聯合會籌委會，會議決定於「九一」記者節舉行蘇北新聞工作者代表大會，正式成立蘇北解放區新聞記者聯合會。後因 8 月 15 日日本宣布無條件投降，抗日戰爭勝利，新聞採訪活動繁忙，此事被擱置下來。[1]

2. 新聞職業團體發起的「拒檢運動」

在國民政府「表面和平」、暗地玩弄「和談」陰謀的背景下，新聞團體反抗當局管制、要求新聞自由的集體活動頻繁，其中最典型的就是拒檢運動中新聞團體爭取新聞自由的鬥爭。

1945 年 8 月 7 日，民主人士黃炎培寫作的《延安歸來》一書，未提交國民黨當局審查便自行出版。該書翔實記載了作者在解放區所見的中共各項政策及實施情況、中共治理下解放區各方面的發展成就等，書稿的出版突破了國民政府當局的原稿審查制度，以《延安歸來》的出版為標誌，自重慶雜誌界掀起對抗當局新聞出版檢查的拒檢運動。

8 月起，重慶雜誌界發布「拒檢」聯合聲明，並徵得《憲政》月刊、《國訊》雜誌等 16 家雜誌社的簽名；8 月 27 日，重慶雜誌界聯誼會集會，在拒檢聲明上簽字的雜誌社增至 33 家；隨後重慶、成都、昆明等西南城市的出版界及報紙、雜誌、通訊社等新聞機構聲援重慶出版界，展開大規模集會活動。

9 月，生活書店、新知書店、讀書出版社等 19 家出版社組成「新出版聯合總處」，宣布支持重慶雜誌界的拒檢聲明並積極響應活動；自 9 月 8 日開始，成都的報界、出版界以實際行動聲援重慶出版界的拒檢運動，《新中國日報》《成都快報》、川康通訊社等 16 家新聞組織集會宣布「稿件不再送審，自負言論和報導之責」，同時還向重慶新聞界發出《致重慶雜誌界聯誼會公開信》，此舉不但被視為掀起拒檢運動的高潮、還標誌著拒檢運動由出版界擴展至新聞界；9 月 15 日，昆明《民主週刊》《大路》雜誌以及北門出版社、進修出版社等 11 個新聞出版機構成立「昆明雜誌界出版界聯誼會」，宣布一致響應重

1　資料來源於江蘇省地方志，江蘇地情網，參考網址：http://www.jssdfz.gov.cn/book/byz /D8/D1J.html

慶、成都兩地的拒檢運動；9月17日，成都27家新聞出版機構集會，決定成立「成都文化新聞界聯誼會」。會中葉聖陶、黎澍、沈志遠等7人被推舉爲執行委員，並提出「爭取發表自由」的七項主張：「取消一切出版發行的特許制度；取消新聞和圖書雜誌的檢查制度；撤除傳遞檢查的辦法；改變印刷出版發行的獨佔傾向；由政府公平協助經營文化事業復原；懲辦降敵附逆的文化人；保障文化人的人身自由」[1]，此外，該聯誼會還決定出版一份雙周聯合刊《自由言論》；9月22日，昆明《大路》週報等11家新聞出版單位，聯合致函雲南圖書雜誌審查處及昆明市印刷同業公會，宣布即日起所有文稿不但不再送審，稿件的排版、印刷也由各出版單位自行負責。此外，桂林、西安等地的出版界紛紛成立聯誼會聲援重慶出版界、積極響應拒檢；東南地區，上海雜誌界成立「上海雜誌界聯誼會」，控訴並抗議政府新聞檢查行爲。

1945年9月22日，國民黨政府迫於輿論壓力，在國民黨中央第十次常委會通過廢止新聞出版檢查制度的決定，提出「自民國34年（1945年）10月1日起，廢止戰時出版品審查辦法及禁載標準，戰時書刊檢查規則及戰時違檢懲罰辦法；新聞檢查，除軍事戒嚴區外，一律廢止」[2]由此，拒檢運動迎來巨大的勝利，但此決定的出臺是這並不意味著拒檢運動的結束。10月1日，重慶《新華日報》發表社論《言論自由初步收穫》，指出「檢查制度的廢止，是言論自由的開始，但不是言論自由的眞正實現，言論的自由還受著重重障礙」[3]。此後，新聞界繼續聯合以爭取更大的民主自由權利。自1945年10月初至1946年1月，昆明、上海、重慶多地的出版界、報界提出「徹底廢除新聞檢查制度」的新目標，並將拒檢運動推向「反抗國民黨當局壓迫人民自由」的新高潮。

10月初，昆明《民主週刊》《人民週報》《大路週刊》、天野社、詩與散文社、北門出版社、孩子們社、進修教育出版社等10餘家新聞出版團體聯名發表宣言，提出了新的鬥爭目標，如廢除新聞檢查制度，「收復區不能例外」「取消中央社的新聞壟斷政策，民營通訊社和報館有自由採訪、收發新聞和翻譯外國新聞的自由權利」「保障民營出版機構」[4]等等要求。11月，上海新聞文

---

1 成都27家新聞文化團體舉行聯誼座談加緊團結：《新華日報》，1945年9月20日，第2版消息。

2 出版檢查明日廢除，《中央日報》，1945年9月30日。

3 《言論自由初步收穫》，《新華日報》，1945年10月1日。

4 方漢奇主編：《中國新聞事業編年史》（中），福建人民出版社，2000年版，第1514頁。

化界 91 名人士聯名發表宣言，反對國民黨當局壓迫人民自由，要求廢止收復區的新聞檢查制度，實現言論出版自由。12 月，上海 30 餘名新聞記者聯名發表宣言，反對上海市政府實行統制新聞的措施。同月，昆明《民主星期刊》等 17 家雜誌社聯名提出廢止有關限制出版的一切法令等主張，並建議在新聞文化界開展一場拒絕登記的運動。1946 年 1 月 8 日，重慶生活書店、新知書店、讀書出版社、大學印書局、交通書局等 10 餘家出版社聯名致函即將召開的政治協商會議，提出廢止出版法、取消期刊登記辦法、撤銷收復區檢審辦法，明令取消一切非法檢扣、取締寄遞限制等 5 項要求。

拒檢運動中，以出版組織、報館為主體的行業公會紛紛建立或擴大規模，出版界、新聞界聯合抵抗當局的新聞檢查、呼喊新聞自由，新聞團體成為推進拒檢運動的關鍵主體，並推動對抗新聞出版檢查制度的鬥爭取得勝利。

聲勢浩大的拒檢運動促使國民黨當局廢除了新聞出版檢查制度，但這只是國民黨政府應對強大輿論壓力的暫時之舉。面對國內高漲的民主和平呼聲，表面答應「和談」、暗自籌謀內戰的國民黨政府只得對新聞出版界做出些許讓步，但它並未完全放棄長期以來奉行的新聞統制政策。拒檢運動的高潮過去之後，國民政府繼續暗地裏鉗制進步新聞界，不僅以報刊登記制代替新聞檢查制，更直接扶持國民黨黨管新聞團體，對新聞界實行間接控制。因此，1945 年末至 1946 年中，國民黨政府暗地裏控制新聞團體的行為、與新聞團體自發反抗國民政府壓制的活動同時進行。

3. 國民黨當局對新聞職業團體的打壓

1946 年春，由國民黨政府宣傳骨幹組建的「重慶新聞黨團聚餐會」開始活動。這個聚餐會每次聚餐時先要給新聞界「立規矩」：由主持人宣讀國民黨中宣部的指示，明確哪類稿件不能發表，若有哪個報紙違反國民黨政府的新聞出版規定，則會在下次聚餐會時向這些報紙負責人發難。因此，這個聚餐會實際上是國民黨當局是製造藉口查禁進步報刊，迫害報人、破壞報業的反動新聞團體，更是控制重慶新聞界、擴大反動宣傳的手段。直到 1949 年 10 月，該團體才停止活動；

1946 年 3 月 25 日成立的「上海市記者公會」同樣是國民黨控制下的官方新聞團體。早在 1945 年 10 月抗戰結束初期，上海的一些記者如朱虛白，朱曼華、胡傳樞等人便籌劃成立「上海新聞記者聯誼會」，但國民黨當局得知後故意拖延登記，使之流產。隨後，國民黨黨報負責人、《中央日報》總編輯陳

訓念，及馮有眞、詹文滸等人發起「上海記者公會」取而代之；1946 年，由國民黨江蘇省政府控制的「江蘇省新聞記者公會」成立於鎮江。該會由國民黨江蘇省黨部積極促成，12 月 5 日在鎮江舉辦成立大會時，除國民黨省黨部等政府單位赫然出席外，大會上還向蔣介石致敬，並通電全國「聲討共黨」。此外，該會的常務理事和常務監事如凌紹祖、蔣嘯塵等人全是國民黨員。這個涉及江蘇全省 12 個縣的新聞記者公會，其本質同樣是國民黨政府下轄的官方新聞團體。

1946 年 7 月 7 日，同樣由國民黨黨報系統要員組成的「上海報業同業公會」成立，該協會代替「上海日報公會」，成爲上海報界最具影響力的報業同業組織。創建於民元時期的「上海日報公會」本是近代上海的第一個報業同業組織，該團體在團結報界同仁、維護報人權益、與國民黨新聞統制作鬥爭中做出極大貢獻，「八一三」上海事變後該協會停止了活動，戰後也未曾恢復。而取而代之的「上海報業同業公會」則是由國民黨黨報系統要員陳訓念、沈公謙等人創建，旨在貫徹國民黨當局指令、間接控制新聞界的官方新聞團體。由此可見，國民黨政府主導新聞團體以左右新聞界走向、鉗制輿論的做法一致延續至解放戰爭中，而「上海記者公會」和「上海報業同業公會」的存在，也使上海新聞界長期陷入被國民黨政府鉗制的陰雲中。但是不可否認，上海記者公會和上海報業同業公會在發布廣告條例、穩定各報價格、配給白報紙等活動中對報業秩序起到積極的維護和規範作用。

1946 年下半年，國民黨政府又建立了「國民黨上海新聞黨團」，該組織延續了上海日報公會定期或臨時舉行聚餐會的模式，邀請國民黨下屬的各報館和通訊社的負責人出席，並在聚餐會上宣讀政府有關指示。國民黨上海新聞黨團實際上是國民黨當局進一步控制上海新聞界的傀儡組織，1947 年 5 月前後，國民黨中宣部駐滬辦事處和市府新聞處直接插手該組織活動，因此這段時間的黨團活動又被稱爲「新聞黨報會議」，可見其官方色彩之濃厚。1949 年隨著國民黨敗局已定，國民黨上海新聞黨團的活動逐漸減少，隨後慢慢自行解散。

解放戰爭前，國民黨政府亟需通過新聞統制鎮壓進步的新聞出版界，嚴控社會輿論並爲內戰製造道義上的合法性。這一時期，國民黨政府漸漸露出眞實面目，管制新聞界的手段由間接管制到直接迫害，行徑更爲惡劣：它們不但利用特務機構對進步新聞事業迫害、在國統區大肆製造白色恐怖，更直

接推翻和談時期所發表的「尊重人民權利、保證言論自由」的承諾，制定嚴苛法規並以關停報刊、殺害報人等殘酷手段摧殘進步新聞事業。1946 年 1 月 11 日，舊政協開幕的第二天，身處杭州監獄的著名記者、軍事評論家羊棗（楊潮）被國民黨反動派秘密處死，消息一出震驚新聞界。當天上海 60 多名記者向國民政府遞交抗議書，上海文化界、新聞界為羊棗舉行公祭的同時掀起大規模抗議活動；1945 年 2 月 10 日，重慶發生「較場口事件」，各界人民在較場口舉行慶祝政協成功的大會，國民黨特務不僅破壞搗亂使大會難以召開，更毆打參加會議的人民群眾、新聞記者和民主人士，事後還指使國民黨黨報系統顛倒黑白，將特務行兇說成「民眾互相毆打[1]」。新聞界和進步人士此時面臨恐嚇的政治環境，國民黨政府利用特務系統加緊扼殺進步聲音、全面控制國統區新聞界。數據顯示，1946 年 1 月 12 日至 8 月 8 日，北平、上海、廣州、西安、昆明、重慶等城市中，有 195 家報紙、雜誌、通訊社、印刷所、民營廣播電臺被國民黨當局查封；2 家報紙被勒令停刊，2 家報紙被停職郵寄，9 家報紙被特務搗毀，20 多名新聞記者和大學教授被特務毆打，47 名新聞記者被捕，1 名讀者、3 名新聞工作者被殺害。[2]

國民黨政府對新聞界的摧殘，激起新聞界強烈反抗，伴隨著殘酷的迫害行動日漸頻繁，1946 年間諸多城市的新聞團體聯合對抗國民黨當局的反抗活動更勝從前：1945 年冬，杭州市外勤記者聯誼會（後改名為「」浙江省外勤記者協會）；1946 年 1 月 11 日，杭州市編輯人員聯誼會成立，此協會於 1947 年 4 月 1 日更名為「浙江省會編輯人聯誼會」；1946 年 2 月 15 日[3]，北平《解放》三日刊、民初出版社、新華通訊社、民主青年社等 29 各新聞出版單位聯合成立「北平市出版業聯合會」。該會成立之時便通電全國，提出「貫徹政協決議，制止北平當局對出版業之迫害，切實廢止出版物登記制度，制止各地郵侷限制和檢扣書刊，徹底取消特務機關[4]」等五項要求，旨在抗議當局摧殘出版發行事業、對抗國民黨政府對北平新聞界的壓迫、協力爭取人民民主權利和言論出版自由。

1　方漢奇主編：《中國新聞事業編年史》（中），福建人民出版社，2000 年版，第 1530 頁。
2　方漢奇主編：《中國新聞事業編年史》（中），福建人民出版社，2000 年版，第 1546 頁。
3　又說成立於 1946 年 3 月份，可參考文獻：李越：《記北平地下黨領導的部分新聞出版工作》，《新聞研究資料》，1982 年第 3 期。
4　方漢奇主編：《中國新聞事業編年史》（中），福建人民出版社，2000 年版，第 1531 頁。

　　值得一提的是，在解放戰爭前期民營新聞業發展程度高、新聞團體集中的上海，進步雜誌界、報界和廣播界不斷聯合併建立新的新聞團體，對國民黨摧殘進步報人、鉗制新聞自由的反抗十分激烈：1946 年 3 月，由《世界知識》《文萃》《新文化》等 5 家雜誌社擔任理事的「上海雜誌界聯誼會」成立，3 月 25 日該團體聯合重慶、西安、北平、廣州等地被壓迫的出版和雜誌界，發表被壓迫同業的宣言，抗議政府當局摧殘言論、出版和發行自由的行為；1946 年 7 月，由 27 個新聞單位中 138 名記者為主體組成、旨在擺脫國民黨對新聞記者控制的「上海外勤記者聯誼會」成立；此外，報界團體如上海小型報聯誼會、上海夜報聯誼會；記者同業協會如上海體育記者聯誼會（9 月建立）、上海經濟記者聯誼會；此外，出版界的「上海出版界協會」和通訊社聯合起來的「上海通訊社協會」等類型多元、成員多樣的新聞團體，在共同抵制國民黨對新聞界的控制、聯絡行業感情維繫行業團結、爭取自身利益方面都起到積極的作用。

　　日益嚴峻的生存環境、嚴苛的新聞管制激起新聞界反抗。抗戰結束至解放戰爭爆發前，國統區新聞團體面臨雙重境遇：首先國民政府的新聞管制限制了新聞團體的活動自由，戰後紛亂的社會狀況及被破壞的經濟系統更為新聞團體活動增添阻礙；其次，國內高漲的民主和平呼聲、國民黨政府對新聞團體的鉗制與壓迫又促使新聞界團結一致，新聞團體在外界的擠壓下關係更為緊密、聯合爭取新聞自由的活動更勝從前。可以說，這一時期的新聞團體，發展障礙與發展機會並存，而夾縫中生存的新聞團體也確實是在一面恢復發展、一面抵抗鬥爭中緩慢前行。

　　1946 年 6 月，國共兩黨軍隊在中原地區爆發大規模武裝衝突，這標誌著解放戰爭全面爆發。戰爭打響後，國內形勢更為混亂複雜，社會舊有頑疾凸顯的同時新病積弊：自清末開始的連年戰亂破壞了正常的社會生產秩序，國家積貧積弱、人財物力大量匱乏；而戰爭對經濟系統的破壞，以及國民政府幣制改革的負面影響，致使經濟系統在戰後瀕臨崩潰並帶來物價飛漲、貨幣急速貶值、白紙奇缺等問題；此時的國民黨政府不僅忽視民生問題，更憑藉特權罔顧法紀、巧取豪奪，加劇對人民、民族資產階級的傾軋；在新聞界，面對難以為繼的經濟狀況，部分記者濫用報發權利勒索、受賄的亂相頻發。

　　動盪的時局、百業凋敝的環境無疑為新聞事業的發展帶上沉重的枷鎖，而戰時國民政府不斷強化的新聞統制，使新聞界的發展環境更是雪上加霜。

面對愈加艱難的處境，新聞界一面發展本地的新聞團體和行業公會；一面從新聞界內部自發開展整肅行業紀律、規範記者行為的「整肅運動」。

戰爭開始後，國民黨強化新聞統制、加強對新聞事業的控制。戰爭進行中，敗勢漸顯的國民黨政府不僅將政治權力的爭奪延伸至新聞傳播領域，扼殺共產黨聲音、加強反共宣傳；還殘酷鎮壓進步團體的反抗活動，將新聞傳播事業變為其黨控喉舌。在艱難的發展環境中，各地新聞界聯合地區同業、發展本地新聞團體以共同應對外部的緊張局勢、失序的社會環境，同時，共產黨領導的進步新聞團體也在逐步推進中。

在新聞事業較為發達的華東地區，地方新聞團體表現活躍，廣播電臺的行業團體也展開活動：1946 年，抗戰武漢淪陷時被迫中斷的「漢口新聞記者公會」重新開始活動；1946 年 4 月 25 日，范長江主持的「解放區新聞記者聯合會華中分會」在江蘇淮陰成立；1946 年 6 月，由中共地下黨員秦加林等人組建的「華東新聞記者聯合會」成立於淮安，成立大會上共有新聞界和通訊員 200 餘人參加，王維、秦加林等 32 人被選為理事；1946 年 10 月 11 日上午，「上海市民營無線電播音業同業公會」成立，此公會是上海的民營廣播電臺面對艱難的生存環境時，為「共謀事業之發展」而聯合起來「抵抗國民黨當局查封電臺、呼籲放寬播音尺度[1]」的產物；1946 年 12 月，由《商報》《益世報》《神州日報》《僑聲報》等 12 家民營報館發起的「上海民營報業聯誼會」成立，該團體在請求南京當局簡化「對報紙的貸款手續、對報業低息貸款」等問題上作出努力，但這些要求均被國民黨當局推諉後不了了之。1947 年 8 月，由播音員群體組建的「上海播音員職工聯通會」成立，該協會在保障播音員權益、團結播音員群體方面作出貢獻；1948 年，「江蘇省報商業同業公會聯合會」成立於江蘇鎮江。該協會是江蘇報界、新聞界自發組織的新聞團體，雖然協會在成立過程中曾被國民黨當局指派的「官方指導員」「指導」，但該團體整體上是代表了報界和及其從業人員的利益。[2]

需要點明的是，這一時期上海的廣播電臺多由行業協會、社會團體、群眾團體創辦，如上海市總工會與惠工廣播電臺、中國文化服務社與中國文化廣播電臺、中美文化協會與中美廣播電臺等。這些協會雖然並非完全屬於新聞團體，但它們對廣播事業的發展、尤其是上海民營廣播的發展做出了巨大貢獻。

1　馬光仁主編：《上海新聞史（1850～1949）》，復旦大學出版社，2014 年版，第 1070 頁。

2　江蘇省地方志，江蘇地情網參考網址：http://www.jssdfz.gov.cn/book/byz/D8/D1J.html.

　　在華北地區，成舍我於 1936 年主持成立的「平津報業公會」依然活動；在北平，1948 年間，北平新聞記者公會，北平報業公會共同應對國民黨當局迫害報人的惡行，江蘇報人劉煜生被顧祝同殺害後，北平新聞記者公會發表公開信指責顧祝同「破壞法治精神、妨害言論自由、倒行逆施甚於舊軍閥[1]」，此外，北平地區的新聞團體還在爭取新聞界用紙、保障記者利益、清肅行業秩序中發揮作用，而著名的作家張恨水也曾擔任北平新聞記者公會的「常務理事」。

　　天津近代報業極其發達、民主氛圍較為濃厚，地方新聞團體較為活躍：1947 年由中共地下黨員段振坤領導的「天津記者協會」仍在活動，同時段振坤還在《益世報》發展了姚仲文、劉書坤等人在 1948 年 3 月共同成立了「地下記協」小組，該組織在對抗當局管制、宣傳黨的政策、保護印刷設備和迎接解放等工作中做出了貢獻。解放後，「地下記協才被正式定名為「天津市新聞界者協會」；1948 年間，天津還有天津通訊公會、天津記者公會、天津外勤記者聯誼會，天津市文化人聯合會在活動，這些團體在面對反抗當局在華北地區的新聞管制、清肅天津新聞界亂象、爭取新聞界權益中發揮了作用。廣播電臺方面，解放戰爭期間天津的民營廣播電臺多由國民黨特務直接組織，其目的也是進行反共反人民的活動，而商業電臺想要建立則需要與國民黨高官建立聯繫獲取政治背景，民營廣播面臨急劇收縮的發展環境。此時國民黨政府支持的「天津廣播電臺」還組織了「天津市公、民營電臺座談會」進一步控制民營電臺發展。

　　華南地區，在江西南昌，1947 年夏季，「南昌市外勤記者聯誼會」在當時的「介石公園」（即如今的八一公園）成立，此團體的理事來自國民黨中央社、《中國新報》《民國日報》《華光日報》《力行日報》等單位，共有會員 38 人。根據該組織的主要創始人、《江西民國日報》採訪部主任方家瑜回憶，該新聞團體「既非政府官方領導也不應該是報社老闆操縱的，純粹是記者與記者之間交流的一個平臺，是一個較為純粹的記者交流與開展集體採訪的組織」。[2]

　　南方地區，1946 年 7 月貴州新聞學會成立；7 月抗戰時期西南重鎮桂林的「桂林報業公會」聯合報界應對本地報業危機、協調報界活動，曾促成桂

1　范憶：《民國新聞記者「劉煜生案」始末》，《文史精華》，2006 年第 8 期。
2　1948 年南昌上演「九・一記者節」風波，江西新聞網，2013 年 11 月 7 日。參考網址：http://jiangxi.jxnews.com.cn/system/2013/11/07/012782142.shtml

林報紙一致漲價。1946 年 10 月 31 日，長沙市報界聯誼會組織活動向中央宣傳部請求發放文化貸款、改善報業發展情況；1948 年面對長沙報人被國民黨反動派暗殺的殘酷事實，中共長沙新聞支部發動長沙各報社從業人員組建「長沙新聞從業員互助會」，共同開展「反迫害、求生存」的鬥爭，此協會促進長沙新聞界的團結和進步；1948 年 10 月，長沙電信局響應北平電信局的「餓工鬥爭」，連同青島、上海、天津等地電信局向中央電信總局提出借薪一個月、解凍生活撥款的要求。1944 年至 1948 年間，成都市新聞記者公會依然活動，並在危機中團結成都報界，爲其生存發展作出貢獻。

地方新聞團體促使本地新聞同業組織、同業人員團結一致，不僅在共同反抗當局迫害、改善發展狀況、爭取報界權益等方面共促共進；更在溝通當局政府與社會、參與地方公共事務解決等公共領域中發揮重要作用。

解放戰爭中的新聞界，除了承擔國民黨當局嚴苛的新聞管制外，還面臨職業內部道德崩壞爲新聞行業正常運轉帶來的挑戰。1946 年至 47 年間，國民黨政府的財政赤字率高達 60%以上[1]，再加上國民黨政府繼續濫發貨幣，使貨幣急劇貶值、通貨惡性膨脹、金融體系瀕臨崩潰。當時有人諷刺道：在百業不振的情況下，「在中國唯一仍然在全力開動的工業是印刷鈔票」。[2]

經濟危機對新聞界產生極其糟糕的影響，原本在抗戰時期報界賴以生存的紙品已經奇缺，而經濟危機中白報紙更爲匱乏、甚至出現「紙荒」，無奈的是，此時的國民政府卻罔顧報界需求，將白報紙配給作爲控制新聞業的手段。除白報紙稀缺外，通貨膨脹的壓力下，與新聞業發展相關的郵費、電報費等各類費用普遍漲價，使艱難發展的新聞業雪上加霜。重壓之下的新聞界記者與印刷工人的生存均非常艱難：快速擴大的記者群體良莠不齊，部分記者利用新聞傳播者的發聲之便，敲詐勒索、招搖撞騙，民衆視記者爲「敬鬼神而遠之[3]」的特殊人物；而印刷工人則受到國統區新聞界大規模罷工潮的影響，罷工、打砸報人、報館的事情時常發生。

4. 新聞職業團體的角色與功能變化

這一時期，面對來自政治、經濟、社會、行業內部的多方危機，使夾縫中求生存的新聞團體數量增加的同時功能開始出現分化：

1　朱漢國、楊群主編，《中華民國史》（第一冊），四川人民出版社，第 500 頁。
2　朱漢國、楊群主編，《中華民國史》（第一冊），四川人民出版社，第 501 頁。
3　《清除新聞界敗類　杭展開整肅運動》，《報學雜誌》，1948 年試刊號，第 23 頁。

　　一方面，危機中，許多報業同業組織的建立目的並非團結報業，而是爲了爭取政府的物資配給，解決報人的生活和吃飯問題：如成立於 1948 年的「杭州報業公會」和「杭州通訊社協會」，其動機就是「爭取國民黨中宣部配給各地報業的外匯，購買白報紙。」[1]更有甚者，部分團體在無良負責人的領導下，以攫取私利爲目的擾亂行業秩序、侵害報人權益：1947 年，上海新聞記者公會被姚蘇鳳等 202 名記者指出未能履責：「對於記者福利、進修等項，幾於沒有一件提起或辦到」[2]，甚至「根本就不把記者當作同業」[3]；又如濟南新聞界中，何冰如領導下的「濟南市報業公會」「濟南新聞記者公會」把持政府下發的物資配給。一些青年記者不滿何冰如把持記者公會，又重新成立了濟南「外勤記者聯誼會」[4]。1948 年春節，山東省主席王耀武爲表示對新聞界觀照，將麵粉以 22 萬元一袋撥發給濟南記者公會，但何如冰未經協會商議如何發放，便將物資自行分配，濟南新聞界記者獲知後大規模聲討何冰如，並打出「清除新聞界敗類」的口號；更有甚者，一些記者公會爲了在國大代表選舉中勝出，不加審查擴充記者，導致接著隊伍大量膨脹、質量卻良莠不齊。

　　另一方面，更多的新聞團體則發起「整肅運動」，通過加緊行業協作、自內部開始自淨、自律的道德自救活動，以共對危機。1947 年 1 月底，因年終獎發放糾葛，《大晚報》《大眾夜報》等報館的廠部工人鬧事罷工。上海各夜報組織聯合成立「上海市夜報聯誼會」與工人溝通對話，並向社會彙報事件進展說明事實眞相。罷工事件後，夜報聯誼會還聯合夜報組織，協同調整價格等中發揮作用；1947 年 2 月 20 日，在新生活俱樂部舉行「上海市新聞通訊社協會」成立大會，該組織曾在申辦配給米、油時向通訊社職工登記時發揮作用；同年，首都記者公會便呼籲開展記者行業整肅，要求嚴格考察記者資格、懲罰行業敗類；7 月 27 日，北平新聞記者公會上呈市民政局、社會局等單位，下報全國同業要求從嚴規定記者就職條件；8 月 17 日，首都記者公會通電全國提出「『記者資格必須嚴格規定』、『記者應限於以新聞事業爲其專業

1　章達庵：《杭州報業公會和通訊社協會》，杭州市政協文史委編：《杭州文史叢編 5·文化藝術卷》，杭州出版社，2002 年版，第 243～244 頁。

2　《慷慨的家醜》，《前線日報》，1947-09-08（05）。

3　《慷慨的家醜》，《前線日報》，1947-09-08（05）。

4　陳玉申：《山東「新聞王」的沉浮——何冰如其人其事》，《青年記者》，2015 年版，第 88～90 頁。

者』和『全國務求一致，不可稍有軒輊』三項主張[1]。在此期間，天津、北平、程度、開封、桂林等多地記者公會響應。同年 7 月至 9 月間，天津市新聞記者公會、首都新聞記者公會制定整飭記者風紀、規範記者行爲的機構與措施，配合整肅運動展開；9 月至 12 月，開封市新聞界整肅運動委員會、北平市新聞記者公會第二屆年會、無錫市「風紀整飭委員會」、南昌市報業公會紛紛集會制定規範記者行爲的規則法令、嚴查報界的違法亂紀行爲，同時這些組織還向新聞界提出「共同維護新聞職業神聖莊嚴不可侵犯性[2]」的呼聲；

　　1948 年，蕭同茲、馬星野等國民黨中央宣傳部要員創辦《報學雜誌》並發起「報學雜誌座談會」，該座談會討論到「如何解決紙荒[3]」「「全國新聞記者的組織問題[4]」等問題；馬星野等人還試圖以中央級媒體爲核心，組建全國性的記者公會和報業公會聯合應對危機[5]，1948 年 5 月間，全國記者公會聯合會暨全國報業聯合會的籌備、談話會多次召開，就聯合會的成立時間、主管人和參與組織等問題進行規劃，但最終此團體隨著國民黨潰敗而流產。因此在整肅運動中，全國性的新聞團體始終未建立起來。

　　全面內戰中，新聞業長期處於國民黨政府高壓管控制下，被迫成爲國民黨渲染內戰、發表反動言論的輿論工具；而進步新聞團體、新聞人更是被國民黨當局肆意摧殘迫害。解放戰爭末期，大廈將傾的國民黨大陸政權開始陸續準備遷臺事宜，國民黨反動的新聞事業也即將全面覆滅瓦解。與此同時，共產黨主導的人民新聞事業發展壯大、中共組織或主持的新聞團體成爲這一時期新聞界的主流。

　　1948 年 3 月，天津市地下黨員劉書坤等人共同成立了「地下記協」小組，這是共產黨領導的對抗當局管制的新聞團體。同時該團體在宣傳黨的政策，爲迎接天津解放等工作中做出了貢獻；1948 年 5 月，晉察冀畫報社與人民畫報社合併，在石家莊成立「華北畫報社」，沙飛任社長、石少華任副社長；1948 年 7 月 7 日，「東北地區各廣播電臺聯席會」在哈爾濱召開，齊

1　《新聞記者資格必須嚴格規定　首都記者公會通電提供意見》，《申報》，1947-08-18（02）。
2　《平市記者公會二屆年會通過之恪守新聞記者道德案》，《華北日報（北平）》，1947-10-12（02）。
3　《如何解決紙荒問題》，《報學雜誌》，1948 年 10 月第 1 卷第 3 期，第 3 頁。
4　《全國新聞記者的組織問題》，《報學雜誌》，1948 年 9 月創刊號，第 9 頁。
5　《五月新聞界》，《大眾新聞》，1948 年 6 月 1 日創刊號，第 11 頁。

齊哈爾、延吉、吉林等電台臺長參加，會議通過了《關於同意廣播電臺的決定》；1948 年 7 月下旬，華北人民日報社和新華社華北總分社抽調人員組成華北記者團，採訪土地改革和整黨工作，隨後分管新華社工作的劉少奇在河北省平山縣西柏坡，對華北記者團學習班講話時，發表了著名的《對華北記者團講話》。

1948 年底，在上海新聞界工作的中共地下黨員蕭明、夏其言等人發起「新聞記者聯誼會」，此聯誼會主要任務是團結上海進步的記者、播音員和編輯人員，迎接解放並準備接管上海的新聞事業，上海新聞界大多數地下黨員，都是該組織的成員。就在上海即將解放前，該協會對上海市各類報紙、通訊社和電臺進行摸查並將有關材料和情報送往解放區，成功地阻止了《中央日報》《時事新報》等報館和眞如國際電臺的拆遷計劃[1]。

1949 年，戰爭局勢進一步推進，國民黨已成敗局。這時的新聞團體更多的開始準備接管解放後的新聞事業，迎接即將到來的勝利。

1949 年，3 月 24 日，「長沙新聞從業員互助會」成立，共產黨員傅白蘆擔任主要領導。此互助會主要目的是維護新聞工作者權益。當 1949 年 3 月當《晚晚報》負責人因爲對時任國民政府長沙市市長提出批評而遭到威脅時，在地下黨組織領導下，「互助會」組成請願團，要求省長程潛處理。

1949 年 5 月 25 日凌晨，中國人民解放軍攻入上海市區，上海新聞記者聯誼會首先進入上海電臺，廣播了大上海解放的消息，並對殘留在上海和華東的國民黨軍殘部展開宣傳，其廣播範圍甚至覆蓋臺灣，甚至在解放初期該臺的對外電訊始終保持暢通無阻；此外上海新聞記者聯誼會還參與編輯發行了《上海人民報》。上海解放後，新聞記者聯誼會完成了它的歷史任務，停止活動。

1949 年 7 月 13 日，中華全國新聞工作者協會（由中國解放區新聞記者聯合會、中國青年記者學會、北平新聞工作者座談會、平津新聞工作會議等四家團體發起）成立，1949 年 9 月 15 日該組織被國際新聞工作者協會接納爲會員。

隨著解放戰爭勝利推進，全國陸續解放。建國前夕，我國的新聞職業團體擺脫長久以來的鉗制與迫害，走向新的發展階段。

1　上海地方志，上海市地方志辦公室官網參考網址：http://www.shtong.gov.cn.

二、新聞學術團體

　　新聞學術團體是建立在新聞實踐的發展基礎上，對基礎的新聞學理論和具體的新聞操作實踐等內容進行專門的學術研究、做出學理性探索的組織，同時也是培養專門的新聞人才、提升從業人員新聞實踐能力的專業團體。我國早期的新聞學術團體隨著高校新聞教育的發展而產生，第一個新聞學術團體是北京大學新聞學研究會。隨後，新聞事業的發展促使新聞行業協會和新聞同業人員聯合起來建立專門的學術研究團體以提升從業能力、培養新聞人才、進行學術研究，如北平與天津新聞界聯合成立的平津新聞學會。

　　抗戰中的新聞實踐、新聞宣傳經驗為新聞學研究提供了一座富礦，但在戰亂環境中，高校西遷、社會失序、人才匱乏等問題導致新聞教育發展面臨困境，此時的新聞學研究並未完全跟上新聞實踐的腳步。抗戰結束後，隨著「高校回遷、新聞教育恢復、新聞事業恢復、新聞人才急缺」等有利因素出現，新聞學術團體贏得發展空間，紛紛回遷原址或重新組建；此外，國民黨政府嚴苛的社會管制激起了學生抗議運動，因此高校新聞團體成為學生們發聲反抗當局新聞管制的最佳場域；最後，1945 至 1949 年間，解放戰爭中戰爭宣傳對輿論宣傳力量和宣傳陣地的重視，激發了對新聞人才需求的同時也推動了新聞教育的發展。

　　儘管 1941 年青年記者協會總會和分布在國統區的各個分會被國民政府查封，但香港、延安和抗日民主根據地的各分會仍然在活動。1939 年 4 月青記香港分會創辦的中國新聞學院，直至 1946 年 9 月、1948 年 10 月該團體又開辦了函授班和函授學院，該團體為香港新聞事業發展培養儲備力量。[1]1946 年 6 月，解放戰爭全面爆發。新聞學術團體呼應國統區新聞界聲勢鼎旺的學生運動，在學術團體內部、或以高校新聞系為主體展開大規模反抗國民黨迫害進步新聞事業、鉗制新聞自由的行動。同時，這一時期，新民主主義性質的新聞學術團體不斷增加，為建國後的新聞教育的發展打下了堅實的基礎。

　　抗戰結束後，較好的新聞發展環境促使新聞學術研究活動恢復，新聞學術團體紛紛組建；同時隨著高校轉移，新聞學術團體回遷原址，新聞教育的重心轉向東南。1945 年，成立於抗戰時期的四川大學新聞學會仍然積極活動。1946 年秋，國立社會教育學院新聞系學生主辦的《棲霞新聞》週刊在南京創

1　廖聲武、余玉：《民國時期新聞團體的新聞教育實踐及成就》，湖北大學學報（哲學社會科學版），2014 年第 5 期。

刊、棲霞新聞通訊社同時成立。《棲霞新聞》與棲霞通訊社雖是學生實踐之產物，但在報導學生運動的過程中產生了一定影響。1947 年春，西南學院新聞系在重慶創立，同時設有新聞研究會，1949 年 2 月該團體停辦[1]。1947 年，國民黨官方下屬學校「中央政治學校」的新聞學研究會仍在活動。5 月 20 日，該研究會主編的「純粹新聞學之刊物[2]」《新聞學季刊》在南京復刊。[3]

第二節　民國南京政府後期的新聞教育

　　民國南京政府後期的新聞教育，可以概括為兩大類型：一是接續過去新聞教育的衣缽、延續固有格局，按已經形成的新聞教育的格局，繼續發展傳統的新聞教育；二是中國革命進入解放戰爭時期，政黨輪替成為大勢所趨，中國共產黨為了將來的政權進行謀劃，開始了新聞教育的新規劃、新布局、新努力。

一、全國新聞院系的復原與新設

　　抗戰勝利後，一方面許多內遷的院校復員；另一方面，為了適應新聞事業發展的需要，在國民黨統治區和解放區又相繼新創辦了 14 所新聞系科和院校。兩項加起來，這一階段一共創辦了 33 所新聞系科和院校，超過了以往的總和[4]。主要的如：

表 8-1：1945～1949 年全國創辦的新聞教育機構情況

單位名稱	創辦時間	地點	負責人
社會教育學院新聞系	1945 年	璧山	俞頌華
中國新聞專科學校	1945 年	上海	陳高傭
建國新聞專科學校	1945 年	重慶	王倫楷
暨南大學新聞系	1946 年	上海	馮列山

1　方漢奇主編：《中國新聞事業編年史》（中），福建人民出版社，2000 年版，第 1556 頁。

2　曹愛民：《黃天鵬在中國新聞史上的地位及其研究現狀分析》，玉林師範學院學報，2013 年版，第 102～106、116 頁。

3　方漢奇主編：《中國新聞事業編年史》（中），福建人民出版社，2000 年版，第 1557 頁。

4　方漢奇：《新聞史的奇情壯彩》，華文出版社，2000 年版。

國防部新聞局新聞人員訓練班	1946 年	南京	鄧文儀等
華中新聞專科學校	1946 年	淮陰	范長江、惲逸群
華北聯合大學新聞系	1946 年	張家口	羅夫、楊覺
中華新聞函授學社	1947 年	上海	杜紹文
上海文化函授學院新聞系	1947 年	上海	
南泉新聞專科學校	1947 年	重慶	王倫楷
西南學院新聞系	1947 年	重慶	譚松壽
廣州新聞專科學校		廣州	
華中建設大學新聞訓練班			
平山新聞幹部訓練班		平山	
中原大學新聞系			
生活新聞學院		香港	
香港新聞函授學校		香港	
香港達德學院新聞專修科	1947 年	香港	陸詒

　　這一時期的新聞教育，以燕京大學爲例，有以下一些內容：增設新聞講座，在重視基本理論、基礎知識與新聞實踐相結合的基礎上，對主修、必修和輔修課程作了重新安排與要求，此時新聞學主修的業務課增開到 10 門。此時主要的課程包括：新聞學概論；新聞採訪與編輯；報紙編輯；中國報業史；報業管理；時事分析；英文新聞翻譯；英文新聞寫作與編輯；新聞專題討論；報紙工作實踐等。另外，根據每個學校及學生的不同，還有如下的一些課程供學生們選擇：自然科學大意、社會科學大意、國文、數學、速記、印刷、攝影、英文（或俄文、日文）、時事分析、歷史、地理、國際公法、軍事常識、哲學等，另外還有實習和實踐等。

二、新建的新聞教育單位

　　國民黨政府爲了爲黨宣喉舌培養新聞人才，1945 年 8 月 30 日，由馮有眞、陳訓悆、陳高傭等國府宣傳骨幹成立「中國新聞專科學校」。該校傚仿美式新聞教學、辦學特點，依照哥倫比亞大學新聞學院組建，孔祥熙任名譽董事長。該校創建目的在於爲國民黨新聞單位輸送新聞人才，因此專門招收有志新聞事業的大學畢業生授以新聞學理論和實踐，以實現短期結業。1949 年 5 月該校停辦，學生分別併入復旦大學新聞系和華東新聞學院。

　　1945 年秋，燕京大學新聞系由成都遷回北平，在北平「燕園」復校。1945年，「民治新聞專科學校」由重慶遷回上海長樂路原址辦學，顧執中仍然主持校務，並設立「民治通訊社」供學生實踐。[1]1945 年 10 月 25 日，位於四川璧山的「國立社會教育學校」設立新聞系，1946 年夏季該校遷往蘇州拙政園。

　　1946 年，上海暨南大學新聞系由馮列山主持創立。該校新聞系誕生於原有法學院的基礎上，並且以國民黨 CC 系爲背景，所設課程與國民黨政治大學新聞系略同。至上海解放前，共招生三屆。

　　1946 年，上海滬江大學新聞系恢復教學活動。同年 8 月，國民黨國防部在上海北四川路三新里開辦新聞講習班，招收有志新聞事業的失業失學青年，經短期培訓到各地新聞單位工作。

　　1946 年 5 月，「中國新聞學院」在香港復校，葉啓芳擔任院長，梁若塵任教務主任。至 9 月，該校增設函授班，1948 年增設函授學院。中華人民共和國成立前夕，該校停辦。1946 年 6 月，復旦大學新聞系由重慶遷回上海；同時期，復旦大學新聞學會主辦的學運喉舌刊物《復旦新聞週報》創刊，學生們通過在週報上發表文章、表達意見，反抗國統區的新聞壓制。

　　1946 年春，上海「民治新聞專科學校」開始招生。同時該校學生通過其下設的實習機構「民治通訊社」發聲，揭露國民黨統治的黑暗面。解放戰爭中，民治新專同學在學生會領導下經常參加反獨裁、反飢餓等學生運動，這使國民黨當局對該校懷恨在心並尋機消滅。1947 年春，國民黨對上海新聞界實行殘酷迫害時，民治通訊社被勒令封閉，民治新專爲防止國民黨迫害，由陸詒等人赴香港籌辦分校[2]。

　　1947 年春，西南學院新聞系在重慶創立，同時設有新聞研究會，1949年 2 月該團體停辦[3]。1947 年，陶行知先生創辦的育才學校在上海設新聞組，全組三十餘人。育才學校創辦於抗戰時期，新聞組是由原來的社會組和文學組演化而成。育才學校採取一種發揚民主的新措施進行管理，以調動廣大師生的積極性。[4]1948 年 12 月 5 日，國立新聞教育學院新聞學系爲慶祝建院 7 週年，特舉辦「全國報紙展覽會」，共展出報紙 1650 種[5]。

1　顧執中：《上海民治新聞專科學校的誕生與成長》，《新聞研究資料》，1981 年版，
　　第 192～211 頁。
2　馬光仁主編：《上海新聞史（1850～1949）》，復旦大學出版社，2014 年版，第 1072 頁。
3　方漢奇主編：《中國新聞事業編年史》（中），福建人民出版社，2000 年版，第 1556 頁。
4　馬光仁主編：《上海新聞史（1850～1949）》，復旦大學出版社，2014 年版，第 1074 頁。
5　方漢奇主編：《中國新聞事業編年史》（中），福建人民出版社，2000 年版，第 1547 頁。

整體而言，抗戰結束至建國前，新聞教育在戰亂和政權更迭中度過。但是在外力影響和內力推動下，新聞教育機構仍在創建、恢復並不斷增加，數據顯示這一時期在國民黨統治區和解放區新創辦了 14 所新聞系科和院校[1]。

三、共產黨解放區新聞教育的發展

隨著抗日戰爭和解放戰爭的節節勝利，中國共產黨領導的中國人民解放軍和全國人民距離奪取全國的最後勝利已為期不遠。考慮到在戰時和解放後急需大量的新聞人才，中國共產黨在這一時期特別加強了新聞宣傳和對新聞人才的培養，新聞教育步入了一個新的時期。

（一）華北聯大新聞系

華北聯大新聞系於 1946 年 3 月初開辦，由《晉察冀日報》編輯科科長羅夫任系副主任並主持日常工作。7 月，又調原在北平《解放》3 日刊當記者的楊覺任系主任助理。該校全系學生只有 27 人，大部分是來自平、津地區的知識青年，也有一小部分是解放區的幹部。課程分公共課和專業課。公共課有艾青講授的《毛澤東文藝思想》、李又華講授的《社會科學概論》和陳辛仁講授的《中國近代史》等。專業課有《新聞學概論》、編輯、採訪等課程，主要由《晉察冀日報》各級負責人講授，教材主要是用當時新聞書店印的《列寧的新聞學》。還請北平《解放》3 日刊的採訪科長蕭殷介紹「如何在蔣管區辦報」，請周揚做關於蔣管區情況的報告，請劉白羽做關於東北解放區見聞的報告，請校長成仿吾做中共鬥爭史的報告。系裏注重對學生進行基本功的訓練，注意組織學生參加社會實踐，並提出「實踐學習相結合」的口號，組織學生到山西天鎮縣參加了一段時期的土改。1946 年 9 月中旬，國民黨軍隊向張家口進攻，《晉察冀日報》向河北阜平縣轉移，華北聯大向山西廣靈轉移。新聞系學生便分別分到《晉察冀日報》《工人日報》《張家口日報》《察哈爾日報》和前線軍事記者團去實習。10 月，國民黨軍佔領張家口，新聞系學生有的參軍，有的到地方報社工作，該系因之停辦。

（二）華中建設大學新聞訓練班

1945 年春天，抗日戰爭的最後勝利已經在望。預見到抗戰勝利後中國革命將有一個大的發展，為培養戰後各方面所需要的大量幹部，中共中央華中

1　方漢奇，七十年來的中國新聞教育，方漢奇教授個人網站參考網址：http://www.fanghanqi.com/Article.asp？id=99997&type=

局決定創辦一個抗大式的綜合性幹部學校，定名為華中建設大學。當時，新華社華中分社正要為造就新聞工作人員辦一個訓練班，為人力物力之方便計，就把訓練班的第一階段，即一般性的政治、政策學習階段，附設在華中建設大學；到第二階段，即新聞業務專業學習階段，才移入新華社華中分社。

華中建設大學設在當時中共中央華中局和新四軍軍部的駐地（今安徽省天長縣境內），校長是彭康同志（華中局宣傳部長），校部設在新鋪，那是一個只有一條街的很小的市鎮。全校分民政、財經、文教、群運等四個系，各系分駐在新鋪四周的村子裏。學員大體上有三類：一是從華中各根據地調來的基層幹部，人數不多，但是學員中的骨幹，帶有進修、提高的性質；二是各根據地來的知識青年，蘇中、蘇北、淮北、淮南來的都有；三是從上海、南京、南通、揚州等淪陷區來的青年學生，其中以上海的最多。

新聞訓練班附設在文教系，系主任是陳同生同志，支部書記是李文如同志。全係學員約 200 人，編為十餘個班；至專業學習時期，又分為教育、文藝和新聞三個隊。新聞隊共有 30 餘人，有各根據地的老記者、有根據地的青年幹部和知識青年，占一半左右的是淪陷區去的學生。入學開始，學生就學《中國革命和中國共產黨》《在延安文藝座談會上的講話》等內容。接著是學習黨的各項具體政策，學習的內容十分廣泛，如三三制政權建設、減租減息、大生產運動和伴工互助、發展工商業政策，還有教育和文藝政策等等。這些知識都是關於中國革命的根本問題、黨的路線方針等大問題，對於剛參加革命的青年來說，特別重要。

以上的學習，大體上相當於今天的大學新聞系的基礎課程。系統性不夠、課程也不多，可用書籍和資料很少，只能聽報告和討論；但在學習內容的精練和緊密聯繫實踐方面，這些課程倒是頗有特色。

專業學習開始不久，日本帝國主義便投降了。新四軍受命向敵佔區大進軍，根據地在天天擴大，華中建大匆匆辦理結束，新聞隊便全部移到新華社華中分社，由范長江同志直接領導，繼續進行新聞業務的專業學習。隨著抗日戰爭的結束和解放戰爭的開始，共產黨領導的新聞教育主要介紹如下：

（三）華中新聞專科學校和蘇南新專

華中新聞專科學校是我黨在解放區創辦得最早、時間延續較長的一所「抗大」式的新聞幹部學校。主要創辦人是范長江。自 1946 年 2 月 1 起至 1950 年 3 月，先後共辦 4 期。

　　1945 年 8 月，范長江帶領一批新聞工作者從中共中央華中局和新四軍軍部所在地——淮南抗日民主根據地向蘇北重鎮淮陰出發。9 月，淮陰解放第二天，范長江便帶領大家進入這座古城，接受敵偽印刷廠，立即重建華中新華社，著手籌備出版《新華日報》（華中版）、籌辦華中新聞專科學校。新專籌建工作由謝冰岩具體負責。

　　1946 年 1 月 24 日，在《新華日報》（華中版）上登出華中新聞專科學校招生簡章。同年 2 月 15 日新專開學，校址設在淮陰北門大街大陸飯店院內。校長、副校長和教育長分別由《新華日報》（華中版）、華中新華社社長范長江、副社長包之靜和秘書長謝冰岩兼任。不久，范長江奉命調中共南京辦事處工作，由惲逸群接任校長，學校具體工作由謝冰岩來抓。學生來源絕大多數是從華中建設大學畢業生中選取。全校師生員工 100 多人，分為三個隊，隊下設班，主要學習採訪、編輯、報務和譯電。主要課程是范長江講的《人民革命事業和人民記者》、惲逸群講的《新聞學講話》。編輯科的課程有：編輯工作概況、編輯業務、通聯工作、採訪工作、校對工作，以及有關的各種政策，授課人員大都是新華日報華中版和新華社華中總分社各部門的負責同志。電務科的課程有電學、抄發報、英文和政治常識等；經營管理方面的課程有會計、廣告、發行、印刷等等，各科的教學內容都貫穿著「全心全意為人民服務的思想」。包之靜、謝冰岩和報社其他一些同志也常講課。第 1 期原定 6 個月，因時局緊張，工作需要，學員們只學了 3 個月便提前畢業。

　　1948 年春，華中地區局勢好轉，《新華日報》（華中版）復刊，華中新聞專科學校也開始復校。校長、副校長分別由中共華中工委宣傳部長俞銘璜、華中新華日報社社長徐進兼任。華中新華日報副總編輯秦加林、馮崗兼任副教育長。學生來源主要是兩個方面：一是華中各分區黨報的編輯、記者、通訊員，一是從國民黨統治區來的大學生，共 70 多人。4 月招生，5 月學生就集中起來投入大規模的反掃蕩鬥爭，直到 6 月底才在射陽河畔的千秋港（現屬濱海縣）開學。不久，學校遷至射陽縣合德鎮附近，開學後調進羅列任專職教育長。在 6 月 28 日華中新聞專科學校舉行的開學典禮上，俞銘璜作了《怎樣做一個新聞工作者》的報告。7 月 18 日，新華社總社電賀華中新專復校，華東總分社社長匡亞明、副社長惲逸群、包之靜亦來電祝賀。學員們生活很艱苦，有一段時間政府只發糧不發菜金，同學們自己種菜、捉小蟹、挖野菜，每天吃的糝子還得自己舀和磨，一個月難得吃一次大米飯和豬肉。學習時，

六七十人擠在一間小屋裏聽報告。學習生活活潑緊張，早上唱歌散步，晚上圍繞白天學習中心漫談個人心得體會，星期日開檢討會，一個月開一次晚會。學習土改政策時，結合駐村的土改調查，解決了許多學習中未能解決的問題。進入業務學習後，一面聽報告研究報紙，一面進行實地採訪、寫作，各組輪流出版《新記者》，練習編輯工作。隨著淮海戰役的勝利結束，學校隨中共華中工委、華中新華日報遷來兩淮，校址設在淮安縣板閘鎮西街。

1948 年 12 月開辦該校第 3 期，曾以華中大學新聞系（系主任徐進，副主任羅列）名義對外招生，不久恢復華中新專原名。校長、副校長仍由俞銘璜、徐進分別兼任，教育長羅列主持校務。學員大多數來自國民黨統治區以及新解放的城市，一部分由華中大學、華中黨校轉來，計 120 人、共分 9 個小組。教員由華中新華日報社有關負責同志兼任。第 3 期開辦期間，正值大軍南下準備渡江之際。沿運河的公路上，日夜不斷地行進著野戰軍和民工的隊伍。應形勢需要，有 30 多人用 20 多天時間突擊學完全部課程後，便隨軍南下參加接收工作，留下的同學也加緊學習。4 月初，學校向南移動，行軍 200 多公里，遷至泰州城外的西馮莊。到泰州後，又有三批同學調出，一批到南京，一批到上海，還有一批；留下參加蘇北日報和蘇北軍區政治部工作。5 月初學校渡江。渡江後在無錫為配合新區宣傳工作，還演出過歌劇《王貴與李香香》。

1949 年 7 月至 1950 年 3 月，該校在無錫惠山開辦了第 4 期，並改名為蘇南新聞專科學校。校長、副校長分別由中共蘇南區黨委宣傳部部長汪海栗，副部長、蘇南日報社社長徐進兼任，教育長為羅列；黨組書記為徐進，副書記羅列。蘇南新專共有學員 220 人，設 3 個班，1 個隊（電訊隊）。3 個班每班 60 多人，分為 7～8 個小組。班設輔導室，有輔導員、輔導幹事各 1 人。教務處設有教務科、註冊（組織）科及圖書館、校刊等部門。行政、總務、醫務由秘書室領導。蘇南新專的第 4 期是歷屆人數最多，機構、人員較整齊的一期。1950 年 3 月遵照中央人民政府新聞總署通知精神，蘇南新聞專科學校停辦。

華中新聞專科學校及渡江後的蘇南新聞專科學校是我黨在解放戰爭時期培育新聞幹部的搖籃。學員們後來多成為新聞戰線或其他戰線的骨幹。

（四）華東新聞幹部學校和華東新聞學院

1946 年 12 月 23 日，中共中央批覆華東局：同意華中局與華東局並為華東局。同時，華東局決定華中《新華日報》停刊，合併到山東《大眾日報》。

12 月 26 日，華中《新華日報》社社長、總編輯惲逸群，副社長、副總編輯包之靜帶領全社人員和華中新聞專科學校學員撤離淮陰、淮安，並於 12 月底先後到達山東臨沂，華中區的大批新聞幹部和學員合併到《大眾日報》社，惲逸群、包之靜分任《大眾日報》社副社長、副總編輯。

1947 年 2 月 15 日，《大眾日報》刊登「華東新聞幹部學校加緊籌備，即將開學」的消息稱：爲適應目前新形式的需要，該校專門培養爲人民新聞事業服務的編輯、記者、出版及電務人才，設編輯、出版、電務三科。教育方針著重與實踐結合，定期派赴華東各報社與通訊社實習。課程除編輯、採訪、出版、電務知識外，還有社會科學、政治、國際知識、史地等，此時，校長爲惲逸群，副校長包之靜，教務長謝冰岩。

1947 年 3 月 13 日，華東新聞幹部學校還在《大眾日報》上刊登學校相關招生信息。（1）辦校宗旨：培養爲人民新聞事業服務的新聞人才。（2）報考資格：具有高中以上或有同等學歷者報考編通科，具有初中或有同等學歷者報考電務科。（3）報考手續：經華東解放區各地縣、市以上黨、政、軍、民機關團體正式介紹。（4）待遇：供給制待遇。學習期間，伙食學習用品由本校供給，被服自備，畢業後，由本校介紹到華東解放區各地報社、通訊社機關工作。（5）報名地址：山東《大眾日報》人事處（由於革命戰爭環境的關係，《大眾日報》在何地出版，報紙上也不登，需保密）。

華東新聞幹部學校日常的教育、行政工作，由《大眾日報》社副總編岳明和秘書長謝冰岩負責，專職教員和工作人中有張南舍、曾愛弟、趙節、沈文英（包之靜夫人）、易星（謝冰岩夫人）等同志，同時他們也都是大眾日報的幹部。

1947 年 3 月底，華東新聞幹部學校第 1 期招收的學員共 40 餘人，在山東莒南縣大柳溝開學。學員的來源：一部分是華中新聞專科學校撤到山東待分配、或繼續留校學習的學員；另一部分是《大眾日報》新招收的青年知識分子。開學不到幾天，即面臨國民黨軍隊重點進攻山東解放區的危險時局。在環境日益惡化的形勢下，華東新聞幹部學校在莒南縣待不住了，於是，教務長謝冰岩即帶領師生從魯南北上、東移。「五一」前才抵達膠東萊東縣（今萊陽市）朱蘭村繼續上課。至當年 7 月 21 日，第一期四個班 40 餘名學員畢業，大部分就地分配工作。

　　1947 年 7 月 27 日，華東新聞幹部學校又在《大眾日報》和膠東《大眾報》等報紙上刊登第二期招生簡章進行招生。公布山東大眾日報社、新華社華東總分社、渤海日報社、膠東大眾報社等地為報名處。這期共招收學員約 70 名，其中膠東師範學校選送的約 40 名、其餘的學員則是由膠東區黨委和膠東各地委以及部隊等抽調、保送的。8 月下旬，華東新聞幹部學校在膠東萊東縣（今萊陽市）朱蘭村剛剛開學，國民黨軍隊就又大肆進犯膠東解放區。因此，學校緊急轉移、並疏散了一部分學員到後方或暫返家鄉。到 12 月下旬，第二期留校堅持對敵鬥爭和繼續學習的學員結業。

　　1948 年春夏，華東野戰軍山東兵團相繼在津浦路東和膠濟線發動強大攻勢。1948 年 5 月 7 日，山東濰坊市解放，從根本上扭轉了山東形勢；全國解放戰爭也即將進入戰略決戰階段。戰爭形勢的發展，要求急需加快培養新聞幹部。於是，華東新聞幹部學校當年 7 月復學並繼續招生。

　　1948 年 7 月 27 日起，華東新聞幹部學校又在《大眾日報》上連續刊登第三期招生簡章稱：學校設本科及初級職業班，學期分別為半年、三個月。校長、副校長為惲逸群、包之靜。隨著第三期招生消息的傳開，原第二期因國民黨軍隊重點進犯膠東解放區而暫時回家的 20 餘名學員，相繼返校到達大眾日報社駐地益都縣（今青州市）冢子莊。

　　濟南解放後，華東新聞幹部學校也遷往濟南。剛進濟南時，大部分學員參加接管工作。到 10 月底，學校開學的籌備工作大體就緒，並在濟南又招收一批知識青年，學校也改名為濟南新聞學校。學校人事安排如下：校長惲逸群，教務主任張鏞，人事科長金戈，總務科長劉健等。本科班主任、教員宋軍（原新華社華東野戰軍前線分社記者組組長），副主任、教員譚培章；預科班主任、教育王慶。除專職教員外，惲逸群、張鏞、張映吾、王中、張黎群等均兼職任課老師。11 月 6 日濟南新聞學校舉行開學典禮。中共濟南市委書記劉順元，華東大學校長及該校校長惲逸群等均親自出席。學校開學後，全校師生員工陸續增加到 100 多名。到 1949 年 3 月，學員即陸續分配工作，一部分留在大眾日報社工作，另一部分學員則隨軍南下，在另外一個新的學校和環境中完成新聞專業的學習和繼續鍛鍊成長。

　　華東新聞學院是建國前中國共產黨在上海創辦的一所培養新聞專業人才的革命幹部學校。1949 年 7 月初建校，1951 年 7 月中旬宣告結束，前後歷時兩年。它的前身是設在山東的華東新聞幹部學校。

　　早在解放大軍渡江南下之前，在山東濟南，中共中央華東局宣傳部考慮到，隨著解放戰爭的節節勝利，渡江南下後又必要在上海辦一所新聞學校。這所學校需要吸收青年知識分子加以短期培訓、以適應在新解放區辦報工作的需要。當時，濟南《新民主報》社長兼華東新聞幹部學校（即濟南新聞學校）校長惲逸群接受了籌辦華東新聞學院的任務，他曾找《新民主報》編輯主任兼華東新聞幹部學校教師王中和華東新聞幹部學校本科班主任宋軍等進行研究，並提出「上海是全國的新聞中心，上海一解放應充分利用資源立即著手發展新聞教育、培養新聞人才」的設想。這個設想，在 1949 年春渡江南下途中經過不斷醞釀，並逐漸成熟。

　　上海解放後，王中、宋軍同志奉上海市軍管會之命，接管了中國新聞專科學校；隨後在亞爾培路（現陝西南路）410 號該校原址，開始籌辦華東新聞學院、並吸收中國新聞專科學校原有教職員參加招生工作。同年 7 月初，華東新聞學院正式成立，經華東局宣傳部決定，院長由上海《解放日報》社社長惲逸群兼任，教務長為王中。院本部分設輔導、教務、註冊、總務等部門。輔導主任兼秘書主任宋軍，教務主任許銘，副主任餘家宏，註冊科長李人楫，總務科長周竹軒等。學校教師主要聘請黨政機關領導與新聞文化單位負責人或大學教授擔任，專職教師僅有謝叔良等幾人。

　　7 月 2 日，華東新聞學院在《解放日報》刊登講習班的招生簡章規定，「招考學員分甲、乙兩種，甲種：年齡 20～25 歲，大學畢業或新聞系三年級以上、或正式新聞專科學校畢業，或具有同等學歷者；乙種：年齡 23～30 歲，大學畢業或具有同等學歷，曾任新聞工作兩年以上者。」當時報考者甚為踴躍。經考試後於 7 月 19 日發榜（名單刊登於《解放日報》）共錄取講習班學員 540 人，主要是來自上海及鄰近城市受過高等新聞教育或有大學文化水平的知識青年與新聞工作者，也有一部分曾在華東大學與華東新聞幹部學校學習過的學員，於 7 月下旬陸續報到入學，7 月 31 日舉行開學典禮。

　　講習班學員分五個班進行學習。每班均設政治輔導員，由來自解放區的新聞幹部黃萍、蘇華、徐放、周濟、葉夫（沈子復）、邵亞仁、陳德峰、范式之、夏培根、童生（曾思明）等分別擔任。

　　由於當時辦學條件較差，校舍因陋就簡、起初借用上海高級機械工業學校與務本女中；8 月下旬，因暑期即將結束，上述兩校開學日近，華東新聞學院院部遷至華德路（現名東長治路）174 號辦公，第 1、2 班在哈爾濱路 1 號《前

線日報》舊址學習，第3、4、5班在華德路288號《和平日報》舊址學習，上大課則大都借用鄰近的吳淞商船學校（現爲海員醫院）禮堂。教學方針是政治思想學習爲主，課程安排則政治理論與新聞業務並重，學習方法是理論與實際相結合，上大課與小組討論相結合。開設的課程有：國內外形勢、社會發展史、辯證唯物主義、新人生觀、中國革命問題、新聞業務與各種政策講座。講師則有黎玉、劉瑞龍、魏文伯、馮定、許滌新、蔡北華等學者名流、黨政首長。

講習班學員係供給制待遇，一般均爲住讀，睡地鋪，吃大鍋飯，過集體生活。學習期限原定 5 個月，後於 1949 年 11 月中旬即全部結業，爲時僅 3 個半月。因講習班係幹部短期培訓性質，分配工作隨形勢發展與工作需要而定。有少數學員學習僅 4 周即踏上征途；也有不少學員一個多月後即換上軍裝，去部隊從事新聞、文教工作；絕大部分則在結業時分配去北京、上海以及陝西、河南、山東、江蘇、安徽、福建、浙江等省市的新聞單位，或去 23 軍、26 軍、27 軍、30 軍與上海警備區、三野新華總分社等部隊從事新聞、文教工作。爲配合解放臺灣，也有一些學員列入臺灣工作隊，準備去臺灣接管新聞單位，後因形勢變化另行分配。

1949 年 12 月，繼講習班之後，華東新聞學院又舉辦專修科與研究班。專修科學員來自隨軍南下尙未分配工作的濟南華東新聞幹部學校部分年輕學員，講習班中少數年紀輕、業務上尙待提高的學員，以及原中國新聞專科學校部分年輕在學學生三個方面，共計 70 人。由教務處副主任餘家宏任班主任，徐學明爲政治輔導員。該班次主要講授政治時事、文化、新聞業務等課程，採取「短、平、快」的教學方法，以期早出人才。1950 年 6 月，專修科奉命結束。7 月，除少數學員去空軍部隊工作外，絕大部分皆經過華東人民革命大學短期培訓後，去皖北、蘇南參加土地改革工作，隨後分配工作。

研究班是根據包下來的政策，爲適應接管後對舊上海原有新聞單位某些人員政治學習、提高認識的需要而設立的。參加學習的主要是上海原有各報編採、管理人員及少數職工，也有一些講習班留下繼續學習的，共 260 多人。研究班設總辦公室，下分 4 個班進行學習，由陸泉源、陳康德、夏家麟、吳子靜、杜月村、王堅、張堅、范式之、林宏等擔任輔導工作，教務長王中親自領導，夏培根、徐近爲秘書。學習課程主要是：國內外形勢、社會發展史與各種政策講座，學習方法與講習班相同。1950 年 8 月，研究班結束，學員陸續分配或介紹工作，大都去上海財貿與文教部門工作。

上述時期，華東新聞學院院長改由華東軍政委員會新聞出版局副局長張春橋繼任，教務長仍爲王中。專修科、研究班先後結束後，教務長王中調往復旦大學任副教務長兼新聞系主任，華東新聞學院不再設教務長，日常工作統由教導主任許銘負責。爲創設條件、逐步完成研究班學員的工作安排，1950年秋，又按留校學員不同的工作經歷、文化水平及其專長分班組織學習，至1951年初，陸續安排了工作。

華東新聞學院辦學時間雖短，但輸送出去的數百名學生散佈全國各地，他們及時支持了中央和省市、部隊新聞工作的開展。經過幾十年風風雨雨的人生錘鍊，他們大都已成爲新聞戰線上的骨幹力量，爲人民的新聞文化事業做出了可貴的貢獻。

（五）北京新聞學校

北京新聞學校創辦於解放之前，結束在解放之後。它跨越了兩個不同的時段，是特定歷史時期進行人才培養的學校，也是新中國新聞事業和新聞教育事業發展的基礎和保證條件之一。

1949年2月，全國即將解放，各條戰線都在大發展、大變革，因此也都存在著一個培養幹部和人才的問題。在新聞戰線上，如何適應全國解放後人民新聞事業大發展的需要、如何培養新型的人民記者這樣一個重大的問題，引起了中央領導及中央新聞單位領導人的重視。1948年9月，新華總社就由副社長梅益親自負責辦了爲期三個月的新聞訓練班，從華北大學調來20多名學員參加學習。在訓練班講課的有廖承志、胡喬木、石西民、朱穆之、廖蓋隆、梅益等同志。這一期畢業生大部分留在新華總社工作，少數分配到了華北人民日報社。

新華總社1949年隨同黨中央遷往北平，不久即在香山籌辦第二期新聞訓練班。第二期學員51人，全是從華北大學調來的，學習時間兩個月，畢業生除7人留在訓練班工作外，其餘全部分配到新華總社。新聞訓練班第三期學員是1949年9月入學的。這一期學員，是從全國分設的9個考區招考來的，多數爲新聞系和文科畢業生，少數是具有同等學力、掌握一門外國語的青年知識分子。11月1日，中央人民政府新聞總署宣告成立，同時決定原屬新華總社的新聞訓練班，更名爲北京新聞學校，由新聞總署直接管轄，校址在北京香山，新聞總署副署長范長江兼校長。

　　北京新聞學校第一期學習時間 7 個月，1950 年畢業時有學員 283 人，分配到華北、西北、西南、中南、東北五個地區的新聞單位工作。1950 年 8 月下旬開辦第二期，這時校址已遷到西單大磨盤院 2 號。第二期分研究班和普通班：研究班調訓工作兩年以上的在職新聞幹部；普通班從北京、上海、廣州三個考區招大學畢業或肄業二年以上的學生。兩個班共有學員 236 人，並於 1951 年 7 月畢業，畢業後分配到北京、西南、西北三處工作。第二期結束後，北京新聞學校停辦。緊接著，利用原有校舍和工作人員，北京新聞學校又辦了一期宣傳幹部訓練班，改隸中共中央宣傳部。班主任由胡喬木兼任，胡繩任副班主任，陳翰伯任秘書長主持日常工作。中宣部宣傳幹部訓練班於 1951 年 10 月 15 日開學，分設甲、乙兩班，甲班學員係從各地調來的地、縣兩級宣傳部長；乙班學員則是由國家統一分配來的大學文科畢業生。1952 年 9 月，又從燕京、復旦、聖約翰三個大學的新聞系調來了應屆畢業生，編為丙班。1953 年，宣傳幹部訓練班結束。

　　從北京新聞學校前後淵源看，新華社幹訓班是它的前身、中宣部宣幹班是它的後身。北京新聞學校與新中國同齡。作為迎接全國解放和建國初期新型新聞教育的奠基地的北京新聞學校，它的自身的地位和意義、它培養新聞幹部的做法及經驗都是十分重要的。

　　北京新聞學校是適應全國解放後人民新聞事業大發展的需要，黨和政府所採取的培養和提高新聞幹部水平的一個重要決策。1949 年，我們面臨著的是一個為新聞事業大發展準備新聞幹部的局面。當時，上海有個華東新聞學院，但上海不是黨中央所在地，在培訓新聞幹部的條件上，畢竟比不上首都北京。因此，創辦一個全國性的直屬國務院新聞總署的新型高等學府——北京新聞學校，確為當務之急。北京新聞學校兩年共訓練新聞幹部 519 人，他們分布在全國各地報社、雜誌社、通訊社、廣播、電視、出版發行以及科學研究、文化教育機關，他們中相當的人早已成為得力的領導骨幹，成為名編輯、名記者、名播音員，繼承和發揚了中國共產黨的優良傳統和優良作風，對國家和人民的新聞事業以及新聞改革，做出力所能及的貢獻。

　　北京新聞學的教學內容和教學方法，繼承了延安抗大的優良傳統，又照顧到現代科學的教學方法。北京新聞學校從開始起，就對學員進行「團結、緊張、嚴肅、活潑」的傳統教育。每天早晨，從副校長、班主任、助理員到

學員都做早操，每棟宿舍都進行隊前講話，有話則長、無話則短，但天天都要講。

　　北京新聞學校學員的文化素質比較整齊也比較高，年齡也大致相差不遠，一般是二十三四歲的大學畢業生，也有部分在職的新聞工作者，至少也是高中以上文化程度。這一點，和當年延安抗大又不盡相同。這些解放前進大學的青年知識分子，大都有一顆嚮往光明、追求眞理、渴望解放的火熱的心，但對革命理論還缺乏應有的認識，對革命的實踐還沒有親身經驗，他們需要有人啓蒙，有人引路；而北京新聞學校的這一段教育，恰好滿足了他們的需要。這就好比一群初來參加革命隊伍的新兵，受到了一場及時而且是富有針對性的思想入伍訓練，也可以說，這等於在各自的世界觀、人生觀乃至整個思想品德和作風上，受到了一場革故鼎新的基礎教育。

　　北京新聞學校的基礎教育，對於一個人民新聞工作者來說，是一次良好的開端。兩期青年學員經過這樣的教育，他們在一系列帶根本性的問題上，都形成了初步的認識和解答。這些解答雖然是初步的，但是，這些基本理論、基本觀點和基礎知識，乃是無數前人實踐和集體智慧的結晶、是一切人民新聞工作者都應當懂得的。

　　北京新聞學校有爲數眾多的高水平兼課教師，良好的師資爲學員具備廣博的知識打下基礎。北平新聞學校的課程，大致可以分成下列幾大類：一是馬列主義基本理論課（包括社會發展史、哲學、政治經濟學），講授教師有楊獻珍、艾思奇、范若愚、孫定國、龔士其、於光遠、王惠德、狄超白等同志；二是中國革命和建設課（包括共產黨的知識、新民主主義革命史、中共的基本政策等），有葉蠖生、何乾之、廖蓋隆、胡華、田家英、張友漁、楊靜仁、吳晗等同志；講授新聞業務課的有范長江、鄧拓、吳冷西、朱穆之、梅益、溫濟澤、穆青、方實、華山、李千峰、陳用文、劉尊棋、魏巍等同志；講授語文課的有葉聖陶、呂叔湘、魏建功、曹伯韓、趙樹理等同志；講授時事和國際知識的有伍修權、凌青、薩空了、胡繩、錢俊瑞、陳家康、黎澎、陳克寒、胡偉德等同志；講文學寫作課的有丁玲、矛盾、老舍、曹禺、劉白羽等同志。

　　北京新聞學校除採取老師上課的方式外，還採取雙向座談、問題解答的方式來學習，例如曾和赴朝記者團座談、和上海記者團座談。北京新聞學校非常重視思想政治工作。第二期遷進城以後，學員們分散住在四個院子裏，

研究班住在校本部大磨盤院 2 號，普通班分住在北大公寓、舊刑部街和興盛胡同。研究班先是由教務科長許諾兼班主任，後由周子芹接替，普通班的班主任是蕭岩（教務科副科長），普通班的班部設在興盛胡同，北大公寓和興盛胡同各有助理員一人。班主任和助理員都十分重視政治思想工作。學校和班部有一種輔助性的教學活動，當時統稱爲「漫談」，「漫談」的特點是以理服人，以情動人，以德感人。由於北京新聞學校的思想政治工作做的好，使學員的思想覺悟和認識水平都有了很大的提高。因此，當學員畢業，校方號召同學們踊躍報名去大西北、大西南時，幾乎是人人爭先，個個報名。

當然，北京新聞學校在教學內容上，還沒有突破「新聞無學」的影響、沒有建立系統的社會主義新聞學的教學內容。雖然講課的老師都是名家，但把實踐上升到理論方面還是略顯不足，進一步探討社會主義新聞學的基本特色還不夠。儘管如此，北京新聞學校仍爲新中國培養了大批高水平的新聞幹部，在當時和今後的一段時間內，都起到了非常重要的作用。

（六）其他新聞教育機構

1946 年 2 月 9 日，由范長江主辦的「華中新聞專科學校」在江蘇淮陰開學，該校是解放區設立最早的一所新聞專科學校。1946 年 4 月 15 日成立中國解放區新聞記者聯合會華中分會；內戰全面爆發後停辦，1948 年重新開學，中共華中工委宣傳部長俞銘璜任校長，《新華日報》（華中版）社長徐進任副校長、羅列任專職教務長。1949 年 5 月遷往江蘇無錫，後改名爲「蘇南新聞專科學校」[1]。1946 年 3 月，中國共產黨領導下的幹部學校「華北聯合大學」在張家口創辦新聞系。該校爲「新中國第一個新型的、正規的大學[2]」——中國人民大學的前身，華北聯合大學新聞系的創立，在解放戰爭時爲共產黨培養了諸多優秀的新聞人才。

1947 年春，延安大學開設新聞班，學習期限爲 1 年半至兩年。1947 年 6 月，東北解放區西滿新聞幹部學校開班。1949 年 4 月，華中新聞專科學校轉移至江蘇無錫並更名爲「蘇南新聞專科學校」，7 月開學時一次錄取學員 240 人。該校於 1950 年 4 月停辦。[3]1949 年 7 月，共產黨領導下的「華東新聞學

---

1 江蘇省地方志，江蘇省地情網參考網址：http://www.jssdfz.gov.cn/book/byz/D8/D1J.html.

2 劉葆觀主編：《血與火的洗禮：從陝北公學到華北大學回憶錄（1937～1949）下》，中國人民大學出版社，2007 年版，第 1 頁。

3 方漢奇主編：《中國新聞事業編年史》（中），福建人民出版社，2000 年版，第 1568 頁。

院」在上海創辦，惲逸群任院長、王中任教務長。該校在共產黨新聞工作者知道想創立，辦學宗旨是「在短時期樹立為人民服務的基本觀念，為新民主主義新聞事業工作[1]」。1952 年 10 月，該校停止辦學。

第三節　民國南京政府後期的新聞學研究

　　民國南京政府後期，國共兩黨的「最後決戰」中，新聞學研究沒有中斷，並表現出鮮明特點。國民黨報人剖析中國新聞事業發展現狀的同時展望中國新聞事業發展未來，對世界範圍內存在的紙荒問題與新聞自由問題給予充分關注。在特殊的時代條件下，新聞記者的責任和使命是什麼，國民黨報人也進行了回答；而共產黨報人在新環境下對無產階級新聞實踐進行理論總結，倡導「新聞真實」、並開啟新聞學研究的新階段；此外，民營報人則關注新聞本體，對新聞事業的性質、新聞學理論體系的建構做出了理論思索。

一、國民黨報人的新聞學研究

　　南京國民政府後期，國內時局動盪，新聞事業舉步維艱。在世界範圍內出現的新聞紙紙荒問題、聯合國世界新聞自由大會的召開及其提及的新聞自由問題等，都曾在國民黨報人中引發理論探討。

（一）對中國新聞事業發展現狀的思考及展望

　　對於中國新聞事業發展現狀，國民黨報人有諸多批評。

　　南京中央日報社長馬星野認為，中國新聞事業存在三大缺點。「從辛亥到了現在，新聞事業雖然有點進步，但是離中國需要的標準還是很遠。」[2]中國報紙的缺點是不夠、不均、不健全。按官方的登記，中國有 684 家報紙，大約銷售報紙 200 萬份。200 萬份報紙至少有 140 萬份集中到幾個大都市，所以在廣大的農村區域便看不到報紙，尤其是邊疆一帶，新聞紙真如稀世之寶。中國的經濟基礎都很不健全、報紙能夠自給自足的更為數甚少，因此報紙的內容不免空虛。一個健全報紙的先決的條件是夠付紙價的發行收入、夠支付其他一切開支的廣告收入、夠維持相當水平的編輯人才。馬星野提出：「發行的數量增加則廣告的效力加大，廣告訂價提高，報社財源充裕，然後可以羅

1　上海地方志，上海市地方志辦公室官網參考網址：http://www.shtong.gov.cn.
2　馬星野：《中國新聞事業展望》（1948 年 1 月 12 日在金陵大學演講），《中央日報》，1948 年 1 月 13 日。

致優良的編輯人才，改進新聞言論的內容。凡是不能靠發行廣告收入來應付開支的報館，都不是健全的報館。」[1]

馬星野進而對中國新聞事業發展狀況痛下針砭。「我相信一個報紙配做『報紙』，首先要經濟獨立，自足自給，而經濟獨立的唯一途徑，是藉報紙內容之改進，以增加讀者，以發行數量之增加使廣告效力提高，因而使營業收入足以應付做報支出而有餘。我認此為做報的常經，沒有任何理由可以越出這常經的。」[2]但是，中國現階段的辦報方法，除了極其少數的幾家報館外，差不多全是反常的，有的靠津貼、靠補助；有的出賣官價紙，低利借款，虛報人數領取平價米煤，做投機買賣；有的則用報紙做護符，發著國難財或勝利財。

馬星野觀察到，在報刊的發行方面也存在種種亂相。當時，很少的報紙發行不是被報販子把持著。「報販子勢力的根深蒂固，固然是一個因素，然最主要的，還是由於同業間的不正常的競爭方式。有些報紙，對於報販的折扣，兩折三折地批去不算稀奇，而報販子可以一月兩月不交回報費。有的報紙，根本不是為發行為銷數，僅僅為爭取白報紙之配額而多銷幾份報，所以報販子是以廢報紙的價格來買它，買來向廢紙店或造紙廠去送的。分銷處也往往如此，能銷五份的分銷處，報社可以寄他五十份，銷不了也不相干，有的報紙，根本不用強迫的方式推銷，由縣政府或當地駐軍或當地警察來強迫代訂購。」[3]

至於廣告，其情形更為特別。一家公司在甲報刊登一條廣告，同城的乙丙丁等十幾家報紙可以向這家公司交涉，一定也要照樣送刊；或者不問青紅皂白，剪下甲報的廣告依樣刊出，再到該公司去坐索廣告費。因此，許多商家或機關不敢登廣告，廣告的折扣，因此賤得不可再賤。「有的都市裏有廣告公司的，則報社財源往往被廣告公司一手扼住。」[4]

報刊、報社的賬務方面，更是一片混亂。報社最大的兩筆開支，是紙張與員工生活費。對於出賣官價紙的報社，紙價黑市越漲得利害越有利可圖。對於紙張不足的報社，紙的漲價則是致命打擊。當一份報紙的發行價格不足以購回同樣大小的白紙，只有考慮自動減少發行，但自動減少發行就是慢性

1 馬星野：《中國新聞事業展望》（1948 年 1 月 12 日在金陵大學演講），《中央日報》，1948 年 1 月 13 日。
2 馬星野：《其可告人無二三》，《報學雜誌》試刊號，1948 年 8 月 16 日。
3 馬星野：《其可告人無二三》，《報學雜誌》試刊號，1948 年 8 月 16 日。
4 馬星野：《其可告人無二三》，《報學雜誌》試刊號，1948 年 8 月 16 日。

自殺。員工生活費是報社的白紙以外的最大支出，但是「我們沒有理由要員工們餓著肚子工作，我們認為依生活指數發薪，是天公地道的事。但是就全報社的經濟來說，生活指數的直線上升，終會衝破了任何健全報社的經濟的自衛線，而迫使報社破產的。」[1]。

關於新聞事業的未來發展，中央日報社社長劉覺民提出新聞事業發展要國家化、社會化。「新聞事業，從他的效用和目的來說，絕不是一種個人的企業，而是社會的事業。如果從他對於政治經濟及各方面的影響來說，不僅是一種社會事業而確乎可說是一種國家的事業。」[2]新聞事業是國家的事業，是中國與歐美相區別之處。「在歐美型的自由主義個人主義的民主政治之下，新聞紙雖是看作推動民主政治的力量之一，但只把它認為是個人企業之一種而卻不曾把化當作是社會的事業國家的事業。在中國未來發展的理想的新聞事業，絕不僅是一種個人企業而必然要把他視為社會的事業國家的事業。我認為這就是中國新聞事業和歐美新聞事業發展不同的特質，同時亦是中國新聞事業未來發展更偉大的處所。」[3]中國新聞事業未來的發展，應當是社會的事業、國家的事業的意思，這並非要求未來的新聞紙要由政府包辦而不讓私人去發展、而是強調應當要以社會人士的力量和政府的力量盡力去支持他發展他，不要再走「全憑個人以自由主義的商業經營方式去經營報紙」的歐美新聞事業發展的舊路。

至於如何實現新聞事業的社會事業化？劉覺民提出：第一，要社會人士提高看報的興趣；第二，要社會人士擴大讀報的階層；第三，要社會人士尊重新聞記者的地位；第四，要社會人士抉擇正確的輿論，並有擁護此種輿論的精神與勇氣；第五，要社會人士嚴屬監督並拒絕低級趣味和「黃色新聞」的新聞紙的存在；第六，要社會人士對於無偏私的新聞紙，有如自己財產一般的愛護，並給予精神的協助；第七，要社會人士多能參加新聞事業的投資，而使新聞紙成為大眾化社會化的企業。「這幾種最基本最低限的要求，是新聞業社會事業化必具的條件。」[4]

1　馬星野：《其可告人無二三》，《報學雜誌》試刊號，1948 年 8 月 16 日。

2　劉覺民：《中國新聞事業未來的特質》，《報學雜誌》，第 1 卷第 7 期，1948 年 12 月 1 日。

3　劉覺民：《中國新聞事業未來的特質》，《報學雜誌》，第 1 卷第 7 期，1948 年 12 月 1 日。

4　劉覺民：《中國新聞事業未來的特質》，《報學雜誌》，第 1 卷第 7 期，1948 年 12 月 1 日。

劉覺民還對如何實現新聞事業的國家事業化有所思考：第一，在政策上，應以國家辦教育的精神，來看待新聞事業，而扶持其發展；第二，新聞出版法，不要專注於消極的限制與制裁，而要有更積極的出版自由的保障與獎勵的規定；第三，國家必須設立多數新聞教育機關，完全公費培植新聞人才；第四，以國家經費補助擴充並充實已有基礎的一切新聞通訊社，使新聞的供給更迅速，豐富而便利；第五，用國家資本建立大規模新聞用紙製造廠，以僅敷成本的價格，供應新聞社之需；第六，由國家制訂獎勵印刷機器，通訊電訊器材等之改良與發明的辦法；第七，由國家規定，凡屬新聞業所需的人口機器、油墨、紙張之類的東西，應當列為免稅品或無稅品。「這幾種最基本最低限的要求，是新聞業國家事業化的必要條件。」[1]

馬星野也對中國新聞事業的發展走勢做出一定的思考：他認為，中國新聞事業的發展趨向是大眾化、科學化、企業化。第一，大眾化。報紙本來是為最大多數人民的最高利益而存在的，民主政治的原則是根據最大多數人民的意志來決定國家的政策，離開大眾，報紙沒有存在的理由。所以今後報紙一定要做到文字通俗話，題材民間化，深入廣大農村，為最大多數痛苦的民眾說話。第二，科學化。不僅是印刷的方法，新聞傳遞技術要採用最新科學的發明。尤其重要的是，言論編輯的方針表現科學的精神。科學的精神是實事求是，沒有主觀，沒有感情，尊重事實，愛護真理，只有公是公非，沒有利害派別。在新聞方面報導純粹的正確事實；在言論方面，以理智的態度，解釋及發揚真理。第三，企業化。世界報紙的經營方式，一種是國家經營，像蘇聯；一種是企業化經營，像英美。英美報業雖然也有缺點，但卻是比較合理的方式。「以經濟之獨立保證真理之獨立，以財政之自由保證新聞之自由，不受津貼，也不受支配。自由獨立的新聞事業，乃是民主政治的最好保障。」[2] 當然，「新聞事業是領導國家社會的事業，但是他不能超脫了國家社會一切條件的限制」[3]。為此，馬星野提出必須發展教育事業以儲備報刊閱讀的受眾；發展交通事業以擴大報刊發行的空間、提高新聞的時效性；發展工商業以為新聞事業提供社會存在和發展的基礎。

1　劉覺民：《中國新聞事業未來的特質》，《報學雜誌》，第 1 卷第 7 期，1948 年 12 月 1 日。

2　馬星野：《中國新聞事業展望》（1948 年 1 月 12 日在金陵大學演講），《中央日報》，1948 年 1 月 13 日。

3　馬星野：《中國新聞事業展望》（1948 年 1 月 12 日在金陵大學演講），《中央日報》，1948 年 1 月 13 日。

（二）報業紙荒問題與配給制度

二戰以後，世界各國出現了新聞紙紙荒問題。中國政府曾採取進口紙張、配給用紙等做法，試圖解決這一問題。同時，報紙紙荒問題的出現，也促使國民黨新聞人對這一問題展開了深入思考。

陳博生從政府實行的新聞紙配給制度切入，探尋新聞紙紙荒出現的原因。「紙荒的原因，是現行配給制度不完善的結果……配給制度是政府對報界的一種幫助，以官價外匯結匯購得的紙，照平價售予報界。……現在配給的標準，的確欠公平，有些地方所得太多，有些地方太少；同一地方，各報因人事關係，多少也不平衡，也許甲報比乙報銷路大，得到反而比乙報還少的配給。……紙的不合理配給，間接造成紙荒，因爲有些報社的紙不夠，有些報紙用不完以黑市出售，不夠用的又買不起。」[1]有人主張報紙的出版以一張爲限，這實在不必。固然有的城市工商業不發達，廣告刊戶少，可以不必把廣告放大充塞篇幅；但像上海《新聞報》的廣告的確多，一張的篇幅實在不能把新聞及廣告全部刊登在內。報紙多刊載廣告，等於藉資本家的力量維持報紙，沒有什麼不合理。「研究新聞事業的人，都知道報紙專靠發行，如果不以廣告挹注，高價發行將窒息報紙的生命。我雖覺得目前報紙篇幅還嫌浪費，應該節約，但並不以全國各報都以一張爲限爲然。」[2]

馬星野也對配給用紙制度提出質疑。「你問現在配給用紙制度是否合理，我的答覆是否定的。」在過去一個時期中國政府對於配紙，根本沒有依照各報實在的需要量去分配。調查銷數，並不是不可能的事，在美國有一個稱爲A.B.C（銷數稽核局）的組織，調查各報的實際銷數，逐日發表。凡是報紙的批價在對折以下都不能夠稱爲銷數，謊報銷數或把義務報以及賣不掉的算進銷數，都要受開除 A.B.C 會員資格的處分。美國並沒有實行配給制度，各報都可自由買紙，尙且做到如此嚴格合理，我們中國以有限的外匯換來的白報紙來供應各報，對於銷數應該做更精密嚴格的調查，以免投機取巧的報紙拿配給紙做黑市買賣。配給制度是在鼓勵作僞，「在各報實際銷數沒有調配清楚以前，配給制是有害於中國新聞事業的。」[3]

1　陳博生：《當前的報業的幾個實際問題》，《新聞學季刊》，第 3 卷第 2 期，1947 年 12 月 25 日。

2　陳博生：《當前的報業的幾個實際問題》，《新聞學季刊》，第 3 卷第 2 期，1947 年 12 月 25 日。

3　馬星野：《當前的報業的幾個實際問題》，《新聞學季刊》，第 3 卷第 2 期，1947 年 12 月 25 日。

馬星野進而提出，若想實現合理配紙，必須解決系列問題：「第一，國家既然負責管理進出口，對於精神食糧的原料——白紙，應該負起合理供應的責任，進口的數額，應在經濟要求與文化要求二者之間折衷定一標準，不能因噎廢食，也不能因施行統治而斷絕精神食糧原料的來源。第二，所謂合理分配應該是配額和報章書刊的銷數完全符合，對於銷數大的報紙，不能以減少白紙配給為懲罰，對於銷數很小的報紙，也不能利用分配白紙做補貼。第三，拿配給的紙出去賣黑市，應該認為是一種罪惡，這是文化界的羞恥，如果任何同業對於某報出賣黑市紙提供具體的證據，證明有此行為，應由同業公會開除其會籍，由政府停止其配置。第四，這個問題不是互相攻擊可以解決的，有些報紙把配給的紙弄光，以致供應不足，這不算可憐，有的報紙因為有合理的準備，紙源不斷也不算可恨，事實就是事實，沒有動感情的必要。」[1]

中央日報總經理黎世芬提出，「不讓外紙阻礙國紙」。他建議，「如何使紙張進口合理化」與「如何增加紙張生產應該合在一起討論」。他認為，文化事業消費最多的是新聞紙，可是新聞紙的進口限制極嚴，而進口的紙張中，用以印訃文、做報表一類的昂貴紙張所佔的比例卻不少，只因為這些紙張能賺錢、有利可圖，所以進口也較多。同時在國內，紙張的生產方面也是以製造道林紙一類高貴紙張為多，這並非是生產的不合理、而是市場造成這種不合理的現象。黎世芬「希望政府求合理的解決。要在扶助教育文化的發展下，不妨礙增加本國紙張的生產，同時，徹底解決紙張生產問題，以供應文化界低廉的國產紙張，使文化事業在最短的將來更有光明的前途。」[2]黎世芬強調，「如何使紙張之分配合理化」與「如何使紙張之消費合理化」也可以合起來討論。分配和消費可視為同為一個問題，分配是消費的過程，要消費合理必須分配合理，「現在紙張的問題，因為沒有一個主管機構專司其事，所以成了一種無政府狀態。對於紙的分配，弄得內地和都市爭奪，報紙與報紙間又互相爭奪，這就是分配不合理的結果。所以我們應該確定一個原則，即確定分配的對象。現在我們分配的對象是書商、報館、出版商，這種分配方法有利於不正當的出版商、紙商的存在，政府應該將分配對象轉移，應該直接分配於國民，分配予讀者、學生。中間剝削的過程愈少，便愈合理。」[3]

---

1 星：《新聞界二三事》，《中央日報》，1947 年 10 月 18 日第 7 版。
2 黎世芬：《如何解決紙荒問題》，《報學雜誌》，第 1 卷第 3 期，1948 年 10 月 1 日。
3 黎世芬：《如何解決紙荒問題》，《報學雜誌》，第 1 卷第 3 期，1948 年 10 月 1 日。

（三）關於新聞自由問題

二戰以後，隨著反對新聞檢查的呼聲越來越高，人們對新聞自由的關注程度也越來越高。聯合國世界新聞自由大會的召開，更引起了國民黨報人對新聞自由問題的探討。

馬星野認為，按照世界新聞學家的界定，新聞自由有四義：「採訪之自由，即新聞記者有自由的平等的向新聞來源採取新聞不受限制之謂」；「權利之自由，即新聞記者使用電信及其他交通工具的自由平等之機會」；「刊載之自由，即報紙刊載新聞不受官方之直接間接檢查及扣留之謂」；「發布之自由，即通訊社發布新聞，各報社均得自由採用，不受任何通訊社或政府之阻斷或限制。」[1]

1948 年聯合國新聞自由會議的召開，引起國民黨報人對新聞自由的充分關切。馬星野強調：「國際新聞自由會議，最重要的目的，便是替全人類爭取新聞自由，由全世界各國，共同來宣布及確定新聞自由之神聖領域。所以，當聯合國人權委員會起草人權宣言及憲章時，便特別鄭重的組織一個新聞自由小組委員會，起草了關於新聞自由的條文，送到聯合國新聞自由會議來討論。這個條文，第一段是宣布人類應享有新聞自由（思想之自由與發表之自由），第二段是確定了新聞自由之領域，第三段是宣布一切新聞檢查的廢除，第四段是鼓勵新聞自由流通及一切障礙之掃除。這四段，概括了新聞自由的基本原則。」[2]

新聞自由是關係世界和平的大事。對此，國民黨報人深表認同。國民黨人認為，國際關係失去正常，有時候是起於誤會，由誤會而生嫌隙，由嫌隙而生防範，由防範而爭取興國、結成陣線，於是雙方對壘，國際間和平秩序就被破壞無餘。因此，《中央日報》曾刊文提出「避免嫌隙，是求取國際和平的主要方法之一，而避免嫌隙的重要方法，莫過於新聞的採訪自由與報導自由。唯有在採訪自由的環境之下，才可以明白一切事件的真相，才可以避免誤會的滋生；也惟有在報導自由的條件之下，才可以把事實的真相完全暴露出來，才可以使全世界的人士瞭解一個問題的本來面目，這樣才可以根本防止誤會的發生，所以新聞自由是有助於國際和平的。」[3]

---

1 馬星野：《世界新聞自由現狀之研究》，《中央日報》，1946 年 6 月 24 日第 5 版。
2 馬星野：《新聞自由劃界記——人權憲章第十七章談論經過》，《中央日報》，1948 年 4 月 30 日第 3 版。
3 社論：《論新聞自由》，《中央日報》，1948 年 3 月 24 日第 2 版。

關於新聞自由的內涵，國民黨報人也曾進行過深入思索：「新聞自由，除了採訪自由與報導自由之外，還應當包括經營的自由」。世界報紙的經營可以分爲兩類：一類是國營的性質，一類是民營的性質。人們通常以爲國營的新聞是不能自由，而惟有民營的新聞，才有自由可言。這種誤解，必須予以糾正。「第一，我們認爲自由的意義，絕不容許作爲有目的的利用，如果利用新聞自由的意義，作爲其本身利益的宣傳工具，藉以抹殺或侵害他人的利益，那便失去了意義。第二，國營的新聞事業，如果發生了新聞統制的作用，以統一其報導，造成新聞的鐵幕，甚至新聞事業，只許國營，不准民營，自然是妨礙了自由，應該予以唾棄；但是如果國營的新聞事業，不過是許多新聞事業中的一份子，既不發生統制的作用，自然無由造成新聞的鐵幕，有何妨礙自由之可言？所以一個進步的民主國家的國營新聞事業，其本身就是新聞自由的一員，絕對不會違反新聞自由的原則的。第三，民營的新聞事業，如果爲資本家所操縱，形成一個大規模的托辣斯，處處爲了少數富豪的利益來說話，此呼彼應，似乎是廣泛的輿論，而實際上卻是少數的意見。像這樣的新聞自由，還有什麼意義可言。所以民營的新聞事業，有時候也要失去新聞自由的意義。」新聞自由與否，與國營新聞事業、民營新聞事業之間不存在必然的關係。「我們敢斷言國營民營兩種制度並存的國家，國營新聞事業既不控制新聞，事實上也無法控制新聞，其無妨於新聞的自由。」[1]

國民黨報人還從法律角度關注新聞自由問題。「新聞自由，絕對不是新聞放任，世界任何重視新聞自由的國家，總不能不有一套出版法來對新聞自由課以責任，以免因新聞的過於自由而使個人團體或社會國家遭受損害。」[2] 國民黨報人主張，新聞立法、是新聞自由的有力保障。「在西歐，『法律』與『權利』是一個名詞，『權利』的內容，就是『自由』，某甲有自由，某乙也有自由，但甲的自由侵害了乙的自由，乙就要爭，甲乙自由界限的分割，就是法律。如英國，並沒有成言的誹謗律。自己的自由權被他人誹謗而受侵害者即向法庭起訴，如此之類許多訴訟的判決，積累爲誹謗律多條。誹謗律是爲自由而爭的產物。中國刑法雖明定誹謗罪，但中國人爲自由而爭的習慣尚不普遍。被他人誹謗者每不起訴，而誹謗他人者遂有無限的自由。……所以我國

---

1 社論：《論新聞自由》，《中央日報》，1948 年 3 月 24 日。
2 社論：《論新聞自由》，《中央日報》，1948 年 3 月 24 日。

不能不訂定出版法。我以爲出版法關於新聞自由限制大可以聯合國新聞自由會議的八條爲坺本，不必有什麼改動。」[1]

（四）新聞記者的職責與使命

在動盪的時局中，新聞記者應該承擔什麼樣的職責與使命，國民黨報人對此做出了理論思考。

馬星野在 1946 年「九一」記者節致辭中，提出三個問題：我們共同努力的目標是什麼？我們努力的方法是怎樣？我們要如何準備自己，方可以達成這種目標，完成時代賦予我們的使命？

馬星野認爲，中國新聞記者努力的目標有三個：[2]第一，我們新時代的記者是爲著民族的獨立，世界的和平而努力，絕不許爲著個人的利益，派別的利益或階級的利益，而自己來做工具。第二，爲著貫徹民主政治來增進民智，發揚民氣而努力。報紙是民主政治的基石，民主政治的基本意義是由大眾來管理大眾的事，要大眾能夠管理他們自己的事，首先要他們很明白的知道了大眾知識，這叫做民智。其次要他們很自由的表示出來他們自己對於這些事的意見，這叫做民意。民意又是根據民智而來的，對於某一個問題，如果根本不知道又何從來發表意見呢？新聞記者的責任是使大多數人民知道，並且讓他們的意見有表示出來的機會。第三，爲爭取民生利益而來報導民間疾苦及促進生產建設而努力。報紙離不開民眾，新聞記者尤其不許與大眾隔離，所以民生的疾苦是我們報導的最重要部分。同時，爲解除民生之疾苦，根本的方法是完成生產的建設。八年抗戰，爭取到一個經濟建設的機會，這個黃金機會是稍縱即逝的，我們新聞界要一致起來，喚起政府與人民的注意，完成已定的經濟建設計劃。

用什麼方法來實現三個目標？馬星野指出，記者離不開報紙，報紙上面最重要的是四種材料：新聞、社論、副刊圖畫、廣告。「這四種出品如果合於標準，我們可造福於國家，有益於人類。如果不合標準，我們將貽國家社會永遠的禍害，可以給人類帶來最大的苦痛。」[3]「新聞記者努力的方法是以眞理以正義來替讀者服務，做讀者的喉舌，做讀者的耳目，也做讀者的頭腦，我們要報導正確的新聞，發表公正的意見，供應有益的消遣，有用的知識，

---

1 陶希聖：《出版法與出版自由》，《報學雜誌》試刊號，1948 年 8 月 16 日。
2 馬星野：《新聞記者的共信與共勉——九一節午後八時向全國廣播辭》，《中央日報》，1946 年 9 月 2 日。
3 馬星野：《新聞記者的共信與共勉——九一節午後八時向全國廣播辭》，《中央日報》，1946 年 9 月 2 日。

並以正確的負責的廣告，來幫助所在社會的經濟生活的正常流通，做到了以上四點新聞記者才可以說已達成使命。」[1]

對了「爲了完成時代賦予我們的使命，記者要如何準備自己？」這個問題，馬星野認爲：「記者面對的是崇高的使命與艱難的工作。復興民族保障民權不是一句空話，解除人民痛苦建設富強國家，更不是空想而要踐行。記者要用全副的精力，做自強不息的努力」[2]：第一，要注意我們自己的品格，社會信託我們，我們首先要做一個值得信託的人。第二，要注意到自己的學識。我們負責替大眾報導新聞，解釋新聞，我們便是大眾的教師，如果對於所報導的問題所解釋的時事沒有基本的知識，那麼必然誤導民眾。第三，要注意到自己的身體與心理之健康。總之，「今天也是國家十分瀕危，社會十分黑暗，時代趨向十分可憂的日子，我們新聞記者荷負的責任太大，太重了，我們站在時代的尖端，我們握著時代的鎖鏈，我們要看得遠，看的眞，把自己的利害關係拋開，立志爲最大多數的痛苦民眾服務。」[3]

二、共產黨報人的新聞學研究

解放戰爭時期，中國共產黨人的新聞學研究，繼承和發展了延安時期形成的黨報思想，爲無產階級新聞學增添了新的理論資源，主要有如下一些內容。

（一）黨報是黨聯繫群眾的橋樑

1948 年 4 月 2 日，毛澤東在《對晉綏日報編輯人員的談話》中重點闡述了黨報與人民群眾的關係。他說：「報紙的作用和力量，就在它能使黨的綱領路線，方針政策，工作任務和工作方法，最迅速最廣泛地同群眾見面。」[4]他要求黨報工作者通過走群眾路線把報紙辦得有生氣，辦得引人入勝。他指出：「我們的報上天天講群眾路線，可是報社自己的工作卻往往沒有實行群眾路

---

1 馬星野：《新聞記者的共信與共勉——九一節午後八時向全國廣播辭》，《中央日報》，1946 年 9 月 2 日。

2 馬星野：《新聞記者的共信與共勉——九一節午後八時向全國廣播辭》，《中央日報》，1946 年 9 月 2 日。

3 馬星野：《新聞記者的共信與共勉——九一節午後八時向全國廣播辭》，《中央日報》，1946 年 9 月 2 日。

4 毛澤東：《對晉綏日報編輯人員的談話》，載《毛澤東新聞工作文選》，新華出版社，2014 年版，第 188 頁。

線。」因此，新聞人員「爲了教育群眾，首先要向群眾學習」。他認爲，報紙是由知識分子具體辦的，但知識分子「對於實際事物往往沒有經歷，或者經歷很少」，而「要使不懂得變成懂得，就要去做去看，這就是學習」。只有「使自己成爲有經驗的人」，「才能擔負起教育群眾的任務」。[1]毛澤東的講話爲黨報和黨報工作者如何走群眾路線指明了正確的方向。

1948 年 10 月 2 日，劉少奇在《對華北記者團的談話》[2]中，對黨報工作的群眾路線做了更進一步的論述，提出了「報紙是黨連絡人民群眾的重要橋樑」的觀點。他說：在黨聯繫群眾的「千座橋，萬條線」中，「主要的一個就是報紙」。報紙「每天和群眾見面，每天把黨的政策告給群眾」，因此，必須重視和發揮報紙的橋樑作用。

劉少奇還具體論述了黨報聯繫群眾的方法。他認爲，第一，在內容上要向群眾傳播正確的東西，「引導人民向好的方向走，引導人民前進，引導人民團結，引導人民走向眞理。」「如果給群眾以錯誤的東西，散佈壞影響，散佈錯誤的思想、錯誤的理論，錯誤的政策，把群眾中的消極因素、落後因素、破壞因素鼓動起來，就要犯大的錯誤。」在這裡，劉少奇特別強調了報導內容的重要性，認爲引導作用的發揮，決定於內容的好壞。

第二，要全面反映群眾的情況、要求與呼聲。他說：「人民有各種要求與情緒，要採取忠實的態度，把眞實情況反映出來。吹是不好的，應該吹的才吹，要把人民的要求、困難、呼聲、趨勢、動態，眞實地、全面地、不是拉雜地而是精彩地反映出來」。黨的各項工作都是爲人民服務的，不瞭解群眾的要求與呼聲，就不能制訂正確的方針和政策，爲人民服務也就成了一句空話。

第三，報導要眞實全面。劉少奇說：「報導一定要眞實，不要添油加醋，不要帶有色眼鏡」，「要從各方面去考察，用各方面的材料證明自己的判斷。」「如果能夠眞實地全面地深刻地把群眾情緒反映出來，作用就很大，這是人民的呼聲，人民不敢說的，不能說的，你們說出來了。如果能夠經常作這樣的反映，馬克思主義的記者就眞正上路了。」

第四，要善於調查研究。劉少奇認爲：「要反映眞實情況，就需要作很多深刻的調查。如果只搞表面的現象，那就不必要了。要把群眾眞正的思想搞

---

1 同上書，第 190 頁。
2 劉少奇：《對華北記者團的談話》（1948 年 10 月 2 日），轉引自《劉少奇選集》上冊，人民出版社，1981 年版，第 396～407 頁。

清楚，把人民不敢說的，不肯說的，不想說的，想說又說不出來的話反映出來。要考察各種人、各個階層，不要只考察一種人、一個人。這個眞實，不是簡單地能夠做到的。」

第五，記者必須提高理論修養和知識積累。劉少奇指出，記者「要提高理論水平，要熟悉馬列主義，特別要學習唯物史觀、認識論，學習階級分析方法」，因爲「缺乏經驗，特別是缺乏馬列主義觀點，看問題不是馬列主義觀點」，「寫東西的盲目性就很大」。

1948 年 9 月，中共中央東北局在《關於開展〈東北日報〉通訊工作的通知》中對毛澤東提出的黨報群眾路線做了具體的部署，通知中說：「黨報是黨的喉舌，黨的每一個政策、運動和鬥爭，都必須依靠和通過它來反覆地多方面地進行宣傳，藉以達到交流經驗、改進工作、教育幹部和群眾的目的。」[1]解放戰爭時期，中共中央宣傳部和新華總社在發布的有關新聞宣傳工作的文件中，不僅就黨報工作群眾路線提出了總體要求，而且對新聞報導中存在的脫離群眾的具體問題及時提出了批評及糾正措施，爲黨報工作密切聯繫群眾起到了引路導航的作用。

（二）反對「客裏空」，維護「新聞真實」

爲了糾正和克服土地改革運動中存在的虛假報導和浮誇作風的問題，1947 年 6 月，《晉綏日報》發起了一場在報紙上公開進行批評與自我批評，發動群眾揭露虛假報導，維護新聞眞實的「反『客裏空』運動」。

「客裏空」是蘇聯劇本《前線》中一個戰地特派記者，他雖是「戰地特派記者」，但卻從不到前線採訪，而是「呆在指揮部」，根據聽到的一星半點材料胡編亂造新聞報導，因此，「客裏空」就成了講假話、吹牛皮、無是非、無原則的代名詞。由《晉綏日報》發起的反「客裏空」運動，既是一次解決當時報紙對土改運動報導內容「是否眞實」和新聞導向「是否正確」的糾錯運動，也是黨報開展批評與自我批評的教育學習運動。

1948 年，周揚在《反對「客裏空」作風，建立革命的實事求是的新聞作風》一文中，對「客裏空」的本質、危害及防範措施進行了全面深入的論述。周揚指出：「客裏空」的特點「不是依照群眾中的實際情況來報導，而是專看某些領導者要什麼就給什麼，他們不是有一分講一分，而是有一分講十分；

---

1 《中國共產黨新聞工作文件彙編》（上卷），新華出版社，1980 年版，第 221 頁。

沒有的也可以講成有。他也可以把十分講成一分，或者講得沒有。他們的天性是善於迎合；扯謊是他們的本領。……這是一種毫無黨性，毫無階級立場也沒有人民立場的人，是一種品質很壞的人。」[1]在這裡，周揚對「客裏空」本質的揭露可謂入木三分。他說，「客裏空」最大的危害是：「它欺騙黨，欺騙人民，使領導和群眾脫離，阻塞批評和自我批評，助長領導上的主觀主義、官僚主義、萬事大吉的自滿情緒，減低黨報在人民眼中的威信，減低人民對黨的信任。」[2]為了防範和克服這種惡劣的作風，周揚提出：「新聞工作者都必須嚴格地檢查自己的理想、立場、作風。必須認識自己作為黨的喉舌、人民的喉舌的責任之重大」，「必須在新聞工作者中間開展批評和自我批評」，「加強報紙與工農群眾和幹部的經常聯繫」，「依靠群眾來揭發客裏空」，還要「建立通訊網多多登載工農的稿件。」[3]周揚的文章對當時新聞界反「客裏空」運動具有重要的認識作用。

　　持續三年多的反「客裏空」運動並不侷限在新聞界，而是在共產黨領導的解放區全面展開。1947年11月9日，中共中央宣傳部在《中宣部對反客裏空運動的指示》中說：「由晉綏發動的反客裏空運動，是土改中的一個重要收穫。中央已號召應將此種自我批評的精神應用到各種工作中去，使我們的各種工作，都能有帶有根本性質的某種改變，以適合於改變了的土地政策，徹底消滅封建與半封建制度。」[4]這說明，當時的反「客裏空」運動對全黨的思想作風建設產生了重大的影響，對全黨樹立實事求是、不尚空談和積極開展批評與自我批評的優良作風起到了積極的促進作用。

（三）新聞報導要學會用事實說話

　　什麼是「用事實說話」？1946年9月1日，胡喬木在《解放日報》上發表的《人人要學會寫新聞》對此作了清晰而透徹的闡述。胡喬木說：

　　　　學寫新聞還叫我們會用敘述事實來發表意見。我們往常都會發表有形的意見，新聞卻是一種無形的意見。從文字上看去，說話的人，只要客觀地、忠實地、樸素地敘述他所見所聞的事實。[5]

1　《中國共產黨新聞工作文件彙編》（下卷），新華出版社，1980年版，第286頁。
2　《中國共產黨新聞工作文件彙編》（下卷），新華出版社，1980年版，第287頁。
3　《中國共產黨新聞工作文件彙編》（下卷），新華出版社，1980年版，第288頁。
4　《中國共產黨新聞工作文件彙編》（上卷），新華出版社，1980年版，第180頁。
5　《中國共產黨新聞工作文件彙編》（下卷），新華出版社，1980年版，第226頁。

　　在這裡，胡喬木對新聞「用事實說話」的含義與做法解釋得非常清楚，對黨報記者如何掌握用事實說話的技巧具有很大的幫助。解放戰爭時期，中宣部和新華總社在下發的指示和文件中也一再強調用事實說話的必要性和重要性。1949 年 2 月 22 日，《新華總社轉發中原總分社關於新聞寫作的指示》中說：「新聞學『ABC』上雖一再教導我們『讓事實講話』，而我們一提起筆，就往往把它忘記。總社有一個指示電中說：『在新聞通訊中，不但必須有思想、政策作骨幹，而且必須有實際的社會生活和生動的典型例子作血肉。』」[1]

　　從中國共產黨新聞工作文件和有關論文中可知，中國共產黨主張的「用事實講話」，其理論核心是：第一，報導事實要準確，準確才有說服力。任何誇大吹牛、信口開河的所謂「事實」，不但不能起到正面宣傳的積極作用，反而會造成惡劣的影響。

　　第二，新聞中只敘述事實，少發或不發空洞的議論。1948 年 10 月 22 日，新華總社《關於改進軍事報導與加強對敵鬥爭的指示》中要求：「一切軍事宣傳文字中必須禁絕一切不能確切說明事實的浮詞濫調，例如『千軍萬馬』，『神兵天將』，『虛晃三槍』，『棄甲曳兵』等等。我們的文字應該是生動的，同時又是簡潔與確切的。浮詞濫調不能增加只能減少宣傳的力量。」[2]

　　用事實說話的真諦是將自己的意見和觀點蘊含於事實的報導之中，而不是站出來直接地表達意見和大發議論。這一報導思想是中國共產黨人一貫強調和遵循的。從 1925 年毛澤東在《〈政治週報〉發刊理由》中提出「我們反攻敵人的方法，並不多用辯論，只是忠實地報告我們革命工作的事實」，到現在中央電視臺《焦點訪談》的口號「用事實說話，《焦點訪談》」，中國共產黨領導的新聞事業一直在遵循和落實「用事實說話」這一報導思想。

（四）典型報導是新聞宣傳的重要方法

　　我國的典型報導產生於 1942 年延安整風時期，首篇報導是 1942 年 4 月 30 日《解放日報》頭版刊登的《模範農村勞動英雄吳滿有》及配發的社論《邊區農民向吳滿有看齊》。此後，典型報導就成了報紙上經常性的內容，並逐步成為黨報黨刊的一大特色和優良傳統。

1　《中國共產黨新聞工作文件彙編》（上卷），新華出版社，1980 年版，第 375～376 頁。
2　《中國共產黨新聞工作文件彙編》（上卷），新華出版社，1980 年版，第 369 頁。

　　1944 年 3 月 1 日，總政宣傳部在《蘇聯的軍事宣傳與我們的軍事宣傳》文件中要求宣傳戰線的同志在軍事宣傳中，「第一就是從描寫典型著手」，認為「為了能夠很好地進行軍事宣傳，就要面向群眾，描寫群眾，在群眾中選擇典型，只有典型才能代表群眾，才能寫得生動活潑。」1944 年 3 月 4 日，新華總社《關於通訊社工作致各地分社與黨委電》中說：「典型介紹（無論人和事）要選擇真正特出的典型，對整個解放區有意義的典型。」[1]同年 4 月 28 日，鄧拓在晉察冀邊區宣傳工作會議上的發言中特別提出：「各種工作、各種鬥爭要報導得好，必須抓住典型。典型最富有代表性，因此報導典型就是對現實做了最好的反映，同時典型又最富有指導性，因此報導典型又是對群眾進行了最好的教育。這種代表性和指導性，恰恰是黨報最迫切需要加強的。」[2]這充分說明，典型報導是延安時期產生的一種新的報導思想，也是黨報貫徹落實群眾路線和提高報導質量的重要途徑。

　　解放戰爭時期，黨報黨刊繼承和發揚了延安時期提倡的典型報導思想與經驗。中宣部和新華社多次發文，要求並指導各新聞機構進一步抓好典型報導。例如，1946 年 1 月 1 日，新華總社元旦給各地總分社及分社的指示信《把我們的新聞事業更提高一步》中說：「往往一個典型的創造可以成為全盤運動萌芽，而某一忽然小事很可演變成為轟動世界的大問題，如張瑞合作社、吳滿有運動等是，記者的責任就在於發現這種看來很小而實際意義很大的事件和典型，加以介紹推廣。」[3]顯然，新華社把當年報導張瑞合作社和吳滿有等典型的經驗，作為提高新聞事業的有力措施，要求各分社記者繼續抓好典型報導。

　　又如，1948 年 8 月，《新華總社關於嚴守軍事與生產秘密防止單純新聞觀點的指示》中要求各分社：「工商業政策的報導，及在公私兼顧勞資兩利下，民主政府扶助，工人熱烈提高生產，以及資本家獲得發展情況，應加強報導，從多方面組織稿件，且多作典型報導。」[4]1949 年 9 月 19 日新中國成立前夕，新華社華東總分社《關於加強農村報導的指示》中說：「黨對農村工作的領導方法是：突破中心，推動全盤，抓住典型，指導一般。」[5]

1　《中國共產黨新聞工作文件彙編》（上卷），新華出版社，1980 年版，第 154 頁。
2　《中國共產黨新聞工作文件彙編》（下卷），新華出版社，1980 年版，第 219 頁。
3　《中國共產黨新聞工作文件彙編》（上卷），新華出版社，1980 年版，第 176 頁。
4　《中國共產黨新聞工作文件彙編》（上卷），新華出版社，1980 年版，第 251 頁。
5　《中國共產黨新聞工作文件彙編》（上卷），新華出版社，1980 年版，第 401 頁。

以上材料說明，新聞工作中的報導典型思想在解放戰爭時期得到了進一步強化，從典型報導的意義到典型報導的方法，從軍事報導到農村報導，中宣部和新華社都進行了新的闡釋，爲進一步強化典型報導方法和豐富典型報導思想做出了新的貢獻。

（五）黨報工作者應有的品質與修養

爲了更好地培養合格的黨報記者，黨的領導人和新聞宣傳部門的負責人在有關新聞宣傳的談話和文章中，就黨報工作者應有的品質與修養提出了許多見解，爲黨報工作者提供了思想理論指導。這一時期所強調的新聞工作者的品質與修養主要有如下內容。

第一、樹立全心全意爲人民服務的思想

1947 年 11 月 17 日，彭眞在《改造我們的黨報》中說：「必須使一切從事新聞工作的人員，全心全意爲人民服務，爲人民當孝順兒女，誠誠懇懇地體貼和領會人民的要求、思想、感情和語言，這樣才有可能爲黨和人民辦一個好的報紙。」[1]爲人民服務是中國共產黨人奉行的原則與宗旨，體現在黨報事業上，就是黨報工作者要密切聯繫群眾，及時瞭解人民群眾的生活、情緒與要求，及時反映人民的願望和呼聲，做人民的代言人。

劉少奇在《對華北記者團的談話中》中指出：「人民的通訊員、人民的記者要全心全意爲人民服務。任務是發現人民運動中間的各種情況：運動形態、運動形式、動態、趨向、方針，注意其中有好的、有壞的。人民包括各階層，要加以區別，不要簡單地說『人民』『群眾』，要具體地講。要善於分析具體情況，看人民在運動中有什麼困難和要求，趨向哪方面。人民有各種要求與情緒，要採取忠實的態度，把眞實情況反映出來。吹是不好的，應該吹的才吹，要把人民的要求、困難、呼聲、趨勢、動態，認眞地、全面地，不是拉雜地而是精彩地反映出來。」[2]劉少奇的講話深刻闡明了黨報記者如何爲人民服務的問題。時至今日，依然具有重要的指導意義。

第二、繼續發揚批評和自我批評的作風

從井岡山時期到延安時期，中國共產黨一直強調報紙要成爲批評與自我批評的武器，主張黨報工作者要「善於使用批評的武器，表揚各種工作中的

1　《中國共產黨新聞工作文件彙編》（下卷），新華出版社，1980 年版，第 230 頁。
2　《中國共產黨新聞工作文件彙編》（下卷），新華出版社，1980 年版，第 255 頁。

成績，揭發其錯誤，」[1]以促進黨的各方面的工作。這一思想在解放戰爭時期得到了進一步發揚。彭眞在《改造我們的黨報》中說：「爲了改造我們的作風，改造一切工作，就必須開展批評與自我批評，要表揚好的，批評壞的。」「我們對於工作中的錯誤和缺點，必須採取認眞的態度，加以揭發、批評和改正。但批評和自我批評不是叫人喪氣，而是爲了提高士氣，提高信心，把關注搞好。」[2]習仲勳在《關於〈群眾日報〉的幾個問題》中指出：「批評與自我批評是我黨工作中的有力武器，離開這一武器，就不能發現錯誤，改正錯誤，推進工作。」[3]這些文章對批評與自我批評的意義、動機和目的闡釋得十分明瞭。

　　1949 年 6 月，中共中央山東分局宣傳部及山東總分社還專門下發了《關於加強新聞報導中批評與自我批評的決定》，要求黨報努力克服「報喜不報憂」的惡劣作風，「以治病救人爲目的，很好地運用表揚與批評的武器。」[4]同年 7 月 31 日，范長江在華東新聞學院講習班開學典禮上的講話《人民新聞工作者四個信條》中，提出的四個信條之一就是「建立自我批評」。毫無疑問，積極運用批評與自我批評的武器已成爲中國共產黨黨報的優良傳統和重要的職業道德信條。

第三、向群眾學習，積極改造自己

　　毛澤東在 1942 年 2 月發表的《整頓黨的作風》中就說過：「我們尊重知識分子是完全應該的，沒有革命知識分子，革命就不會勝利。但是我們曉得，有許多知識分子，他們自以爲很有知識，大擺其知識架子，而不知道這種架子是不好的，是有害的，是阻礙他們前進的。他們應該知道一個眞理，就是許多所謂知識分子，其實是比較地最無知識的，工農分子的知識有時倒比他們多一點。」[5]這是他較早評價知識分子的一段講話。1948 年 4 月 2 日，他在《對晉綏日報編輯人員的談話》中又說：

　　　　報紙工作人員爲了教育群眾，首先要向群眾學習。同志們都是
　　　知識分子。知識分子往往不懂事，對於實際事物往往沒有經歷，或
　　　者經歷很少。你們對於一九三三年制訂的《怎樣分析農村階級》的

1　《中國共產黨新聞工作文件彙編》（上卷），新華出版社，1980 年版，第 117 頁。
2　《中國共產黨新聞工作文件彙編》（下卷），新華出版社，1980 年版，第 231 頁。
3　《中國共產黨新聞工作文件彙編》（下卷），新華出版社，1980 年版，第 243 頁。
4　《中國共產黨新聞工作文件彙編》（上卷），新華出版社，1980 年版，第 347 頁。
5　《毛澤東著作選讀》（下冊），人民出版社，1986 年版，第 491～492 頁。

小冊子，就看不大懂；這一點，農民比你們強，只要給他們一說就都懂了。[1]

由此可見，毛澤東對包括黨報記者在內的知識分子的看法是知識分子的作用必須重視，但知識分子缺乏實際知識、「不懂事」，因此必須接受教育和改造，改掉身上的資產階級思想與習氣。他認為，知識分子改造的途徑就是以工農為師，向群眾學習。彭真也認為：「現在的新聞工作同志，應該深入群眾，參加土地改革，向工人農民群眾學習，以堅定自己的階級立場和觀點，徹底改造自己，只有這樣，才能把報紙辦好。」[2]

提倡知識分子向工農學習是延安時期關於利用、教育和改造知識分子思想的延伸。客觀地看，要求知識分子多接觸實際、向工農學習的觀點是正確的，不深入群眾和實際，報紙自然也難以辦好，但是，說知識分子「其實是比較地最無知識」以及「知識分子往往不懂事」，就明顯帶有輕視知識分子的傾向，這對於知識分子的自尊心無疑造成了傷害，對調動知識分子的工作主動性與積極性是不利的。

第四、黨報工作者應有戰鬥風格

1948 年 4 月，毛澤東在《對〈晉綏日報〉編輯人員的談話》中說：「應當保持你們報紙過去的優點，要尖銳、潑辣、鮮明，要認真地辦。我們必須堅持真理，而真理必須旗幟鮮明。我們共產黨人從來認為隱瞞自己的觀點是可恥的。我們黨所辦的報紙，我們黨所進行的一切宣傳工作，都應當是生動的，鮮明的，尖銳的，毫不吞吞吐吐。這是我們革命無產階級應有的戰鬥風格。」[3] 同年 10 月 2 日，劉少奇在《對華北記者團的談話》中提出：「你們的工作只要建立在黨的路線、方向上，即使一時不得彩，不要怕，要能堅持，要有點硬勁，要有戰鬥性，或者像魯迅所說的，要有骨頭。為了人民的事業，沒有骨頭，是硬不起來的。你們要經得起風霜，要經得起風浪，而且必須經得起。」[4] 毛澤東和劉少奇的談話都鼓勵黨報記者要培養敢於鬥爭的品格，認為這種戰鬥的品格是必須的，是為人民服務不可缺少的。

1　《毛澤東新聞工作文選》，新華出版社，1983 年版，第 151 頁。
2　《中國共產黨新聞工作文件彙編》（下卷），新華出版社，1980 年版，第 231 頁。
3　《毛澤東新聞工作文選》，新華出版社，2014 年版，第 191 頁。
4　《中國共產黨新聞工作文件彙編》（下卷），新華出版社，1980 年版，第 253 頁。

關於黨報和黨報記者戰鬥性品格也是延安時期提出的。1942 年 4 月 1 日，《解放日報》社論《致讀者》就提出了黨報所必需的品質是「黨性、群眾性、戰鬥性和組織性。」這篇社論是由博古執筆、經過毛澤東修改的，因此黨報「四性」品質也可以看成是延安時期共產黨人的共同思想。但是，延安時期關於黨報和黨報工作者的戰鬥性品質論述得並不太充分。毛澤東和劉少奇的論述既是對「四性」品格思想的繼承，也有新的發展。主要表現在：一是明確了戰鬥性品質要體現在為真理而奮鬥，為人民的利益而奮鬥；二是戰鬥性品質體現在旗幟鮮明，毫不吞吞吐吐，立場態度要十分明朗；三是戰鬥性品質體現在為了真理和正義要經得起風浪，堅忍不拔，要像魯迅那樣既有硬勁，又有韌勁。

第五、黨報工作者要努力學習，具備豐富的知識

毛澤東在《對〈晉綏日報〉編輯人員的談話》中提出，報社工作的同志要自覺向群眾學習，也要經常向下邊反映上來的材料學習，「慢慢地使自己的實際知識豐富起來，使自己成為有經驗的人。」[1] 劉少奇提出，黨報工作者「要有獨立的學習精神，主動地學習」，「自己做這種工作需要些什麼條件，需要些什麼知識，自己努力去學習。這樣，你們就有了主動性了。要主動學習，你們在學習上如果沒有主動性，靠取經是靠不住的，必須獨立學習。」[2] 劉少奇說的主動和獨立地學習，就是指根據自己的情況與工作需要，不斷增添新的知識，包括資產階級的東西也可以學。

如果說毛澤東和劉少奇講的主要是指聯繫實際學習和根據需要學習的話，那麼，胡喬木在 1948 年撰寫的《記者的工作方法》中提出了更為全面具體的學習內容與方法。他說：「記者應該精通馬列主義，至少要熟悉，相當熟悉，現在的情況是非常不熟悉。要讀書把它讀熟。……我們應該懂得政治經濟學，什麼叫封建主義，什麼叫資本主義，什麼叫新民主主義到社會主義的過渡……不懂這些，怎能講全面，怎能講分析？不懂這些就不能解決最重要的問題。還要懂得哲學，怎樣區別形式論理學與辯證法？應該弄得清楚。應該懂得中國的史地——馬克思說：『世界的事情我們都要知道。』至於能夠知道多少，量力而為，慢慢的來，一步步的來。」[3] 這裡論述的是黨報記者的知

1　《中國共產黨新聞工作文件彙編》（下卷），新華出版社，1980 年版，第 235 頁。
2　《中國共產黨新聞工作文件彙編》（下卷），新華出版社，1980 年版，第 254 頁。
3　《中國共產黨新聞工作文件彙編》（下卷），新華出版社，1980 年版，第 284 頁。

識結構問題，知識結構不合理，在採訪報導工作中就不可能全面深刻地認識問題和分析問題。因此，胡喬木希望黨的新聞工作者要認眞學習馬列，學習政治經濟學，學習哲學和中國的史地知識，並且要有耐心和恒心，慢慢來，一步步提高。

這些論述不僅深刻闡明了黨報工作者努力學習的重要性，而且提出了向群眾學習、向實踐學習、向書本學習的路徑與方法，爲黨報工作者提高知識水平指明了方向。

三、民營報人的新聞學研究

民國南京政府後期，民營報人的新聞學研究，更關注新聞本體相關內容的研究和思考，在新聞事業的性質、中國新聞理論體系的建構方面均有所貢獻；同時，民營報人結合社會實際思考的「關於紙荒問題的解決」等問題也對當時的新聞業發展有一定的指導意義。

（一）新聞事業的性質

民營報人強調新聞事業的「事業」屬性。胡政之曾提出「反對報業當作「生意」來經營」的觀點。他認爲報紙大致可以分爲兩派：一派專爲表達所屬政黨的政治主張；一派則完全著眼於生意。「一份理想的報紙，要兼顧營業與事業。營業能獨立，始能站在超然的地位，不爲他人所左右。」胡政之結合自身的辦報經歷進一步指出，「在全國的民營報紙中，眞正爲國人所創辦，事業維持最久，社會基礎最穩固，銷路普遍到全國，在任何角落都會得到反應的，我報要占第一位。」[1]因此，胡政之無論是在理論上，還是在自身的辦報實踐中，都注重對「事業」屬性的堅持，將其視作新聞業長久發展的關鍵。基於新聞事業的「事業」屬性，胡政之進一步提出「用現代企業制度來經營報館」的觀點，他強調：第一，新聞事業是團體的事業、是每個人的事業，團體中的員工是平等的，不存在雇傭關係。因此，「報館好像一個家庭，大家一團和氣，像是兄弟一樣」，「我們的工作如一部機器，大輪固有力量，螺絲釘也有它配合的力量，我反對虐待學徒，同時也反對編輯自視高人一等驕傲態度。不要以優越感使人難堪，使工作受到妨礙。做人做事應以人格學養取得別人尊敬。團體事業中不容許有小組織把自己看成特殊的現

1　胡政之：《對天津館編輯部同人的講話》，《大公園地》復刊第 7 期，1947 年 7 月 21 日。

象」。[1] 報館成員的家庭成員般的關係，是新聞事業壯大的一個重要因素。第二，從事新聞事業必須有抱負，有遠大理想。「《大公報》創辦時雖是三人，如今擴大了，高級幹部都有了股權，連服務多年而有勞績的工廠同人也不例外，這事業非少數人的。關於這一點，英美的報館多在資本家控制之下，我們《大公報》卻反是。自創辦以來，無人懷有別的企圖，參加的同事非雇傭可比，大家應當反《大公報》作自己的事業看，然後才有長足發展。」[2] 第三，新聞事業的雇傭關係，決定了員工之間的關係。「每個人有不同的崗位，決不是一個人所能辦的事，正好像一座大機器一樣，每個小螺絲釘，都有她的用途，小螺釘發生了障礙，大機器照樣的受影響，所以小釘的重要，並不亞於大機器。」[3]

（二）報紙印刷的紙荒問題

民國南京政府後期，紙張匱乏成為妨礙報業發展的一個重要問題。當時的國民黨政府採取進口紙張的辦法以解決紙荒問題，但這一做法受到民營報人的批評。

張友鸞針對當時政府採取「紙張進口限額」做法提出質疑：今日政府對於購買紙張的外匯，限額如此之小，根本不合理。「一個國家文化的高低，和她用紙多少成正比；我們要想提高文化，就不應該對用紙有所限制。倘若說外匯數目不夠，為什麼允許一九四九式的漂亮小汽車大量進口？為什麼聽憑洋酒洋香水香粉潮湧而來？這些浪費，不去限制，卻要限製紙張，這就不合理。若說這是財政政策，為了稅收；總不成，我們只要錢就不要文化了嗎？其實，現在各國，都在鬧著紙荒；我們所買的紙，只是外國剩餘的。我們放寬了購紙的外匯，也未必就能買得列多的紙。」[4] 因為紙張進口有不合量的限制，必然會引起分配和消耗一系列問題。因此，張友鸞強調：「談到分配，原是難得求其合理的；而我們既缺乏統計資料，又難免面子人情，於是自從這個辦法施行以後，在『極度不合理』情況之下，度了一年有餘。」又因為「分

1　胡政之：《認清時代維護事業　對渝館編輯部同人的講話》，《大公園地》復刊第 16 期，1947 年 11 月 27 日。

2　胡政之：《認清時代維護事業　對渝館編輯部同人的講話》，《大公園地》復刊第 16 期，1947 年 11 月 27 日。

3　胡政之：《對津館經理部同人的講話》，《大公園地》復刊第 7 號，1947 年 7 月 18 日。

4　張友鸞：《如何解決紙荒問題》，《報學雜誌》，第 1 卷第 3 期，1948 年 10 月 1 日。

配的不合理，自然容易造成消耗的不合理。這是互為因果的。有人以為，配售報紙可以消滅黑市，卻不知道，今日報紙所以有黑市，其弊正在於配紙上面。」[1]

報人成舍我認為，進口紙的數量不是問題、問題在於分配環節：「白報紙在今日政府的管制下，整個數量可以說已經夠了，問題的癥結在於分配的合理與否和是否公平，過去幾個月來，政府以全部配紙的二分之一供給上海報界，所餘的二分之一中的二分之一又拿去供全國黨報用，黨報和上海以外的全國報紙只得到二分之一之二分之一，上海報界不過十多家，全國黨報亦僅二十多個，就分去了四分之三，試想全國民營報紙，僅有全部配紙的四分之一，當然不夠用。」[2]「紙的配給制度，本質上不如自由採購，我想各報自己採購應該比配給制度好些。如果維持配給制度，也要由民營報業參加核配，不然像上海有些小報紙早要倒閉了，多量的配給使這些報領進賣出，反而救活了這些小報。另一方面，各地的民營報紙，都在過少的配給下鬧紙荒，陷於風雨飄搖之中，這是不很適當的。」[3]

至於應如何解決紙荒問題，成舍我提出：「根本解救辦法，當然是自造，以達自給自足。戰時敵人在天津營口臺灣都有大規模的造紙工業，因為日本的紙本國也不敷用。如果將天津和營口的紙廠全部開工，大量生產，產量足夠華北之用，就以臺灣說，也差足供給華南。勝利後，百廢待舉，政府似無暇貫注於此，而致造紙工業在不生不滅的狀態中，產量微薄得可憐，我國每年報紙需用量不過五萬噸，竟然無法解決。」[4]由成舍我的意見可窺，當時的民營報人希望增加民族造紙工業的產量以滿足特殊時期紙張的需求。但同時張友鸞也對此提出反駁、辯證指出，民族造紙同樣存在問題：「（一）同量紙漿，造出的紙，是否能與外國造的同量？（二）現有造紙機器，適不適用？夠不夠用？（三）造紙時間，是否迅速？是否濟用？（四）輸入紙漿造成紙後，是否能比直接輸入的紙張便宜？這些問題，必須先解

1　張友鸞：《如何解決紙荒問題》，《報學雜誌》，第 1 卷第 3 期，1948 年 10 月 1 日。
2　成舍我：《當前報業的幾個實際問題》，《新聞學季刊》，第 3 卷第 2 期，1947 年 12 月 25 日。
3　成舍我：《當前報業的幾個實際問題》，《新聞學季刊》，第 3 卷第 2 期，1947 年 12 月 25 日。
4　成舍我：《當前報業的幾個實際問題》，《新聞學季刊》，第 3 卷第 2 期，1947 年 12 月 25 日。

決；否則，自己造紙，只是一句空話。」[1] 張友鸞還以他經營的《南京人報》試驗過土紙印報失敗爲例，指出土紙印報和進口紙印報一樣，都無法解決紙荒問題。可以說，在紙荒問題上，民營報人眾說紛紜、各提己見，爲解決報業困境獻計出策。

（三）中國新聞學理論體系建構

民營報人還曾對中國新聞學的理論體系如何建構提出一系列意見。

報人杜紹文針對新聞學研究如何體系化這一問題指出：任何一種學問有其理論體系，亦有其應用價值，理念的探究是「學之體」、應用的改進則是「學之用」。理論部分隨思潮而共進，一天比一天推陳出新；應用部分，又是跟工具而演變，一天比一天吻合實際。治學的目標在實用，實用的方法不得不先瞭解原理法與法則，理論與應用不可分。[2]

因此，杜紹文認爲，新聞學是理論與應用並重的學問，並對新聞理論和新聞應用進一步闡釋其特徵作用：

第一，理論新聞學是骨幹。「今天研究新聞學的人，致力於『實用新聞學』者多，而貢獻於『理論新聞學』者寡。殊不知理論新聞學卻是新聞學的骨幹，倘理論上不能自圓其說，未獲健全發展，那麼，新聞學的份量，自一般人估計起來，仍然是無足重輕的」[3]。把「應用新聞學」誤作「新聞學」是新聞學研究的「時弊」[4]，新聞學術研究必須對「理論新聞學」給予高度重視。杜紹文勾勒了理論新聞學的輪廓，認爲其研究內容大致有三：新聞觀念學、新聞形態學、新聞情調學。新聞觀念學包括新聞學的體系構成、進化歷程、研究方法、發展階段等。新聞形態學包括新聞工具的演進、新聞對象的形成、新聞類型的特性、新聞擴展的對象等。新聞觀念學側重內容，是靜的一面；新聞形態學側重外表，是動的一面；新聞情調學則側重人性，是動靜摻雜的一面。杜紹文認爲，全部新聞學理，不外乎人性的寫眞，無論內涵或形式，一切都以「人間的情趣」爲主，如主觀條件的作用，客觀環境的影

1　張友鸞：《如何解決紙荒問題》，《報學雜誌》，第 1 卷第 3 期，1948 年 10 月 1 日。
2　杜紹文：《理論新聞學的輪廓觀》，《前線日報・新聞戰線》，週刊第 212 期，1948 年 7 月 12 日。
3　杜紹文：《新「三字經」——泛論新聞寫作的幾個定律》，《報學雜誌》創刊號，1948 年 9 月。
4　杜紹文：《理論新聞學的輪廓觀》，《前線日報・新聞戰線》週刊第 212 期，1948 年 7 月 12 日。

響，各種因素的配合等。換言之，新聞情調學，包括了從極靜到極動的人性點滴。[1]

第二，新聞寫作定律是理論新聞學的組成部分。杜紹文高度重視理論新聞學，甚至主張，把新聞寫作規律納入「理論新聞學」範疇：「我們應該承認新聞寫作技術，佔有了新聞學的大部分，如果新聞寫作能夠求得幾個定律來，不管這些定律是否幼稚或有待補正，無論如何顯屬當前一件饒有價值的亟務。新聞寫作的定律，可以構成『理論新聞學』重要的一章。」[2] 他提出「新聞寫作定律」的新「三字經」[3]：第一，基本之「質」。基本之「質」係寫作之「體」，與哲學、科學的本體論、原質論相似。新聞寫作的本質，概括為三個方面：才——是先天稟賦而得的；學——是不斷習作而成的；識——是博覽體驗而來的。第二，輔助之「力」。輔助之力包括三個方面：知——知為認識論，一物不知儒者之恥，起碼的常識，均應該完備；情——情為觀念論，有喜、怒、哀、樂、愛、惡、欲等七情，生存、求知、佔有、優越、享受、進取等六欲；意——意為行為論，本諸「知」與發乎「情」，而見於言動的各種行為。第三，運用之「妙」。運用之妙可分偶然的意觸與科學的方法。具體還是分為三類：信——人格的表彰，文字適如其分，吻合原意之謂；雅——風範的提示，詞能達意，淋漓盡致之謂；達——技術的使用，寫作動機能收到預期效果之謂。第四，工作之「的」。這是新聞工作與新聞工作者的最終目標，包括三類：確——屬於新聞學的原理方面，正確的報導事實；速——屬於新聞紙的製造方面，一字之發，快如置郵傳電；博——屬於新聞人的修養方面，能博能精，從博中求精，自精中取博。

第三，應用新聞學立足當下。杜紹文不僅主張新聞學術研究要有學理，同時強調「學以致用」。如果認為理論新聞學的重點是一個「學」字，那麼應用新聞學的重點則為不折不扣的一個「術」字。「形而上」的東西謂之學，「形而下」的東西謂之器。應用新聞學的對象是器材，其任務為技術，差不多都是摸得到的實物，大有別於理論新聞學的抽象意識。應用新聞學的範圍，依

---

1 杜紹文：《理論新聞學的輪廓觀》，《前線日報・新聞戰線》週刊第 212 期，1948 年 7 月 12 日。

2 杜紹文：《新「三字經」——泛論新聞寫作的幾個定律》，《報學雜誌》創刊號，1948 年 9 月。

3 杜紹文：《新「三字經」——泛論新聞寫作的幾個定律》，《報學雜誌》創刊號，1948 年 9 月。

其發生發展的歷程，約可分爲採訪、編輯、印刷、發行、廣告、出版、服務、管理八個步驟。從採訪到管理，需要嚴密的分工、熟練的技術和科學的精神，要爲了「應用」而努力。如果說理論新聞學可以放諸四方而皆準，而「應用新聞學則大大的受到空間時間的限制，故空間上的中外、時間上的今昔，皆可其表現形態」。[1]因此，研究應用新聞學，必須切實把握住「此時此地」的需求，並在此需求之下，去改進並增強其應用的技術。

　　第四，中國本位新聞學之建構，要適合國情。杜紹文認爲，中國新聞學理論體系的建構，仍在幼稚時期，既有的研究成果，也有是稗販歐美、就是抄襲東洋、拾人牙慧的結果。從事新聞理論研究的人，或削足適履，或隔靴搔癢，這是新聞學術研究的一大憾事。爲此，他號召建構「適合我國國情之新聞學的新理論」，也就是「中國本位新聞學」[2]。「中國本位新聞學」有三要素」：其一，「實用價值」。新聞理論必須能夠切合實際需求；其二，「綜合學術」。新聞學不僅爲一種「技術」，而且是較技術更進一步的「綜合學術」；其三，「遠大性能」。三要素缺一不可：「不能應用就喪失學的價值；新聞學是一門新科學，已非單純的技術所能概括；而光明的遠景，給予人們的新的活力和新希望，又爲完成此一理論體系的心理基礎」[3]。「中國本位新聞學」的建構，應注意：一個中心——反差不多主義；兩種方法——學的與做的打成一片；四條途徑——使報學夠得上「學」的資格，使報業漸做到「業」的程度，使報人可享受「人」的權利，使報史能樹立「史」的聲價。新聞學的理論，要實踐「學」的資格，應當留心兩個主要條件：一是科學，一是實學。何謂科學？科學是一種有法則、有系統、有步驟的學問，不尙玄虛，不可附會。「中國本位新聞學」「應爲一種有原理（法則）、有條理（系統）、及有層次（步驟）之獨立的與完整的學問。」何謂實學？「新聞基於事實，新聞業則由於需要，同理，新聞學則爲滿足事實需要而誕生的學科。故檢討其組成的因素，是一個不折不扣的一『實』字，實事求是，不容牽強，新聞學的新理論，是一種切實的工具，眞實的事理，和篤實的教程，一點不能稍涉浮泛，一點不能無的放矢。」[4]

1　杜紹文：《應用新聞學的內涵觀》，《前線日報・新聞戰線》週刊第 214 期，1948 年 7 月 26 日。
2　杜紹文：《新聞學之新理論的新體系》，《大眾新聞》創刊號，1948 年 6 月 1 日。
3　杜紹文：《新聞學之新理論的新體系》，《大眾新聞》創刊號，1948 年 6 月 1 日。
4　杜紹文：《新聞學之新理論的新體系》，《大眾新聞》創刊號，1948 年 6 月 1 日

杜紹文建構的「新聞學之新理論的新體系」如下圖表所示：

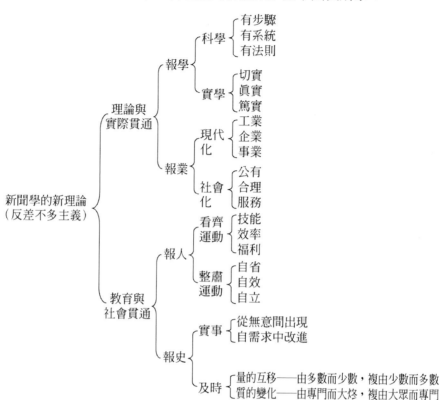

新聞學之新理論的新體系

杜紹文檢閱坊間全部新聞學書籍後表示失望：「一般人對於新聞學的全貌，還沒有正確明白的認識。因此，任何冠以『新聞學』的書籍，不管皇皇巨帙也好，薄薄的小冊子也好，一樣的只是講些新聞學的應用部門，例如採訪、編輯、發行、廣告之類，復多互相抄襲，少見出類拔萃的『一家之言』。」[1]「新聞學所以迄今尚少堅實的基礎，主要的弱點，便是缺乏像社會科學或自然那樣的原理、原則和公式，於是威脅到其獨立存在的價值。」[2]可見，杜紹文反對新聞學術研究的經驗化，而主張研究新聞學的一般原理與方法、主張提高新聞學術研究的理論思辨層次。這種反思，是理論自覺的表現。

---

1 杜紹文：《理論新聞學的輪廓觀》，《前線日報·新聞戰線》週刊第 212 期，1948 年 7 月 12 日
2 杜紹文：《新「三字經」——泛論新聞寫作的幾個定律》，《報學雜誌》創刊號，1948 年 9 月

　　馮列山則是致力於新聞學理論體系建構的又一學者。第一，新聞事業與報業的範圍應有所區分。他認爲，以報紙爲研究對象的科學，應當稱作「報學」；而以新聞事業爲研究對象的科學，才可以稱作新聞學。這源於廣播與電影相繼出現，這兩種事業不但進步甚速，而且先後侵入報紙的活動範圍，爲求新聞報導的迅速，時常與報紙進行劇烈的競爭。現在報業不能代表新聞事業，因爲新聞事業必須包括廣播與電影在內，所以新聞學的研究對象是新聞事業。第二，馮列山明確指出新聞學的任務，即將新聞事業每一部門分別加以檢討，從縱的方面，探求其歷史上演進的歷程、及在每一時代中對於社會的貢獻及影響；從橫的方面，檢討其現行的機構與組織管理各方法，比較利弊得失中，設法歸納出一個定律，作爲改進新聞事業的法則。此外，馮列山提出新聞學除研究「新聞事業本身」外，還應「闡明新聞事業與社會政治、文化各方面的互相關係，再從這種關係中，加以指出新聞事業的理想境界所在」[1]。他認爲，記者是否具有新聞事業的理想，是新聞事業健全發展的前提。而一個記者能否盡職，又視其個人對新聞事業的神聖任務是否有深刻的認識。對新聞事業及新聞記者職業兩方面的最高境界加以闡述，使之成爲一個有系統的理論，「新聞學才不愧稱爲一門獨立的科學」。

　　馮列山強調，新聞學的主要任務，「既不是單獨研究報紙，更不該限於報紙技術問題上面」，而應當研究「新聞事業本質與性能及新聞記者職業的任務」（理論新聞學），應當研究「一般技術的原理及方法，絕不能傳授技巧，至於此項技巧的完成，只有經過職業生活不斷的鍛鍊與體驗，然後方能隨機應變」[2]，只有這樣進行研究，新聞學才是一門科學。馮列山把新聞學的「輪廓與內容」描畫爲「理論新聞學」與「實用新聞學」兩部分。理論新聞學包括新聞哲學、新聞倫理、比較新聞學、新聞法、輿論研究、言論原理、新聞原理、報業史、雜誌史、廣播史、電影史、宣傳學、新聞政策、出版業史、時事分析。實用新聞學包括採訪、新聞寫作、編輯、社論、報業管理、廣告、印刷、電訊、雜誌業、電影業、廣播業。[3]馮列山主張在廣闊的社會政治、經濟、文化背景下研究新聞事業，而新聞事業的外延也由作爲新聞載體的報紙擴展爲作爲輿論載體的報紙、廣播、電影等。

1　馮烈山：《什麼是新聞學？》，《報學雜誌》，1948 年第五期，第 9 至 12 頁。
2　馮列山：《什麼是新聞學？》，《報學雜誌》，第 1 卷第 5 期，1948 年 11 月 1 日。
3　馮列山：《什麼是新聞學？》，《報學雜誌》，第 1 卷第 5 期，1948 年 11 月 1 日。

　　胡博明提出了關於「純粹新聞學」的理論構想。「純粹新聞學」包括兩層意義：「第一，純粹新聞學是以研究有關新聞本身的理論和工作技術爲限，凡與新聞無直接關係的如發行、廣告、印刷等，均不包括在新聞學的範圍之內。[1]第二，純粹新聞學是一種社會科學，它和其他的社會科學一樣，不僅是有原理、原則和方法，且有其可資深入研究的哲學境界。所謂新聞學的『哲學境界』，決不是標新立異，故弄玄虛，而是一切社會科學所共同具有的綜合性，深入性的理論研究。」[2]他一再強調，新聞學術研究，不能侷限於新聞的採編技術、而應進入學理性的探討，否則會流於旁支、降低新聞學的學術價值。

　　關於新聞學的地位，胡博明有觀點。他提出，實際上新聞學與歷史學的地位最爲相似：「新聞是歷史的片斷和過程，故新聞學的研究，必須從此時此地的動態，擴展到整個世界，整個人類社會的全面動態；從而尋求出每一個片斷時間，整個世界，整個人類社會的共通現象，以及現階段時代潮流的主潮。新聞學的研究，必須達到這樣的目標，才可說是達成了應有的任務」。他進一步提出新聞學的三個「定律」[3]：其一爲「共通律」，強調世界是整個的，全面性的，人類雖有地理、民族、國家、宗教、黨派、階級等種種自然的與人爲的畛域，但文化的演進，卻有其共通的力量，形成共通的現象；其二爲「關聯律」，由於世界是整個的，不可分的，故人類的休戚禍福，無不息息相關，絕不因地理的間隔與民族國家的畛域，而有所影響。其三爲「明暗律」，黑格爾所說的「正」「反」「合」定律與馬克思、恩格斯提倡的辯證法的「矛盾律」都在說明，人類歷史的發展，常有兩種趨勢，相互消長，相互否定。新聞的發生也不例外。三個「定律」的提出，旨在進一步思考新聞學研究的路徑與方法。「純粹新聞學」必須從事新聞本身的探究，進而尋求時代的主潮，和世界的共通態勢[4]。胡博明在其理論中強調，「純粹新聞學的任務，在於啓導人們從各種重大的新聞中，體驗現實，認識時代，從而展望將來，把握自己努力的方向」[5]。新聞事業的日益發展使人們更多的關注新聞事業的整體情況、而不是侷限於「新聞」自身。總的來說，新聞學就是「新聞事業」之學。胡

1　胡博明：《「純粹新聞學」的任務》，《大眾新聞》，第 1 卷第 2 期，1948 年 6 月 16 日。
2　胡博明：《「純粹新聞學」的任務》，《大眾新聞》，第 1 卷第 2 期，1948 年 6 月 16 日。
3　胡博明：《「純粹新聞學」的任務》，《大眾新聞》，第 1 卷第 2 期，1948 年 6 月 16 日。
4　李秀雲：《試論民國時期新聞學理論體系之建構》，《學術交流》，2015 年版。
5　胡博明：《「純粹新聞學」的任務》，《大眾新聞》，第 1 卷第 2 期，1948 年 6 月 16 日。

博明早在 20 世紀 40 年代，就根據社會實際提出了研究新聞本體的主張，具有明顯的理論前瞻性和預見性。

總之，民國南京政府後期，兩黨激戰，社會動盪，社會環境複雜異常。因此，這一時期的新聞學研究對現實的困難給予了理論回應。國民黨報人與民營報人都對紙荒問題進行了探討；國民黨報人則更多從新聞紙配給制度入手，對配給制度的種種不合理進行批判，同時吸納國際上有關配給制度的經驗，並提出解決問題的相關建議；民營報人則從「進口紙張」切入，重點關注報業生存問題，從而提出了民族造紙的主張。國民黨報人與民營報人同樣關注新聞事業的性質。國民黨報人重點分析了新聞事業的國家性、社會性；民營報人則研究了新聞事業的事業性。另外，國民黨報人與共產黨報人都反對新聞事業的「資本主義化」。共產黨報人有關無產階級新聞學理論的研究，獨具特色；而民營報人對新聞學理論體系的探討，則呈現出鮮明的學術化特徵。

引用文獻

圖書專著部分

1. 詹文滸：《報業經營與管理》，正中書局，1946 年版。
2. 狄超白主編：《中國經濟年鑒》，太平洋經濟研究社，1947 年版。
3. 賴光臨：《70 年中國報業史》，臺灣中央日報社，1980 年版。
4. 《中國共產黨新聞工作文件彙編》上卷，新華出版社，1980 年版。
5. 賴光臨：《七十年中國報業史》，臺灣中央日報社，1981 年版。
6. 李維漢：《統一戰線問題與民族問題》，人民出版社，1981 年版。
7. 方漢奇：《中國近代報刊史》（上下），山西人民出版社，1982 年版。
8. 毛澤東：《毛澤東新聞工作文選》，新華出版社，1983 年版。
9. 《中國民主同盟歷史文獻（1941～1949）》，文史資料出版社，1983 年版。
10. 金鳳：《歷史的瞬間——一個新聞記者的回憶》，中國文聯出版公司，1986 年版。
11. 趙玉明：《中國現代廣播簡史》，中國廣播電視出版社，1987 年版。
12. 人民日報報史編輯組編：《1948～1988 人民日報回憶錄》，人民日報出版社，1988 年版。
13. 曾虛白：《中國新聞史》，臺灣三民書局，1989 年版。
14. 韓辛茹：《新華日報史》，重慶出版社，1990 年版。
15. 韓辛茹：《新華日報史：1938～1947》，重慶出版社，1990 年版。
16. 蘇力編：《延安之聲：延安（陝北）新華廣播電臺紀聞》，陝西旅遊出版社，1990 年版。
17. 毛澤東：《毛澤東選集》（第四卷），人民出版社，1991 年版。
18. 民盟中央文史委員會編：《中國民主同盟簡史（1947～1949）》，群言出版社，1991 年版。

19. 張式谷、張鳳羽：《社會主義與民主》，中共中央黨校出版社，1991 年版。

20. 周雨：《大公報人憶舊》，中國文史出版社，1991 年版。

21. 竇愛芝編著：《中國民主黨派史》，南開大學出版社，1992 年版。

22. 晉綏日報簡史編委會：《晉綏日報簡史》，重慶出版社，1992 年版。

23. 劉哲民：《近現代出版新聞法規彙編》，學林出版社，1992 年版。

24. 趙玉明：《中國解放區廣播史》，中國廣播電視出版社，1992 年版。

25. 中央檔案館編：《中共中央文件選集》（第 17 冊），中共中央黨史出版社，1992 年版。

26. 晉察冀日報史研究會編：《晉察冀日報史》，人民出版社，1993 年版。

27. 李莊：《人民日報風雨 40 年》，人民日報出版社，1993 年版。

28. 王慶雲、費昌華：《揚州報刊志》，人民日報出版社，1993 年版。

29. 朱民編著：《大眾日報五十年（1939～1989）》，山東人民出版社，1993 年版。

30. 白潤生：《中國少數民族文字報刊史綱》，中央民族學院出版社，1994 年版。

31. 哈爾濱市地方編纂委員會：《哈爾濱市志·報業 廣播電視》，黑龍江人民出版社，1994 年版。

32. 吳廷俊：《新記大公報史稿》，武漢出版社，1994 年版。

33. 張恨水：《山窗小品》，東方出版社，1994 年版。

34. 鄧加榮：《尋找儲安平》，北京十月文藝出版社，1995 年版。

35. 方漢奇主編：《中國新聞事業通史，第 2 卷》，中國人民大學出版社，1996 年版。

36. 王文彬：《中國現代報史資料匯輯》，重慶出版社，1996 年版。

37. 宋軍：《申報的興衰》，上海社會科學出版社，1996 年版。

38. 夏衍：《夏衍自傳》，江蘇文藝出版社，1996 年版。

39. 袁軍、哈艷秋：《中國新聞事業史教程（修訂本）》，中國廣播電視出版社，1996 年版。

40. 周雨：《王芸生》，人民日報出版社，1996 年版。

41. 文匯報史研究室：《文匯報史略（1949.6～1966.5）》，文匯出版社，1997 年版。

42. 《中華民國史料外編》第 30 冊，廣西師範大學出版社，1997 年版。

43. 重慶市《新華日報》暨《群眾》週刊史學會、四川省《新華日報》暨《群眾》週刊史學會編；廖永祥 執筆：《新華日報史新編》，重慶出版社，1998 年版。

44. 大連市史志辦公室編：《大連市志 報業志》，大連出版社，1998 年版。

45. 李輝：《依稀碧廬：亦奇亦悲「二流堂」》，海天出版社，1998 年版。

46. 蕭幹：《蕭幹文集 7 文學回憶錄》，浙江文藝出版社，1998 年版。

47. 中國人民大學港澳臺新聞研究所編：《報海生涯──成舍我百年誕辰紀念文集》，新華出版社，1998 年版。

48. 中共北京市委宣傳部編：《解放戰爭時期北平第二條戰線的文化鬥爭》，北京出版社，1998 年版。

49. 《胡喬木傳》編寫組編：《胡喬木談新聞出版》，人民出版社，1999 年版。

50. 金炳華主編：《上海文化界：奮戰在「第二條戰線」上史料集》，上海人民出版社，1999 年版。

51. 中共北京市委宣傳部編：《解放戰爭時期第二條戰線.愛國民主統一戰線卷》，北京出版社，1999 年版。

52. 胡慶雲：《解放戰爭時期的第二條戰線》，國防大學出版社，2000 年版。

53. 太原新聞史編委會：《太原新聞史》，山西人民出版社，2000 年版。

54. 金沖及：《轉折年代──中國的 1947 年》，生活・讀書・新知三聯書店 2002 年版。

55. 王天濱：《臺灣新聞傳播史》，亞太圖書出版社，2002 年版。

56. 葉再生著《中國近現代出版通史》第四卷，華文出版社，2002 年版。

57. 趙曉恩：《延安出版的光輝》，中國書籍出版社，2002 年版。

58. 方漢奇：《〈大公報〉百年史》，中國人民大學出版社，2004 年版。

59. 高郁雅：國民黨的新聞宣傳與戰後政局變動（1945～1949），臺灣國立大學 2004 年版。

60. 王芝琛：《一代報人王芸生》，長江文藝出版社，2004 年版。

61. 新民晚報史編纂委員會：《飛入尋常百姓家──新民報─新民晚報七十年史》，文匯出版社，2004 年版。

62. 周雨：《大公報史（1902～1949）》，江蘇古籍出版社，2004 年版。

63. 李谷城：《香港中文報業發展史》，上海古籍出版社，2005 年版。

64. 天津市地方志編修委員會：《中國天津通鑒（上卷)》，中國青年出版社，2005 年版。

65. 謝泳：《儲安平與〈觀察〉》，中國社會科學出版社，2005 年版。

66. 張振江：《冷戰與內戰：美蘇爭霸與國共衝突的起源》，天津古籍出版社，2005 年版。

67. 方漢奇、史媛媛主編：《中國新聞事業圖史》，福建人民出版社，2006 年版。

68. 劉統：《中國的 1948 年：兩種命運的決戰》，生活・讀書・新知三聯書店 2006 年版。

69. 張軍民：《中國民主黨派史（新民主主義時期）》，黑龍江人民出版社，2006 年版。

70. 方漢奇：《方漢奇自選集》，中國人民大學出版社，2007 年版。

71. 劉谷：《晉察冀革命文化藝術發展史》，中國戲劇出版社，2007 年版。

72. 王綠萍：《四川近代新聞史》，四川大學出版社，2007 年版。

73. 白潤生：《中國新聞傳播史新編》，鄭州大學出版社，2008 年版。

74. 錢江：《戰火中誕生的人民日報》，人民日報出版社，2008 年版。

75. 龐榮棣：《申報魂》，上海遠東出版社，2008 年版。

76. 沉毅：《中國經濟新聞史》，北京大學出版社，2008 年版。

77. 吳廷俊：《中國新聞史新修》，復旦大學出版社，2008 年 8 月第一版。

78. 北京市檔案館編：《解放北平》（上），中國檔案出版社，2009 年版。

79. 方曉紅：《中國新聞史》，南京師範大學出版社，2009 年版。

80. 錢承軍：《建國前中國共產黨報刊研究》，中國文聯出版社，2009 年版。

81. 汪朝光：《中國近代通史》第十卷，江蘇人民出版社，2009 年版。

82. 王曉嵐：《中國共產黨報刊發行史》，中國社會科學出版社，2009 年版。

83. 張挺、牛廷福 編著：《解放：解放戰爭報紙號外》，黃河出版社，2009 年版。

84. 汪朝光：《1945～1949：國共政爭與中國命運》，社會科學文獻出版社，2010 年版。

85. 王文珂、張扣林：《浙江新聞史》，浙江大學出版社，2010 年版。

86. 新華通訊社史編寫組：《新華通訊社史（第一卷）》，新華出版社，2010 年版。

87. 儲安平：《儲安平集》，東方出版社，2011 年版。

88. 李磊：《報人成舍我研究》，中國傳媒大學出版社，2011 年版。

89. 張夢新：《杭州新聞史》，中國社會科學出版社，2011 年版。

90. 汪朝光著：《中華民國史》（第十一卷，1945～1947），中華書局，2011 年版。

91. 甘惜分：《甘惜分文集 第二卷》，人民日報出版社，2012 年版。

92. 高華：《革命年代（珍藏版）》，廣東人民出版社，2012 年版。

93. 劉家林：《中國新聞史》，武漢大學出版社，2012 年版。

94. 蔡銘澤：《中國國民黨黨報歷史研究（1927～1949）》，團結出版社，2013 年版。

95. 唐志宏主編：《成舍我先生文集》，成舍我先生文集編輯委員會 2013 年版。

96. 倪延年：《中國新聞法制史》，南京師範大學出版社，2013 年版。

97. 方漢奇主編：《中國新聞傳播史》，中國人民大學出版社，2014 年版。

98. 彭芳群：《政治傳播視角下的解放區廣播研究》，中國傳媒大學出版社，2014 年版。

99. 王作舟：《抗戰時期的雲南新聞事業》，南京師範大學出版社，2014 年版。

100. 〔美〕胡素珊（Suzanne Pepper）著；啓蒙編譯所譯：《中國的內戰：1945～1949 年的政治鬥爭》，當代中國出版社，2014 年版。

101. 曹立新：《臺灣報業史話》，九州出版社，2015 年 1 月第一版。

102. 馬藝等：《天津新聞史》，天津人民出版社，2015 年版。

103. 張憲文、張玉法主編：《中華民國專題史‧第十六卷‧國共內戰》，南京大學出版社，2015 年版。

104. 金沖及：《第二條戰線：論解放戰爭時期的學生運動 》，生活‧讀書‧新知三聯書店，2016 年版。

105. 俞凡著：《新記〈大公報〉再研究》，中國社會科學出版社，2016 年版。

106. 蔡斐：《重慶近代新聞傳播史稿》（1897～1949），重慶出版社，2017 年版。

107. 黃志輝：《追夢與幻滅──（報人成舍我研究)》，中國社會科學出版社，2017 年版。

108. 劉統：《決戰：華東解放戰爭 1945～1949》，上海人民出版社，2017 年版。

109. 方漢奇主編：《中國新聞事業編年史（中)》，福建人民出版社，2018 年版。

數據庫

1. 晚清民國期刊數據庫

2. 申報數據庫

3. 人民日報數據庫

4. 大公報數據庫

後　記

　　《中華民國新聞史》（第 5 卷）以 1945 年抗戰勝利到 1949 年中華人民共和國中央人民政府在北京成立前這一階段的中國新聞業爲研究對象，在汲取前人對民國歷史尤其是這段歷史研究的基礎上，由首席專家親自審定各章節綱目，再由本書主編和課題組全體成員歷經五年結撰而成。

　　本卷書稿的具體寫作分工如下：第一章《民國南京政府後期新聞業發展的社會背景》由中國傳媒大學新聞學院艾紅紅教授撰寫；第二章《民國南京政府後期的國民黨新聞報刊業》由中國傳媒大學新聞學院博士生馮帆與艾紅紅合寫；第三章《民國南京政府後期的共產黨新聞報刊業》、第四章《民國南京政府後期的民營報刊新聞業》由中國傳媒大學新聞學院博士生韓文婷與艾紅紅合寫；第五章第一節「民國南京政府後期的新聞廣播業」由艾紅紅撰寫，第二節「民國南京政府後期的新聞通訊業」由新華通訊社新聞學研究所新聞史論研究室主任萬京華研究員撰寫；第三節「民國南京政府後期的圖像新聞業」由南京大學新聞與傳播學院韓叢耀教授撰寫；第六章第一節「民國南京政府後期的少數民族新聞業」由中央民族大學文學與傳播學院白潤生教授撰寫，第二節「民國南京政府後期的軍隊新聞業」由解放軍南京政治學院軍事新聞系劉亞教授撰寫，第三節「民國南京政府後期的外國在華新聞業」由中國人民大學新聞學院鄧紹根教授撰寫；第七章第一節「民國南京政府後期的新聞業管理體制」由南京師範大學新聞與傳播學院方曉紅教授撰寫，第二節「民國南京政府後期的新聞業經營」由華南師範大學新聞與傳播學院張立勤副教授撰寫；第八章第一節「民國南京政府後期的新聞團體」由艾紅紅與中國傳媒大學新聞學院博士生馬陽撰寫，第二節「民國南京政府後期的新聞教

育」由上海大學新聞傳播學院博士生導師李建新教授撰寫，第三節「民國南京政府後期的新聞學研究」由湖南師範大學徐新平教授和天津師範大學新聞傳播學院李秀雲教授撰寫。最後，本卷主編根據項目組會議決議的精神，依據「充分尊重原稿作者勞動成果和權利」「立足提高書稿質量和文風統一」及「統稿結果經項目組會議確認」的原則，對特約專題稿進行了整合、修改及補充。

　　由於作者的水平及視野所限，本卷書稿還存在較多不足甚至疏漏之處。而由於不同作者的書稿本身帶有不同的文風，在後期整合過程中雖也做了一些統一處理，但章節之間不太統一的現象仍舊存在。這也是本書主編今後將努力解決的問題。

艾紅紅

二〇一八年十一月二十二日

中華民國新聞史‧大事記
（1893～1949）

1893 年

7 月

18 日，《鏡海叢報》在葡萄牙殖民當局治下的澳門地區創辦，社址在澳門下環正路 3 號。該刊由土籍葡人飛南第創辦，是一份綜合性的商業新聞週刊。孫中山直接參與了它的發行活動，它的創辦成為民國新聞業的起源。

1894 年

10 月

11 日孫中山在《萬國公報》上發表《上李傅相書》，文末署名「廣東香山來稿」，發表前經過王韜的修改潤色。文長八千餘字，是孫中山早期政論的代表作。

11 月

孫中山在美國檀香山成立中國資產階級第一個革命小團體興中會。並將當地華僑報紙《隆記檀山新報》的經理、編撰人員全部吸收進興中會，並以報館為機關，秘密聚議籌商進行。報紙的言論也從言商轉為言政，進行了一些愛國救亡的宣傳。

1895 年

7 月

《杭州白話報》在杭州創辦，月刊。開始使用連史紙，以張的形式發行，後改用道林紙，以冊的形式發行。民國時期著名新聞記者林白水曾任該報編輯。

8 月

17 日，資產階級改良派在國內出版的第一個報刊《萬國公報》在北京創刊，這是中國第一個近代政黨機關報刊。康有爲、陳熾等負責籌募經費，梁啓超、麥夢華擔任編輯。《萬國公報》是雙日刊，內容主要是從多方面介紹當時由西洋各國傳進中國的近代科學知識和資本主義國家的實業發展成果。同年 12 月 16 日改名《中外紀聞》。

10 月

6 日，孫中山在廣州《中西日報》發表《擬創立農學會書》，以研究農學爲名，徵集同志，擴大影響。

同年

《東陲生活》（又譯作《東方邊疆生活》）創刊。該刊以蒙漢俄三種文字印刷，是由俄籍布利亞特蒙古人巴德瑪耶夫在俄羅斯赤塔市創辦。主要刊登俄羅斯帝國的法令、制度、公文及官方活動，還有國際新聞、東方見聞和各種趣聞軼事等。它是外國人創辦的第一種面向中國讀者的少數民族文字報刊。

1896 年

1 月

12 日，《強學報》在上海創刊，是清末上海強學會的言論機關報。徐勤、何樹齡主編。鉛印，5 日刊。宣傳變法維新的政治色彩比北京強學會的《中外紀聞》鮮明。報首用孔子紀年與光緒紀年並列。第一號即刊錄未經公開的上論「廷寄」，並加附論，闡述變法的必要性。還登載《開設報館議》，強調辦報有 6「大利」：廣人才，助變法，達民隱等。第二號發表《變法當知本源說》，最早公開在報刊上提出「開議院」的政治主張。

6 月

26 日，《蘇報》創刊於上海，創辦人是胡璋，但由其妻日人生駒悅出面向日本駐滬總領事館註冊，託爲日商報紙。日出對開兩張，用白報紙兩面印刷，分 3 版，每天共出 12 版。胡璋主辦《蘇報》達 4 年之久，在他主辦時期，《蘇報》和日本方面保持密切聯繫，有日本外務省機關報之稱。

1898 年

7 月

26 日，光緒皇帝頒布《允許開辦報館論》，明確表示報紙具有宣傳朝廷政令和傳遞百姓民情的社會功能，朝廷應該鼓勵支持民眾創辦新聞報刊。

1899 年

8 月

在旅順創辦的《新邊疆報》是在華的第一份俄文報紙。《新邊疆報》是沙俄在華利益的積極代表者，其創辦與俄國侵華的歷史密切相關，還履行著文化傳播的職能。1905 年，日俄戰爭結束，戰敗的俄國把旅順、大連及南滿鐵路轉讓給日本。《新邊疆報》於 1905 年 11 月遷到哈爾濱出版，改爲日報。1912 年 10 月，《新邊疆報》終刊。

1900 年

1 月

25 日，興中會機關報《中國日報》在香港正式創刊，爲向世人昭告興中會「驅除韃虜，恢復中華」的政治目標，孫中山取「中國者，中國人之中國也」之義把機關報定名爲《中國日報》。同時出版日報和旬報，以求兼收日報、期刊之長。

11 月

11 日，中國留日學生創辦的第一個政治性刊物《開智錄》在日本橫濱出版，又稱《開智會錄》，是橫濱「開智會」的機關報。該刊爲油印出版，由鄭貫一主編。該刊「以開民智爲宗旨，倡自由之言論，伸獨立之民權，啓上中下之腦筋，採中東西之善法。」

12 月

本月，《譯書彙編》在日本東京創刊，是留日學生團體勵志會的機關刊物，創辦者為戢翼翬等人。該刊是以輸入西方資產階級政治學說，促進國內尤其是青年人思想進步進而推動社會政治變革為宗旨和特色的留學生刊物。

同年

日本電報通訊社在日本政黨政友會支持下創辦，是日本在華影響較大的民營通訊社，也是日本最大的通訊社，由一個叫三越中的商人開辦於日本國內。

1901 年

5 月

10 日，《國民報》創刊於日本東京，是中國留日學生創辦的第一批刊物中最早具有鮮明革命傾向的政論刊物。總編輯為秦力山，設有社說、時論、紀事、譯編、答問和西文論說等欄目。該刊不但揭露帝國主義在中國毫無顧忌的侵略活動，且指出造成帝國主義侵略和掠奪的根源是清政府專制賣國和腐敗無能；對康梁「保皇扶滿」改良主義予以迎頭痛擊。

10 月

本月，《順天時報》在北京創刊，是日本人在中國辦的時間最長、影響最大的中文日報。原為國人創辦，但未久即由日人中島眞雄主持。該報原名《燕京時報》，由日本財閥及外務省支持，代表日本政府發言，一貫干涉中國內政，是日本在華之半官方機關報，也是日本帝國主義侵華的重要工具。

12 月

25 日，《北洋官報》創刊於天津，是清末創辦最早、最有影響的地方政府官報。初為間日出版，每冊 8 至 10 多頁，直隸總督兼北洋大臣袁世凱創辦。1904 年 2 月 16 日，改出日刊。1912 年 2 月 23 日，改名《北洋公報》，延續《北洋官報》出版序號，5 月 23 日再改名《直隸官報》。

1902 年

6 月

17 日天津《大公報》在天津創刊，是中國歷史上除了古代的封建官報以外出版時間最長的報紙。它的發展大概分爲四個階段。1902 年～1916 年英斂之創辦時期；1916 年～1925 年王郅隆經營；1924 年 11 月 27 日，《大公報》停刊；1926 年～1949 年新記公司接辦，這一時期《大公報》的辦刊宗旨是「不黨、不私、不賣、不盲」。

23 日《啓蒙畫報》創刊，爲北京出版最早的畫報。先後經歷日刊、半月刊、月刊三個階段。彭翼仲、彭谷生主編，劉炳堂（用痕）繪圖。內容分掌故識略、時聞兩大類，對帝國主義侵略有所揭露，對反帝反封建的太平天國、義和團等革命運動則帶有惡感，對戊戌變法及群眾反貪官酷吏抗暴抗捐鬥爭深表同情。對西方科學技術知識、中外時事和政治歷史也偶有報導。

12 月

12 月 14 日，《遊學新編》創刊於日本東京，湖南留日同鄉會主辦，第一個留日學生同鄉會刊物。月刊，主編楊毓麟。1903 年 11 月 3 日停刊，出版至第 12 冊。

1903 年

1 月

29 日，《湖北學生界》創刊於日本東京，月刊，湖北留日學生主辦，是第一個以省區命名的留學生革命刊物，創刊號編輯兼發行人署王璟芳，尹援一。第 6 期改名爲《漢聲》，1903 年 9 月 21 日出至第 7、8 期合刊後停刊。

5 月

章士釗被陳範聘爲《蘇報》主筆，連續發表《康有爲》《密諭嚴拿留學生》《讀〈革命軍〉》和《康有爲與覺羅君之關係》等具有強烈革命色彩的文章，在鼓吹反清革命宣傳上獨領風騷，成爲一家影響巨大的革命報紙。

6 月

「《蘇報》案」發生。清政府勾結租界當局拘捕了章太炎，鄒容自動投案，後《蘇報》遭查封，鄒容在獄中被迫害致死。

8 月

7 日，章士釗主編的《國民日日報》在英租界二馬路中士街創刊。通過對「《蘇報》案」連續跟蹤報導等，控訴清政府對《蘇報》及章太炎、鄒容的迫害，激發民眾反清革命情緒；採取以古諷今手法，嘲諷清政府及康梁保皇派拙劣表演。在清廷壓迫下，同年 12 月 4 日停刊，出報至 118 號。

12 月

15 日《俄事警聞》在上海創刊，蔡元培、汪德淵等主辦，日報。以喚起國民，警告通國，實行拒俄為主旨，專門錄載沙俄侵華和拒俄消息，譯述俄國虛無黨歷史。宣傳抵制之策，間接鼓吹革命。出版第七十三號後更名《警鐘日報》。

19 日林獬在上海主持創辦《中國白話報》，半月刊，境今書局發行。1904 年 10 月 8 日停刊，出報至 24 期。這份「公開鼓吹以暴力推翻帝制」的革命派報紙，用白話文向讀者宣傳反滿革命思想、資產階級民主革命思想和團結禦侮思想，對喚醒民眾支持資產階級反清革命具有積極的意義。

1904 年

1 月

17 日，中國人自辦的第一個通訊社「中興通訊社」在廣州創辦，屬□民營通訊社性質，駱俠挺是發行人兼編輯。1 月 19 日，中興社發出了第一篇稿件，它的主要發稿對象是廣州和香港地區的報紙。中興通訊社雖然存在時間較短，影響有限，但卻踏出了國人自辦通訊社的第一步。

3 月

31 日，《安徽俗話報》創刊於安徽蕪湖，半月刊，主編陳獨秀。以「救亡圖存、開通民智」為宗旨，先後發表《亡國論》《說愛國》等論說，進行反清革命和資產階級民主思想宣傳，揭露控訴列強掠奪我國礦產資源的罪行。因文章語言通俗，民眾讀者愛讀喜傳，最高發行量達三千多份，銷數居海內白話報之冠。

4 月

本月，《武備雜誌》創刊於河北保定，月刊，是目前所知的中國第一種軍事報刊。它的出現可說是中國近代軍事發生全面變化的產物。《武備雜誌》創

刊號稱「以希望軍隊進步為第一義，與各軍互相聯絡，從事研求，出版雜誌，集思廣益，啓迪所知，將來擇要施行，日求精進」。

6月

12日，《時報》在上海外國公共租界創刊，是戊戌變法後改良派在國內創辦的第一份報紙。創刊時掛日商招牌，羅孝高為總主筆，實際負責人狄楚青。目的是宣傳「立憲救國」思潮，加強「立憲」輿論鼓吹。該報首創「時評」欄，為許多日報仿傚。時刊滑稽畫和諷刺畫作插圖。《時報（插畫）》，1904年創刊，內容有中外名人畫像、各國風光、地圖及諷刺畫等。

7月

《北京報》創辦於北京（1905年8月16日改為《北京日報》）。由廣東人朱淇主辦，張展雲、楊小歐擔任編輯。每日可以發行一份以政治新聞為主要內容的報冊。1916至1920年，該報以信息時效性著稱，可以最快速度刊發新聞，並且有不菲的廣告費收入。同時該報附印消閒錄一張，重點打造社會娛樂，八卦瑣聞及名人風流韻事，主顧為上層社會有閒有錢的人士，對一般讀者也有較大吸引力，因此該報一路暢銷。

9月

24日，《白話》月刊在日本東京創刊，是中國留日學生所辦革命刊物中最早由女性創辦的刊物，由秋瑾主編，先後共出版了6期。該刊設有論說、教育、歷史、實業、地理、理科、時評、談叢、小說、歌謠、戲曲、傳記、來稿等欄目。內容主要是日本東京演說練習會中的演講稿以及一些關於興辦實業的資料。

10月

《二十世紀大舞臺》半月刊在上海創刊，上海大舞臺叢報社編輯及發行，主辦人有陳去病等。該報以「改革惡俗，開通民智，提倡民族主義，喚起國家思想為唯一目的」，具有鮮明和強烈的革命精神。既是「中國最早的戲劇雜誌，也是中國最早的革命文學期刊」。

1905年

5月

蒙古國籍的海山（1857～1917）在我國黑龍江哈爾濱市創辦《蒙古新聞》，

是當今可考的第一種由外國人在中國境內創辦的蒙古文報刊。在蒙古族新聞史上，它是第一種由外國駐外記者在派駐國創辦的蒙古文新聞報刊。

11 月

26 日，中國同盟會機關報《民報》在東京創刊，宣傳反清革命，同康梁改良（保皇）派進行論戰；在國內外發展革命組織，聯絡華僑、會黨和新軍，多次發動反清武裝起義。孫中山在《發刊詞》中提出了「三民主義」政治綱領。

冬

《嬰報》創刊於內蒙古昭烏達盟喀喇沁右旗，是我國少數民族成員創辦的第一份蒙古文報刊。該報採用蒙古文和漢文兩種文字印行（史稱「蒙漢合璧」），以「啓發民智，宣揚新政」爲宗旨，主要刊載國內外重要新聞、科學知識、內蒙古各盟政治形勢動態以及針對時局的短評等。該報創辦者內蒙古昭烏達盟喀喇親王貢桑諾爾布。由於《嬰報》是我國最早的少數民族文字新聞報刊，所以它的誕生標誌著中國少數民族新聞事業的發端。

同年

《時事畫報》創刊，是晚清革命派在廣州創刊的著名文藝刊物，旬報。發起人高卓廷，潘達微、高劍父、陳垣、何劍士編輯。主要刊繪畫，有時也刊照片，石印和銅版並用，十二開，每期二十四頁。以「仿東西洋各畫報規則辦法，考物及記事，俱用圖畫。一以開通群智，振發精神爲宗旨」。內容分兩部，圖書紀事爲首，論事次之，論事中先諧後莊。

1906 年

5 月

8 日，《復報》在日本東京出版第 1 號，它是一份在國內編好後寄往日本東京印刷出版發行的資產階級革命派報紙。國內編輯人是柳亞子，內容貼近國內實際情況，反映國內民眾反清革命呼聲。被稱爲「《民報》的小衛星」。

《賞奇畫報》創刊，旬刊，季毓、霸倫等編。宗旨爲「合於普通社會生活、風土人情，圖說互用，務令同群一律領解，灌輸新理，開闢性靈，非說不達，捨圖弗明」。常刊載社會生活和風土人情的圖畫。

6月

《漢口中西報》原爲德國商人經營的《中西報》，由王華軒接辦，並與自己創辦的《武漢小報》歸併爲《漢口中西報》，自認總經理，延請鳳竹蓀爲總主筆，日出一張半，後擴充到日出三大張。王華軒辦報以「開通風氣，提倡商務學務」爲宗旨，注意「世界知識」。該報是民國時期湖北地區乃至華中地區歷時最長的一家非常有影響的一家民營報紙。

9月

18 日《國事日報》創刊於廣州，主編黎硯彝，是立憲派在華南地區的重要喉舌，聲稱「不偏徇一黨之意見，非好爲模棱，實鑒乎挾黨見以論國事，必將有有辟於所親好，辟於所賤惡。」辛亥首義成功後，資產階級革命勝利在廣州已成定局，一直爲保皇立憲搖旗吶喊的《國事日報》宣布向革命投降。

《圖畫日報》創刊，是中國最早出版的畫報類日刊。報館在上海四馬路，環球社編印。封面刊出《海軍提督薩鎭冰軍門肖像》，每冊收洋 1 角。《圖畫日報》欄目主要有：大陸景物、上海建築、世界著名歷史畫、社會小說（續上海繁華夢）、偵探小說（羅施福）、世界戲劇、上海社會現象、營業寫眞、新智識雜貨店、外埠新畫、外埠新聞畫等十六日之多。

10月

18 日，《盛京時報》在奉天創辦，這是日本人在東北地區出版的第一份中文報紙，停刊於抗戰勝利之時，也是日本在華出版歷史最長的中文報紙。由日本人中島眞雄創辦，發行範圍曾涵蓋整個東北三省，是東三省社會影響最大的一家中文報紙。《盛京時報》的銷行數量，最高達每日一萬六千份，是一份具有鮮明政治意圖的日辦中文報紙，它的讀者對象是面對以東三省爲主的中國民眾。

同年

清政府頒布第一部印刷出版專門法《大清印刷物專律》，共 6 章 41 款，覆蓋全部印刷出版物，報刊自然包含其中。專律規定特設「印刷註冊總局」，負責管理出版物的登記和註冊。《報章應守規則》於同年出臺。次年又跟進《報館暫行條規則》。

《東三省官報》在瀋陽創辦，是東北的第一份官報，新任盛京將軍趙爾巽下令創辦，由曾在日本留學的謝蔭昌籌建報館，主持創辦事宜。這是東北

第一家由國人創辦的報刊，是典型的官辦官訂官發，辦報經費由省署撥款，發行上自上而下按照行政區劃分後層層攤派，立場上爲清政府在東北地區的喉舌機關。《東三省公報》成爲東北地區官報效仿的範例。

1907 年

1 月

14 日，編輯兼發行者署名爲「浙江山陰秋瑾」的《中國女報》月刊在上海創刊。主辦者爲秋瑾，總編輯陳伯平。《中國女報》以「開通風氣、提倡女學，聯感情，結團體，並爲他日創設中國婦人協會之基礎」爲宗旨。

4 月

2 日，《神州日報》在上海創刊，創辦人爲于右任，總主筆爲楊守仁。該報以「以祖宗締造之艱難和歷史遺產之豐實，喚起中華民族之祖國思想」爲宗旨。陳布雷在《天鐸報》上連續發表十篇《談鄂》，「爲民軍張目」，對革命的鼓動作用很大。

同月

《西藏白話報》創刊於西藏拉薩，是我國最早的藏文報紙。由清廷最後一位駐藏大臣聯豫和幫辦大臣張蔭棠創辦。《西藏白話報》以「愛國尚武，開通民智」，勸告藏人「團結自強以抵禦洋人欺侮」爲宗旨。以漢藏兩種文字印刷出版。內容主要爲清帝詔令、駐藏大臣衙門公文、各地興辦學堂的消息。

6 月

20 日，《神州日報》改由汪彭年等人主持，與同盟會、光復會聯繫逐漸減少，宣傳內容趨於蕪雜；但因參加編撰的多爲革命黨人，仍保持一定的革命色彩，因而在辛亥革命前被認爲是革命派的言論機關。

8 月

20 日，《中興日報》，創刊於新加坡，是同盟會新加坡分會機關報。「以發揚民族、民權、民生三大主義」爲宗旨，該報爲革命派在南洋最重要的輿論陣地。

12 月

6 日，《時事新報》創刊於上海，原名《時事報》，爲舊中國出版時間較長的報紙之一。1909 年與《輿論日報》合併爲《輿論時事報》。1911 年 5 月 18

日改名爲《時事新報》。《時事報》（《輿論時事報》及《時事新報》）先後出版一系列新聞性畫報，以爲報紙內容補充或延伸。主要有：《時事報館畫報》《時事報圖畫雜組》。

20 日，《中國女報》與陳以益創辦主編的《新女子世界》合併，改名爲《神州女報》月刊繼續出版。陳以益主編，繼承秋瑾《中國女報》「開通風氣，提倡女學」宗旨，積極向女性宣傳資產階級民主自由思想，反對清政府封建專制，出版至 1908 年 2 月停刊。

1908 年

3 月

清廷先後頒行《集會結社律》和《大清報律》。

4 月

《蒙話報》創刊於吉林。這是第一種由我國地方政府主辦的蒙古文報刊。主辦人爲慶山、路槐卿。該刊以「開通風氣」爲宗旨，「搜集資料，參仿叢報體裁，約同局員，分類編輯。先以漢文演成白話，繼以白話譯成蒙語，以便蒙漢對照。」

1909 年

3 月

28 日，上海日報公會成立，是上海最早的新聞職業團體。該會通過了會章，包括總綱、辦法、經濟、集會、權限和要則六大內容，宣稱該團體「以互聯情誼，共謀進行爲主旨，與各館內部組織無涉」，並設置了幹事長、幹事員、書記、繕寫、茶房和信差等職務，對會費、權限等也有具體規定。該會成立後，曾支持中國報紙反對帝國主義在中國的罪行，爭取政府相關部門對報界之優惠政策，反對蔣介石的獨裁統治。

遠東通信社在布魯塞爾創辦，是中國人在海外最早創辦的新聞通訊社，最直接的目的在於協助外交。時任清政府駐比利時使館隨員王慕陶以私人名義出面創辦。遠東通信社的發稿模式主要是向外國報刊提供有關中國的通信和電報，並向國內傳播外電外刊內容。

5 月

15 日，《民呼日報》在上海望平街 160 號創刊。于右任自任社長，聘陳飛卿為總主筆。該報以「實行大聲疾呼」「為民請命」為宗旨，著重揭露貪官污吏魚肉百姓的黑暗現實。

10 月

3 日，《民吁日報》在《民呼日報》社原址創刊，朱葆康為發行人，范光啓任社長，實際各項事務仍由于右任負責。該報集中揭露和抨擊日本帝國主義對中國的侵略野心和罪行。

同年

《醒時白話報》又名《奉天醒時白話報》由回民張兆麟於創辦，民國成立後更名為《醒時報》，它是近代遼寧報刊史上第一家民營報紙，也是辦刊時間最長的報紙。該報以「改良社會，開通民智，提倡教育，振興實業」為宗旨，以一般市民讀者為對象，仍保持語體白話文的特色，時常刊載社會新聞和奇聞巧事，加之報價低廉，頗受小市民歡迎。

1910 年

1 月

1 日，上海出現具有鮮明革命色彩的新聞報紙《中國公報》，創辦者是被孫中山稱為「革命首功之臣」的陳其美。該報以「鞭策國群、促進公益、代表清議」為宗旨，設有論說、專電、世界大事記、短評、國內大事記、小說等欄目。

3 月

11 日，《天鐸報》在上海創刊，是由立憲派領袖湯壽潛出資的新聞日報。該報創刊時宣稱以「促進憲政、推究外請、提倡實業、宣達民隱」為宗旨。設有社論、時評、專件、譯電、小說、文苑、來稿等欄目。

25 日，同盟會會員馮特民在新疆伊犁創辦並主編的《伊犁白話報》，它既是同盟會會員在新疆創辦的第一份「宣傳反帝反封建的資產階級民主革命」的報刊，也是我國新疆地區第一份近代化報紙，更是辛亥革命時期唯一一份用少數民族文字編印的革命派報紙。該報積極宣傳同盟會的革命綱領，並十分注意向少數民族同胞灌輸民族民主革命思想。

7 月

24 日，世界新聞記者公會在比利時首都布魯塞爾召開「萬國記者大會」。王慕陶參加了會議並應邀出任常年會員。這是中國記者參加國際新聞會議和有關組織的一次較早記錄。後來，王慕陶又介紹曾任《時務報》總理的汪康年、《北京日報》主筆朱淇、著名記者黃遠庸（遠生）、上海《申報》主筆陳景韓等人參加世界新聞記者公會。

《國民公報》創刊於北京，國會請願同志會機關報。社長文實權，主編徐佛蘇，孫幾伊等任主筆，黃與之、吳錫嶺等任編輯。促成實施憲政，召開國民大會爲報紙主要訴求。1911 年 5 月轉讓給徐佛蘇個人經營，梁啓超、黃遠生撰稿。擁護袁世凱，反對革命黨，曾接受黎元洪津貼資助。五四運動中，由孫伏園主編副刊。1919 年 10 月 25 日因觸怒段祺瑞被查封。

9 月

4 日，我國第一個全國性的新聞團體在南京勸業會公議廳宣告成立。在成立大會上，公議定名該團體爲「中國報界俱進會」，通過的會章共 16 條，規定「本會由中國人自辦之報館組織而成」，「以結合群力，聯絡聲氣，督促報界之進步爲宗旨」。俱進會在 1912 年 6 月 4 日改名爲「中華民國報界俱進會」，並在會上通過了「加入國際新聞協會案」「不認有報律案」「自辦造紙廠案」「設立新聞學校案」等 7 項提案。

10 月

11 日，「豎三民」的「第三民」《民立報》在上海創刊出版。該報仍由于右任自任社長，宋教仁協助於擔任編輯撰稿工作。報紙主要通過刊載社論和新聞宣傳革命，並首先向全國報導了武昌起義的新聞，成爲報導辛亥首義勝利的「第一聲」。

1911 年

1 月

3 日，《大江報》在原《大江白話報》基礎上改名創辦於漢口。詹大悲任總經理兼總編輯，何海鳴爲副主編，以「提倡人道主義，發明種族思想，鼓吹推倒滿清罪惡政府」爲宗旨，先後成爲振武學社和文學社的言論機關。

7 月

17 日，漢口《大江報》刊載署名「海」所撰的時評《亡中國者，和平也》，駁斥改良分子企圖用請願等「和平」手段抵制革命的主張。

26 日，漢口《大江報》刊載署名「奇談」所撰的時評《大亂者，救中國之妙藥也》，認爲中國需要有一個「極大之震動」和「極烈之改革」，只有「打亂」即革命，才是拯救中國的唯一途徑。

8 月

1 日，江漢關道根據鄂督瑞澂以「宗旨不純、立意囂張」「淆亂政體、擾害治安」飭令查封《大江報》並宣布「永禁發行」後停刊。民國成立後，該報在漢口後花樓街復刊。

24 日，清政府實行新製成立內閣後《政治官報》改名《內閣官報》，並規定《內閣官報》爲公開法律命令機關，統一刊布諭旨、奏章及頒行全國法令，凡刊布的法令各行省從內閣官報遞到之日起，即生一體遵守效力。中國現代官報的誕生是從《內閣官報》開始的，雖然這份官報壽命極短。

29 日，美國人密勒受孫中山委託出面創辦、中美合股創辦的中國國家報業公司所有在上海創刊的《大陸報》，是辛亥革命時期革命黨人在國內創辦的唯一的英文日報。孫中山創辦該報是爲了爭取國際輿論對中國革命的支持。

10 月

8 日，浙江軍政府主辦的機關報《漢民日報》創刊。創刊後堅定代表革命派利益，全力爲建立和鞏固民主共和政體吶喊。著名新聞人邵飄萍的新聞生涯即從主持該報筆政開始。

10 月

10 日，湖北武昌爆發反清武裝起義並獲得勝利，次日宣告成立「中華民國鄂軍政府」，前清軍官（協統）黎元洪出任軍政府都督。

15 日，鉛印版《大漢報》正式創刊於湖北漢口，胡石庵自任主編兼發行人，張越爲經理。《大漢報》第一次以獨立新聞媒體身份公開宣傳資產階級民族民主的綱領和政策。該報通過報導新聞和發表言論爲革命後產生的新政權建設和施政方針等積極建言獻策。

16 日，《中華民國公報》在武昌創刊，湖北軍政府軍務部負責創辦，第一任主編是張樾，總經理爲车鴻勳。該報既是全國第一家中華民國省級軍政府

機關報，又是辛亥革命時期第一個代表新興的資產階級革命政權向世界發言的官方言論機關。以刊發軍政府文告、檄文、軍法、律令和宣傳軍政府方針政策和施政決策爲基本功能，表現出鮮明的革命立場，以言論爲革命搖旗吶喊。

19 日，臨時性小報《警報》創刊於上海，主編柳亞子，不定期出版。也有人稱之爲「辛亥武昌起義時期上海發行的戰事號外」。設有：要電、專電、消息、通訊、時評、專稿、譯稿、新聞照片、詩詞、歌曲等欄目。因「事實情眞」很受讀者歡迎，爲體現特徵和吸引讀者，該報每天使用的油墨顏色不同。

22 日，漢口軍政分府機關報《新漢報》在漢口出版，報館總理爲何海鳴，《新漢報》除發表漢口軍政分府的公告、命令等文件外，大量報導民軍與北軍的戰鬥消息，在鼓舞漢口軍民與北軍鬥爭的士氣方面發揮了重要作用。

21 日，《民國報》（新聞性旬刊）創刊於上海，革命黨人「雞鳴」「樸庵」創辦，是武昌起義後爲配合革命而創辦的宣傳性刊物。聲稱其主旨和選稿範圍爲「甲、歷史觀念發揚民族之精神；乙、以社會趨向審擇政治之方法；丙、搜集文告撰錄傳記及紀事本末以爲他日之史料；丁、迻譯外論旁徵野史以爲現今之借鏡。」

12 月

1 日，新聞電影《武漢戰爭》在上海謀得利戲院公映。《武漢戰爭》的公開放映直接宣傳了革命黨人爲推翻清王朝的「勇猛」和「善戰」，眞實記錄了中國人民爲推翻最後一個封建王朝而英勇戰鬥的歷史畫面，爲後人提供了極其珍貴的研究資料。

17 日，政治上「擁護共和」的《大漢國民報》（日報）在成都創刊出版。創辦者是李澄波，以「發揚民氣，擁護共和」爲宗旨。因該報立論公正，報導求實，敢於揭露社會弊病，受到當時四川省省長張瀾先生的讚揚。

1912 年

1 月

1 日（元旦），中華民國臨時政府在南京成立。孫中山就任臨時大總統，張季鸞及時向《民立報》拍發新聞電，報導南京臨時政府成立和大總統就職情況。這是民國後中國報紙第一次拍發的新聞專電。

1 日，《藏文白話報》創刊，石印，漢藏兩種文字印刷，漢文在先，藏文在後。《藏文白話報》已具有近代報刊的「論說」「新聞」「副刊」與「廣告」四大基本構成要素，應該完成近代化演變並開始進入少數民族文字報刊的現代化階段。

4 日，《大共和日報》創刊於上海，是中華民國聯合會機關報。創辦人兼社長章太炎。創刊之初就公開否定孫中山任臨時大總統的民國南京臨時政府的進步性和革命性。3 月 2 日，中華民國聯合會和預備立憲公會合併成立統一黨，《大共和日報》成為統一黨機關報。《大共和日報》雖然是黨派報紙，但是它具有商業報紙的特點，實行商業化的經營管理。

29 日，中華民國臨時政府機關報《臨時政府公報》在民國南京臨時政府首都南京創刊，這是中國歷史上第一份由資產階級共和國中央政府創辦發行且面向全社會的政府機關報。該報由但燾任局長的臨時政府總統府公報局編纂，公開申明「以宣布法令、發表中央及各地政事為主旨」。

2 月

1 日，《社會日報》創刊，日出四開一小張，自稱「本黨言論之總機關」。在發刊詞中提出「三義」：（1）代表中國社會主義之思想；（2）發布中國社會黨對於黨員非黨員之意見；（3）記載及評論國內國外關係社會主義之事情。此外，主要宣傳歐美社會主義的學說。後來該報改名為《社會黨日刊》。

13 日，袁世凱創辦並出版了《臨時公報》，每日出版，1912 年 4 月 30 日出完第 78 號後自行停刊。《臨時公報》的內容，主要是對外發布袁世凱在「全權組織臨時共和政府」期間的政治、外交、內政（行政）活動的有關信息。該報是袁世凱塑造形象、引導輿論、擴大權勢的宣傳工具。

18 日，《群報》創刊，社址在武昌曇華林，汪書城、馬效田、貢少芹等創辦，馬效田任社長，受到黎元洪資助，一開始是共和促進會的機關報，後轉為民主黨的言論機關。進步黨成立後又成為進步黨的機關報。該報曾經發表過一些為黎元洪飾美的作品，並和《震旦民報》展開過筆戰。

20 日，《民聲日報》創刊，黎元洪主辦，黃侃主編。報館設在上海望平街，日出兩大張，主筆有寧調元、汪瘦岑等，是以黎元洪為後臺的民社的機關報，後轉為共和黨的言論機關。標榜「進步主義」，極力鼓吹湖北集團的利益，宣傳擁護袁世凱，反對孫中山和黃興領導的南京臨時政府，出處與同盟會作對。

22 日，《新報》（又稱《伊犁新報》）創辦於新疆惠遠古城，日報，為中華民國軍政府新伊犁大都督府的機關報。除出維吾爾文版外，同時出版漢文版。該報宣稱以「開通民智，融化畛域。清除專制舊習，進策共和」為宗旨。大篇幅刊登新政權的革命主張，發表國內外最新消息，鼓動社會革命輿論。聯絡上下聲氣，是群眾監督政府的工具，是時代的吶喊者，是新歷史的忠實記錄者，在當時產生了很大的社會影響。

23 日，《北洋官報》改名《北洋公報》，延續《北洋官報》出版序號，5 月 23 日再改名《直隸官報》。袁世凱倡導出版《北洋官報》，在辦報理念、刊載內容、報刊形制、發行方式等方面，開創晚清政壇新風。

25 日，《公論日報》創辦，為中華民國聯合會四川分會機關報。1912 年 3 月中華民國聯合會改會為黨，定名為統一黨。《公論日報》成為了統一黨在四川的政府機關報。該報宗旨「意在本真理以昌言，為斯民之先覺，解發墜帙，扶微燭幽，一破盲循柴守之陋、黨同妒真之習」。該報在報紙的經營管理上還是有很多可取之處，如重視新聞來源、言論特色、廣告發行等。

3 月

1 日，《民權報》正式創刊（有學者認為是 3 月 28 日），成為自由黨的言論陣地，主筆戴季陶，社址位於上海江西路 4 號。該報由周浩出資創辦，戴季陶、何海鳴等任主編，以擁護共和的激烈言論著稱於世，與同時期發行的《民國新聞》《中華民報》合稱「橫三民」。《民權報》是「橫三民」中極力主張內閣制、鼓吹革命最激進，也是影響最大的報紙，在當時名噪一時。

4 日民國臨時政府內務部制定頒行「暫行報律三章」，引起上海報界抗議。

11 日《中華民國臨時約法》經參議院討論通過，其中規定：「人們有言論、著作、刊行及集會、結社之自由。」言論出版自由第一次得到法律認可。

《大漢報》經理胡石庵發起組織成立武漢報界聯合會，武漢報界聯合會由武昌現有各報館組織而成，以「維持公共利益及防止公共之危害」為宗旨，事務所地址暫定在《民心報》館。該團體積極維護報界利益，爭取和保障言論自由。後因「癸丑報災」導致社會上結社活動沈寂，該團體遂停頓消亡。

4 月

1 日，《共和民報》創刊於漢口，社址在漢口英租界，日報，對開 8 版。原湖北諮議局副局長張國榕主辦，是民主黨的言論機關。自稱「以鼓吹共和

政治之完成，扶翊國民能力之發展爲宗旨」。擁護袁世凱、黎元洪，後追隨民主黨並成爲該黨言論機關。同年 11 月增爲 12 版。1913 年 1 月，《共和民報》和《群報》因揭露湖北司法司總務科長徇私賣官而遭到報復。1913 年 5 月，因民主黨併入進步黨而停刊。

20 日，《國民新報》創刊於漢口，日報，對開 8 版。李華堂主辦，袁世凱親信陳宦大力資助。許止競、朱鳳岩等編撰。旨在「注重民生，維持社會」，「下達興情，上匡政府，造福和平，共保安寧」。擁護袁世凱、黎元洪。在「二次革命」期間曾捏造不利於革命的不實新聞，打擊革命勢力，誤導民眾。因而得到黎元洪的嘉獎，該報每月接受黎津貼五千元，爲其鼓吹宣傳。1926 年 10 月後被北伐軍以逆產之名沒收，資產由《漢口民國日報》社接收。

5 月

1 日，「民國時期北洋政府的機關刊物」《政府公報》正式創刊，先後出版了 16 年之久，一共發行了 5663 期。《政府公報》的內容以政府運行過程中產生並公開發布的官方文件爲主。

4 日《交通部飭各電局新電報收費辦法電》中指出，「新聞電報，不論遠近，每字收費三分，原爲優待報館，開通風氣，故不惜特別減價，以爲提倡。」即各登記報館可以領取新聞專電執照，以普通電報三分之一的價格拍發新聞電。

15 日，賀升平與閻銘初、劉積學等人在上海創辦《國權報》。次月，移址北京出版，爲國家學會之機關報。由閻銘初任總經理，賀升平自 1912 年 8 月起任總編輯，直至 1917 年停刊。該報屬民主黨——共和黨系報紙。《國權報》最初能保持各自一定的獨立性，非袁世凱是從，對袁氏的政見能做到客觀公正。後來被袁世凱收買，成爲爲其復辟帝制搖旗吶喊的政治工具。

6 月

《亞細亞日報》在北京創刊，主編薛大可。初創言論傾向共和黨，後被袁世凱收買，成爲御用報紙。

7 月

10 日，《東大陸報》創刊於上海，是共和黨的重要報紙。詹大悲主辦，他曾連續多日在《民聲日報》刊登宣言，闡明創辦緣由和宗旨：「列數旨以自策勵並望與我同業者共勉之也：一矯正浮議、不阿俗好，二探討眞理、不爲誇言，三主持公道、不徇黨私，四記載實事、不採臆說。」

8月

31 日，民國第一通訊社成立，該社由李卓民聯合友人在上海創辦，9 月 1 日正式開始對外發稿，是由中國人自辦、登記在冊的上海第一家通訊社。

《大東日報》創刊於濟南，其前身是沈景忱、孫念僧辦的《濟南日報》，民國成立後改組為《大東日報》。初為共和黨山東組織機關報，由共和黨山東負責人王丕熙任社長。這一時期的《大東日報》是共和黨與國民黨進行議會鬥爭的主要工具。後來共和黨改組為進步黨，黨內派系鬥爭加劇，其中一部分人成立了「誠社」，該報隨即成為誠社的機關報。該報為日刊，對開 8 版，日發行 1000 到 2000 份，1928 年「五三」日本佔領濟南時停刊。

10月

15 日，《司法公報》創刊於北京，月刊。由民國北京臨時政府司法部按期會纂發行。該刊聲稱「以公布司法過去之事實藉促進司法前途之進行為宗旨」。一直出版到 1928 年 5 月停刊，共發行二百五十期，其中有臨時增刊三十九期。

20 日，史量才正式接管《申報》，自任社長兼總經理。他將《申報》發揚光大，使之成為中國影響最大的報紙之一。「獨立之精神」「無偏無黨」「服務社會」是史量才辦報思想的核心。史量才辦《申報》二十二年，始終貫穿著他對報紙獨立品格的追求，為《申報》的發展作出了巨大貢獻，並以他的辦報思想和報業實踐豐富、提升了中國新聞史。

11月

1 日，《軍聲》雜誌創刊於日本東京，月刊。中國旅日軍界人士組織軍聲社主辦，經理張為珊，編輯兼發行人蔣介石、杜炳章。出版 6 期停刊。旨在「調查各國軍情，補助軍事教育，鼓吹尚武精神，輸入軍事知識，研究軍事學術」。

《軍事月報》創刊於北京，16 開本，月刊。「中華民國郵政總局特准掛號認為新聞紙類」。陸軍學會主辦，編輯處長劉光。設「圖畫」「論說」「學術」「譯叢」「戰史」「調查」「雜組」「文苑」「命令」「公牘」「會史」「會員錄」等欄目。沒有專門新聞欄目。刊載廣告。

12 月

1 日，《庸言》創刊，半月刊，是一份以政論爲主的綜合性刊物。終刊於 1914 年 6 月，共出兩卷 30 期。梁啓超是該刊主持，也是一位重要的撰稿人。在《本報之新生命》一文中，黃遠生系統闡發了客觀、眞實、全面的新聞報導思想。

徐寶璜的《新聞學》出版，被蔡元培稱作「在我國新聞界實爲『破天荒』之作」。全書共 14 章，除探討新聞學性質，新聞定義，新聞價值等基礎理論外，還包括用較多篇幅探討了新聞採集、新聞編輯、新聞題目，廣告和發行等業務問題。《新聞學》第一次對新聞理論進行了全面深入的論述，爲中國的新聞理論研究提供了有益的知識資源。

同年

《群強報》創刊，四開長條一大張，八個版面，主要版面有「緊要新聞」和「本京新聞」等，最高時期的發行量達五六萬份之多。該報於 1925 年 3 月 14 日，時隔一天就報導了孫中山先生逝世的新聞，是最早的詳細刊登孫中山病因和逝世經過的報紙。《群強報》主要刊登北京小市民的各種社會瑣事和民生新聞。

《大革命寫眞畫》出版，上海商務印書館編，略小於 16 開。橫本，銅版道林紙印，已知出 1 至 15 集，每集照片 40 張左右，用中、英文說明。刊武昌起義、各地革命軍戰鬥、清軍投降、清吏逃亡以及孫中山的革命活動等，共約 600 張照片，是極爲珍貴的歷史資料。至今仍爲報刊、展覽會複製使用。

1913 年

1 月

《武德》月刊創刊於北京，同時軍事學社及《大陸軍國報》併入武德社。編輯所在北京香爐營頭條西頭，發行所在北京永光寺西街屯，國光新聞社印刷所印刷。「中華民國郵政總局特准掛號認爲新聞紙類」。1914 年 11 月停刊，共出版 9 期。

《回文白話報》由民國北京政府蒙藏事務局創辦，月刊。主筆王浩然，編輯主任張子文。1914 年（民國三年）5 月停刊，共出版 16 期。這是一份面對全體回族特別是邊疆信仰伊斯蘭教的回族民眾宣傳國家統一，抵制英俄等國分裂活動的雜誌。該刊很受邊疆信仰伊斯蘭教少數民族人民喜愛。

《蒙文白話報》正式出版，月刊。民國北京政府前期的蒙藏事務局創辦。1914 年（民國三年）7 月停刊，共出版 18 期。採用蒙、漢兩種文字同時印刷，書冊式裝訂。《蒙文白話報》設有圖畫、法令、論說、要聞、答問、文牘、專件等欄目。

3 月

3 日《晶報》創刊，開始偶而談論政治社會的珍聞秘史，形成今日一般小報的初型。《晶報》創始人為余大雄，係《神州日報》的附刊，每三日發行一次。報紙談戲子妓女的倒占去很大的篇幅，批評社會的月旦時局僅僅一小部分，比較有諷刺性暴露性的作品，都以諧詩俚曲來表現。

16 日，北京報界同志會成立，由當時的《北京時報》《京津時報》《北京日報》《燕京時報》《國民公報》等十幾家非國民黨系統的報館聯合成立，通過了會議規約，確立了以「聯絡感情，交換知識而謀言論之健全」為宗旨。該會成立後，積極開展會務，吸收新成員，成為北京報界一個新的聚集中心，不僅積極維護報界權利和言論自由，還盡力推動對外交流與合作，有利於報業的發展。

20 日，宋教仁被袁世凱派人殺害，不久孫中山發動「二次革命」，但很快遭到袁世凱鎮壓，新聞界也遭到摧殘、迫害，報人被捕，報社被封，由民初 500 多家銳減到 100 多家，史稱「癸丑報災」。

5 月

15 日，《漢口中西報晚報》創刊，為湖北第一家晚報，開啟報紙辦理晚報的先河。王華軒主辦。在「二次革命」期間曾捏造不利於革命的不實新聞，打擊革命勢力，誤導民眾。因而得到黎元洪的嘉獎，該報每月接受黎津貼五千元，為其鼓吹宣傳。

7 月

30 日，《愛國白話報》創刊，報社設在北京前門外草廠胡同路南。是回族報人丁寶臣創辦的《正宗愛國報》停刊後又一份由回族人創辦的綜合性日報。總經理馬太璞是中國回教俱進會會員。辦報宗旨為注意國計民生，提倡精神文明、道德風範，倡導慈善事業。

1914 年

4 月

2 日，袁政府頒行《報紙條例》三十五條，內容比清末報律「稍嚴」，從政治和經濟兩方面限制新聞出版事業。《報紙條例》第六。規定：發行報紙必須經當地警察官署許可；禁止 30 歲以下、曾受監禁之罪者、軍人、官吏、學生等擔任報紙發行人、編輯、印刷人；禁止報紙登載「淆亂政體」「妨害治安」「敗壞風俗」以及各級官署禁止刊載的一切文字；報紙發行前須將報樣送警察機關備案等等。

《浙江兵事雜誌》創刊於杭州，月刊。編輯及發行者初署浙江兵事雜誌社，後改署浙江軍事編輯處。林之夏、厲家福等主持。所設欄目大致可分學術、新聞、文藝和其他四類。報導世界和本國軍事動態，介紹世界軍情佔了很大比重。發行採取讀者訂購和折扣代銷並行的方式進行。

5 月

28 日，《漢口新聞報》創辦於漢口一碼頭致祥里，是漢口最具影響力的商業報紙。最初名為《新聞報》。原《大江報》廣告發行人張雲淵任社長，鳳竹蓀主持編務。該報是漢口資本家附股經營和版面最多的一家商業報紙。每日國內新聞佔據三個版面，湖北省內的新聞內容佔據一個半版面。該報曾一度為日本領事館所控制，暗中為日本進行宣傳，在親日的段祺瑞庇護和日本的支持下發行二十多年，1938 年 7 月停刊。

6 月

《教育公報》創刊於北京，月刊，由民國北京政府教育部創辦，由教育部教育公報經理處發行。是既公布官方法規、也報導一般信息的綜合性官報。其內容「分命令、法規、公牘、報告、記載、譯述、附件及專件、演講各門」，「既仿公報之體兼備雜誌之長，為公布文告機關，發展教育道線」。

8 月

5 日，《農商公報》創刊於北京，月刊。由北京政府農商部主辦，北京農商部公報編輯處編輯。刊登農、工、商、礦業經濟等方面的命令、條例、法規和調查資料等。

10 月

在日本駐滬總領事有吉明的支持下，日本人宗方小太郎在上海創辦東方通信社，以搜集中國消息及宣傳「大東亞主義」為目的。東方通信社名義上屬民營性質，實際上初期經費開支來自日本駐上海總領事館，後由日本外務省承擔。

12 月

5 日，袁政府頒布《出版法》，對出版行為進行詳細規定。《出版法》第四條規定「出版之文書圖畫，應於發行或散佈前，稟報該管警察官署。並將出版物以一份送該官署，以一份經由該官署送內務部備案」，成為預先檢查制度了。

北京新聞記者俱樂部成立。民初一些有影響、實力相對雄厚的大報，如《申報》《新聞報》《時報》等紛紛向北京派駐記者採訪北京內幕新聞，在北京逐漸形成在社會上具有相當影響力的新聞記者群體，為爭取言論自由，維護記者利益、加強記者之間的協作，而形成的以記者為主體而非以報館為主體的職業團體。該組織確立以「謀交換知識，並發展新聞事業」為宗旨。

同年

東方通訊社在上海成立，是日本在華設立的第一個新聞社，由創辦人宋方小太郎任社長。東方通訊社與北京的《順天時報》、奉天的《盛京時報》、漢口的《漢口日報》、福州的《閩報》締結交換通信協約，在北平、廣州、漢口、遼寧等地設有分社或通信員。1919 年以後成為日本在華官方通訊社，正式向各報社發稿。

1915 年

1 月

18 日，日本派駐華公使日置益向袁世凱遞交了對中國政府「二十一條」要求，企圖把中國的領土、政治、軍事及財政等都置於日本的控制之下。

2 月

5 日，袁政府頒行《新聞電報章程》共十六條。除界定新聞電報的範圍「電報局由電線傳遞刊登報紙之新聞消息，准作為新聞電報」外，主要規定了發寄新聞電報的報館登記程序、發新聞電報程序、發寄新聞電報的形式及內容要求、價格等若干條款。

7 月

10 日，「民國四年七月十日大總統制定公布」了《修正報紙條例》共三十四條。與《報紙條例》相比，《修正報紙條例》在強化政府官員對報紙管理的權威性方面有了「新的說法」。另一主要「修正」是進一步強化了警察官署的功能。

邵飄萍在日本留學期間，與同學創辦「東京通訊社」，向國內發稿，內容主要是國際和外交新聞。東京通信社最有影響的新聞報導是對中日秘密交涉中的「二十一條」的曝光。

世界報界大會成立於舊金山，有 34 個國家加入。1921 年 10 月 10 日在檀香山召開第二次大會，我國開始派代表參會。

9 月

陳獨秀主編的《青年雜誌》（第 2 卷起改名爲《新青年》）在上海創刊，這標誌著新文化運動的開始。新文化運動的倡導者積極向國人介紹西方文化，宣傳資產階級民主主義思想，對封建專制思想進行猛烈抨擊。

10 月

10 日，《益世報》在天津創刊，天主教傳教士雷鳴遠創辦，劉守榮人任總經理，1949 年 1 月天津解放前期被迫停刊。內容上主要宣傳天主教，它雖然是一份以宣傳宗教爲宗旨的報紙，但常常伸張正義，立論公正，獲得了較高的社會名譽，成爲深受人們追捧的一份報紙。它與《大公報》並稱作天津報業的「雙子星座」。

1916 年

1 月

22 日，上海《民國日報》創辦，創辦人和主要主持者是中國同盟會成員陳其美，該報主旨是爲了討伐袁世凱稱帝。1924 年 1 月，國民黨第一次全國代表大會後上海《民國日報》成爲國民黨的機關報，1927 年《民國日報》成爲國民黨上海市黨部機關報，1932 年因言論激怒日方導致最終停刊。上海《民國日報》以時政爲重心，通過對重大時事的選擇性報導和評判來引導受眾的關注焦點，從而打造自身的輿論影響力。

2 月

22 日，《清眞學理譯著》由北平清眞學會創刊於北京。中國回教俱進會屬「教務討論會」編輯出版，「清眞學理譯著」社自辦發行，編輯主任王友三。有人指出「雖然只出版了一期的創刊號，但對以後回族報刊的發展產生了較大的社會影響。」「它是應時代需要而誕生的，爲推動各族穆斯林文化的進步發揮了積極作用」，是「早期回族報刊中較有代表性的一份刊物」。

7 月

《誠報》創刊，是國內專門報導第一次世界大戰的大型攝影畫報。編輯所設在英國倫敦，國內的發行由上海別發圖書公司代理。每月出版兩期，每期對開 2 張，全篇登載的都是有關戰事的新聞照片，內容除廣泛報導戰事外，還報導了中國參戰人員在前線的活動。先後刊出《中國留學生遊歷西歐戰地》《在法國從事軍事工作之華人》《華兵進入天津租界》《中國與德奧宣戰》等照片。

8 月

15 日，《晨鐘報》於在北京創刊，是研究系的機關報，由梁啓超、湯化龍等主持，李大釗應聘任總編。1918 年 9 月因披露段祺瑞向日本大借款的消息而遭封閉。1918 年 12 月 1 日，《晨鐘報》改組更名《晨報》繼續出版，發展成爲北方影響較大的報紙。蒲伯英、陳博生先後任總編輯。這張 4 開 2 張 8 版的報紙以「世界消息之總匯，時代思潮之先驅」自居。

邵飄萍在北京創辦新聞編譯社，社址在北京南城珠巢街。創辦起因是邵飄萍看到「北京至報紙，幾無重要有系統之新聞，愚以爲他國人在我國有通訊社，率任意左右我國政聞，頗以爲恥」。該社每日發稿一次，每晚 7 時左右發行油印稿，外地郵寄，本埠由社員騎自行車分送。內容分自採和編譯外電兩部分。

9 月

1 日，《公言報》創刊於北京，日報。段祺瑞撥款創辦，安福系的喉舌。林白水爲創辦人，段祺瑞的心腹徐樹錚出資相助，因此該報一度爲段祺瑞唱讚歌，被稱爲「段氏之影片，段黨之留音器」。林白水因揭露當時政界賄選等醜聞被迫離職。之後由段祺瑞親信王士澄，漢奸黃秋岳及段祺瑞等主持。直皖戰爭中皖系失敗，段祺瑞下臺。1921 年 7 月 1 日，該報被直系軍閥搗毀報館而停刊。

同年

《中華新報》創刊於廣東，發行人高鐵德，社長容伯挺。該報的創辦資金來源爲華僑資金的捐獻。曾投靠桂系軍閥，作爲桂系喉舌。第一次粵桂戰爭中1920年援閩粵軍回師廣東打入潮梅後，該報爲保全自身安危，儘量報導處於戰爭優勢的粵軍戰況，對桂系軍閥戰敗的消息選擇不予刊登，故桂系軍閥潰敗標封全城報紙時，《中華新報》未能幸免。10月29日，粵軍進入廣州，夏重民等人接收《中華新報》，全面改動，並更名爲《中華晨報》。

1917 年

1 月

《新青年》上發表胡適的《文學改良芻議》一文，胡適在文中提出文學改良須從八事入手：「一曰，言之有物。二曰，不摹仿古人。三曰，須講求文法。四曰，不作無病之呻吟。五曰，勿去濫調套語。六曰，不用典。七曰，不講對仗。八曰，不避俗字俗語。」胡適指出舊文學的流弊，主張書面語與口頭語相銜接，以白話文學爲正宗。

交通部官報《交通月刊》在北京創刊出版，後遷南京。抗戰期間遷重慶，勝利後遷回南京。1946 年改半月刊，卷期續前。刊登交通部的法令公文報告等，分「命令、法規、公牘、專件、通告、附錄」。編輯單位爲交通部總務廳統計科，編輯處設總編輯一員，編輯主任三員；各司科長均兼職編輯員，其經費來源自總務廳。

6 月

9 日，《密勒氏評論報》正式創刊發行，是美國人在上海辦的具有資產階級自由主義色彩的英文週報。密勒擔任編輯，鮑威爾擔任助理編輯。創刊伊始，《密》就圍繞著「財經和政治」做文章。創刊號主要的內容包括，「社論」和「特別稿件」、專欄和廣告，專欄包括：「一周要聞」「遠東報刊言論」、時人時事、「婦女工作」「劇評」等。

1918 年

7 月

7 日長沙《大公報》《正義報》以刊載馮玉祥部在常德宣布獨立的消息，被湘督傅良佐封閉。《正義報》經理杜啓榮判刑三年六個月，《大公報》罰停二十天。

8月

21 日，朝鮮臨時政府機關報《獨立新聞》在上海法租界勒路同益里 5 號創刊。社長李光洙。油印，週三刊。前身爲《我們的消息》，週二、四、六隔日發行，四開報紙。宗旨爲：民族思想的鼓吹與民心的統一；自主經營新聞機構，正確傳播新聞信息和思想；督勵政府、指導人民的思想和行動方向，喚起輿論；介紹作爲文明人民必備的新學術與新思想；繼承光榮的歷史和清高勇敢的國民性，並培養新國民性。

北洋軍閥政府設立「新聞檢查局」。

9月

24 日，北京新聞交通社及《晨鐘報》《國民公報》《大中報》《中華新報》《經世報》《大中華日報》《民強報》《亞陸報》等八家報紙和一家通訊社，以揭露段祺瑞政府向日本方面舉辦滿蒙五路大借款的消息，被京師警察廳以「破壞邦交，擾亂秩序，顛覆政府」罪名予以查封，經理編輯人康心如、張季鸞等被捕入獄。

10月

5 日，邵飄萍創辦《京報》，日出對開 4 版，是「五四」時期有名的進步報紙。《京報》的新聞和評論，鋒芒指向北洋軍閥的反動統治，支持群眾反軍閥鬥爭，竭力發揮其在創刊號上提出的「使政府聽命於正當民意」的宗旨，在「五四運動」中揭發曹汝霖、陸宗輿、章宗祥等人的賣國罪行，大力支持學生的愛國運動。

14 日，北京大學新聞學研究會成立，是我國最早的新聞學術性團體。該團體以「灌輸新聞知識，培養新聞人才」爲宗旨，由北京大學校長蔡元培兼任會長，北京大學文科教授徐寶璜任副會長，徐寶璜和《京報》社長邵飄萍是專任導師，該會對我國新聞教育和學術研究方面都有開創意義。

17 日，徐世昌任總統期間，法制局向新國會提請了《報紙法案》，對於民主自由而言，這一法案又是一次新的倒退。該法案共三十三條，大量保留了袁世凱政府《報紙條例》的內容。《申報》於 1918 年 10 月 26 日向社會批露，遭致新聞界、報刊界及社會其他各界一致反對。

12月

22 日，李大釗和陳獨秀在北京創辦《每週評論》。該刊使用 4 開小報形

式，每星期日出版。前 25 期的主要編輯人是陳獨秀，第 25 期以後的主要編輯人是胡適。陳獨秀在發刊詞中宣稱：該刊物以「主張公理，反對強權」爲宗旨。

冬

孫中山、林煥庭在上海創立國民通訊社，是國民黨創辦的最早的通訊社。該社每日選輯全國各地主要報紙要聞和國民黨活動情況，印成《國民通訊》向海外華僑報紙發稿，也接受華僑個人訂戶。

1919 年

2 月

7 日，《晨報》第 7 版（副刊）進行改組，吸收了當時已具有初步共產主義思想的李大釗參加工作，增設了介紹新思潮的《自由論壇》和《譯叢》兩刊，從而使它變成宣傳新文化和社會主義思想的原地。孫伏園擔任《晨報》副刊編輯。在李大釗的幫助下，於 1919 年 5 月 1 日出版了「勞動節紀念」專號。這是中國報紙第一次紀念「五一」國際勞動界。

15 日，萬國報界俱樂部在北京成立，60 餘名中外新聞記者出席。經過選舉，汪立元當選會長。該會將促進中外報界同人聯絡感情，交換知識與意見，共圖報業發展作爲自己義不容辭的責任。該俱樂部以創辦閱報室，供會員瀏覽。該會還注重聯絡中外政要及社會名流，擴大報界影響，另外，在積極維護言論自由權方面起到了應有的作用。後該俱樂部與安福系互相勾結，聲名狼藉，許多外國記者與之脫離關係，該團體最終無形中輟。

3 月

巴黎通信社成立，創辦人李璜、周太玄是少年中國學會的主要成員。巴黎和會召開期間，最先向國內發回中國代表團在山東問題上交涉失敗消息的，是中國留法學生創辦的巴黎通信社。

4 月

2 日，《新湖南》創刊，是長沙湘雅醫學院專門學校學生自治會會刊。原名「學生救國報」，由龍毓瑩主編。1919 年 6 月 15 日起改名爲「新湖南」。毛澤東從第七號起擔任《新湖南》週刊的主編，使該刊具有很強的戰鬥性，打破「言論不涉政事」的侷限。

15 日，在上海開會成立全國報界聯合會，推舉上海《民國日報》創辦人葉楚傖爲主席。討論制定了會章 20 條，確定了團體的宗旨和目的，即「爲謀世界及國家社會之和平進步，得徵集全國言論界多數之共同意見，以定輿論趨向」「報紙言論自由，聯合人類情誼，企圖營業利便，以謀新聞事業之進步」，並通過了「對外宣言案」「維持言論自由案」「減輕郵電各費案」「拒登日商廣告案」等六項重要議案。

6 月

16 日，邵力子等人單獨開闢《覺悟》副刊，每日一期，隨《民國日報》附送。作爲主編的邵力子將《覺悟》副刊定位爲啓蒙讀者，讓讀者「覺悟」，爲反帝反封建鬥爭掃清思想障礙，從而改造社會。因此《覺悟》從創刊開始就體現出鮮明的民主主義和社會主義思想傾向。從 1919 年到 1925 年，《覺悟》刊發了大量號召廣大知識青年向舊社會作鬥爭，向新文化進軍，推翻舊文化、舊文學、舊制度的文章。

謝麥施科 1919 年 6 月在上海後創辦俄文日報《上海新聞》。該報以進步姿態出現，申明要「爲在上海和中國其他地方的俄國僑民提供一份高質量的獨立、進步、民主和報導公正的綜合性報紙」。

7 月

1 日，少年中國學會正式成立，主要發起人有李大釗、王光祈等，主要參與者是青年知識分子和進步學生，學會的宗旨是「本科學的精神，爲社會的活動，以創造少年中國」。創辦報刊和通訊社是少年中國學會著力拓展的工作。

14 日，湖南省學聯創辦《湘江評論》，毛澤東擔任主編。《湘江評論》雖然只出了五期，但它對湖南的革命運動卻起到了很大的指導作用，並輻射到全國，因此引起軍閥的不滿，在 1919 年 8 月上旬被張敬堯查封。

15 日，《少年中國》月刊正式創辦，是少年中國學會出版的刊物。1924 年 5 月終刊，大型十六開綜合型期刊，共出了 4 卷 48 期。該刊的編輯方針是鼓吹青年，研究學理，評論社會。刊登了李大釗、惲代英、鄧中夏、黃日葵、田漢、郭沫若、張聞天等人的一些文章、通信、詩文和譯著，是研究著名共產黨人早期思想狀況和活動的寶貴資料。

10 月

25 日，內務部頒布《管理印刷營業規則》，實行印刷業許可證制度，一切不利於北洋軍閥統治的新聞出版物將被扼殺於「產房」之內。

12 月

毛澤東在北京創辦平民通訊社，配合他和何叔衡等領導的湖南各界人民驅除軍閥張敬堯運動，撰寫文章，發表通電，編發消息，通過驅張宣傳，平民通訊社聲名大振，最終張敬堯被逐出湖南。

同年

《東方時報》在北京創辦，英文刊行。英人辛博森發行，係由張作霖出資，由奉系軍閥操控。

徐寶璜出版《新聞學》，注重新聞學理的闡釋，四易其稿鑄就經典，成書為 14 章約 6 萬字，是我國最早的新聞學專著，奉為我國新聞界的「破天荒」之作。

1920 年

4 月

15 日，俄國報人連比奇創辦了俄文日報《霞光報》（Shanghai Zaria，又稱《上海柴拉報》）。由白俄著名報人、漢學家阿諾爾多夫（L. B. Arnoldoff）負責。在創辦初期只是一家小報，到 1925 年期發數達 9500 多份，居哈爾濱俄文報之首。

6 月

9 日，《圖畫時報》在上海創刊，8 開，週刊，自第 358 期改為三日刊，1935 年 10 月 13 日停刊，共出 1072 期。《圖畫時報》結束了中國畫報的「石印時代」，開啓了「銅版時代」，雖云「圖畫」，卻以攝影報導為主，實開中國新聞攝影畫報之先河，被譽為「中國現代攝影第一畫刊」。著名報人戈公振擔任畫報編輯。

7 月

中俄通訊社（當時報載消息稱中俄通信社）在上海設立，具體業務由楊明齋負責，新聞史上一直把中俄通訊社稱為中國共產黨創辦的第一個通訊

社。中俄通訊社的主要任務是向共產國際和蘇俄發送通訊稿，報導中國革命消息；同時，向中國國內人民介紹十月革命後蘇俄的眞實情況。7月2日，《民國日報》刊載了《遠東俄國合作社情況》，這是中俄通訊社最早見報的稿件。

8月

15日，《勞動界》週刊出版，由李漢俊、陳獨秀發起於創辦，新青年社編輯出版。《勞動界》在三種工人通俗刊物中是發刊最早、出版時間最長、影響最大的一種刊物，是我國先進知識分子向工人宣傳馬克思主義的最初嘗試。《勞動界》的宗旨是啓發工人階級的階級覺悟，促進工人階級的團結，推動工人運動的發展。於1921年1月23日停刊，共出版24期。

9月

1日，《新青年》自出版的第8卷第1號起改組成爲中共上海發起組公開宣傳的機關刊物，由原來的以宣傳新文化運動爲主轉變爲以宣傳馬克思主義和介紹俄國十月社會主義革命爲主。《新青年》先後發表陳獨秀、李大釗、李達等人系統闡述馬克思主義社會主義的專論共10篇。增闢了「俄羅斯研究」專欄，系統介紹十月革命的經驗，竭力擴大宣傳馬列主義，成爲傳播馬克思主義的重要輿論陣地。

聖約翰大學的報學系創立，設在普通文科下面，首任系主任是《密勒氏評論報》的柏德遜。作爲中國第一個報學系，國內自然沒有經驗可循，柏德遜便仿照密蘇里大學新聞學院的課程，爲報學系設計了一套美式的新聞學課程。在創系不久後，柏德遜就指導新聞系學生創辦了新聞實踐平臺英文《約大週刊》。該刊宗旨有二：一、記載校內情形及同門會近事；二、使讀新聞學之學生有所實習。登載校中每週動態，也有讀者論壇、建議、回顧和各方面的信息，並設有讀者信箱。所有採訪稿件、編輯、廣告及刊物發行，全部由學生完成。每期銷量能達千份。

10月

3日，《勞動者》由廣州共產主義小組創辦，該刊的主編是梁冰弦，編輯是劉若心，經費由蘇俄代表提供。該刊是向工人宣傳社會主義和開展工人運動的通俗刊物，旨在爲了啓發工人階級的覺悟，是當時的工人三兄弟刊之一。

20日，《廣東群報》創辦，原爲宣傳新文化運動的日報，總編輯陳公博。1921年3月重建廣東共產黨支部以後，該報正式改爲黨的機關報。其主要內

容是反映社會現實狀況，宣傳新文化運動，社會改造，報導勞工運動狀況，宣傳馬克思主義，婦女解放，介紹世界新聞和蘇俄的消息。

在組織工人運動的同時，俞秀松、陳獨秀等人還創辦了「上海工商友誼會」，並同時出版了店員刊物《夥友》，是《勞動界》的姐妹刊。該刊為 32 開，週刊，每冊 16 頁，星期日出版。

11 月

7 日，《共產黨》月刊在上海創辦。該刊為 16 開本，據說出版了 7 期，但目前見到的只有 6 期。主編李達，陳獨秀、袁振英等參加了編輯工作，是上海共產黨早期組織秘密發行的理論刊物，也是聯繫各地共產主義小組的平臺。《共產黨》月刊作為中國共產黨創辦的第一個黨刊，第一次在中國舉起「共產黨」的旗幟，發表多篇文章闡明中國共產黨人的基本主張。

7 日，北京共產主義小組創辦了《勞動音》週刊（後改名為《仁聲》），這是指導工人運動發展的通俗刊物。宗旨是提倡神聖的勞動主義，增進勞動者的知識，提高工人覺悟，促進工人團結，推動工人運動發展。內容上主要報導國內工人的工作和生活狀況。目前見到的《勞動音》只有第 1 期和第 5 期（1920 年 12 月 5 日），停刊年月不詳。

同年

蘇俄在中國成立了華俄通訊社。它是蘇俄設在中國的通訊機構，由蘇俄方面直接負責管理。它在中國的上海、北京、哈爾濱、奉天（瀋陽）等地都建有分社，工作人員中也包括有中國人，其在上海《民國日報》上發稿一直持續到 1925 年 8 月 1 日。

1921 年

1 月

《來報》（亦稱《勞報》）公開出版，以宣傳馬克思主義、報導國內外新聞和中國工人運動的消息為主要內容，由諶小岑任經理兼編輯，是天津第一份工人報紙。但出版不到兩個星期，被法租界巡捕驅逐，後又改名為《津報》，繼續堅持出版。

《商報》創辦，日刊，是 20 年代上海新聞界中「突起之異軍」。12 頁，發行量大約 4000 份左右。該報總編輯是陳屺懷，編輯主任是陳布雷該報內容

中本埠新聞很多，爲滬市讀者喜閱。《商報》引起公眾重視的還靠主筆陳布雷的社論，他以「畏壘」爲筆名，以犀利的筆鋒，公正的態度，盡人民喉舌的職責，所以其社論常常爲中西各報轉載。

3月

15日，《濱江時報》創刊於哈爾濱，創辦者爲范聘卿與范介卿兄弟兩。該報每日發行近千份，在全國設有50個代派處銷售報紙。1937年10月31日停刊，歷時近16年半，是發行時間較長、規模較大、社會影響較爲突出的民辦報紙之一。該報以「倡導實業，研究工藝」而聞名，一直遵循關注國內時事，關心民生疾苦，愛國、反帝、制止軍閥賣國和打內戰的宗旨，成爲哈埠民族報業的一面旗幟。

春

馬克思研究會成員惲代英、黃負生、劉子通等發起創辦了《武漢星期評論》，黃負生、劉子通、李書渠擔任編輯。該刊以改進湖北教育及社會爲宗旨，積極宣傳革命思想，鼓吹社會改造、改革教育、婦女解放，揭露和抨擊舊制度和軍閥統治。

7月

《外交公報》創辦於北京，外交部主辦，1928年後停刊，共出82期，月刊。該報「以外交公開」爲宗旨，「分法令、政務、通商、交際、條約、僉載、考鏡、譯叢及專件、附錄十門」。重點著錄外交條約、法規、照會以及駐外使節的任免、呈文和外事活動等；也分別介紹重要的國際組織、國際會議和駐外使館的情況。負責廣告發行的部門是「北京外交部圖書處」。

《工人週刊》創刊，是早期北京共產黨組織和中國勞動組合書記部向工人進行馬克思主義宣傳的通俗刊物，也是北方勞動界的言論機關。該刊爲四開四版報紙，每星期日出版，以「工人週刊社」的名義在北京大學發行。1922年7月，中國勞動組合書記部被上海反動當局查封，8月由上海遷至北京。此後，《工人週刊》成爲中國勞動組合書記部指導工人運動的機關刊物。

中國共產黨第一次全國代表大會在上海召開，在浙江嘉興閉幕。會議通過了兩個文件，一個是黨綱，另一個是《關於當前實際工作的決議》，決議確立了共產黨對報刊等出版物的絕對管理權。

8月

3日，共產黨在上海《民國日報》副刊上開辦《婦女評論》專欄，每週1期，共出了 104 期。該刊由陳望道主編。該刊繼承五四新文化運動的精神，呼籲婦女解放，提倡男女平等。1923 年，《婦女評論》與《現代婦女》合刊為《婦女週報》，同年 5 月 15 日終刊。

11 日，中國共產黨建立了組織和領導全國工人運動的總機關——中國勞動組合書記部，總部設在上海，並出版了機關報《勞動週刊》。這是中國共產黨領導下的第一張全國性工人報紙，主編先後有張國燾、董鋤平，編輯為包惠僧、李震瀛、李啓漢和董鋤平。該刊的主要任務是通俗地向工人宣傳馬克思主義，引導他們組織起來進行社會主義革命。

9月

1 日，國聞通信社創辦由胡政之 1921 年創辦於上海，9 月 1 日正式發稿。1925 年胡政之遷居北京後，國聞社重心北移。

11月

9 日，上海新聞記者聯歡會成立，由當時著名的新聞工作者戈公振、曹谷冰、潘公展、周孝庵等 20 餘人發起組織而成。11 月 9 日召開成立大會，通過了 10 條會議章程，確定「以研究新聞學識，增進德智體群四育為宗旨」，對會員類別、入會資格、入會手續、職員的職權，以及會期、會費和會址等方面做了頗為詳細的規定。

21 日，《勵新》半月刊，創刊於濟南，勵新學會的會刊。由鄧恩銘和王盡美共同創辦。《勵新》是宣傳新文化、新思想、傳播馬列主義的陣地。作為創辦人之一的鄧恩銘，他除忙於會務外，還積極參加學術座談會，發表演說，撰寫見解卓越獨到、充滿戰鬥性的文章。《勵新》是當時意識形態領域、新舊思想激烈鬥爭的產物，也是「五四」運動反帝反封鬥爭的產物。為宣傳「五四」運動的成果——科學社會主義發揮了積極作用。

12月

10 日，中國共產黨領導創辦的第一個婦女刊物《婦女聲》半月刊在上海創刊，以上海女界聯合會的名義出版發行，並得到會長徐宗漢的經濟支持，主要報導國內外婦女運動的概況及各地女工的罷工鬥爭。該刊以宣傳「被壓迫階級的解放，促醒女子加入勞動運動」為宗旨，以「喚起一班有知識的女

子參加第四階級（即工人階級）的隊伍，從事婦女運動；和海外有覺悟的姐妹們通聲氣，藉以謀得精神上的聯絡」爲目的。

同年

國聞通信社創辦由胡政之創辦於上海，9 月 1 日正式發稿。該社「以採訪各地各界確實消息，彙集發表，以供新聞之採擇爲宗旨」。作爲中國第一個初具全國性規模的民營通訊社，國聞通信社開創了我國通訊事業發展高峰，首設駐外記者；較早採用電訊發稿，把發稿範圍擴展到國際；首開通訊社創辦報刊先河；首創通訊社代各報招攬廣告等等，運營方式對中國後來的通訊社產生了有很大影響，成爲民國時期民營通訊社的典型代表。

德國海通社 1921 年在平成立分社，初成立時僅以中國消息傳達本國，1928年移至上海後，開始發稿。

1922 年

1 月

15 日，中國社會主義青年團中央第一份機關刊物《先驅》半月刊創刊。該刊 1923 年 8 月巧日停刊，共出 25 期。它曾用相當篇幅宣傳馬克思主義，報導和介紹蘇俄和國際共產主義運動的眞相，大量譯載有關少年共產國際和各國青年運動材料。《先驅》雖然存在時間不長，但對擴大中國社會主義青年團在全國革命中的影響，對加強團員的馬克思主義教育，統一全團的思想，都起到了積極的作用。

2 月

12 日，北京大學新聞記者同志會成立，宗旨是「研究學識、促進新聞事業」。該會組織機構由主席、會務、講演和會計組成。主席由黃右昌擔任，徐寶璜、胡適、李大釗 3 位教授受邀出席大會並發言。他們認爲這類新聞職業團體，以維護新聞記者的整體利益，同時有賦予這樣的團體以職業和學術以外的政治上的意義：與強權抗爭。他們強調同志會除研究學識，促進新聞事業之外，應該加以互相勉勵，提高人格。

春

林白水將《新社會報》改名爲《社會日報》繼續出版。林白水文筆犀利，論點精闢，敢說眞話，敢做諍言，爲時人稱頌。《社會日報》在林白水主持下，

對封建軍閥的胡作非為大加鞭撻，喜笑怒罵，痛快淋漓，林白水本人也因此惹禍。

8月

1日，旅歐中國少年共產黨和中共旅歐支部機關刊物《少年》月刊創辦。《少年》最初是月刊，紅色封面，16開本，曾停刊過兩個月。1923年3月1日副刊，改為24開本。到1923年12月10日，《少年》共出版13期。其重要任務是宣傳馬克思主義理論，對黨團員進行共產主義教育，同時宣傳建黨建團的重要意義。

16日，《論壇報》於創刊，由中東鐵路俄國職工聯合會辦。該報的最高發量曾達到7000多份，是當時哈爾濱俄文報中「銷行極暢旺的報紙」，訂閱者為蘇聯僑民，其中多數是中東路職工。哈爾濱當局曾多次羅織罪名懲罰該報，1925年4月27日，東省特警處司法科長瞿紹伊以該報「破壞登載條例」，宣布「自明日起不應再行出版」。

9月

13日，黨的公開機關報《嚮導》週報第1期發行，16開本，週刊，由選舉產生的主管宣傳的蔡和森親任主編。《嚮導》存在近5年，在宣傳馬列主義，宣傳黨的路線、方針和政策，在動員廣大人民群眾進行反帝反封建的國民革命，以及指導大革命時期的各項鬥爭等方面，都真正發揮了革命的嚮導作用，為群眾指明了方向，受到讀者的熱烈歡迎，也成為在黨內外享有很高聲譽的革命刊物。

廣東共產黨組織創辦了愛群通訊社，創辦人包括馮菊坡、阮嘯仙、劉爾崧、周其鑒、馮師貞等，社址設在惠福路（今解放中路）玉華坊，這裡也是中國勞動組合書記部南方分部所在地。馮菊坡、阮嘯仙、劉爾崧等都曾是進步青年學生，後來先後加入中國共產黨。他們以通訊社記者的身份，經常深入到工廠、學校、農村和群眾團體中「採訪新聞」，進行革命宣傳，秘密發展青年團員，動員廣大青年起來參加反帝反封建鬥爭。曾以通訊社名義出版發行《共產主義ABC》等油印小冊子，擴大馬列主義在青年中的傳播。

10月

23日，《東三省民報》在瀋陽創刊，由東三省民治俱進會主辦。該報是一份愛國報紙，消息快捷，經常發表反日文章，贏得廣大讀者的青睞。上海「五

卅」慘案發生時，行銷至兩萬份左右，日發行量最高達 3 萬多份，是當時東北地區期發份數最多的一家國人報紙。日軍佔領瀋陽後，該報公開提出「沉著、冷靜、不屈服」的口號。

日本著名的新聞人中島眞雄於在哈爾濱創辦了著名的中文報刊《大北新報》，爲日本人在東北的新聞事業發展爭取更多的空間，並爲其進一步實施新聞侵略創造條件，也爲日本最終壟斷東北報刊業奠定基礎。該報的社論基本以評論或言論爲欄目，內容則以評論中國思內政治、經濟、文化教育等方面有較大影響的事件或者現象爲主。

11 月

27 日，宣中華、徐白民、唐公憲等人在蕭山創辦《責任》週刊，宣中華爲主編之一。從創刊到終刊，共出 15 期。該刊爲 4 開 4 版小報，每星期一出版。《責任》週刊以黨的「二大」提出的反帝反封建的民主革命綱領爲宗旨，宣傳無產階級團結戰鬥的革命思想，抨擊時政，發表擁護社會主義的文章，探討工人、農民、知識分子在民主革命中的作用，同時也對國內國際的一些重大問題進行評論。

12 月

美國人 E.G.奧斯邦將一套無線電廣播發送設備從美國運至上海，創辦起中國無線電公司，並與《大陸報》館合作，在廣東路 3 號大來洋行屋頂架起設備，發射功率爲 50 瓦，頻率 1500 千赫，呼號 XRO。1923 年 1 月 23 日晚首次播音。

同年

愛國華僑陳嘉庚創辦廈門大學，開設 8 個學科，其中有報學 1 科。草創伊始，教授缺乏，僅有 1 名學生，課程與文科相同。翌年夏，有一些江浙學生負笈前往，報學科人數增加至 6 人。1922 年冬，學校聘孫貴定爲報學科主任，報學科遂日有起色。1923 年廈門大學發生學潮，教授 9 人和全體學生宣布離校，赴滬創設大夏大學，報學科也因此停辦。

1923 年

1 月

23 日，晚 8 點，上海「大陸報——中國無線電公司廣播電臺」（Radio Corporation of China）正式播音。電臺呼號 XRO，發射功率 50 瓦，該臺是由

上海的英文報紙《大陸報》（The China Press）和名爲「中國無線電公司」的美國公司合辦，前者提供播音員和新聞稿件，後者提供設備與技術。

3月

8 日，中央通訊社成立於廣州，是國民黨第一個黨營通訊社，1927 年 5 月遷南京，由國民黨中央宣傳部主管，由蕭同茲爲社長，中央社實行「工作專業化」「業務社會化」「經營企業化」的方針在各大城市和省會城市設立分社或通訊員辦事處，基本上建立了覆蓋全國的通訊網，壟斷了國內新聞來源。還收回了外國通訊社在華的直接發稿權，同路透社、美聯社、哈瓦斯社等外國通訊社簽定了交換新聞合同，從而壟斷了國際新聞來源。

7月

1 日，《前鋒》月刊創刊，1924 年 2 月停刊，共出版了 3 期，是大革命時期中國共產黨的政治性機關刊物。由陳獨秀主持出版，瞿秋白曾任主編。《前鋒》的特點是重視實際問題的調查研究，對當時中國革命的專門問題，運用馬克思主義進行分析，也善於運用詳細的統計數字和大量實際材料來闡明觀點。《前鋒》每期都闢有寸鐵欄目，由陳獨秀、瞿秋白撰稿，文章篇幅短小，語言精練，揭露時弊，具有很強的戰鬥性。

10月

15 日，隸屬於中共中央的教育宣傳委員會成立，負責政治教育和宣傳鼓動工作，下設編輯部、函授部、通訊部、印行部和圖書館五個部門，分別負責黨報的編輯、印刷發行和資料保存等項工作。

16 日，中國共產黨人在黑龍江創辦的第一家通訊社——哈爾濱通訊社成立，社長由《哈爾濱晨光》報社長韓迭聲擔任。《哈爾濱通訊社簡章》中稱：「本社以宣傳消息，介紹文化，擁護輿論，編纂各項統計調查爲宗旨。」哈爾濱通訊社既是中共在哈爾濱的宣傳陣地，也是在當地開展黨的組織工作的基地。該社於 1924 年 2 月 28 日停辦。

18 日，《金剛鑽報》創刊，與《福爾摩斯》《晶報》《羅賓漢》被稱爲「海派」小報「四大金剛」，創辦人爲施濟群、陸澹庵、朱大可。《金剛鑽報》先後由施濟群、俞逸芬等主編，鄭逸梅擔任編輯主任。1937 年八一三淞滬抗戰爆發後停刊，前後發行 14 年。

23 日，《中國青年》週刊在上海正式創辦，是中國社會主義青年團中央的機關刊物，惲代英任主編。《中國青年》旨在引導廣大青年走上活動、強健、切實的路上，指導青年走上革命道路並投身於革命運動之中，同時擔負起推翻黑暗腐敗的舊中國的歷史重任。

31 日，《青年工人》月刊在上海創刊，中共上海區委勞動委員會創辦的通俗性政治刊物。鄧中夏為主編和主要撰稿人。《青年工人》以堅定的無產階級立場，鮮明的政治態度，向工人宣傳革命思想，對工人運動的推動和復興具有積極的意義。該刊也是研究早期青年工人運動的珍貴資料。

本年冬

《紅燈》創刊，只出了一期即停刊。1927 年 2 月 13 日復刊，32 開本，每期 16 面，共出刊 15 期，7 月 16 日停刊。第一次國共合作時期中國共產主義青年團江西省委員會在南昌出版的機關刊物。主要刊載支持工農運動和學生革命運動的文章，還出版過一些紀念特刊。《紅燈》作為被壓迫民眾特別是青年群眾的讀物，在反對國民黨右派叛變，宣傳共產黨的政治主張，指導青年參加革命實踐活動，使江西的青年革命化方面具有重要的作用。

同年

中國共產黨北京黨組織創辦了勞動通訊社，它是中國勞動組合書記部北方分部機關刊物《工人週刊》編委會附屬的一個宣傳機構。勞動通訊社另設有編委會，發稿負責人劉銘勳，在全國各地聘有特約記者和通訊員。主要報導各地工人運動的情況，反映工人群眾的生活和鬥爭。稿件為手寫油印，除供給《工人週刊》選用外，還向北京《晨報》、上海《申報》等全國大報發稿。

北京平民大學創立報學系，由徐寶璜擔任系主任，教授有《京報》社長邵飄萍，《國聞通訊社》社長吳天生。首創 4 年學制，加上 2 年預科，共 6 年，為國人自辦正規新聞傳播教育之始。學生分 3 班，其中男生 105 人，女生 8 人。他們在課外組織「新聞學研究會」，於 1924 年出版《北京平民大學新聞學系級刊》，每半月出 1 次，由王豫洲主編。該系的課程比較齊全，共設 46 門。

邵飄萍《實際應用新聞學》出版，是我國第一本專論新聞採訪與寫作的專著。全書 14 章，內容注重新聞採訪與新聞原理的結合，但主要是對採訪各種方法與技巧的陳述與闡釋。該書的出版標誌著我國新聞學研究在實際應用領域的新突破。

1924 年

1 月

1 日（元旦），《婦女日報》在天津創刊。是由回族婦女創辦並以婦女爲讀者對象的第一種現代日報，也是當時爲數不多專門討論婦女問題的報紙。4 開 4 版，劉清揚任總經理（劉清揚不在報社時由鄧穎超代理總經理）多側面、多角度地反映婦女的現狀和願望、討論有關婦女種種問題的報紙。中共中央委員兼中央婦女部長向警予曾寫文章讚頌該報「是沉沉女界報曉的第一聲，希望《婦女日報》成爲全國婦女思想改造的養成所」，開闢「中國婦女宣傳運動的新紀元」。

4 月

1 日，在國民黨中宣部的主持下，中央通訊社正式開始發稿。中央社是國民黨第一個黨營通訊社，後來成爲全國性通訊社。

16 日，《世界晚報》在北京創辦，成舍我自任社長，聘請老同學吳範寰當經理，龔德柏任總編輯。該報創辦之初就力求辦出特色，如宣布其國內外新聞均設專門採訪；特設教育專欄；把第四版闢爲副刊，聘著名作家張恨水任主編，張恨水的長篇小說《春明外史》在「夜光」上連載，吸引了不少讀者。

27 日，《政治生活》週刊創刊，是第一次國共合作後中共北京地方委員會在北京創辦的刊物，從 1925 年秋起成爲中共北京區委（自 10 月起改爲北方區委）的機關報。、在第一次國共合作期間，在向全國廣大民眾宣傳中國共產黨的政治主場、指引中華民族的解放戰鬥中發揮了重要作用，被譽爲北方軍閥黑暗統治下的一顆「明星」。

8 月

國聞社創辦政治時事類的新聞週刊《國聞週報》，作爲國聞社的附屬事業。《國聞週報》以發表政論和時事評論爲主，並記載、評述一周內國內外大事。所刊的政治性文章大都由胡政之撰寫，署名「冷觀」。此外還請專人撰寫外國通訊，介紹各國政局以及社會情況。由於刊物辦得很有特色，貼近社會現實，在當時影響頗大。

北洋政府交通部頒布了中國歷史上第一個關於無線電廣播事業的法規《裝用廣播無線電接收機暫行規則》。

10 月

《中國工人》月刊創辦於上海，羅章龍任主編。1925 年 5 月中華全國總工會成立後，改爲全國總工會的機關刊物，遷至廣州出版。1926 年 5 月遷至武漢出版，汪精衛叛變後被迫停刊。《中國工人》提升了工人群眾和工人幹部的政治覺悟和革命熱情，對全國工人運動重新走向高潮做了準備，與全國農民運動一起，成爲大革命時期反帝反封建革命鬥爭兩大主力具有重要作用。

11 月

申時電訊社在上海成立並發稿，創辦人爲張竹平。成爲當時國內最具規模和力量的民營通訊社，留下了不少值得後來通訊社發展借鑒的寶貴經驗。

周恩來繼任黃埔軍校政治部主任，出版《壁報》（又稱《士兵之友》），爲油印週刊或半週刊，由政治部編纂股主任楊其綱、洪劍雄編輯。1926 年 3 月 3 日改名《國民革命軍中央軍事政治學校日刊》，爲了簡便，5 月 25 日改名《黃埔日刊》。主要撰稿人有惲代英、蕭楚女、羅戀琪等。對開 4 版的《黃浦日刊》，第 1 版是本校新聞，第 2 版是國內新聞，第 3 版是國際新聞，第 4 版是文藝。《黃埔日刊》及時報導軍校師生的革命活動和革命言論，轉載國共兩黨主要成員在報刊上發表的重要文章，熱情宣傳革命聯合戰線的政策方針。

12 月

16 日，《圖畫週刊》在北京創刊。該畫報實則是邵飄萍北京創辦的《京報》副刊，16 開 2 張，週刊，逢週五出版，隨《京報》附送。邵飄萍擔任社長兼主編，初期由馮武越擔任編輯兼攝影。《圖畫週刊》以攝影圖片爲主，創刊時爲普通新聞紙，圖片質量不高。從第 10 期開始，改用洋宣紙彩印，圖片頓時非常精美，並採用黑、藍雙色套印，時而加入紅色，形成三色套印，自稱「此種印刷術爲時報《圖畫週刊》所未有，開今日國中畫報之新紀元」。

同年

在國民革命浪潮的衝擊下，清朝末代皇帝溥儀被迫搬離故宮，中國封建專制統治徹底結束，陳萬里及時用鏡箱將這一極具意義的事件記錄了下來。1928 年，他將所拍攝的照片編輯成冊，題名爲《民十三之故宮》。

從本年到 1925 年成舍我在北京先後創辦的《世界晚報》《世界日報》《世界畫報》，總稱爲「《世界日報》」，構成了成舍我的「世界報系」。也是一張完全沿用西方資本主義現代報紙的做法創辦起來的報紙。形成了中國第一個初具規模的報系。成舍我也成爲中國報業史上第一個獨立創辦三家報紙的報人。

燕京大學新聞系正式創立，美國人白瑞華（Ros Well.B.Britton 音譯名爲布立頓）爲系主任，藍序（Veanon.Nash，英譯名聶世芬）等爲教授。根據計劃學生在四年內修完十六門專業課：保學原理、比較新聞、報紙採訪、編輯、社論、特寫、通訊、英文寫作、報業管理、廣告、發行、印刷與出版，但實際開設的課程遠不及此。當時該系已經要求學生修讀社會科學和人文科學，所佔學分高達百分之七十五。

1925 年

1 月

11 日至 22 日，中國共產黨召開第四次全國大會。議決案中提出，黨的新聞宣傳工作存在諸如「政治教育做得極少」「在群眾中的政治宣傳，常常不能深入」等弊病，因而有重新整頓的必要。重點強調了中央宣傳部在新聞管理制度中的地位和作用，並對各黨的刊物的具體職責與任務範圍做了細緻而明確的規定。再次明確了黨對於包括新聞出版在內的言論宣傳工作的領導權力。

在天津日租界旭街（今和平路 251 號）開辦的義昌洋行電臺，是津門首家廣播電臺，負責人爲日本岡崎家族中的一位企業家。

2 月

15 日，《青年軍人》半月刊創刊於廣州，黃埔軍校特別黨部主辦，校長蔣介石致《發刊詞》。1925 年 5 月 30 日，改名《革命軍》

3 月

6 日，中共重新確立《各地方分配及推銷中央機關報辦法》在早期的中共新聞管理中，出版發行問題是不可忽視的重要板塊。

4 月

13 日，國民黨中央執行委員會決議正式建立黨軍，黨代表的指導與監督代表了黨執行對軍隊的管理和統帥。

28 日，《蒙古農民》半月刊（一說週刊）在北京創刊，係農工兵大同盟的機關刊物，是中國共產黨第一個蒙古族黨支部創辦的，由李大釗直接領導。既是蒙古民族第一個革命報刊，也第一次國共合作時期出版的少數民族刊物，具有鮮明時代進步性和革命精神。

6月

4日，《熱血日報》創刊。《熱血日報》是中國共產黨報刊史上最早的一份日報，秋白任主編，也是主要撰稿人，在五卅運動中，中國共產黨通過《熱血日報》的宣傳爲革命運動指明了方向，是共產黨指導五卅運動的輿論工具。於1925年6月27日停刊。

15日，國民黨中央執行委員會通過決議，改組大元帥府爲國民政府，將建國軍改稱國民革命軍。

24日，《工人之路特號》（又名《工人之路》）在廣州創刊，是中華全國總工會省港罷工委員會的機關報。主要撰稿人有鄧中夏、蘇兆徵、蘭峪業等。

7月

1日，廣州國民政府正式改組成立後，國民政府的重要文告和消息交由中央社對外發布。

5日，廣州國民政府公布《軍事委員會組織法》，確定「以黨建軍」「以黨治軍」原則。

日本殖民當局在大連設立了大連中央放送局（即廣播電臺），呼號爲JQAK，發射功率爲500瓦。這是東北最早的廣播電臺，被視爲日本殖民宣傳的重要工具，負有執行「國策」的特殊使命。「九・一八」事變後被僞滿洲國接管。

俄羅斯通訊社改稱塔斯社，總社設在莫斯科。塔斯社積極拓展在中國的業務，先後在北京／北平、上海、廣州、漢口派駐記者。1925年5月1日在哈爾濱設分社。

9月

1日，《中州評論》在開封創辦，由蕭楚女主編，是中國共產黨在河南創辦的第一個刊物，後成爲中共豫陝區的機關刊物。

10月

1日，《世界畫報》創刊，是在原《世界日報》畫報版基礎上獨立出來的。

8日，美國合眾社總部的代表霍華德在大陸報記者的陪同下到申報館參觀，並與汪英賓討論了中國的新聞業。他此次來華一是調查五卅事件，再就是希望拓展合眾社在華的業務。

10 日《黃埔潮》創刊於廣州，初爲半週刊（又稱「黃埔潮三日刊」），後改週刊。初由黃埔軍校政治部創辦，後由黃埔同學會主辦。

25 日，連比奇在上海創辦的俄文日報《霞報》（Shanghai Zaria，又稱《上海柴拉報》），日出 8 頁至 16 頁，由白俄著名報人、漢學家阿諾爾多夫（L.B.Arnoldoff）負責。

11 月

16 日，《內蒙國民旬刊》旬刊創刊於張家口。內蒙古人民革命黨中央機關刊物。是中國少數民族新聞史上是最早以少數民族文字宣傳革命的期刊。

12 月

5 日，《政治週報》創刊於廣州，由國民黨中央宣傳部主持。《政治週報》對揭露國民黨右派勾結帝國主義和軍閥勢力的陰謀活動，鞏固廣東民主革命根據地，捍衛孫中山「聯俄、聯共、扶助工農」三大政策，準備北伐戰爭等方面做出了重要貢獻。

同年

東方通訊社與日本國際通訊社合併，改組爲日本新聞聯合社，在華仍以東方通訊社名義發稿，1929 年 7 月 1 日，改爲日本新聞聯合社上海分社。

由胡愈之等人主持的《東方雜誌》第 22 卷 12 期刊出了《五卅事件臨時增刊》，登載了遇難者的肖像，肇事地點、上海租界戒嚴、各地示威運動等新聞照片，第 13 期又登載了有關事件的 45 幅新聞照片。

1926 年

1 月

《中國農民》，1926 年 1 月創刊，第一次國共合作時期在中國共產黨領導下，以國民黨中央執行委員會農民部名義印行的指導農民運動的刊物，起初在上海，1927 年遷至武漢。

2 月

7 日，《人民週刊》在廣州創刊，是大革命時期中共廣東區委的機關刊物，張太雷主編，1927 年 4 月 30 日停刊，共出版了 50 期。

《良友》在上海創辦。《良友》刊登彩圖 400 餘幅，照片達 32000 餘幅，詳細記錄了近現代中國社會的發展變遷、世界局勢的動盪不安、中國軍政學商各界之風雲人物、社會風貌、文化藝術、戲劇電影、古蹟名勝等，可謂是百科式大畫報。

3 月

3 日，黃埔軍校政治部主辦的校報《國民革命軍中央軍事政治學校日刊》正式創刊。每日一張，對開四版，稱謂「日刊」即「日報」。 是中國軍隊報刊自清末誕生以來的一個創舉，作爲黃埔軍校最爲重要的輿論機關，肩負著宣傳軍校軍事與政治並重的教育理論思想的重任。

國民黨駐法總支部在德國柏林創辦歐洲國民通訊社，設有中文部和西文部，爲國內外報刊提供有關中國方面的中西文新聞稿件。

4 月

1 日，《新聞報》傚仿《申報》也增設《本埠附刊》，《本埠增刊》和《本埠附刊》因爲所刊登的都是上海飲食起居衣裝娛樂的事，很爲上海人所歡迎。

1 日，廣州國民政府軍事委員會政治訓練部創刊於廣州的《軍人日報》。旨在「提高軍人之政治觀念，促軍隊眞正成爲擁護人民利益之軍隊」，「提倡軍民合作」，「促進國民革命」。大量報導國民革命軍各軍的活動，反映軍人的生活和要求，

22 日，奉系入京後，1926 年 4 月 22 日，奉系軍閥張作霖逮捕了邵飄萍。四天後，邵飄萍以「勾結赤俄，宣傳赤化」的罪名，在北京天橋被槍決，蒙難時僅 40 歲。

5 月

25 日，《國民革命軍中央軍事政治學校日刊》易名《黃埔日刊》，《黃埔日刊》影響最大，1926 年 5 月，在日本外務省的主導下，東方通訊社與日本國際通訊社合併成日本新聞聯合社，簡稱「日聯社」。

7 月

國民革命軍在廣州誓師，北伐戰爭正式開始。

中國共產黨成立中央報紙編輯委員會，規定其職責是定期審查、報告中央及各地黨報和黨主持的農、婦、青團體各種報刊的狀況，並使各團體的機關報「能與黨有密切的關係並能適當的運用策略」，「使中央對各地方的各種

出版物能有周到的指導」，以保證共產黨新聞宣傳工作與黨的路線方針保持完全的一致。

8月

5日，《社會日報》刊出林白水寫的抨擊吳佩孚、潘復和張宗昌的時評《官僚之運氣》，對張宗昌的心腹潘復百般諷刺。後林白水被誘捕槍殺於北京天橋。林白水被害距邵飄萍被害尚不滿百日，故當時有「萍水相逢百日間」及「青萍白水各千秋」的輓聯。

31日，由國民黨中央軍人部主辦的《軍人週報》，創刊於廣州，以「訓練革命軍人」，「本黨指導革命軍人唯一刊物」自勉。設「時事述評」「時論」「革命文藝」「通信」等欄目。

9月

10日，由蘇、浙、閩、贛聯軍總司令孫傳芳主辦的《聯軍日報》，在南京創刊。

15日，《婦女之友》創刊於北京。名義上由國民黨北平黨部婦女部主辦，實為中國共產黨北方區委負責。

17日，馮玉祥率駐綏遠特別區五原縣（今屬內蒙古自治區）官兵在大校場舉行誓師授旗大會（史稱「五原誓師」），宣布脫離北洋軍閥，將西北國民軍改名國民革命軍（又稱國民軍聯軍）。

吳鼎昌、胡政之、張季鸞以新記公司名義，續辦《大公報》，分別任社長、總經理、總編輯。1926年至1945年為新記《大公報》時期，被稱為《大公報》歷史上最輝煌的時期，一舉奠定了其名報的地位。吳、胡、張認為經濟獨立是報紙言論自主基礎和保障，因此提出「不黨、不私、不賣、不盲」，作為新紀《大公報》的辦刊宗旨。

中共第三次中央擴大執行委員會《關於宣傳部工作議決案》中就有「工農通訊員問題」專項。中國在白色恐怖的國統區辦報，更需要秘密建立、發展通訊員網絡，依靠通訊員網絡發揮聯絡、發行報刊的溝通作用。

英帝國主義又製造炮轟萬縣，死亡5000人的「九五」大慘案。《嚮導》於當年10月10日出版的「萬縣九五慘案特刊」集中報導了萬縣慘案的經過，並於卷首用三頁多的篇幅發表了8幅照片。

10 月

1 日東北無線電監督處籌劃建立了中國官辦的第一座正式無線廣播電臺——哈爾濱無線電臺。

12 月

7 日，漫畫會在上海成立。開始籌備創辦會刊《上海漫畫》，以使漫畫會的活動成果能得到一個物化和展示的陣地。

上海各報館工人組織的群眾團體上海報界工會成立。

同年

9 月和 12 月，國民黨在武漢先後建立了人民通訊社、血光通訊社。這兩個通訊社都是國共合作的產物。1927 年 7 月寧漢合流以後，武漢的左派通訊社或被迫解散，或被迫改組，代表國民黨右派的通訊社和軍隊通訊社相繼成立。

1927 年

2 月

13 日，《紅燈》復刊。作為被壓迫民眾特別是青年群眾的讀物，在反對國民黨右派叛變，宣傳共產黨的政治主張，指導青年參加革命實踐活動，使江西的青年革命化方面具有重要的作用。該刊創刊於 1923 年冬，只出了一期即停刊。

國民軍聯軍總司令部在西安創辦《國民軍政報》（日刊）、《新國民軍報》（半月刊）和《中山畫報》。

3 月

13 日，上海日報記者公會成立。日報公會是以報館為單位，而這是以記者為單位的團體，類似的有新聞記者俱樂部、新聞記者公會、新聞記者聯歡會。

18 日上午，新新公司廣播電臺正式對外播出。電臺呼號 XGX（後改為 XLHA），中國人自主創設、且正式持續播音的第一家民營電臺

22 日，上海通訊社記者公會成立。該會形成了領導機構

國民黨浙江省黨部宣傳部所轄國民通訊社在杭州創辦。這是浙江最早出現的官辦通訊社，也是國民黨在浙江的重要宣傳機關。

中國共產黨領導的第三次上海工人武裝起義取得勝利。此時，國民通訊社恢復活動，何味辛任社長。

武漢新聞記者聯合會創建，是《楚光日報》宛希儼在出任漢口黨部宣傳部長時倡議組織該團體。在推進新聞職業化、表達行業訴求、擁護革命和維持輿論統一等方面作出了令人矚目的貢獻。1928 年 11 月，因機構癱瘓，管轄不明，難以爲繼而停止活動。

天津新聞學研究會成立，由天津《益世報》等 14 家報社和通訊社聯合建立，也是民國北京政府時期值得一提的新聞學術團體。

春

1927 年春，胡適、徐志摩等聚集上海後聯合在南京教書的梁實秋，在上海創辦新月書店，1928 年 3 月又創辦《新月》月刊。

4 月

12 日，蔣介石在上海發動武裝政變，大肆開展「清黨運動」，捕殺共產黨員和革命群眾。

18 日，成舍我在南京創辦《民生報》。初期是四開一小張的小型報，後來發展成日出四開四小張。因揭發行政院政務處長彭學沛貪污舞弊事件觸怒汪精衛，被迫於 1934 年 9 月停刊

18 日，南京國民政府成立，形成與武漢國民政府對峙的局面

北洋軍閥政府搜查蘇聯大使館、大使住宅及中東鐵路辦事處，捕去蘇聯外交人員和著名共產黨人李大釗等 60 餘人，致使兩國交惡，邊境武裝衝突不斷，

5 月

27 日上海報界工會召開改組成立大會，到會各報館工人代表 160 餘人。

南京國民政府交通部正式成立並運行。交通部在上海設立電政總局，管理全國電報電話和無線電等事業，各省電政監督一律裁撤。無線電管理機構的成立，爲相關法律法規的制定和出臺準備了必要條件。

6 月

4 日，國民黨政府外交部駐滬交涉署在上海創辦了國民通訊社，爲國民黨對外宣傳的官方通訊社。後改名爲國民新聞社。

7 月

12 日，南京國民政府通令指出中央社為國民黨中宣部籌設，總社設在南京，分社設在國內外各大埠，該社為中央通訊機關，對於黨國要政，以及各方面消息。由於「寧漢分裂」局面的形成，國民黨在武漢和南京曾出現兩個中央通訊社。直到汪精衛發動七一五政變後，國民黨實現「寧漢合流」，第一次國共合作最終破裂。

8 月

7 日，中共中央在漢口秘密舉行緊急會議，糾正並結束了陳獨秀右傾投降主義在黨內的統治，會後任臨時中央政治局常委，主持中央工作，並領導建立中共上海組織的工作。提出「建立壁壘森嚴的秘密組織」，使之成為「能鬥爭的秘密的黨的機關」。

9 月

《伊光》月報創刊，社址在天津清真北大寺前。由王靜齋任總經理兼編譯。

10 月

24 日，中共中央在上海秘密出版的理論刊物《布爾塞維克》正式創刊，中共中央指定瞿秋白、羅亦農、鄧中夏、王若飛、鄭超麟組成編輯委員會，瞿秋白為主任。

11 月

桂系軍閥胡宗鐸進入武漢瘋狂鎮壓革命，發動大規模的清鄉、清黨運動，對共產黨人實行殘酷捕殺。向警予在《長江》上發表散文憤怒聲討反動軍閥的倒行逆施，號召人民群眾團結起來與敵人鬥爭。

同年

黃埔軍校實行「四.一五」清黨，國共兩黨合作辦軍校、辦報刊的活動嘎然而止，停辦、改編所有共產黨色彩濃厚及「親共」的報刊。

大革命的失敗，使中國共產黨和中國革命事業遭受了慘重的損失，在國民黨的高壓政策和殘酷迫害下，中共領導的新聞事業（包括通訊社）幾乎損失殆盡，或被查封、改組，或被迫停刊、停止活動，有些則由公開轉入秘密，在「地下」繼續進行革命鬥爭，宣傳中國共產黨的政治主張。

法國哈瓦斯通訊社將駐莫斯科記者黃德樂派至上海，用電報將稿件發回巴黎總社。1929 年 12 月收購了總部設在西貢的一家名爲「太平洋社」的越南通訊社，加以擴充後在遠東各重要城市設置了特派記者，隨後陸續建立起分社。同一時期，美國的兩家通訊社合眾社、美聯社也相繼進入中國新聞市場。

中國攝影學會新聞部成立，部址設在上海南京路 20 號，同年開始發稿。除向國內及國外的報紙和雜誌提供「國內緊要新聞照片」外，還代收學會會員的照片。

《民國日報》成爲國民黨上海市黨部機關報，1932 年因言論激怒日方導致最終停刊。

戈公振所著《中國報學史》出版。這是中國最早的全面、系統地敘述中國報刊歷史的專著，是中國新聞史研究的奠基之作。

1928 年

2 月

1 日，上海《中央日報》創刊，由陳布雷關係密切的《商報》全部機器生財爲底子，這是南京國民黨承認的首個中央直屬最高黨報，

12 日，《民聲報》在延邊龍井村創刊 。首任總編輯爲國民黨員安懷音，朝文版總編輯尹華秀、金成龍，文藝版主要編輯周東郊 ，辦報人員大多都是中共黨員。

3 月

中共黨員向警予被漢口法租界巡捕房逮捕，同年 5 月 1 日英勇就義。

5 月

日本帝國主義爲阻止國民黨新軍閥的「北伐」，調大批軍隊往山東，並轟炸濟南，製造了中外震驚的「濟南慘案」。

6 月

23 日，成都報界聯合會成立。

國民黨中央政治會議臨時會議決定，包括無線電廣播在內的無線電事業改由新成立的建設委員會管轄。

7 月

23 日，國民黨中央代理宣傳部長葉楚傖提議《設置黨報辦法四項》，在第

158 次中常會獲得通過。《設置黨報辦法四項目》決定在「首都、上海、漢口、重慶、天津或北平、廣州或開封、太原、西安各地設一黨報，由中央直接管理，

8 月

1 日，國民黨在首都南京創辦「中國國民黨中央執行委員會廣播無線電臺」（中央廣播電臺）正式播音。隸屬國民黨中央宣傳部，呼號「XKM」（1932年更改為「XGOZ」）。

10 月

4 日，北平《實報》創刊。創辦人管翼賢，自任社長，對報紙採用「小報大辦」的方針，實行「廣採精編」，對「新聞消息，則力求充實敏捷，文藝雜品，則力求趣聞藝術化」。「九一八」事變爆發後，在宣傳抗日救亡方面，《實報》一度表現出愛國主義精神。1937 北平淪陷後，管翼賢成叛國叛逆，《實報》為漢奸把持。

12 月

13 日，南京國民政府交通部頒行《中華民國廣播無線電臺條例》，規定對廣播無線電臺的創辦實行營業執照、付費收聽推行收聽執照制度。

29 日，張學良宣布東北「遵守三民主義，服從國民政府，改旗易幟」，標誌著蔣介石國民黨集團主導的中華民國國民政府（俗稱「民國南京政府」）實現政令軍令「統一」，意味著民國北京政府實際終結。民國南京政府前期於 1929年 1 月正式開始。

上海各報駐南京記者公會成立。

同年

中國共產黨經過百餘次起義、暴動，在國民黨地方實力派控制薄弱的山區、農村開闢多塊「工農武裝割據」的紅色區域，擴大了中共在群眾中的影響，生成了中共領導下的武裝力量，為建立農村根據地準備了條件。

國民政府軍委會主辦的《國民革命軍日報》創辦於南京，總編輯俞育之。

國民黨軍委會軍事雜誌社主辦的《軍事雜誌》創辦於南京。

1920 年～1928 年間，全國各地新設立了大批民營通訊社，通訊社數量大增。

1929 年

2 月

21 日，南京《中央日報》發行。雖然名義上已被確立為國民黨最高黨報，但在黨內外的影響力仍然十分有限。

3 月

美國合眾社上海分社成立。

4 月

17 日，中共中央宣傳部創辦的通俗報紙《白話日報》在上海創刊。

5 月

19 日，中共中央宣傳創辦的通俗報紙《白話日報》改名為《上海報》。當時被稱為「全國最好的報紙」。

8 月

南京政府公布《電信條例》，替代了 1915 年的舊《電信條例》，為電信業管理的最高法律。

《文華》創刊，上海好友藝術社出版，上海文華美術圖書公司印刷發行，是中共領導區的著名畫刊之一。

9 月

9 日，《新民報》在南京創刊。報社社址設在南京洪武路，社名全稱為「首都新民報社」。

復旦大學中國文學科分別成立中文、新聞兩個系，新聞專業從中文系獨立出來，謝六逸擔任新聞系首任系主任。在復旦大學新聞學系學生馬思途倡議下，由該系師生組織成立了復旦大學新聞學會。這是中國高校中成立的第一個全校性新聞學術研究團體，吸引在校學生入會。以學生為主體，聘請新聞系主任與教授為指導員或顧問，應聘者有戈公振、陳布雷、周孝庵、潘公展、黃天鵬等人。

10 月

10 日，《時代畫報》創刊，初為半月刊，1936 年改為月刊，

12 月

23 日，亞美無線電公司創建「上海廣播無線電臺」，亦稱「亞美電臺」，這是國人在上海自建的第二座廣播電臺，也是民營電臺中歷史最悠久、宗旨較純正的一座廣播電臺。

冬

法國最大通訊社哈瓦斯社收買了印度支那太平洋廣播通訊社，並加以擴充。

同年

國民黨軍訓練總監部政訓處主辦的《政治訓練旬刊》創刊於南京。

南京國民政府交通部成立「國際電信交涉委員會」，擬定收回電信利權的對策與方法，專門處理電信涉外事宜。

1930 年

1 月

贛西南地區先後建立了 14 個縣蘇維埃政權並組建了紅六軍， 3 月贛西南、閩西蘇維埃政府相繼成立。毛澤東發表《星星之火、可以燎原》。

3 月

「中國左翼作家聯盟」在上海成立。，「中國左翼戲劇家聯盟」（簡稱劇聯）也於 1930 年 8 月在上海成立。

5 月

11 日，閻、馮、桂系聯合反蔣的「中原大戰」正式爆發。戰後蔣介石基本穩定了全國統一的基礎，閻、馮、桂系均無在實力發動武力反蔣。

《圖畫週刊》創刊於上海，為《申報》的攝影附刊，戈公振編，週刊，上海申報館出版。

6 月

3 日，成都報界聯合會進行改組並召開第一次代表大會。改組後的報界聯合會會員有 15 家報館，聯合了成都四分之三報館，聲勢頗大，是成都報館和記者集合中心，為維護報界利用和言論自由作出了較大努力。

7 月

6 日，《天津商報圖畫週刊》創刊於天津，爲《天津商報》附刊，曾改名「天津商報圖畫半週刊」「天津商報畫刊」「天津商報每日畫刊」。是綜合性畫刊。《庸報》《大公報》《益世報》與《天津商報》一起被列爲上世紀 20 年代末天津「報界四強」。

27 日，紅三軍團乘軍閥混戰、湖南省城守敵力量空虛之機，一舉攻佔長沙。當晚，紅三軍團政治部進城，僅用一天時間進行準備，利用長沙皇倉坪國民日報館的設施與人員，創辦了紅軍報刊中唯一的鉛印對開大報《紅軍日報》。長沙《大公報》報導稱，紅軍戎馬倥傯「猶知不稍鬆懈，吾人對之，寧無愧色乎」。

8 月

15 日《紅旗日報》在上海創刊，爲適應新的鬥爭需要，中共中央決定將《紅旗》和《上海報》合併，構成《紅旗日報》。是中共中央第二次「左傾」到第三次「左傾」過渡時期的中共中央機關報。《紅旗》系列報刊是指《紅旗》《紅旗日報》《紅旗週報》。三個刊物均是南京國民政府轄區內的中國共產黨中央委員會的中央機關報。

嚴諤聲在上海創辦著名的新聲通訊社。宣稱其宗旨爲「宣達社會工商建設等眞實消息」。

方志敏於弋陽芳家墩親手創辦省蘇維埃政府的《工農報》，並題寫報名，並爲該報撰寫社論。這是閩浙贛省出版最長、發行最多、影響最大的報紙。

9 月

22 日，國民黨江蘇省黨部創辦江蘇通訊社。該社創辦於江蘇省政府所在地鎮江。是當時比較有影響的地方通訊社。

10 月

本月至 1931 年 9 月，國民黨先後對中央根據地發動三次「圍剿」，均被紅軍打敗。至 1931 年 9 月，贛南、閩西根據地連成一片，正式形成了以瑞金爲中心的中央革命根據地。

12 月

1930 年 12 月，國民政府頒布了新的《出版法》，明確規定出版物不可公開刊登下列內容：「出版品不得爲下列各款之記載：一、意圖破壞中國國民黨

或三民主義者；二、意圖顛覆國民政府或損害中華民國利益者；三、意圖破壞公共秩序者；四、妨害善良風俗者」。爲此，外國新聞記者只有到外交部註冊之後，才能得到通訊部的正規採訪證件。政府藉此對外國記者實行控制，壓制有損於國民政府利益的新聞稿。

同年

《戰士報》創刊於江西井岡山，紅一軍團政治部出版。

成舍我偕程滄波一行出國考察各國新聞事業。

《天山日報》創刊於新疆迪化（今烏魯木齊），是新疆第一張全省性的現代報紙。

《我們的語音報》創刊，維吾爾文版，也刊登哈薩克文、塔塔爾文的文章。在塔城出版。

1931 年

1 月

27 日，中共中央政治局通過的《關於黨報的決議》，對 4 個中央機關報的性質作了明確規定。《紅旗日報》爲中央機關報，《實話》爲中央經濟政治機關報，《布爾塞維克》爲中央理論機關報，《黨的建設》爲中央關於組織問題機關報。

《申報》成立總管理處，統轄一切館務，史量才親任總經理兼總務部主任，馬蔭良副之，黃炎培爲設計部主任，戈公振副之，陶行知爲總管理處顧問（對外不公開），正式啓動《申報》館的全面改革。

2 月

7 日夜，左聯五位作家被國民黨當局秘密處決。

28 日，蔣介石囚禁胡漢民，寧粵對峙，一場聲勢浩大的反蔣風暴形成。在寧粵雙方軍事敵對時，「九一八」事變爆發，日本侵略東北造成了中國的國難危亡，促使雙方收斂軍事敵對，轉入政治談判，進而改變了民國南京政府政治格局的發展走向。

3 月

16 日，《文藝新聞》在上海創刊，至 1932 年 6 月 20 日出版至第 60 號停

刊。這個刊物是中國左翼作家聯盟的外圍刊物之一。袁殊是文藝新聞社的「代表人」。

春

中國工人通訊社（Chinese Worder's Correspondence，簡稱 CWC）成立於上海，次年改稱中國工農通訊社，（Chinese Worker's Peasant Corresppondence，簡稱 CWPC）。

6 月

魯迅撰寫的抗議國民黨秘密處決左聯五位作家的《中國作家致全世界呼籲書》在美國《新群眾》上發表，引發了各國文藝界的關注，世界各地的作家、藝術家給國民黨發了幾百封抗議信和電報。

7 月

1 日，《青年實話》在江西永豐縣龍巖創刊，《青年實話》在蘇區的影響力僅次於《紅色中華》報，被譽為「工農青年的嚮導」

9 月

18 日夜，日本關東軍按預定計劃炸毀瀋陽柳條湖附近南滿鐵路路軌，九一八事變爆發，日軍僅用 8 個小時，於次日 6 時 30 分佔領瀋陽 ，拉開了公開武裝侵略中國的序幕。路透社最早向全世界報導了這一消息，其獲知事變的時間甚至比南京政府還要早好幾個小時。

10 月

21 日，由《申報》《時報》《文藝新聞》的進步記者、民治新聞專科學校及復旦大學新聞系的部分師生組成的中國新聞學研究會成立，袁殊是重要的發起人之一。中國新聞學研究會是中國左翼新聞記者聯盟的前身。

法國哈瓦斯通訊社正式設分社於上海，將遠東地區作為採訪的重點。

本月起，國民黨中央通訊社先後與路透社、美聯社、合眾社、哈瓦斯社、塔斯社等簽訂交換新聞合約，收回這些外國通訊社在華發布中文通訊稿、英文通訊稿的權利，並收回路透社、海通社在華各地無線電臺，逐步打破了外國媒體對中國新聞市場的壟斷局面。

11 月

3 日，俄文日報《哈爾濱時報》在哈爾濱創刊。係日本駐哈總領事館、哈

爾濱特務機關和滿鐵事務所網羅白俄分子，面向俄僑讀者創辦，其目的是為日本侵佔哈爾濱製造輿論。在以後的幾年，《哈爾濱時報》逐漸吞併了哈爾濱所有的俄文報紙。

7日，「中華蘇維埃共和國」在江西瑞金成立。當天，紅色中華通訊社（簡稱紅中社或紅色中華社）正式發布新聞稿和對外播音。紅中社播發新聞使用的呼號為CSR，即中華蘇維埃無線電臺（Chinese Soviet Radio）的英文縮寫。這是中國共產黨在革命根據地創建的最早使用無線電臺對外播發新聞的通訊社，也是今天中國國家通訊社新華通訊社的前身。

12 月

11 日，中華蘇維埃共和國臨時中央政府機關報、也是「黨在革命根據地創辦的第一張歷史較長的中央級的鉛印報紙」《紅色中華》報在江西瑞金創刊。《紅色中華》與紅色中華通訊社是一個組織機構，兩個牌子，分為中央級報紙和通訊社。對外一般稱紅色中華社或紅中社，也曾用過紅中通訊社等名稱。

同日，軍委總政治部主辦的中國工農紅軍委員會的機關報《紅星報》在江西瑞金葉坪鄉洋溪村創刊，後遷往瑞金沙洲壩鄉（今沙洲壩鎮）沙洲壩村白屋。

同年

從本年開始，燕大新聞系每年舉辦一次「新聞研討會」，邀請中外新聞界名人，平津各主要報紙的領導，知名學者等參加，從不同角度與觀點，對新聞學進行評論、探討，剖析新聞學與其他學科的關係，從者踴躍。

北平成立了「左聯」分盟，並初步了《文學雜誌》《北平文化》《文藝月報》等刊物。左聯刊物主要傳播、弘揚無產階級革命文學，抨擊國民黨腐敗專制，文化專制等，其中，魯迅是「左聯」的精神領袖，郁達夫、柔石、李一氓、朱鏡我、丁玲等是主要成員。在「左聯」的帶動、影響下，20世紀30年代成為中國現代文學創作的豐收期。

《讀書雜誌》在上海創刊。該刊是在王禮錫、胡秋原等在陳銘樞支持下創辦的，為中國社會史問題的爭論提供陣地，將中國社會史問題論戰推向高潮。

1932 年

1 月

20 日，海陸空軍總司令部政訓處主辦的《中國日報》創刊於南京

月 28 日發動侵略上海的在「一二八」事變，第十九路軍奮起抗戰，國府隨後宣布遷往洛陽辦公。中央電臺奉命趕建洛陽電臺。

南京政府通令取消電報新聞檢查。

3 月

20 日，中國左翼新聞記者聯盟在上海成立，中國新聞學研究會隨之停止活動。

5 月

1 日，蕭同茲到任後立即開始改組中央社。總社設編輯、採訪、事務三組，並建立新聞專業電臺，後設電務組。蕭同茲擬定《全國七大都市電訊網計劃》和《十年擴展計劃》，並提出「工作專業化」「業務社會化」「經濟企業化」的目標，使中央社發展進入新階段。

6 月

24 日，上海新聞記者聯歡會與上海日報公會、上海通訊社記者公會合併，成立上海新聞記者公會。

7 月

至本月，中央社在南京、上海、漢口、北平、天津、西安、香港七個城市的無線電訊網已全部完成。中央社開始使用無線電向各分社播發新聞，由分社在當天轉發各報社，初步實現新聞當天傳送各地。到 1937 年全面抗戰爆發前，中央社逐漸成為全國性規模的通訊社。

8～9 月

南京政府分別發出《保障正當輿論》和《切實保障新聞從業人員》的通令。

12 月

1 日偽「滿洲國通訊社」通訊社正式成立，簡稱「國通社」，總社設在偽滿首都「新京」（即長春）。

同年

《滿洲日日新聞》創刊，是日本侵略東北後最早創辦、也是勢力最大的日文報紙。

中共東滿特委創辦《兩條戰線》，油印，用朝鮮文和漢文兩種文字出版，以報導政治時事為主要內容。曾在朝鮮民族聚居區內廣泛流傳。

張竹平《時事新報》《大陸報》《大晚報》和申時電訊社）聯合起來成立「四社」。

到 1932 年前後，國民黨基本建立起一個以《中央日報》為核心、以各中央直屬黨報為骨幹、以各級地方黨報和軍隊黨報為羽翼，包括各傳統黨報在內的龐大黨報體系。

1933 年

年初

1933 年初，上海出現了首家俄文廣播電臺即：上海俄國廣播協會播音臺，簡稱「俄國廣播電臺」，為俄僑及其他懂得俄語、且喜愛俄國音樂的聽眾服務。

3 月

16 日，外交部發布《頒發外籍記者註冊證規則》。

程滄波被蔣介石委任為《中央日報》社長，著手對《中央日報》進行改組。

夏

上海「記者座談會」成立，從 1934 年 8 月 31 日起發行《記者座談》週刊，至 1936 年 5 月 7 日終刊。

8 月

25 日，《滿蒙日報》在新京（長春）創刊。是日寇推行侵略政策的重要輿論工具。

秋

軍政部交通司向中央廣播事業管理處提出申請並獲得批准，將計劃在國民政府洛陽辦事處使用的 250 瓦廣播發射機移至南昌。軍事委員會委員長南昌行營使用這臺廣播發射機，創建南昌廣播電臺（呼號 XGOC），專門用於「剿匪」宣傳。

10 月

1933 年下半年，在 14 個省的邊界地區開闢初 10 多塊革命根據地，建立了江西中央蘇區為中心的蘇維埃政權。

同年

意大利斯丹法尼通訊社（或譯斯蒂法尼通訊社）在上海設立了分社。

1934 年

1 月

7 日，中國左翼新聞記者聯盟創辦機關刊物《集納批判》週刊，很快被查封，只出版 4 期。

5 月

21 日，交通部頒發《新聞電報規則》，從新聞電報的收發上對報界進行管理

10 月

20 日，長征中最重要、最有影響的報刊《紅星報》出版了長征途中第 1 期油印報紙，內容有《突破敵人封鎖線，爭取反攻敵人的初步勝利》《當前進攻戰鬥中的政治工作》等。

本月起，中國工農紅軍主力，在國民黨第五次「圍剿」下陸續撤離革命根據地，進行戰略轉移，史稱「長征」。

同年

國民黨中央政治學校在該校的外文系開設「新聞學概論」課程，由馬星野主講，1935 年成立新聞系，由程天放擔任系主任，次年由馬星野繼任。

1935 年

4 月

25 日，國民政府交通部發布《通飭各廣播電臺用國語報告令》，各廣播電臺使用國語播音，為全國電臺統一提供「標準化」的節目。

6 月

10 日，中共中央總政治部編印的《前進報》創刊，這是一份有理論性、指導性較強的政治理論刊物，隨後替代《紅星》報成爲中央機關刊物。

8 月

1 日，中國共產黨駐共產國際代表團，以中華蘇維埃臨時中央政府和中共中央的名義發表《爲抗日救國告全體同胞書》。

9 月

小型報《立報》在上海創刊，成舍我撰寫發刊詞，集中闡述了對「報紙大眾化」的看法。因抗戰爆發上海淪陷 1937 年 11 月 25 日停刊。

11 月

25 日《紅色中華》報在陝北瓦窰堡復刊。依然是中華蘇維埃共和國中央政府的機關報。

國民黨召開五全大會，蔣介石完全以「攘外必先安內」政策處理內政外交。

12 月

27 日，《新疆阿勒泰》，哈薩克文版，創刊於新疆阿勒泰地區。這是我國最早的哈薩克文報刊，在我國少數民族文字報刊史上具有特殊意義。

1936 年

4 月

《新疆日報》在迪化創刊，這是全國最早的少數民族文字省級報紙。

8 月

范長江的《中國的西北角》由《大公報》館出版。到 1937 年 11 月，先後 9 次再版。

11 月

14 和 21 日，斯諾以《毛澤東訪問記》爲題在《密勒氏評論報》上發表毛澤東關於個人經歷的談話，並配上了毛澤東頭戴紅軍帽的大幅照片，引起了國內外的轟動。

12 月

12 日西安事變爆發，張學良、楊虎城兵諫張學良抗日，在中共斡旋下，西安事變和平解決，奠定了國共第二次合作的政治基礎

19 日，周恩來爲加強中國共產黨在西安的宣傳工致電毛澤東、博古：「決定在西安設紅中通訊社。西安的紅中通訊社即紅中社西安分社，是新華社歷史上第一個分社。」

同年

1936 年，日本政府把聯合通訊社和電報通訊社合併，改名爲同盟通訊社，該社成爲日本政府的官方通訊社。兩社原在上海的支社（分社）改組爲同盟社華中總社，資金、人員大大增加，成爲日本在中國的重要輿論宣傳機構。

由日本駐津領事館主辦的日本公會堂廣播電臺開始播送東京電臺日語節目，爲日本在華的奴化教育拉開帷幕。

1937 年

1 月

1 日，廣州《中山日報》創刊，由《廣州民國日報》和《廣州日報》改組而成。李伯鳴、吳公虎、廖崇聖等歷任社長。後廣州淪陷，隨廣東省政府遷至粵北韶關繼續出版，由對開 2 張減爲 1 張，設廣告、要聞、國際新聞和本地新聞版。抗戰勝利後遷回廣州復刊。

本月中旬，紅中社隨中共中央機關從保安遷駐延安，紅色中華社改名爲「新中華社」簡稱「新華社」，《紅色中華》改名爲《新中華報》。通訊社和報紙仍是一個組織機構。

2 月

15 日國民黨五屆三中全會通過實際接受國共合作的決議，抗日民族統一戰線初步形成。

4 月

24 日，《解放》週刊在延安創刊。

7 月

1 日，南京《新民報》股份有限公司成立，標誌開始建立起現代化的經營管理模式。

7 日，日本軍隊製造北平「盧溝橋事變」，中華民族全面抗戰開始。

8 月

月初，上海各界抗敵後援會組織的籌募救國捐廣播演講陸續播出，每晚19 時開始，分別用英、法、德、日、俄和韓語進行 45 分鐘的對外廣播，直到上海淪陷。

8 月

4 日，天津《大公報》因日軍侵佔天津後不能送出租界，宣告停刊。

13 日，日本侵佔上海，上海各報如《時事新報》《民報》《中華日報》等先後停刊，至此，存在近 28 年的上海日報公會終於停止活動。

19 日，《抗戰》三日刊在上海創刊。是鄒韜奮主編的抗日進步刊物。1938年 7 月 7 日和《全民週刊》合併，改名《全民抗戰》。

21 日，《救亡呼聲》旬刊在廣州創刊，是中共支持和領導的進步群眾團體「救亡呼聲社」出版刊物，具有統一戰線性質。1938 年 10 與廣州淪陷被迫停刊，共出版 20 多期。

24 日，《救亡日報》在上海創刊，上海文化界救亡協會機關報，4 開 4 版。社長郭沫若，總編輯夏衍。它是中國共產黨領導的具有統一戰線性質的一張報紙。1937 年 11 月 22 日上海淪陷後被迫停刊。

9 月

5 日，天津《益世報》因在天津淪陷後繼續主張抗日，被迫停刊。

22 日國民黨中央通訊社發表《中共中央為公布國共合作宣傳》。

23 日蔣介石發表談話承認了共產黨的合法地位。第二次國共合作形成。

11 月

8 日，中國青年新聞記者協會在上海成立，推選范長江、惲逸群等為總幹事。上海淪陷後遷至武漢，1938 年 3 月 15 日改名為中國青年新聞記者學會。該會受中國共產黨領導，具有統一戰線性質，出版《新聞記者》月刊。它團結同業，為抗戰宣傳服務，教育青年記者，促進中共新聞事業發展。「皖南事變」後被國名黨當局查封。

9 日，中共冀豫晉省委機關刊物《戰鬥》創刊。先後改爲晉冀豫區黨委、太行分局、太行去黨委等組織的機關刊物。

12 日，上海淪陷，因上海公共租界和法租界日軍尚未能進入，被稱爲「孤島」。由於租界內進入大量資本和人口，新聞事業也出現了短暫的繁榮期。其中以國民黨中央直轄黨報《中美日報》《正言報》、共產黨領導下的《譯報》《每日譯報》、愛國人士創辦的《文匯報》及部分堅持抗日宣傳的民營廣播臺等爲代表。其特點在於利用「孤島」的特殊條件和英法美日帝國主義間的矛盾，借用外國商人的名義創辦。

21 日，國際新聞社在桂林建立總社。創辦初期與國民黨國際宣傳處建立合作，深入連隊和游擊小組，訪問葉挺、項英等，以第一手材料報導了新四軍英勇抗戰及抗日根據地的建設和發展。國新社面向國內外報刊發稿，共計150 多家。[1]香港淪陷後，國新社暫停業務。

日本侵略軍在佔領上海之後，立即「接管」了原國民黨的兩座廣播電臺，並利用其設備建起日僞「大上海廣播電臺」，作爲日本佔領軍的喉舌。

國際新聞社於香港成立，負責人爲惲逸群，由中共華南局領導。

本月底，南京的新聞媒體先後停刊轉移，分別遷往西南地區和香港。中央日報社採取應變措施，大部分的人員與器材分水陸兩路向西撤離南京，經武漢、長沙撤往重慶。

12 月

11 日，《群眾》週刊在漢口創辦，它是國共建立抗日民族統一戰線後中國共產黨在國統區創辦的第一個公開機關刊物。1947 年 3 月 2 日出至第 14 卷第9 期被迫停刊。

同日，晉察冀軍區政治宣傳部主辦的《抗敵報》在河北阜平創刊。1938年 4 月改爲中國晉察冀省委機關報。1940 年 11 月 7 日改名爲《晉察冀日報》。

同年

1932 年後至 1937 年，以國民黨《中央日報》、中央通訊社、中央廣播電臺爲代表的「中央級」媒體在民國南京政府的扶植下擠入民國主流媒體，深刻影響了這一時期國統區新聞業態。全面抗戰爆發前，國民黨政府的官辦廣播，已基本實現了其實際統轄範圍的傳播信號全覆蓋。

---

1 方漢奇主編：《中國新聞事業通史》，中國人民大學出版社，2000 年版，第 667～668 頁。

1938 年

1 月

1 日，敵僞新民會之機關報《新民報》在北平創刊。

10 日，《戰士青年》半月刊在武漢創刊，由中共中央南方局青年委員會主辦。

國民黨中央機關報《中央日報》在長沙復刊。

11 日，中共中央長江局領導的機關報《新華日報》在漢口創刊。時任中共中央長江局書記的王明兼任《新華日報》董事長。1938 年 10 月 25 日出版第 287 號後在漢口停刊，次日遷至重慶出版第 288 號。作爲抗戰時期中國共產黨在國統區公開發行的唯一一份大型機關報，《新華日報》在漢口出版的九個多月時間裏，大力宣傳中共中央有關抗日民族統一戰線和「團結抗戰、持久抗戰」的戰略方針以及毛澤東等提出的游擊戰爭理論，揭露日寇侵華陰謀和罪行，及時報導中國軍隊的抗日戰績。

21 日，《每日譯報》創刊於上海「孤島」。該報由中國共產黨直接領導，它的前身是《譯報》，被迫停刊後改爲英商名義創辦。

25 日，《文匯報》以英商名義創刊於上海「孤島」，實際負責人爲嚴寶禮，徐鑄成任主筆。1939 年因堅持抗日宣傳被迫停刊。1945 年 9 月 6 日正式復刊。

美國記者斯諾採訪中國紅色根據地後寫成的《紅星照耀中國》（又名《西行漫記》）一書出版。

復旦大學新聞系在重慶復課，這是在四川開辦的第一個新聞系，系主任先後是謝六逸、程滄波、陳望道。

2 月

1 日，中共陝甘寧邊區委員會機關刊物《團結》在延安創刊。

本月，國民黨國際宣傳處改隸中宣部，處長曾虛白，設 6 科 4 室。至抗戰勝利，國際宣傳處先後在美、加、澳、印度、英、法等國設立了 12 個辦事處。創辦包括面向駐華外國記者和傳教士的英文等刊物。至 1940 年 3 月，上海辦事處利用特殊的租界環境，使用 5 種語言，出版了 12 種定期刊物：英語 7 種，法語 2 種，俄語、日語和世界語各 1 種。[1]

1　王曉嵐：《論抗戰時期國民黨的對外新聞宣傳策略》，《抗日戰爭研究》，1998 年版。

本月至 8 月，《新華日報》報館先後設立了山西、廣州、重慶和西安 4 處分館，同時分布在後方各地的分銷處、代銷處也開始積極展開活動。

3 月

10 日，國民黨重慶廣播電臺作爲中央臺開始播音，功率起初爲 10 千瓦，用漢、蒙、藏、回四種語言播音，後增加廈門語、廣州話節目。

4 月

1 日，中國青年記者學會學術組主編的《新聞記者》月刊在漢口創刊。主要負責人爲范長江。該刊主要內容是研究新聞學術，反應國內外新聞界情況，傳播新聞工作經驗。

同日，日軍在上海成立無線電廣播監督處，管理上海市所有的無線廣播電臺，逾期不登記的電臺將被接收或封閉。

10 日，《朝鮮民族戰線》在漢口創刊。社長韓一來、主編金奎光和柳子明等均爲朝鮮民族戰線聯盟理事。其主要內容是宣傳朝鮮與中國抗戰有密不可分的聯繫，兩國人民必須組成聯合戰線，朝鮮革命者必須通過參加中國抗戰盡早實現朝鮮民族的獨立。

同月，《華美》週刊在上海「孤島」創刊，它是中國共產黨領導的第一個時事政治類綜合性刊物。

5 月

1 日，中共晉冀豫區委機關報《中國人報》在山西沁縣創刊。4 開 2 版，主編李竹如。1939 年元旦併入《新華日報》華北版。

《新華日報》報館進行人事整頓，開除了 14 個有不良記錄的人員，明確規定進人須經組織嚴格審查。經過人事整頓後報館面目大有改觀，士氣得到很好提升。

國民黨在武漢大學創辦了留日歸國人員訓練班，康澤任主任。訓練班內設新聞組，由謝然之主講。

7 月

15 日，日僞廣播監督處公布《私人無線電發射臺管理條例》，規定任何人慾設立廣播電臺須先向廣播監督處提出申請，獲准後才可以進行裝設工作。

8 月

13 日，機關刊《大眾報》創辦於山東黃縣，4 開 4 版，賀致平、阮志剛等人先後任社長。初期國內外消息主要依靠抄收國民黨中央臺和中央通訊社新聞，後自製安裝了收報機，國內外新聞主要以編發延安新華社播發的消息爲主，這使黨中央的指示可以及時傳到膠東、指導膠東半島人民的革命鬥爭活動。

9 月

10 日，中共冀中區委員會機關報《導報》在河北創刊，4 開 4 版，社長彭榘，主編朱子強。

15 日，國名黨《中央日報》於重慶設立總社。日出一大張，社長兼總主筆程滄波，總編輯劉光炎，總經理張明煒。第一版是報頭和廣告，第二版是要聞、社論和「最後消息」，第三版以國際新聞爲主，第四版上下半版分別是副刊《平明》和廣告。重慶《中央日報》總社共歷時 7 年，於 1945 年 9 月 10 日復刊南京《中央日報》。

29 日，新四軍游擊支隊政治部在河南創辦《拂曉報》，後陸續出部隊版和地方版，部隊版爲新四軍第四師機關報。

10 月

1 日，《掃蕩報》在重慶復刊。丁文安任社長。重慶《掃蕩報》作爲總社，向桂林版、昆明版提供社論，向戰區《陣中日報》提供社論與消息，以統一國民黨軍抗戰新聞宣傳的輿論導向。1944 年 8 月 1 日，《掃蕩報》改行新聞企業組織，1945 年改名爲《和平日報》。

《前線日報》在安徽創刊，是國名黨第三戰區主辦的一張軍報。

國民黨中央通訊社總社由漢口遷往重慶。

11 月

1 日，國民黨中央直轄黨報《中美日報》創刊於上海「孤島」，對開 8 版。創辦人、社長吳任滄，聘在滬經營藥業的美籍商人施高德（H.M.Stuckgold）任發行人。《中美日報》面對先後來自上海租界和日僞當局的警告、恐嚇、迫害與打擊，無畏地堅持開展抗戰宣傳。上海淪陷後，《中美日報》停刊。

12 月

1 日，《大公報》重慶版正式創刊，在張季鸞直接領導下的 7 年裏，《大公報》爲重慶發行量最大的一張報紙。

1939 年

1 月

1 日，《大眾日報》創刊於沂水縣王莊。它是山東抗日根據地最早創建的黨報，也是在抗日戰爭和解放戰爭中唯一沒有間斷、連續出版的一家省級日報，更是現在出版的全國省級以上日報中唯一全面系統報導抗日戰爭和解放戰爭的一家報紙。

中共中央北方局機關報《新華日報》華北版在山西沁縣創刊，4 開 4 版，鉛印。該報在激烈的「反掃蕩」戰爭中堅持出版油印戰時版。

2 日，偽「北京新聞協會」成立。該會由 30 家中國新聞媒體和 5 家日本新聞媒體組成，日本人武田南陽為會長，副會長為中國人歐大慶和日本人豬上清四郎[1]。

15 日，八路軍總政治部主辦的《八路軍軍政雜誌》創刊於延安，月刊，24 開本，蕭向榮兼任主編。毛澤東、周恩來、朱德等為其撰稿，讀者對象主要為八路軍營以上幹部。設專載、抗戰言論、通訊、八路軍新四軍捷訊彙報、實戰經驗、戰鬥總結、政治工作等欄目。出版「陳莊戰鬥」「敵軍工作」和「百團大戰」等特輯。發行量約 3000 份。1942 年 4 月停刊。

國民黨中央通訊社施行採編業務與社務管理分離，任命陳博生擔任第一任總編輯。中央社擁有國內外最龐大的通訊網及最先進的通信器材和技術，並通過與外國通訊社訂立合約，掌握了國際新聞界在中國的發稿權。中央社向各戰區派出 30 多個戰地特派員和「隨軍組」分赴各戰區採訪，發回了大量有價值的軍事報導。隨著戰事的發展，中央社增設國內外分社等，實現了自身的進一步發展和壯大。

2 月

6 日，國民黨政府建立的中央短波廣播電臺開始播音，次年 1 月該臺定名為國際廣播電臺，包括對歐洲、北美、蘇聯東部與我國東北部、日本、華南與東南亞、蘇聯等 6 套廣播節目，每天播音十多個小時。

新華社與《新中華報》分開單獨成立組織機構，結束了「報、社一家」的歷史。

---

1 《支那新聞同業協會成立》，《中國年鑑民國 38 年》，上海日報社調查編纂部，1939 年版，第 168 頁。

3 月

12 日，國民黨《國民精神總動員綱領》明確規定抗戰時期一切新聞言論的準繩是「不違反國民革命最高原則之三民主義；不鼓吹超越民族之理想及損害國家絕對性之言論；不破壞軍政軍令及行政系統之統一；不利用抗戰形勢以達成國家民族利益以外之任何企圖」。

4 月

16 日，《中國青年》雜誌在延安創刊，是中共中央青年工作委員會的機關刊物，也是第一次國內葛敏時期創辦的中國共產主義青年團機關刊物《中國青年》的繼續。1941 年停刊。

24 日，中國新聞學院在中國青年記者學會香港分會倡議下於香港成立，許世英、陶行知任該學院正副董事。中國新聞學院是一所新型的、適應抗日救亡運動需要的新聞學府。1941 年太平洋戰爭爆發前夕停辦。

5 月

26 日，國民黨政府設立戰時新聞檢查局，隸屬於中央軍事委員會，其組織訓練及技術上的責任由中央宣傳部負責。依照中央核定的「新聞檢查標準」「戰時新聞禁載標準」及中央宣傳部與戰時新聞檢查局臨時指示執行新聞檢查。[1]

6 月

6 日，香港《國民日報》創刊，日出兩大張。社長陶百川，總編輯何西亞。《國民日報》秉持抗戰愛國立場，向港澳同胞及海外僑胞宣傳國民政府的抗戰政策，駁斥日本美化侵略和汪僞「和平運動」等謬論，政治色彩濃厚，常就抗戰國策等問題與《華商報》論戰。12 月 25 日，香港淪陷，《國民日報》停刊。抗戰勝利後，《國民日報》在香港復刊。

新華社成立通訊科，主要任務是組織延安機關、學校、工廠、部隊和陝甘寧邊區各縣通訊員爲《新中華報》和新華社寫稿。此時新華社組織已略具雛型，業務包括收發編譯電訊、編印《今日新聞》以及時反映重大事件輿情和撰寫評論等。新華社逐漸建立各地方分社，形成通訊網，成爲在國內有地位有影響的新聞機構。

1　《戰時新聞檢查辦法》（民國 28 年 5 月 26 日軍事委員會擬定，同年 6 月 1 日行政院訓令通行），劉哲民編：《近現代出版新聞法規彙編》，學林出版社，1992 年版，第 554 頁。

7 月

7 日，《七七報》創刊，初爲中共鄂中區委員會機關報，同年 11 月成爲中共鄂豫邊區委員會機關報。1946 年 6 月 24 日出版至 536 期後停刊。

8 月

30 日，愛國報人朱惺公在上海「孤島」遭汪僞特務殺害。

9 月

18 日，中共冀南區委機關報《冀南日報》創刊。

10 月

20 日，中共中央黨內理論刊物《共產黨人》在延安創刊，張聞天任主編，李維漢負責編輯出版的實際工作。發刊詞中首次提出中共的歷史經驗就是擁有統一戰線、武裝鬥爭和黨的建設這「三大法寶」。該刊在延安和敵後抗日根據地，甚至在國民黨統治區的共產黨組織中發行。1941 年停刊，共 19 期。

12 月

1 日，新華社通訊科創辦以陝甘寧邊區通訊員爲讀者對象的新聞業務刊物《通訊》，是一份「新華通訊社用以教育通訊員與推動邊區通訊工作的社刊」[1]

同年

國民黨中央訓練團舉辦新聞研究班，國民黨軍隊政治部副部長張厲生兼任班主任。

中央訓練團後改名爲「軍中文化工作人員訓練班」，仍設新聞系。

1940 年

1 月

1 日，冀東黨委機關報《救國報》在河北秘密創刊，8 開 2 版。在「反掃蕩」艱苦的環境下堅持出版，1945 年 11 月更名爲《冀熱遼日報》。

國民黨中央廣播電臺短波部分移交國際宣傳處使用，更名爲中國國際廣播電臺，建成 VOC（Vioce of China）。

僞滿洲國撤銷弘報協會，設立「滿洲新聞協會」。

1　1940 年 3 月第 4 期《通訊》。

2 月

15 日，陝甘寧邊區文化協會主辦的綜合性文化學術雜誌《中國文化》在延安創辦，月刊，艾思奇主編。1941 年 8 月 20 日停刊。

3 月

25 日，《邊區群眾報》由陝甘寧邊區文化協會大眾讀物社創辦，該報是延安創辦的出版時間最長的報紙。1948 年 1 月 10 日改名爲《群眾日報》；新中國成立後，於 1954 年 10 月正式更名改爲《陝西日報》。

汪僞政府成立僞「南京廣播電臺」，採用與重慶國民黨中央臺同樣的臺號和呼號，並規定「民間不得再有廣播電臺」，並且每週三都邀請僞政府高官和著名漢奸文人到「中央」廣播電臺舉行定期演講，以求在「思想清鄉」和治安強化運動中發揮作用。

4 月

1 日，漢奸報《平報》創刊。幕後老闆爲僞上海特別市市長周佛海，漢奸報人羅君強、金雄白先後在該報擔任社長。

5 月

1 日，汪僞中央通訊機關「中央電訊社」在南京成立，「中央電訊社」以「統一全國通訊事業」「發布新聞，宣揚國策，溝通各地消息，採集國際新聞」爲職責，被賦予設立無線電臺，收發國內外新聞電訊的特權，並可兼營其他文化宣傳事業。

7 月

中華新聞學校創辦於北平，是日軍在華北設立的新聞教育機構。1942 年改稱爲中華新聞學院。

8 月

10 日，僞「國民政府」公布《國際宣傳局組織法》掌管「全國對外宣傳事宜」，分爲管理、新聞、編譯、情報四處[1]。這些行政機構名義上隸屬上級機關，實際上既受日本軍隊控制又受到日本政府駐在機構「內面指導」，實質爲傀儡機構。

1　《國際宣傳局裁撤另設研究所》，《新聞報》，1943 年 9 月 10 日，第 2 版。

9月

18日，中共中央晉綏分局機關報《抗戰日報》創刊，4開4版，鉛印。[1] 作為一份黨報，《抗戰日報》從根據地實際情況、實際局勢出發，通過具體生動的事實宣傳黨和政府各時期的路線、方針、政策，教育、團結和動員廣大幹部群眾，指導根據地各項工作有序開展。

10月

20日，國民黨主辦的《正言報》在上海「孤島」創刊。

11月

7日，《抗戰報》改名為《晉察冀日報》，1942年11月晉察冀分局決定：該報兼有北嶽區黨委機關報的性質。《晉察冀日報》辦報十年六個月零三天、共2855期，社長鄧拓。報紙的發行範圍面向全區、一般發行至區級，是中共中央晉察冀分局指導晉察冀邊區各項工作開展的重要工具。

12月

2日，中共中央中原局機關報《江淮日報》在江蘇鹽城創刊，劉少奇兼任社長。

30日，延安新華廣播電臺正式對外播音，呼號XNCR。但由於設備簡陋，機器經常發生故障，1943年春天，延安新華廣播宣告暫時停止播音。

同年

國民黨當局創辦戰地流動廣播電臺，1943年籌辦軍中播音總隊，並在各戰區建立分隊。國際廣播電臺與重慶中央電臺、昆明臺、流動臺等廣播電臺一起，組成縱貫南北、深入西部內陸的國際廣播網，用英、日、法、俄等多種語言向世界發出戰時中國的呼聲。

1941年

1月

18日，《新華日報》第一時間披露「皖南事變」消息，發表周恩來為「皖南事變」書寫的兩個題詞：「為江南死國難者致哀！」「千古奇冤，江南一葉；同室操戈，相煎何急？」國統區人民透露了「皖南事變」的真相，揭穿了國民黨頑固派妄圖掩人耳目的陰謀。

1　邵挺軍：《戰爭年代的〈晉綏日報〉》，《新聞研究資料》，1987年版，第95頁。

2 月

汪僞政權建立「負責接收各地日軍電臺」的僞「中國廣播事業建設協會」，由漢奸出任理事長，制定《廣播無線電臺計劃》，提出要「統一管理」淪陷區廣播電臺。

3 月

中共中央宣傳部主辦的對外宣傳外文刊物《中國通訊》在延安創刊。該刊約請在延安的外籍友好人士和懂外文的人員撰稿，向國際人士介紹中國人民的抗日鬥爭和根據地建設情況。

4 月

8 日，《華商報》在香港創刊，是中國共產黨領導的愛國統一戰線報紙，廖承志負責籌辦。該報以港澳同胞、海外華僑和各國進步人士爲主要發行對象。

5 月

16 日，《解放日報》在延安創刊，該報第一任社長爲博古（秦邦憲），第一任總編輯爲楊松（吳紹鎰）。該報是在革命根據地出版的第一個大型的、每日出版的中共中央機關報，也是抗日戰爭時期及解放戰爭初期革命根據地影響最大的報紙。《解放日報》在發刊詞中明確表示：「中國共產黨的使命就是本報的使命」，向世人闡釋了黨報的宗旨。

8 月

25 日，僞滿爲進一步強化對新聞、通訊的統治，頒布了《通訊社法》《記者法》和《新聞社法》，即所謂的「弘報三法」。同時還頒布了《關於外國記者之件》五條和《關於外國通訊社或新聞社之支社及記者之件》17 條，即「弘報三法二件」。[1]

9 月

18 日，中國民主政團同盟機關報《光明報》在香港創刊。社長梁漱溟，總編輯余頌華。

---

1 王繼先著：《中國新聞法制通史：近代卷》，南京師範大學出版社，2015 年版，第 278 頁。

27 日，蘇聯以蘇商名義創辦「蘇聯呼聲」，由塔斯社上海分社領導，用漢語（包括上海話和廣州話）及俄、英、德語播送新聞節目。呼號為 XRVN，新聞節目主要報導蘇聯人民反法西斯鬥爭的消息和評論、蘇德戰爭公報、蘇維埃國家建設和人民生活情況等。太平洋戰爭爆發後，「蘇聯呼聲」成為上海地區報導中國及盟國對日戰爭真實消息的唯一來源。蘇聯 1945 年 8 月 8 日對日宣戰，「蘇聯呼聲」臺被日軍查封。僅幾天之後日本即宣布無條件投降，該臺隨即恢復播音。

11 月

2 日，延安《解放日報》邊區欄刊登介紹邊區參議院徐特立的文章，並附徐特立照片一張。這是該報發表的第一張照片。

中共淮海區委機關報《淮海報》創刊。

12 月

8 日，太平洋戰爭爆發，日本進佔上海租界。《申報》《新聞報》《大美晚報》《正言報》等被查封。

15 日，日軍命令申、新兩報仍以美商民義出版，以欺騙讀者。

1942 年

2 月

29 日，民國南京政府頒布《國家總動員法》規定「本法實施後，政府於必要時，得對報館及通訊社之設立，報紙通訊稿及其他出版物之紀載，加以限制、聽止，或命令其為一定之紀載。」又規定「本法實施後，政府於必要時，得對人民之言論、出版、著作、通訊、集會、結社，加以限制。」

3 月

16 日，中共中央宣傳部發出《為改造黨報的通知》。

31 日，毛澤東和博古在延安楊家嶺中共中央辦公廳主持召開《解放日報》改版座談會。

4 月

1 日，延安《解放日報》發表社論《致讀者》，宣布改版。改版後的第一版主要是反映各抗日民主根據地的要聞版；第二版是陝甘寧邊區版；第三版

是國際版；第四版是副刊和各種專論。這樣的版面安排加強了黨性，在聯繫實際、聯繫群眾方面邁進了一大步。

16 日，汪僞國民政府宣傳部實施無線電收音機登記，以防止廣大人民群眾收聽抗日廣播。

7 月

1 日，《新華報》在蘇北阜寧創刊，4 開 4 版，是中共中央華中局機關報，也是新四軍軍部機關報。年底因日僞軍加緊調兵停刊。

7 日，《晉察冀畫報》創刊於河北省平山縣，三月刊，晉察冀軍區政治部出版。創辦人爲沙飛、羅光達等。爲中國抗日根據地創辦的第一家以刊登照片爲主的綜合性畫報。畫報照片包括晉察冀抗日根據地的戰況、戰役；邊區新民主主義的文化、教育發展等。除照片外，還有鄧拓、劉道生、周遊等文學作品。1946 年 7 月改名《晉察冀畫報季刊》。1948 年 5 月與晉冀魯豫軍區的《人民畫報》合併。

日本佔領軍在北平建立的中華新聞學校改稱爲中華新聞學院。

9 月

18 日，重慶《新華日報》經過籌備和廣泛聽取各方面讀者意見後正式改版。

22 日，《解放日報》發表社論《黨與黨報》中明確提出「黨必須動員全黨來參加報紙的工作」，「報紙辦不好，乃是全黨的損失，這種損失，不僅黨報的工作人員要負責任，而且每個黨員都要負責任的」。

12 月

29 日，《解放日報》刊出啓事，進一步要求廣告「要有機關或商店介紹信」方可刊登。

同年

《中緬印戰區新聞綜合報》（CBI Roundup）創辦。免費在戰區發放。3年半時間共出版 188 期。刊載戰況、戰地生活和針砭時弊的漫畫。隨軍記者理查德・麥克拉格撰寫的通訊《「我們有共同的敵人」》，記述了 1944 年探訪收治負傷中國戰士的美軍戰地醫院的情形。

1943 年

1 月

1 日，《現代婦女》月刊創刊於重慶，該刊是受中共南方局婦委領導，以愛國婦女同人刊物的面目出現。1949 年 3 月被國民黨當局查封。

2 月

15 日，國民黨政府發布《新聞記者法》，對新聞記者提出種種限制，因遭到新聞界反對，1945 年 8 月暫緩執行。

4 月

15 日，國民政府發布《非常時期報社通訊社雜誌社登記管制暫行辦法》。

6 月

10 日，汪僞政府炮製《戰時文化宣傳政策基本綱要》，開始建立戰時新聞體制，實行日僞新聞事業的一體化，進一步強化其計劃新聞制度。

9 月

1 日，延安《解放日報》發表陸定一的文章《我們對於新聞學的基本觀點》。

10 月

12 日，中央政治學校新聞學院正式開學。董顯光任院長、曾虛白任副院長，克羅斯教授爲首任教務長。[1]新聞學院的訓練課程分四期，三月爲一期。訓練方法和課程完全仿照美國教學方法。教學主要側重實操，主要由學生自己辦實習報紙以取得實際經驗。

重慶新聞學院創辦，由國民黨中央宣傳部國際宣傳處與美國哥倫比亞新聞學院合辦。目的是爲國民黨培養國際宣傳和新聞方面的人才。第一期負責人美籍教師克羅斯（Cross），後繼吉爾伯特（Gilbert）。其課程爲多爲英文教學。出版四開小型英文報紙《重慶新聞》週刊，作爲學生實習園地，是戰時重慶唯一的英文報紙。重慶新聞學院共辦了兩期，學制一年，每期招收學生30 人，1946 年 7 月停辦。

---

1 鄧紹根：《艱難的起步：民國時期新聞研究生教育的探索實踐》，《國際新聞界》，2013年版，第 152 頁。

1944 年

5 月

1 日，《華北新報》於北京和天津同時創刊成立，社長爲管翼賢、副社長爲日本人大川幸之助。《華北新報》成爲了全華北影響最大的漢奸報紙。日本投降後，該報被國民政府接收。

6 月

「中外記者西北參觀團」21 人訪問延安。毛澤東同志會見並發表講話。[1] 參觀團記者採寫的新聞報導相繼在西方重要媒體刊發，打破了國民黨頑固派對邊區的新聞封鎖，向世界如實介紹了中共的政策主張和邊區的發展。同時還撰寫了多部反映在抗日解放區所見所聞的著作，如合眾社記者代表福爾曼的《紅色中國的報導》以及路透社代表武道的《我從陝北歸來》等。[2]

7 月

1 日，中共渤海區委會機關報《渤海日報》在山東創刊。

24 日，著名愛國新聞工作者鄒韜奮因患癌症在上海病逝，享年 49 歲。

9 月

1 日，新華社英文文字廣播正式開始播音。

4 日，國民黨五屆中央第 264 次常務會議備案通過《中央海外部海外黨報管理規則》，對國民黨海外黨報的職權歸屬和報社的機構設置、人事安排、營業管理、業務審查、獎金津貼等作出了詳細規定。這是國民黨對海外黨報進行管理的又一重要規定。

25 日，僞「中國新聞協會」成立。成員由中國籍會員報社和日本籍在華會員報社組成。雖名爲「中國新聞協會」但受日本人操控。

僞中國新聞協會成立，取代中央報業經理處執掌報業的經營管理職權。該協會成員不僅包括漢奸主辦的報刊，而且包括日本人在華主辦的報刊，因此該協會的成立標誌著日僞報業一體化的完成。

---

1 毛澤東：《會見中外記者參觀團的講話》，《毛澤東新聞作品集》，新華出版社，2014 年版，第 312～315 頁。

2 樊繼福、袁武振：《原來還另有一個中國啊——新民主主義革命時期外國記者在陝活動及其影響》，載《新聞知識》，2005 年版，第 49～50 頁。

12 月

22 日，《中國學生導報》在重慶創刊，4 開 4 版，週報。

冬

《蒙古報》創刊，是中國共產黨創辦最早的地區性報紙之一。由薛向晨任社長，浩帆（蒙古族）主持報社工作。該報大力宣傳共產黨建立聯合政府的政治主張和實行民族區域自治政策的意義，反對蔣介石發動內戰。1949 年 9 月，《蒙古報》改名爲《伊盟報》。

1945 年

3 月

15 日，《西康新聞》改組爲《西康日報》，爲西康省政府機關報，報社的第一任社長兼發行人是李靜軒。報導內容上承襲《西康新聞》，地方新聞版面較小，評論較多，且報導和評論大多站在蔣介石政權一邊。新聞來源有中央社稿、該社收音室記錄的時事稿、駐外記者探寫的消息及少數特約記者寄自國外的稿件。

5 月

19 日，南京新華廣播電臺開始播音。該臺是在接管南京政府中央廣播電臺和國防部廣播電臺的設備後建立起來的。

8 月

7 日，重慶國訊書店未經國民黨當局審查便自行出版了黃炎培撰寫的《延安歸來》一書，並引起《憲政》《國訊》《中華論壇》等數家民主黨派和無黨派報刊的積極響應，重慶、成都、昆明等地新聞團體也參與其中，由此拉開了「拒檢運動」的序幕。

16 日，中共上海地下組織創辦《新生活報》日刊，鉛印。9 月 1 日改名爲《時代日報》。

《字林西報》在葛立芬的主持下復刊。每日發行 4 頁、後增至 12 頁，銷量最高達到 8000 份，讀者主要是英國的僑民和中國的知識分子。1951 年 3 月 31 日自動停刊。

18 日，漢口漢奸報紙《大楚報》改名爲《華中日報》，《華中日報》是國民黨漢口市黨部的機關報，主持人袁雍。

19 日，根據中共晉察冀中央局社會部的指示，《平津晚報》創刊。該報爲4 開 4 版，創立初期，在北平發行了 2 萬份、天津發行 1 萬份。1945 年 10 月19 日《平津晚報》出版了魯迅逝世九週年紀念專號後，被迫停刊。

21 日，國民黨接管了汪僞「中央電訊社」上海分社並改組爲中央社上海分社，當晚發稿，這是戰後國民黨在上海的第一個官方新聞機構，馮有眞任主任、總編輯胡傳厚。

23 日，國民黨利用沒收的漢奸報《平報》資產及設備復刊國民黨上海市黨部機關報《正言報》，這也是抗戰勝利後國民黨在上海出版的第一家報紙。

24 日，張家口新華廣播電臺開始播音，呼號 XGNC，是關內第二座共產黨領導的人民廣播電臺。

國立社會教育學院設立新聞系，學生只有幾十人，俞頌華擔任新聞系主任。《申報》經理馬萌良講《報業經營與管理》、曹聚仁講《新聞寫作》，還約請知名人士金仲華、葉聖陶、顧頡剛、王芸生等作學術演講或座談，建立新聞系資料室。1946 年，新聞系隨社教學院遷至蘇州拙政園。1952 年，蘇州社教學院新聞系停辦。

9 月

1 日，《新華日報》發表社論《爲筆的解放而鬥爭》，將國統區的新聞出版、圖書報刊的「拒檢運動」推向高潮，並最終迫使國民黨當局取消了戰時新聞檢查和圖書原稿送審制度。

同日，《蒙古報》更名《伊盟報》，油印改爲石印。《伊盟報》爲中共伊盟盟委機關報，共出版 53 期，蒙漢文兩版共發行 12000 份，1951 年停刊。

10 日，《中央日報》於南京復刊，號次緊接重慶《中央日報》，報社利用僞《中央日報》設備、資產甚至部分原班人馬重建報館，館址依舊設立於南京新街口《中央日報》原社址上。國民黨中宣部新聞事業管理處處長馬星野於 11 月出任社長。

12 日，《晉察冀日報》第 1817 期在張家口出版，成爲解放區第一份在城市出版的大型日報。10 月中旬，新華廣播電臺正式劃歸該報領導，由此晉察冀日報社成爲了集報社、通訊社、出版社、電臺、書店於一體的綜合新聞出版機構。全面內戰爆發後，《晉察冀日報》於 1946 年 10 月 10 日遷至保定阜平，共在張家口出版 384 期。

18 日，中共煙臺市委機關報《煙臺日報》創刊，社長於大申，總編輯宋茲心。在反對美軍登陸和楊祿奎事件的外事鬥爭中，《煙臺日報》作了有理、有利、有節的宣傳報導，為這兩次中國近代外交史上影響較大的事件留下了真實記錄。[1]

同日，《韓民日報》創辦於延吉，這是日本投降後最先於我國出版的朝鮮文報紙。該報為 8 開 2 版，共出版 34 期、1945 年 11 月 4 日終刊。

21 日，中共《聯合日報》出版，為了隱蔽黨的身份，該報名義上由美國新聞處任發行人。提出「以純粹民間資本，無黨派立場，發揮民間輿論精神」的辦報精神，一經創刊便日銷 20 萬份。11 月 30 日被國民黨當局指令停刊。1946 年 4 月 15 日，《聯合日報》更名為《聯合晚報》並恢復出版。此後，該報由中共代表團駐滬辦事處直接領導。

22 日，迫於「拒檢運動」的強大壓力，國民黨提出自 1945 年 10 月 1 日起，廢止戰時出版品審查辦法及禁載標準、戰時書刊審查規則及戰時違檢懲罰辦法。

國民政府行政院頒布《管理收復區報紙通訊社雜誌電影廣播事業暫行辦法》，辦法規定：敵偽機關或私人經營之報紙、通訊社、雜誌及電影製片、廣播事業一律查封，其財產由宣傳部會同當地政府接受管理。

《益世報》得到蔣介石二億元法幣的經費支持，除在天津復刊外，又先後在上海（1946 年 6 月 15 日）、南京（1946 年 11 月 12 日）以及北平等地創辦起《益世報》地方版。在政治上標榜「不偏不倚」以爭取讀者，事業發展很快，日銷量達 8 萬餘份。

10 月

1 日，《華北日報》利用日偽《華北新報》資產和人員復刊；同日，廣東《中山日報》遷往廣州出版發行。

9 日，《文萃》週刊創刊，16 開本，是一份政治性的刊物。該刊主編先後為計惜英、黎澍、陳子濤，發行最多的時候達 2 萬份以上。1946 年夏，國光印書局接到警察局的命令不再承印《文萃》，開始轉入地下。

10 日，抗戰初期上海文化界救亡協會創辦的《救亡日報》改名為《建國日報》復刊。4 開小型報紙，內容充實、文字簡短、敢於講話，一經出版便吸

1　《煙臺日報》，1985 年 9 月 18 日，第二版。

引了大批讀者，其銷量很快達五六千份。10 月 24 日，僅出版 12 期的《建國日報》被國民黨當局查封。

臺灣《民報》創刊，這是臺灣在戰後成立的第一份報紙。此後，報業利用國民黨當局創造的環境紛紛創刊，截止至 1947 年「二二八事件」爆發前，臺灣共有登記在冊的報刊 28 家，其中日報有 17 家，三日刊和五日刊各 2 家，週刊 3 家，旬刊 4 家。[1]這段時間也被稱爲「臺灣報業的勃興期」。

16 日，《人民新報》創辦於牡丹江市，朝鮮文報紙，由高麗人民協會主辦。8 開 2 版，以生活在北滿的朝鮮族農民爲主要讀者對象、兼顧其他階層的讀者。《人民新報》的期發量爲 7000 份，1948 年 3 月 2 日，該報終刊。

20 日，小鮑威爾復刊《密勒氏評論報》並擔任主編。小鮑威爾對中國人民解放戰爭作了許多客觀公正的報導，形容他爲「最瞭解中國情況的新聞人之一」。[2]

25 日，《臺灣新報》改組爲《臺灣新生報》，李萬居接管，並規定其隸屬於臺灣省行政長官公署。創刊詞中宣告「以源源介紹豐富的中國文化、以標準國語爲文章、以最大篇幅刊載祖國消息，及傳達並說明政府法令，做臺灣人民喉舌」三事爲主要任務。1946 年 5 月和 12 月，《臺灣新生報》先後兩次擴充版面並增添副刊；同年 8 月又新設臺灣中南部版。

俄文日報《保衛祖國》創刊於哈爾濱，發行 8000 份。後改名爲《俄語報》繼續刊行。1956 年 7 月 15 日，《俄語報》刊出最後一期。該報的結束標誌著哈爾濱俄僑報刊歷史的終結。[3]

11 月

1 日，《東北日報》在瀋陽創刊，4 開 2 版，是中國共產黨在東北解放區創辦的第一張地區大報。初期因蘇軍與國民黨協議而不能公開出版，且缺乏設備、紙張和採編人員等。

《大公報》上海版復刊。同年 12 月 1 日天津版復刊。

5 日，《延邊民報》創辦於延吉，爲 8 開 2 版的朝鮮文日刊，延邊民主大同盟政治部主辦。1946 年 4 月底該報終刊，總共發行 104 期。

---

1 曾虛白：《中國新聞史》，臺灣三民書局，1989 年版，第 507 頁。
2 黃愛萍：《論〈密勒氏評論報〉在中國的終結（1949～1953）》，清華大學 2003 年碩士論文，第 18 頁。
3 趙永華：《俄蘇在華辦報追溯》，《國際新聞界》，2001 年版，第 79 頁。

12 日，由中共上海工人運動委員會領導的工人刊物《生活知識》週刊創刊。16 開本，1946 年 8 月底停刊、共出版 39 期。

13 日，《正報》於香港創刊，是抗戰結束後共產黨在香港創辦的第一份黨報。主要轉載《解放日報》社論和新華社電訊，報導國內外要聞及國內人民民主運動等。由於文字通俗精短、內容知識富有趣味而深受讀者喜愛，最高發行量達 2 萬份。1948 年 11 月 13 日，因中共在華南地區工作重點的轉移而自動停刊。[1]

20 日，重慶《大公報》公開點名指責共產黨，並發表了題爲《質中共》的社評。

21 日，《新華日報》發表題爲《與大公報論國是》的社論反駁《大公報》社評。

22 日，《申報》和《新聞報》復刊。實質則是國民黨以控股、籌建報務管理委員會、安插人員等的方式，把持了申新兩報的管理和運營。1946 年 5 月，兩報分別召開股東大會，至此國民黨當局又進一步控制了兩報的董事會。至此，《申報》和《新聞報》經過幾十年的經營和抗爭後，最終都落入了國民黨的手中，成爲了其御用的新聞宣傳工具。

12 月

9 日，中共中央華中分局的機關報《新華日報》（華中版）創刊，總編輯范長江。《新華日報》（華中版）初創時爲四開兩版，1946 年 3 月 1 日起擴大爲對開四版。其內容圍繞「和與戰」進行的系列宣傳報導，在整個解放區的戰爭動員工作中起到了重要的作用；同時該報繼承和發揚了黨報理論聯繫實際、密切聯繫群眾、批評與自我批評的優良傳統。1946 年 12 月，《新華日報》（華中版）北撤山東，與《大眾日報》合併。

12 日，《掃蕩報》改名《和平日報》。

18 日，《黎明》由蒙古族青年特古斯創辦，係內蒙古人民革命青年團東蒙本部機關報，8 開 1 版。1946 年 5 月 3 日該報更名爲《群眾報》，旨在向蒙古族青年尤其是知識分子，宣傳革命道理、鼓舞他們在反對國民黨反動派的鬥爭中發揮很大作用。

---

1 鍾紫：《戰後香港第一家黨報——〈正報〉》，《新聞研究資料》，1982 年版。

國際新聞社秘密建立了上海辦事處，由孟秋江主持。該辦事處主要從事地下新聞工作，稿件主要是地方通訊和專家撰寫的軍事評論、經濟評論稿。1947 年 5 月被迫停止活動。

同年

天津民國日報畫刊由天津民國日報編輯部畫刊組編，總編輯龐宇振、總主筆俞大酋，週刊，8 開 4 版。該刊為綜合性畫刊，以介紹時事、宣揚文化、提倡藝術、灌輸科學為宗旨。1947 年 12 月終刊，共出版 102 期。現存 1945 年 12 月第 1 期至 1947 年 7 月第 102 期。

陳望道對復旦大學新聞系的教學大綱進行改革：廢除了經濟系或政治系修滿 12 學分的規定；增加了馬列主義、經濟、地理等必修課程；三四年級分為文史哲組、金融財經組和政治外交組，根據學生特長和興趣來選修課程，以廣博學生的見聞。

1946 年

1 月

4 日，《華商報》在香港復刊，並由晚報改為早報，由劉思慕、夏衍、喬冠華等人主辦。《華商報》內容以宣傳民主團結、反對獨裁統治為主，得到在港各民主黨派與進步人士的大力支持。4 月 27 日《華商報》廣州分社建立。1949 年 10 月 15 日《華商報》停刊，報社的全體工作人員則根據黨的指示回到廣州創辦和發展《南方日報》。[1]

《大公報》總管理處遷至上海，統轄上海、天津、重慶三館；此後又恢復香港版、設立臺灣辦事處。至此，《大公報》發展成一個擁有 4 分社的報團組織。

2 月

1 日，《民主報》於重慶創刊，為中國民主同盟的機關報，社長為著名民主政治活動家羅隆基。

4 日，《晉察冀日報》每週增出一張兩版的副刊，名曰《每週增刊》；5 月 19 日，《每週增刊》改為每日一期副刊，丁玲主編。此後，艾青率領的眾延安文藝工作團到達張家口，《晉察冀日報》成為了青年文藝工作者展開學術討論、進行文藝評論的文化陣地和反映晉察冀解放區新文化的一個窗口。

---

1 李谷城：《香港中文報業發展史》，上海古籍出版社，2005 年版，第 76 頁。

10 日，重慶發生「較場口事件」。次日，《新華日報》《民主報》《新民報》《大公報》等均在頭版頭條詳細報導較場口事件真相，要求政府「認真查辦主凶」。

15 日，華中新聞專科學校開學，華中新華社社長范長江任校長，全校師生員工 100 多人，分為三個隊，隊下設班，主要學習採訪、編輯、報務和譯電。主要課程包括范長江講的《人民革命事業和人民記者》、惲逸群《新聞學講話》等。自 1946 年 2 月起至 1950 年 3 月，先後共辦 4 期。

20 日，《中華日報》於臺南創刊，它建立在日本在臺創辦的 8 家新聞單位的基礎上。1948 年，《中華日報》增設北部版、隨後發行《中華週報》及晚報。《中華日報》借助與大陸眾多國民黨黨報黨刊的良好合作關係，時常能刊發各種獨家信息，這使其成為能夠與《臺灣新生報》分庭抗禮的重要報紙。

22 日，北平《解放》報創刊，中共中央晉察冀分局主辦，是中國共產黨在北平公開發行的第一份黨報。自第 27 期起由三日刊改為雙日刊，8 開 4 版。報紙開闢了「解放區之頁」專欄、讀者呼聲、問與答等欄目，採用新華總社新聞稿，重點介紹解放區景象、剖析國內發生的重大事件、揭露國民黨統治區的黑暗與腐朽和反映人民的苦難與呼聲。發行量從創刊時的 1 萬份增至 5 萬份。5 月 29 日，被國民黨當局勒令查封，共出版 37 期。

由北平《解放》三日刊、民初出版社、新華通訊社、民主青年社等 29 家新聞出版單位聯合發起的北平市出版業聯合會於北平成立。

3 月

月初，華北聯大新聞系成立，由《晉察冀日報》編輯科科長羅夫任系副主任並主持日常工作。該校全係學生 27 人，課程分公共課和專業課。系裏注重對學生進行基本功的訓練，注意組織學生參加社會實踐，並提出「實踐學習相結合」的口號。10 月，國民黨軍佔領張家口，新聞系學生有的參軍，有的到地方報社工作，該系因之停辦。

15 日，《內蒙古週報》創刊，是中國共產黨領導創辦的內蒙古地區第一張統一戰線報紙，由蒙漢兩種文字並排對照印刷出版，16 開本書冊狀，20 餘頁。1946 年 10 月《內蒙古週報》終刊，共出版約 30 期。

4 月

4 日，北平《新民報》創刊，是北京唯一一家獲得軍管會批准的民營報。

16 日重慶《大公報》發表了《可恥的長春之戰》社評，惡意攻擊人民軍隊。

17 日，上海《大公報》發表社評《可恥的長春之戰》，惡意攻擊人民軍隊。

18 日，《新華日報》發表社論《可恥的大公報社論》的，對《大公報》社評嚴加駁斥。

國民黨中央社總社正式由重慶遷回南京。

康藏通訊社康定分社創立，屬康藏通訊社的分支機構。

5 月

5 日，益世廣播電臺於南京成立，呼號 XPBK，功率 200 瓦，是南京市區內出現的首家民營電臺，也是戰後國內第一家獲得政府執照的民營電臺。1949 年 3 月，益世電臺遷至臺灣復播。

17 日，中國共產黨創辦的第一份外文刊物《新華週刊》創刊於上海。該刊及時向全世界報導中國當時發生的重大政治新聞，宣傳中國共產黨的方針、政策及和談的立場等。其內容豐富、生動、通俗，深受國內外讀者的歡迎。出版三期後被國民黨當局查封，但《新華週刊》在特殊環境中培養、鍛鍊了一批重要的對外宣傳人才。

按照「全黨辦通訊社」的有關指示和精神，中共中央制訂了《新華社、解放日報暫行管理規則》，這是新華社歷史上的一個重要文件，它對新華社的性質和隸屬關係作了明確的規定。

至本月，新華社在國民黨統治區的重慶、北平、南京先後成立了分社。由於國民黨當局的阻撓以及國共談判破裂，這些分社先後於 1947 年 2 月至 3 月被封閉或停止工作，有關人員撤回延安。

6 月

3 日，《群眾》週刊自第 11 卷第 5 期起遷至上海出版。主要登載中共中央及中共駐南京代表團的文件、談話，轉載延安《解放日報》與新華社播發的重要消息以及報導解放區情況等內容。1在嚴峻的生存環境下，《群眾》週刊仍然堅持了 8 個多月，於 1947 年 2 月 28 日被迫撤退回延安。

16 日，《東南日報》上海版出版發行，胡健任社長，聘請原《東南日報》副社長劉湘女擔任總編輯、原重慶《中央日報》副總主筆胡秋原擔任總主筆。

---

1 錢承軍：《建國前中國共產黨報刊研究》，中國文聯出版社，2009 年版，第 267 頁。

發刊詞《一朝相見》中提出了包括「爲求得國內大局之安定而努力，爲求得國家經濟之發展而努力，爲求得國內政治之清明而努力，爲求得社會秩序之安定而努力」的四項要求。[1]

7月

1日，《抗戰日報》更名爲《晉綏日報》。《晉綏日報》開創了晉綏地區「全黨辦報、群眾辦報」的局面，巧妙地調動了晉綏革命根據地有限的宣傳資源，將報紙辦得轟轟烈烈、有聲有色。[2]1949年5月1日《晉綏日報》終刊，共出版2171期。

國民黨國防部新聞局於南京設立軍事新聞通訊社（簡稱軍聞社），社長先後爲楊光凱、張六師，這是繼中央社後又一家全國性的國民黨官方通訊社。1949年4月，遷往臺北。

7日，民營上海通訊社成立。該社一開始就立足高起點、分工明確。稿件質量高、速度快，發行對象不僅有國內各地報刊，美、英、法、日等地都有不少用戶，實力和影響均屬民營通訊社上乘。

14日，晉冀魯豫野戰軍指揮部成立。

8月

14日，遼東半島蘇軍指揮部機關報《實話報》在大連創刊，《實話報》是一份綜合性中文報紙，初爲4開4版雙日刊。1951年8月1日，《實話報》終刊。

9月

1日，《觀察》於上海創刊，創辦人儲安平。曹禺、胡適、季羨林、費孝通、朱自清、錢鍾書等人都曾爲其寫稿。《觀察》保持客觀、公正的立場，以知識分子的良知和責任感，對國家政治、經濟、文化進行多方面的自由評說。其發行量最多時達到10.5萬份，實際讀者爲十萬人以上。

《人民日報》朝鮮文版創刊於延吉。該報爲4開4版，11月4日改爲日刊。1947年3月1日《人民日報》朝鮮文版更名爲《吉林日報》。

23日，東北新華廣播電臺開始播音，呼號XNMR，宗旨是當好「東北人民自己的喉舌」，該臺由中共中央東北局宣傳部領導。每天早、中、晚播音3次，總計7個半小時，是當時解放區廣播電臺中播音時間最長的電臺。

---

1 穆軼群：《〈東南日報〉的變遷》，《新聞研究資料》，1985年版，第192頁。
2 晉綏日報簡史編委會：《晉綏日報簡史》，重慶出版社，1992年版，第21頁。

10 月

10 日，南京軍中之聲廣播電臺正式播音，臺長徐復華，電臺以國民黨軍官兵為主要對象。1949 年 5 月，南京軍中之聲廣播電臺被中國人民解放軍南京市軍事管制委員會接管。

11 月

16 日，原隸屬於國民黨軍事委員會的《掃蕩報》改組為《和平日報》繼續出版。《和平日報》在進行了企業化改革後，逐漸發展為在南京、上海、漢口、重慶、蘭州、廣州、瀋陽、臺灣和海口等 9 座城市發行地方版的全國性報團。

18 日，燕大新聞系系報《燕京新聞》中文版復刊。秉著文化教育界喉舌的宗旨，復刊後的《燕京新聞》大量報導學界的愛國運動，經常請到沈鈞儒、茅盾、朱自清、費孝通等發表文章或談話。1948 年 11 月北平解放停刊。

「華北剿總」總司令傅作義命人主辦的《平明日報》創刊於北平，社長崔載之。該報以民營面目出版報紙，為國家負責、替人民說話，大量發表潘光旦、費孝通、朱自清、沈從文等文章，日銷量大致為 5000 份。

12 月

1 日，國民黨空軍廣播電臺在南京成立，呼號 XGAF，隸屬國民黨軍空軍總司令部，負責人是李建元、范昱。1948 年 11 月 1 日，空軍之聲廣播電臺遷至臺北，次年恢復播音。

年底

1946 年底，華中《新華日報》與山東《大眾日報》合併，《大眾日報》由原中共山東分局機關報改為中共華東局機關報。1954 年 8 月，中共中央山東分局撤銷，成立中共山東省委，《大眾日報》成為山東省委機關報。

1947 年

1 月

7 日，蘇聯塔斯社的無線廣播電臺停播。

30 日，《群眾》週刊遷至香港並成為中共南方局的機關刊物，主要向香港、華南、南洋等地讀者宣傳中共政策、解放區的建設成就及解放戰爭進程。1949 年 10 月 20 日出至第 143 期後停刊。[1]

---

1 何建娥、陳金龍：《〈群眾〉週刊與馬克思主義在國統區的傳播》，《安徽史學》，2006年版。

月底，新華社華東野戰軍前線分社正式組建。新華社總社副總編輯陳克寒通過實地考察總結華東野戰軍前線分社工作，撰寫的考察報告被新華社總社加編者按轉發各地總分社和野戰分社，具有指導意義和示範作用。

2 月

27 日，《新華日報》被國民黨政府強制查封，在國民黨統治區共出版 9 年 1 個月又 18 天，《新華日報》重慶館與成都營業分處的中共人員均被迫離開重慶、撤回陝北。

3 月

9 日～14 日間，《解放日報》社址遭到國民黨飛機轟炸，報紙縮版為半張二版並緊急轉移至陝北瓦窯堡。

13 日，「二二八事件」爆發後，警察總署先以「思想反動、言論荒謬、詆毀政府、煽動暴亂」為名將《人民導報》《民報》《大民報》三家查封；又以「未核准登記」「擅自發行號外」等為由將《中外日報》《重建日報》等刊查封。半月後，臺灣地區除兩張由國民黨政府直接管控的機關報外，其餘報紙幾乎全被封禁。此外，國民黨當局還設立了「新聞處」，將其在大陸管控新聞輿論的方法合盤移至臺灣。

21 日，延安廣播電臺更名為陝北新華廣播電臺，先後在陝北、太行、平山等地播音。

27 日，《解放日報》被迫停刊，原報社人員併入新華社隊伍轉戰陝北。出至第 2130 號。

《文萃》改名為《文萃叢刊》，中共上海地下黨還成立了「人人書報社」，作為該刊的總發行所，躲避國民黨審查。但 7 月，《文萃》出版至第 10 期被查封，負責編輯、發行的陳子濤、駱何民、吳承德三人被捕，於上海解放前夕慘遭殺害，史稱「文萃三烈士」。

華東新聞幹部學校第 1 期招收的學員共 40 餘人，至當年 7 月 21 日，第一期四個班學員畢業，大部分就地分配工作。

4 月

10 日，晉察冀前線野戰分社正式成立，並派出記者、作家和通訊員數十人，成功宣傳報導了清風店殲滅戰。

23 日，馬星野撰文《整肅新聞記者的隊伍》，希望政府相關部門切實制定確立新聞記者的身份標準。

5 月

1 日，新華社在香港成立了第一家境外分社。

30 日，國民黨《中央日報》成立「國民黨中央日報社股份有限公司」並召開第一次股東大會，宣布正式進行企業化改組。陳果夫擔任董事長、陳誠為常駐監察人、馬星野擔任社長兼發行人。這一時期的《中央日報》，經營方式雖發生了改變，但它仍屬國民黨黨營新聞機構，依舊對國民黨中央負責。

6 月

10 日，新華社倫敦分社成立，倫敦分社的主要任務是抄收和發行新華社的新聞稿，介紹中國革命戰爭和解放區的情況，讓世界瞭解中國的局勢和變化，擴大中國共產黨和解放區的影響。

15 日，《晉綏日報》以刊載「客裏空」有關情節為開端，展開了一場在報紙上公開進行批評與自我批評，發動群眾揭露假報導，維護新聞真實性的「反『客裏空』」運動。隨後新華社、《人民日報》《大眾日報》等各記者、編輯、通訊員等紛紛開展自我檢，挽救了黨報在群眾中的威信，又豐富了黨的新聞理論。

7 月

新華總社轉移至太行山新址涉縣。這次長途大轉移歷時 3 個多月、行程 3000 多里。行軍途中，新華社還抄收中外電訊，油印出版《今日新聞》和《參考消息》。

惲逸群的《新聞學講話》由冀中新華書店出版，該書是在解放區出版的第一本由共產黨人撰寫的新聞學術著作，後期還曾還出過山東版、華中版、膠東版等版本。

8 月

1 日，法新社上海分社宣布停止發稿，拉開了外國通訊社在華業務走向消亡的序幕。

11 日，臺灣省政府新聞處正式成立，這宣告了「二二八事件」後，臺灣省級新聞行政體制的最終確立。

月底，國統區內登記在冊的報紙總數已達 1781 家，近乎於上一年的兩倍。在分布方面，上海依然為報業最為發達的城市，共有 96 家報館；南京發展迅速，已從一年前的 40 家急速發展為 87 家；天津超越北平及廣州以 68 家位列第三；北平則有 59 家報館。在省份方面，廣東 137 家成為全國報業最發達的省份，其次為湖北 119 家、福建 114 家、江蘇 102 家。[1]

10 月

11 日，《晉察冀日報》撤離張家口市。

15 日，《晉察冀日報》在保定阜平恢復出版，改為對開半張報紙，設有《化論》《軍區要聞》《一周時事》《國際風雲》《邊區生活》等欄目。

11 月

18 日，中共冀中區石家莊市委機關報《新石門日報》（後改名《石家莊日報》）在石家莊創辦，這是共產黨在大城市創辦的第一張大型日報。《石家莊日報》在準確傳達黨的城市政策、引領社會思想輿論、積極宣傳城市建設成就、教育服務廣大市民等方面發揮了重要作用。《石家莊日報》是中國共產黨城市黨報的首次實踐，在黨的城市黨報史上佔有重要地位。

12 月

19 日，為應對紙張價格暴漲，國民政府全國經濟委員會舉行第 28 次會議，討論關於造紙業增產問題。決定 1948 年起大幅增加紙張原材料進口，「紙數增產百分之八十至一倍，其中百分之五十為白報紙。」

同年

上海聖約翰大學報學系復建，武道繼續擔任系主任，此時的任課教師還有黃嘉德、梁士純、汪英賓三位教授。報學系成立了新聞學會，宗旨為「聯繫同學、服務同學」。每隔兩星期出版壁報《新生代》。

1948 年

1 月

1 日，《內蒙古日報》在烏蘭浩特市出版，是中國共產黨領導下第一個實行民族區域自治、內蒙古地區創辦的第一個省（區）級少數民族文字的黨委

---

1 曾虛白：《中國新聞史》，臺灣三民書局，1989 年版，第 453～455 頁。

機關報。該報讀者對象主要是初級幹部和懂蒙古文的農牧民。1948 年 12 月 29 日終刊，共出報 156 期。

中共中原局機關報《中原日報》在鄭州創刊。

18 日，中宣部下發《中共中央對處理帝國主義通訊社電訊辦法的規定》。

3 月

20 日，中共北大地下黨南系總支宣傳分支刊物《北大半月刊》創刊。最初發行量爲 1500 份、後上升到 3000 多份。同年 8 月，該刊與《清華旬刊》聯合出版《北大清華聯合報》。同年 11 月 11 日終刊。

4 月

2 日，毛澤東接見了《晉綏日報》編輯部人員，發表了著名談話——《對晉綏日報編輯人員的談話》。毛澤東對包括《晉綏日報》在內的解放區新聞工作中經歷的左、右兩條戰線的鬥爭作了全面總結，精闢地闡述了無產階級黨報理論的幾個基本問題。毛澤東強調報刊對群眾的教育作用，他非常明確地指出：「同志們是辦報的。你們的工作就是教育群眾，讓群眾知道自己的利益，自己的任務，和黨的方針政策。」毛澤東還著重強調報刊要宣傳黨的政策、報紙宣傳與黨和群眾的關係等問題。

30 日，中共南京市委機關報《新華日報》在南京創刊。

5 月

27 日，中共中央中南局機關報《長江日報》在武漢創刊。

28 日，即上海全市解放的當天，中共中央華東局和上海市委聯合機關報上海《解放日報》出版。

6 月

1 日，中共中央西北局機關報《解放日報》由延安遷西安出版。

14 日，經華北中央局決定，原中共中央晉察冀分局機關報《晉察冀日報》和原晉冀魯豫中央局機關報《人民日報》合併，並改組爲《人民日報》作爲華北中央局的機關報。1948 年 6 月 15 日，《人民日報》在石家莊創刊出版，實際上這一時期的《人民日報》已成爲了中共中央機關報。

7 月

《劉鄧大軍挺進大別山》由人民戰士出版社出版，16 開橫本印刷。其刊出的 72 張照片爲我軍躍進大別山的偉大歷史行動中行軍、作戰、生活實錄的

一部分，這其中包括有毛主席（演講）、朱總（騎馬）、劉司令員、鄧司令員各一張半身像。攝影者有裴植、袁克忠、王中元等人。

8月

15日，中宣部下發《關於城市黨報方針的指示》。

9月

9日，《文匯報》在香港恢復出版，日出對開兩張，社址設在香港李活道。復刊的工作由徐鑄成、嚴寶禮主持。創辦之初便通過對淮海戰役和8月19日國民黨政府改發金元券這兩件事的報導，震動了香港中層人士。

《晉察冀畫報》《晉察冀畫刊》《人民畫報》合併為《華北畫報》，華北軍區政治部出版，8開2版，為連隊讀物。其主要內容是反映華北地區的政治、經濟、軍事等情況，1950年該刊停刊。

10月

1日，中共濟南市委機關報《新民主報》創刊，這是中國共產黨領導下在山東創辦的第一張大型城市報紙。

2日，劉少奇在西柏坡為人民日報社和新華社華北總分社共同組成的一個記者團作報告，即《對華北記者團的談話》。談話對黨報的性質、功能方面作了全面的闡釋，還著重論述了黨報在緊密聯繫群眾、下情上傳方面的重要作用，以及黨報記者的應該具備何種素質和修養，是中國共產黨新聞工作的重要文獻。

11月

8日，中共中央發布了《關於新解放城市中中外報刊、通訊社處理辦法的決定》。

20日，中共中央發布《對新解放城市的原廣播電臺及其人員的政策決定》。

26日，中共中央發布《關於處理新解放城市報刊、通訊社中的幾個具體問題的指示》。

上述決定為做好對大中城市中舊有新聞事業的接管、清理與改造，從清理接管工作的基本原則、政策界限到具體的工作方法，都作了明確的指示與規定。

12 月

1 日，《大眾報》改名為《膠東日報》，在煙臺萊陽出版。自《大眾報》1938年創刊至 1948 年，共出版 2368 期，且先後經過油印、石印、鉛印出版，報紙的發行份數也由初期的數百份增至 1200 多份。[1]

12 日，中共中央東北局機關報《東北日報》由哈爾濱遷往瀋陽出版。

24 日，蔣介石親自命令以「言論偏激，歪曲事實，為匪張目」為名義將《觀察》週刊查封，並逮捕了多名工作人員，炮製了著名的「《觀察》事件」。

1949 年

1 月

10 日，郝世保運用了特徵式前景，拍攝了一張表現戰爭氣氛和淮海戰役勝利的優秀戰爭作品——《淮海戰役一角》。這張照片後來被選入中國第一本大型畫冊《中國》中，還成為周恩來任總理兼外交部長時向國際友人贈送的禮品。

15 日，天津解放，《大公報》天津版出至本日第 16246 號停刊。天津《益世報》也被接管停刊。

20 日，北平《世界日報》在刊登新華社來稿的同時還發布國民黨中央社新聞稿件。

1 日，中共華北中央局機關報《人民日報》試刊、2 月 22 日出版北平版。

25 日，北平《世界日報》被當作國民黨 CC 系報紙而沒收。

27 日，天津《大公報》改名為繼續出版

3 月

5 日～13 日，中共七屆二中全會在西柏坡村召開。會上毛澤東提出，「通訊社報紙廣播電臺的工作，都是圍繞著生產建設這一中心工作並為這個中心工作服務的」。自此「為生產建設服務、為城市管理服務」成為新聞宣傳工作的任務與方針，這與戰爭時期為政治鬥爭和戰爭服務的方針發生了根本性的重大調整。

4 月

1 日，《大眾日報》遷至濟南出版，結束了該報長達 10 年在農村游擊辦報的艱難歷程。1954 年 8 月，《大眾日報》改為山東省委機關報至今。

1　陳華安：《建國前煙臺地區報紙簡介》，《新聞研究資料》，1986 年 6 月 30 日。

24 日，在北平軍管會接管的「中電三廠」的基礎上，東北電影製片廠新聞片組和華北軍區合組成立北平電影製片廠。

5 月

28 日，《週末報》創刊於香港，馮英子任總編輯兼總經理，夏衍等五人組成社務委員會。《週末報》四開四張、共 16 版，每逢週六出版。廣州解放後，《週末報》在廣州設辦事處，專營國內發行業務，銷數直達 7.8 萬份。

6 月

5 日，中共中央發出通知，將原新華總社語言廣播部擴充為中央廣播事業管理處，負責全國廣播事業的管理和領導工作，廖承志任處長、李強任副處長。中央廣播事業管理處與新華總社為平行組織，同受中共中央宣傳部領導。

8 日，《大美晚報》爆發勞資糾紛，五位勞方代表要求將工資恢復到 1946 年的水平。隨後，因高爾德《談論新政府執行的工資模式給企業造成的風險的報導》爆發了更激烈的衝突，最終導致《大美晚報》停刊。

16 日，《光明日報》於北京創刊，對開四版，初為中國民主同盟創辦的機關報、以知識分子為主要讀者對象。

17 日，《大公報》上海版發表《大公報新生宣言》，對《大公報》前面近五十年的歷史進行了深刻的總結和檢討，標誌著《大公報》已成為中國共產黨領導下的人民報紙。

20 日，北平新華臺首次播出了毛澤東 6 月 15 日在新政治協商籌備會上的講話錄音，這是全國人民第一次從廣播中聽到共產黨領袖毛澤東的聲音。

21 日，《文匯報》在上海正式復刊。

7 月

1 日，《和平日報》南京版以原名《掃蕩報》在臺北復刊。同年冬，《掃蕩報》南京總社與臺中版合併，社長為蕭贊育，總編輯許君武。1950 年 7 月 7 日停刊。

15 日，全國總工會機關報《工人日報》創刊。

北平電影製片廠長紀錄片《百萬雄師下江南》完成。新聞攝影隊跟隨人民解放軍到戰場上去拍攝新聞素材，記錄了渡江戰役的情況，最後將材料匯總到北影，由錢筱璋編輯成片。影片在國內外都產生了很大影響，這也說明中國紀錄電影的創作發展到了一個新水平。

　　華東新聞學院建校，是建國前中國共產黨在上海創辦的一所培養新聞專業人才的革命幹部學校，1951 年 7 月中旬宣告結束，前後歷時兩年。前身是設在山東的華東新聞幹部學校。

8 月

　　1 日，中共中央決定將華北局機關報《人民日報》正式改組爲中共中央機關報，胡喬木、范長江先後任社長，鄧拓任總編輯。

9 月

　　29 日，中國人民政治協商會議第一次全體會議通過《中國人民政治協商會議共同綱領》，表明人民新聞事業進入了新的發展階段，共產黨報人的新聞學研究也將進入一個全新的發展階段。

10 月

　　1 日下午 3 點，中華人民共和國開國大典在北京天安門廣場隆重舉行。北京新華臺作了實況廣播，各地人民廣播電臺同時轉播。這是人民廣播史上第一次大規模的全國性實況廣播。